軍記物語原論

松尾葦江
Matsuo Ashie

笠間書院

目次

第一章　平家物語の成立　1

第一節　平家物語の無名性と実名性　2
第二節　物語以前、もしくは物語以後　8
第三節　平家物語の特殊性と普遍性をめぐって　26
第四節　風景、情景、情況——平家物語の〈叙景〉の成立　40
第五節　平家物語の成立と展開を論ずるために　60
　　　　原平家物語を想う　73

第二章　平家物語の流動　89

諸本研究の現在　90
第一節　二つの「平家物語」から——作品形成の思想的基盤を考えるために　97

第二節　屋代本平家物語における今日的課題　117
第三節　平家物語の本文流動――八坂系のいわゆる「混合本」をめぐって　137
第四節　長門本現象をどうとらえるか　162

第三章　平家物語を読む　179

■　平家物語をとり戻す　180
第一節　説得の文学　平家物語　184
第二節　重衡の死まで　200
第三節　平清盛と都――214
第四節　人物造型から見る長門本平家物語――混態本の文芸性をめぐって　230

第四章　軍記物語史の中で　251

■　戦争の物語　252
第一節　流布本『保元物語』の世界　256

第二節　女性像を通して見る軍記物語　280
第三節　真名本『曾我物語』の世界　296
第四節　『平治物語』から『義経記』まで　306

資料翻刻と解説　國學院大学蔵『木曾物語』絵巻　317

凡例・解説　318
カラーグラビア『木曾物語』絵巻　323
本文対照　源平盛衰記／絵詞原文／校訂本文　339

初出一覧　372
あとがき　375
索引［語彙／人名／書名］［覚一本章段名］［延慶本章段名］（左開）1〜7

第一章

平家物語の成立

平家物語の無名性と実名性

はじめに

ここでいう「無名性と実名性」とは、単に固有名詞が明らかであるか否か、名前が記されているか否かに留まらず、次のような問題をも視野に入れて設定したものである。即ち、普遍性と個別性。真実性と事実性。或いは、物語性と実録性。——これらの対立軸と照応させつつ、無名性と実名性という角度から、歴史文学が古典となる条件をめぐって、平家物語の場合を考えてみたい。

一　鎮魂を果たすもの

平家物語には、死者たちへの鎮魂の意図がある、もしくは鎮魂を契機として生まれた、ということはひろく認められていると言っていいであろう。国家的行事として、とか、制度の要求するところにより、という風な議論に関わる所存はないが、死者たちを悼み、偲び、その居場所を定めようとする志向と、物語の成立との関係を見つめ直してみようと思う。治承寿永の内乱の犠牲者は、戦闘員・非戦闘員を含めて多数に上り、広い地域に亙った。それらの死者たちの鎮魂を、物語が成し得たというのは、いったい、どういう過程を経てだったのか。

一般的に言って、生き残った者が、死者の死を納得してゆく階梯は一つではないだろう。現代の通夜でも行われるように、まず死者の息を引きとる時の状態、それに至るまでの容態が語られる。死にざまを語ることは、生きざまを語ることでもあり、生前、彼が何を望み、何を言い遺したか、等々がしみじみと、共感をこめて語られる。その際に、ことばによる顕彰が行われ、また生き残る者の弁明や償いも行われる。殊に戦場、及びそれに近い修羅場においては、生き残った者は、屢々、死者に負い目を負う。助けてやれなかった、共に死ねなかった、彼の望み（例えば、水を飲ませてやる等のことでも）を叶えてやれなかった……もはやそれらを実現するすべはないけれど、ことばに出すことによってある種の補償が遂げられる。そこで語られたことばは、人物の挿話か戦場の目撃談のかたちとなる。戦場での死にざまを語れば、それはいくさ語りの一部となり、生前の生きざまを語れば、時代を語ることになる。

戦死は、残された者にとって受け容れ難い死だ。非業の死である。しかし、ひとの死は、それが必然だったのだ、と納得でき、そのおかげで何かが成し遂げられたとわかるならば、悲しみとは別に、徐々に受容が可能となる。即ち、なぜあの戦闘が起こり、彼が死なねばならなかったのか、あの戦争のおかげで何が変わったのかを理解し、それらが大きな時代の流れの中に位置づけられてゆくとき（我々はそれを「歴史語り」と呼んでいるが）、そこに死者たちの居場所を定めることができるようになる。終戦の後、歴史語りが求められ、無名の人々も情報提供者や語りの享受者としてその形成に参加し、鎮魂の欲求が巨大なうねりとなって物語を呼び起こす、という図式は、想像ではあっても頷けるものといえよう。

一方、忘却や諦観として片づけずに、個人の死去（不在、喪失）の事実が受容される過程を辿ってみるならば、時間の流れの不可逆性のみならず、ある種の反復性（既視観とでもいおうか）が関与するように思われる。即ち、過去の一瞬（その時は彼はいた、つまり未だ存生であった）と全く同じような一瞬を感じ、ただ一つ、彼がいない、幽冥境を異にしたのだと改めて確認する。特に四季のある日本では、四季折々の風物・行事の度ごとにその感覚が繰り返される。歳月はさかさまには流れない。しかし見覚えのある風物、経験したことのある瞬間が、欠落を伴ってよみがえり、反復されることによって、時間の不可逆性はより明確に、かつ切実に意識化されるのである。この時襲って来る感慨をことばによってとらえるならば、それが「諸行無常」であろう。理論からでなく、実感から探りあてた無常観である。

このような階梯を経て、死が納得され、死者たちはその居場所を獲得し、行き残った者は悲しみと共存する生を生きることができるようになる。物語が死者の生と死の意義を立証し、記念する。彼の死を含むすべての事象が必然であり、不可逆であり、かつ有意義であったと提示されるのだ。

二　作者がわからないということ

1　実録性と中立性

歴史文学が作り物語と異なるのは、事件の進行と結果が大概定まっていることだ。頼朝が敗れて宗盛が政権を樹立したりはしない。即ち、すでに出ている結果にどれだけ、あれは必然だった、そうなるのが尤もだと読者を納得させつつ到達するかが作者の腕となる。その「説得力」を確保するために、作者が依拠するのは実録性であり、不可欠なのは中立性である。

実録性を確保するために、記述は具体性を帯びる。年代記的な日付の明記、地名・人名の明記、数詞や装束の列挙、等々がこれに当たる。場面の写実性、詳細な描写による現実性については、じつは平家物語諸本の二大系統（語り本系と読み本系）によって、採択した方法が異なる。大まかに言って、語り本系は少ないことばで、読み本系はことばを多く費すことによって迫真性を実現しようとする。冒頭に述べた対立項を当てはめれば、前者が真実性、後者が事実性を指向すると言うことができようか。

しかし、この「実録性」、具体的記述なるものは、現実をそのまま記録したというようなものではない。そう見えるように仕組まれたものである。諸本を対照すれば、地名・人名・数値・装束描写、時には日付さえもが揺れ動き、異同が激しいということがわかる。事件の必然性を補強するために、現実とは異なる脚色が行われたり、引用される例証説話が改編されたりする場合も少なくない。以上のような「実録性」の創出についてはすでに多くの論考があり、拙稿もあるので実例はそちらに譲るが、平家物語に限らず、軍記物語の実録性とは、物語性と反対の極にあるものではなく、作り物語が登場人物の容貌や装束を詳細に記述したり、風景描写に力を入れたりすることと本質的には同じなのである。言い換えれば、実名性は、意図的に虚構され得るものでもある。

中立性の保証という点については、作者の固有名詞がわからないということ——無名性と置き換えてもいい——はマイナスでなく、プラスにはたらいている。作者未詳、もしくは、個人の作であっても有名でなく、個別の事情が殆んど知られないとなれば、その作者は普遍的な立場に立つとみなされることが可能になるからである。

ここで思い合わされるのは、伝承文芸の場合、また投稿歌壇の場合である。語り手が有名人でなく、しかし実在していることを前提にする伝承文芸の場合。実際には個々の作者名があり、明記されてもいるのだが、有名人でなく、多数の同様の経験をもつ人々の代弁者として読まれる新聞歌壇などの投稿歌の場合。(1)それらは無名性に比例して普遍性を確保していると言ってもいいのではないか。

1　近藤芳美「八月の歌」(朝日新聞朝刊「うたへの招待」平10・8・17)。

2　登場人物とその係累

従来、平家物語の作者を探る際に、作品中の登場人物の係累の中に求める方法がよく使われてきた。作品の中で、好意的に描かれている人物、登場回数や記述量が多い、殊に構想上の重要度以上に目立つ記述を付与されている人物の周辺の子孫に、作者もしくは改編者、情報提供者を見出そうとするやり方である。最もよく知られているのは中山行隆とその子行長・甥の葉室時長であるが、そのほか吉田大納言経房とその孫資経、藤原通憲（信西）とその一族、藤原成親・成経父子とその縁戚を始め平氏ゆかりの者たちに、平家物語の作者乃至はその生活圏を求める試みは数多い。例えば行隆の場合、語り本系巻三に「行隆之沙汰」という一句があり、治承三年のクーデターの後、清盛に引立てられて官界復帰したことが述べられる。また巻十二に「吉田大納言之沙汰」という一句があり、経房が頼朝に信頼されて公武の仲介を務めることが多かったが、へつらわぬ端正な人物であったと評されている。前者には『徒然草』が伝える行長作者説、後者には『醍醐雑抄』が伝える資経作者説が屢々結びつけられた。しかし、早く後藤丹治氏が指摘したように[2]、「行隆之沙汰」は決して父を称揚し、その栄誉を書き留めようとする姿勢を示してはいない。延慶本は「今更又ワカヤギ給《たまふ》モ哀ナリ」、覚一本は「今更わかやぎ給ひけり。たゞ片時の栄花とぞみえし」と批評している。思うにこの例は盛者必衰を裏返した、諸行無常の一例でもあると同時に、当時の弁官クラスの実務官僚の代表としてとりあげられたのだろう。実際、行隆は晩年に当たる九年間、忙しく立ち働き、東大寺再建の長官も務めた。一方、参議クラスの良識派の代表としてとりあげられたのが経房だったのだ。平家物語は複雑怪奇な政治の動きを、最も典型的な人物や事件に集中させ、劇的に構成して描く方法をとる。それらの記事が平家物語の大局とは関わらない（殊に覚一本の場合）かのように見るのは、我々の読みの偏狭さにすぎない。成親の場合、信西一族の場合も、それぞれ物語の

2　『戦記物語の研究』（筑波書店　昭11）一六一頁

中で必要な役割があったのである。登場人物の縁者の中に作者がいることはあり得るかもしれない。しかし、作中で目立つ位置を占めていること自体が作者の徴証だと見るのは、いささか短絡であろう。

おわりに

今まで軍記物語は、その実録性に倚りかかりすぎて読まれてきた。実録であるはずだという前提に立って。しかし、歴史文学も作り物語も、基本的には記述は創作されたもの、ことばによる構築であることに変りはない。むしろ、実録であるとの要件に応えるために、作者が己れの実名を隠し、個別性を隠そうとするのではないか。自らを隠してゆく営みにこそ文学の成立があり、自らの体験でない事実を、事実以上のものとして語れるところに、物語が生まれるのではなかったか。

第一節　物語以前、もしくは物語以後

一　はじめに

西行は、木曾義仲の死（寿永三年・一一八四年一月）に対して、次のような詠を与えている。(1)

木曾と申す武者死に侍りけりな
木曾人は海のいかりをしづめかねて死出の山にも入りにけるかな（二二七）

「海のいかり」に碇と怒りとを懸け、沈めると鎮めるを懸けて、「海」と「山」を対照している。義仲は水島の合戦（寿永二年閏十月）に敗れ、西海を足場に戦う平氏を制圧することができなかった。歌の主旨は、木曾の山人は海の戦いを鎮圧できずに死出の山へ向うはめになった、との意であろう。ここに「ひややかなもの」と同時に、「人間という愚者に対する悲しみの思い」を感じとったのは安田章生氏であり、(2)「それを歌う段になると、その慨嘆は誹諧戯笑の類としてしか定着しない」と、冷笑を読みとったのは久保田淳氏であった。(3)目崎徳衛氏は、もっと具体的に、佐藤一族と平家の親

1　『聞書集』。久保田淳編『西行全集』（日本古典文学会　昭57）の本文により、一部、表記を改めた。
2　『西行』（弥生書房　昭48）
3　『西行山家集入門』（有斐閣新書　昭53）

眤さ、及び田仲庄をめぐって争った尾藤氏に義仲が安堵下文を与えたことを指摘して、この歌と詞書の「義仲への異様に冷酷な感情」[4]にリアリティを感じとられた。

確かにこの歌には、落首に近いような、諧謔諷刺の口調がある。しかし、それは一族に敵対した者への天誅というような個別的なものではないと思う。古態本とされる半井本『保元物語』や学習院本（九条家本）『平治物語』、『愚管抄』によれば、敗れたつわものの末路は、誹諧を含んだ落首で弔われるのが一般的であった[5]。決して、哀悼の涙を捧げられたりするのではなく、辛口の哄笑によって決着をつけられるのが定番だったのである。西行詠にみられる対義仲感覚は、当時の京都人の一般的な感覚に近かったかもしれない。

周知のように、この歌は『聞書集』の中の「地獄絵を見て」と題する三部作に続く、「死出の山」の語を含む、治承寿永の内乱を素材とした三首の最後にある。

世の中に武者をこりて、西・東・北・南、いくさならぬところなし。うち続き人の死ぬる数聞くをびたゝし。まことゝも覚えぬほどなり。こは何事の争ひぞや、哀れなることのさまかなと覚えて

死出の山越ゆる絶間はあらじかしなくなる人の数続きつゝ　（二二五）

武者のかぎり群れて死出の山越ゆらん、山だちと申す恐れはあらじかしと、この世ならば頼もしくや。

宇治のいくさかとよ、馬筏とかやにて渡りたりけりと聞こえしこと、思ひ出でられて

沈むなる死出の山川漲りて馬筏もやかなはざるらん　（二二六）

4　『西行の思想史的研究』（吉川弘文館　昭53）

5　松尾葦江『軍記物語論究』（若草書房　平8）六四頁

「西・東・北・南、いくさならぬ所なし」と言えるのは治承四年も後半であるが、五月の以仁王の乱に際して、平家方の討伐軍が馬筏を組んで宇治川の急流を渡ったことは、『愚管抄』や『山槐記』にも記されて有名であった。山賊の横行する山越え、宇治川の馬筏、そして海の碇と、いかにももののふらしい題材をとりあげながら、西行のこの三首の歌と詞書とは、辛辣で寸鉄人を刺すようである。久保田氏の言われる如く、時評を歌に詠めばこういうかたちにしかならないものかもしれない。一種のエピグラムである。その投げ出すような慨嘆の底に、「人間、この愚かなるもの」へのシンパシイが、ごく低音で流れている。それを鎮魂と呼んでいいのかどうかは分らないが、こういうあり方こそが、同時代人が端的に表明する論評としてはむしろ普遍的だったのではないか。

一方、西行は元暦二年（一一八五）、次のようにも詠んでいる。

八嶋内府鎌倉へ迎へられて、京へ又送られ給ける、武者の、母のことはさる事にて、右衛[6]門督の事を思ふにぞとて、泣き給けると聞て

夜るの鶴の都のうちを出て[7]あれなこのおもひにはまどはざらまし

この歌の解釈には久保田淳・山木幸一両氏の間に論争があり、宛てた人も宗盛自身か、宗盛妻（右衛門督清宗母、平時信女。彼女の兄の時忠と西行は親しかった）か、対立している。[8]しかしいずれにせよ、戦乱の中で肉親を案じて苦しむ人への、いたわりの気持が熱く溢れていることはまぎれもない。西行が平家の人々とさまざまに親交があり、親愛の情を保っていたことはすでに指摘されている通りであるが、平氏方か源氏方かではなく、時勢に対するエピグラムであるか、個別に親近感のある人へのメッセージであるかが、このように情調を分けたのだと思う。即ち、批評を旨とするか、伝信

6 伝甘露寺伊長筆本『西行集』・四三二「左衛門督」、李花亭文庫本『西行上人集』・四三四「右衛門督」。

7 久保田淳氏は「出でてあれな」と読み、山木幸一氏は「出でであれな」と読む。久保田氏前掲書、注(3)一九四頁、山木氏『西行の世界』（塙新書 昭54）一七一頁

8 『詞花集』三三九「夜の鶴都の内にこめられて子を恋ひつゝも泣きあかすかな」をふまえている点に重きをおけば、清宗母に宛てたと見るのがよいか。

のために詠まれたかの別が、同じ西行による、治承寿永の内乱をきっかけとした詠作であっても、これほどの懸隔を生むのだ。

そしてこれは、恐らく西行に限らず、同時代にあって、何らかの感懐を漏らす際には、ごく一般的なあり方なのではないか。

二　物語への離陸の瞬間

同時代人といっても、時代への関わり方はまたいろいろである。西行が、

福原へ都遷りあると聞えし比、伊勢にて月歌よみ侍しに
雲の上やふるき都に成にけりすむらん月の影はかはらで
（西行上人集）

と遠く感懐を述べて伊勢に籠っていた頃、鴨長明は自らの家集の編纂中だったと思われるのだが、新都福原を見に行ったらしい。用務があってのことかともいわれるが、はっきりしない。この福原遷都、そして還都が決まる経緯のことは、当時の説話集にもとりあげられている。

『続古事談』巻二には、藤原長方が清盛の心理をよく読んで、還都を直言したこと（この事は『愚管抄』巻五にも、長方自身の言葉によって裏づけられている）、その後却って清盛の信頼を得たことを語る話があり、源平盛衰記が勧修寺宰相宗房の事蹟として類話を記す（巻二四「都返僉議」）。『古今著聞集』巻三には、藤原隆季が伊勢大神宮の夢告を受ける話（八六「福原遷都大神宮の神慮に合はざる事」）と、治承四年十一月三十日の公卿僉議で長方が清盛に政策変更を直言したこと（八七「前右兵衛佐頼朝の謀反を群議の事」。この事は『玉葉』・『山槐記』・『百錬抄』にも記事がある）とが並べられている。『続古

事談』は承久元年（一二一九）の成立とされているので、平家物語は未だ完成しておらず、現存盛衰記以外には、本話は平家物語には採りこまれなかった。一方、『古今著聞集』の成立は建長六年（一二五四）十月なので「平家物語」八帖本の形成される頃に当たる。現に平家物語とはいくつかの共通説話をもつが、前掲の二話を含め、平家物語が採っていない平家一族の説話、もしくは治承寿永の世相に関する説話も少なくない。

　鴨長明の場合、『方丈記』にはいわゆる五大災厄が描かれるが、戦乱そのものはとりあげられることなく、政変に関連づけられることもない。『発心集』には、殊に読み本系平家物語が採取した説話がいくつも含まれ、清盛の事蹟（巻二―六「津の国妙法寺楽西聖人の事」）や、治承の死刑囚の挿話（巻五―一二「乞児、物語の事」）なども見えるが、戦乱に関する見聞が直接語られることはやはりない。

　即ち、ノンフィクションといえども、素材の有無、見聞に入ったか否かだけでは、その内実はきまらないのである。あまりに当たり前のことであろう。しかし、平家物語の形成を論じ、その情報圏から成立圏を割り出そうとする際に、この当たり前のことをもう一度、考えてみてもいいのではなかろうか。歴史文学と、説話集や随筆は同日には論じられない、だろうか。歴史文学といっても、「在るがままの事実」を書きとれば即「歴史」になるわけではない。[9] 説話集に編纂意図があるように、随筆に執筆動機があるように、作品の成立には契機があるはず、というのみならず、輻湊し、継起し続ける諸事象の中から、選び出されて言説化され、関係づけられてゆくことによって初めて、「歴史」は姿を顕わすのだ。

　例えば、『百錬抄』の治承四年を覗いてみよう。すでに一部論じたことがあるが、[10] この、漢文日記からの抄出によって編纂されたらしい史書にも、単なる記録の抄略に止まらず、当時の世相を映し出そうとする工夫がなされているのである。二月二十一日に天皇譲位（安徳帝即位）があって、三

9　前掲『軍記物語論究』五三頁

10　前掲『軍記物語論究』第二章第三節

月十六日条には次のような怪異が記されている。

於二海橋立池一。蝦蛇合戦。互決二雄雌一。又蝦蟇食二鈙蛇一。見者如レ垣。賀茂上社同有二此事一云々。（国史大系）

適宜事項を選択し、簡潔な文体で記す『百錬抄』中にあって、新帝即位に続いてこの記事が置かれれば、そこにはある種の意味が付与されたと見られるだろう。平家物語の読み本系諸本が、壇之浦での安徳帝入水の後に、即位当初の不吉な予兆の数々を記すのに似ている。

六月二十一日条には、法勝寺の池に一茎二花の蓮が生え、御卜があったこと、七月十九日条には、大流星があったことが記されているが、これらは平家物語諸本には見出すことができない記事である。この夏は大旱魃でもあり、天変が多かった年であった。十月七日にも大流星があったことを、『山槐記』から抄出している。しかし、平家物語はそれらの天変地異については殆ど語っていない。五月の以仁王の乱から、六月の福原遷都、八月の頼朝挙兵と、畳みかけるように重大事件を続けて叙し、その間に福原の新都で清盛を脅やかす怪異、鼠が馬の尾に巣くった椿事、そして青侍の夢が挿入されている。平家を襲う敵意と、頼朝への政権交替を、漠然とした凶兆ではなく、冥界からの通告と言ってもいいほど明白にさし示す。『百錬抄』は抄略という方法を駆使して、事象に軽重の意味をもたせることに成功したが、平家物語は、いわば事件と、その意味づけに当る超現実的現象とを二重に組み合せて、歴史の進行を具象化した。さらに先例説話・由緒説話も加えて、事態をどう解釈すべきなのかを確定してゆく。

簡潔な記録体を意図した『百錬抄』とは違って、評論の意図をもつ『愚管抄』の場合はどうか。

よく知られているように、『愚管抄』は、「カヤウノ事ハ人ノウチ云フト、マサシクタヅネキクトハカハルコトニ侍リ。カレコレヲトリ合セツ、キクニ、一定アリケンヤウハミナシラル、コトナリ」(11)という認識のもとに、積極的に聴き取り作業を行い、事件の真相、裏話を掘り起こそうとした。その結果、事態を具体的な個人名と日付によって押え、事件の要因を人間関係に求めて説き明かす傾向を見せる。典拠・引用の問題とは別に、『愚管抄』の語る後白河天皇代から後鳥羽天皇の代まで、つまり鳥羽院崩御の保元から建久六年の東大寺供養の辺までは、『保元物語』『平治物語』及び平家物語から合戦場面と女性説話、先例説話などを除いた、即ち当代の歴史事象を掬い上げ、組み立てた骨格と極めてよく類似している（尤も、藤原摂関家の内情に関する記事は、逆にそれら軍記物語には見出されない）。もともと、一つの事件についてはおおよそ同時代の者たちの間に、ある程度の共通認識が生まれるものと考えられる。(12)しかし、例えば治承四年の頼朝の挙兵のきっかけを、『愚管抄』は、「義朝ガ子頼朝兵衛佐トテアリシハ、世ノ事ヲフカク思テアリケリ。（中略）コノ頼朝、コノ宮ノ宣旨ト云フ物ヲモテ来リケルヲ見テ、サレバヨ、コノ世ノ事ハサ思シモノヲトテ、心オゴリニケリ」と述べるが、平家物語諸本にはそのように説く本はない。挙兵の経緯を逐って書く読み本系にあっても、頼朝は文覚から勧められ、東国の諸将からかつぎ上げられて旗挙げするのである。(13)平治の乱については、『愚管抄』は信西が、義朝からの聟取りの申入れを断わっておきながら、清盛に子息成範を聟にやったことが義朝の意趣を買ったことをきっかけだとし、信西の不覚、義朝の怒りっぽさを批難する。信頼・信西の対立を平治の乱の基本的構造ととらえる点では『平治物語』と一致するのだが、『愚管抄』が歴史の動因をあくまで人の器量に重点を置き、人と人との立場の葛藤を照らし出しながら求めてゆくところは、彼の独自な観点となっている。

要するに、同時代人が、同じ素材を以てしても、その上、事実の記録のみならず、何らかの意味

11　日本古典文学大系により、一部表記を改めた。

12　前掲『軍記物語論究』五三頁。また尾崎勇氏は、両書の「その基底に同質の思想のようなものが介在しているのではないか」とする（『愚管抄とその前後』和泉書院　平7）二三〇頁

13　この枠組は『平家物語』にとって理由のあることだったのかもしれない。前掲『軍記物語論究』二二三頁

を付与しつつ記述したとしても、顕《た》ち現れてくる歴史語りは、おのずから個々別々の態様をとる。では、それが「物語」のすがたを選ぶのはどういう場合なのだろうか。

『平家公達草紙』と呼ばれている、絵詞の断片がある。(14) その原型は平家の時代、もしくは平家没落後遠からず成立したかとも考えられているが、はっきりしない。すでに述べたことがあるが、(15) 文体は王朝物語の特徴と説話文学的傾向とを兼ねそなえており、平家一族への共感、非業の死を迎える男とその運命を受けとめる女たちというテーマ性、政治の変動に関する予兆や批判など、内容・情調共に平家物語の世界に連続するところがあり、しかも平家物語現存諸本とは重複しない。いわば平家物語に入らなかった、「平家」の物語といったおもむきなのである。だが、こういう断章を、いくら数量的に多く集積したとしても、恐らく我々は平家物語とは別個のものと認識するだろう。合戦場面がないからか。先例や由緒を語る説話がなく、たとえ年代的に配列されても時間は平面的でしかないからか。勿論それもある。しかし、結論的にいえば、重要なことは平家物語が平家の運命を語って、しかも歴史――時代の転変を語り、世界観――無常と救済を語り、人間に何ができるかをも語り得たことである。平家物語は単に「平家」の物語に留まらなかった。この点は、題材の問題でなく表現の獲得の問題として、また対象からの距離のとり方の問題として解明さるべきなのではないか。

西行の「夜の鶴の……」歌のような熱い同情、慈円に、〝真相〟をせっせと聴き取らせ、書き溜めさせた好奇心や使命感によるエネルギー。それらよりももう少し身を引いて、鳥瞰できるような表現への契機であり、可能性である。それはいったい何だったか。恐らく複数の要因の競合として考えられるのだろうが、これによって初めて平家物語は、離陸した(16) のである。記録や説話の集成でなく、「物語」へ。プロパガンダや特定の目的のためでなく、不特定多数の享受者を引き受けて。

14　岩波文庫『建礼門院右京大夫集』に付載されている。春日井京子「『安元御賀記』と『平家公達草紙』―記録から〈平家の物語〉へ―」(『伝承文学研究』45　平8・4) 参照。
15　松尾葦江『平家物語論究』(明治書院　昭60) 第四章第三節
16　比喩的なもの言いで恐縮だが、構想、創出、方法などという語を用いると、誤解 (ときには歪曲) が生じやすいようなので、しばらく御容赦頂くことにする。この点に関して、野中哲照氏「〈構想〉の発生」(『国文学研究』122　平9・6) は勇気ある試行である。敬意を以て読んだ。

離陸までには、何がしかの滑走の時間がひつようだったかもしれない。しかし、「離陸の瞬間」と、本文の成長・流動の期間とは別次元の問題である。比喩でなく具体的な成立の情況を考えるために、年代に沿って、平家物語の成立に関する要点を、整理しておく。

三　成立の二段階

1　一二五〇年前後まで

既存する諸本を見渡した上で範囲を限れば、平家物語は承久の乱の終了までを、ほぼ物語の内に囲っている。延慶本が建礼門院死去を貞応二年（一二二三）とするのは遅い方だが、諸本によって多少異なるにしても、建礼門院や六代の死、文覚の死と怨霊化などの、幕引きとなる事件は、おおよそ承久の乱終了頃の年代に配置されている。物語の閉幕は、承久の乱の終結のあたりに設定されているとみてよい。

一方、外証資料からできるだけ確実な手がかりを求めて想像される成立事情は次のようなものである。[17]

治承寿永の内乱は、その規模と期間の長さにおいて空前のものであった。治承四年（一一八〇）から元暦二年（一一八五）に亙り、東国・北国・九州にまで及び、戦闘や政変が繰返され、当事者は非戦闘員も含めて多数に上った。被害者としてのみならず、自分自身が加害者にならざるを得なかった体験、また衝撃的な目撃など、その深刻さにおいても、当事者の数においても、保元・平治の乱とは比べものにならず、まさしく日本史上初めての規模であった。その鮮烈さは、『愚管抄』の聞き書きの中にも、幾例も見出すことができる。個々人にとって、それらの体験はかけがえのないものであり、到底、受け容れることのできない、時間をとり戻してでも拒否し通したいようなも

17　前掲『平家物語論究』第四章第一節

のであっただろう。しかし、残された者は生きつづけざるを得ない。建礼門院右京大夫のように[18]であっても、平宗親のように[19]であっても、あるいは平頼盛のように[20]であっても。――人々は鎮魂葬送の儀式を行なったり、宗教に癒しを求めたりした。仏教者の側も、難解な教義を明快に、しかも身近に説くのに、平家の栄枯盛衰や内乱のさまざまな事件を実例に挙げる場合は多かったであろう。

しかし、個別の体験は、時日が経っても、外部から慰藉されても、その疼きを決して滅じはしない。各々の心の中で、あの内乱が正当な位置を得て、それは必然だったのだ、と納得されるまでは。歴史語りが、時代の要請として求められるのは、こういう情況下である。

素材があり、関心があって、収集活動や筆録作業が盛んに行われたとしても、それらを「歴史」の形に編んで、理解したいという、普《あまね》く、根深い要求がなければ、断片的な説話や、史料が集成蓄積されてゆくだけだったと思われる。「歴史」は、「物語」のかたちをとった。鎮魂も唱導も、物語と遠いところにはなかった[21]。近年、そのような人的交流や文化活動の連続する場の解明が注目されている[22]。尤も、それに該当する、つまり平家物語の芽を育むことのできる条件を備えた場は、いくつも、やや誇張して言えばそこら中にあったかもしれない。

東山御文庫蔵『兵範記』紙背文書のいう「治承物語六巻号平家」は、そうして生まれた、物語の芽の一つだったと考えられる。仁治元年（一二四〇）頃、藤原定家の周辺で、治承年間（その前後も含むか）の平家を題材とした六巻の物語が書写されていたらしい[23]。但し、物語の内容は不明というほかはない。現存諸本中、語り本系は平家都落に至る過程の直前までを、延慶本は治承五（養和元）年の終りまでを巻六に収めているが、平家の滅亡も、都落すらも含まれない平家の物語を平家物語の成立と認め得るだろうか。それは前平家――複数存在した平家物語の素材の一つと見るべきだろう。恐らく一二四〇年の前後には、このような歴史物語を作る試み（例えば『増鏡』のいう「弥世継」）

18 『建礼門院右京大夫集』参照。

19 『発心集』巻七－八七「心戒上人不留跡事」、延慶本平家物語巻十二－34「阿波守宗親発道心事」参照。

20 覚一本平家物語巻十「三日平氏」参照。

21 前掲『軍記物語論究』第一章第二節

22 例えば、清水眞澄「史の平家・儒の平家―『平家物語』の生成と勧修寺家の力―」（『軍記と語り物』34 平10・3）

23 拙著『軍記物語論究』一七七頁の引用に対して、日下力氏からの批判がある（「書評」『国語と国文学』平9・8）。赤松俊秀『平家物語の研究』収録の写真図版から判読すれば、御指摘の通り、「此間書写候也未出来候者……」とするのがよいであろう。但し、「辻彦三郎著『藤原定家明月記の研究』一二四頁の翻字」は、辻氏自ら赤松氏の論文に拠る釈文と断わっておられ、この論考の初出が、いくつかあったと思われる。

正元元年（一二五九）には、すでに「平家物語」と呼ばれる、「合八帖本六帖後二帖」の作品が、醍醐寺僧深賢から、誰かに貸し出されている。[24] 深賢の口ぶりからすると、この八帖本は草稿本と見るべきもののようである。しかし、すでに「平家物語」という名が定まっていたことは注目される。具体的な記事内容はやはり分らない。「治承物語」から承け継がれてきたのかどうかも不明である。治承物語の「六巻」、この「本六帖」、そして現存平家物語が多く六の倍数の巻立になっていることは、六巻→八巻→十二巻と成長してきたかのような予測を喚起するが、今のところは数字の上の連想にとどまる。

一二五〇年代といえば、先に触れた『古今著聞集』や『十訓抄』などの大部な説話集が編纂されていた時期である。両者とも、少なからぬ平家の時代の説話を含み、また平家物語が摂った先例説話・由緒説話の類も多く共有している。殊に『十訓抄』は、最近の研究では、鎌倉幕府の重臣後藤基綱を編者とする仮説が出されており、[25] 源平盛衰記は恐らく『十訓抄』を参照したと思われるのだが、単に素材の共有のみならず、盛衰記との間には、その思想性、就中教訓性において相通じるものがある。盛衰記が『十訓抄』に材を求めたのは、むしろ結果だったのかもしれない。敢えて想像を逞しくすれば、鎌倉幕府方、源氏方、関東武士側の視点を兼ね備えた、治承寿永の動乱の物語を求める動きは、十三世紀半ばには、すでに胎動し初めていたかもしれないのである。栄華から滅亡へ、時代を駆け抜けて行った者を中心に、治承寿永を語る物語があれば、権力を打倒して勝利の階段を上ろうとする挑戦者の争闘を通して、時代の転換を知りたいとする欲求もあって当然である。つまり、一二五〇年前後に「平家物語」草稿が成立し、改訂が行われていたとすれば、すでにその頃、「平家」のみの物語ではない治承寿永の物語も、構想され、あるいは編纂されていたかもしれ

（拙著一九五頁注（15）に掲げた論文「藤原定家書写「平兵部記」紙背文書の二、三について」『日本史籍論集　上』（吉川弘文館　昭44）では、「此書出来候はゝ」としておられる。即ち、辻氏は初出論文を著書に再録するに当たって、赤松氏に依って釈文を改められている。拙著の注（15）は、最も早い時期に本資料を扱った論文名を掲げたものである。日下氏は初出論文を見ずに、拙著の注を「当を得たものとは思えない」と糾弾しておられる。いずれ、東山御文庫蔵の原資料を検討することができれば、それが最も望ましい。

24　横井清「平家物語」成立過程の一考察—八帖本の存在を示す一史料—」（『文学』昭49・12）

25　浅見和彦「十訓抄編者攷—後藤基綱の可能性をめぐって—」『説話論集第七集』（清文堂　平9・10）

ない。無論、現存諸本の語り本（略本）系と、読み本（広本）系との間には、単に内容上の相違に還元できない、叙述や編成――即ち文芸的方法の差異があるのだが、それも、物語のモチーフに並行して、それぞれ必然だったのかもしれない。

では、この頃の「平家物語」は、どのような内容を保有していたのか。治承物語も八帖本平家物語も、その内容は分らないと述べた。逆に、平家物語として我々が認定できる物語は、どのような条件を備えているかを、ここで考えておくことにする。現存諸本に概ね共通し、史実とは著しく異なる記事が二つある。[26]第一は「殿下乗合」であり、もう一つは「将軍院宣」である。両者とも史料によって知られる事実と相違するだけでなく、平家物語の文学としての方法をよく顕示している。即ち、人物に各々役割を与え、屢々対比的に描くこと。温厚で朝廷と協調的な重盛に対して一族のためには横紙破りも辞さない清盛、そしてこの事件が平家の悪行の始まりであったこと――「殿下乗合」には平家物語前半の基本構造を見出すことができる。「将軍院宣」は、鎌倉の頼朝が、朝廷からその存在を認められ、政治的実権を与えられて行く段階を、華麗な目に見える事件として征夷将軍任命におきかえて、いわゆる寿永二年十月宣旨の時点に繰り上げて記す。平家物語が複雑陰微な政治的情況を、このような具象化によって、最も端的な時点を指し示しながら記述することは、彼の個性ともいえる、特徴的な方法の一つである。さらに頼朝と後白河院の関係、鎌倉における頼朝像など、後半の物語の基本的な構造が、ここには現われている。

つまり、平家物語が史料や説話の羅列でなく、物語として、自立し得る世界の構造を組み立てたときを平家物語の成立とするならば、その平家物語は、「殿下乗合」や「将軍院宣」を持っていたであろうと、私は考えるのである。さらに、「祇園精舎」の序章が、平家物語が自らの物語的論理を一貫させ、不特定多数の享受者を引き受けることができるようになった――即ち、「平家物語」

26　前掲『軍記物語論究』三七五頁以下、四九一頁以下。

として離陸した――最大の要件であったことは、すでに別に述べた[27]ので繰り返さない。

果たして、一二四〇年代の「治承物語六巻号平家」、五〇年代の八帖本「平家物語」が、これらの要件を備えていたか否かは、証明するすべがない。しかし、今述べたように、頼朝と後白河院の関係を視野に入れていたであろうこと、寿永二年十月も物語の範囲内であったことからすれば、我々が認定する平家物語は、平家の没落や源頼朝の権力獲得を、基本的なプロットとして抱えていることになろう。広本系（源平系）の発生は、早期に、必然であったし、にも拘らず「平家物語」は、やはり、平家の滅びを語るものであったと見通しても、強《あなが》ち的を外れてはいないだろう。

一二二〇年代から一二四〇年代、五〇年代までは、語りとの関係も霧の中である。琵琶を抱えて京都の市中を歩き、物語をしたり、詞章に音曲を付して報酬を貰う盲僧たちがいたことは推測できるが[28]、原平家物語誕生への関与については、全く想像の域を出ない。

2　一三〇〇年代前半

さて、その後かれこれ半世紀、「平家物語」がどのようにあったかは、知られていない。永仁六年（一二九八）正月までに成立していたという『普通唱導集』には、琵琶法師が『保元物語』・『平治物語』・平家物語を、諳《そら》んじて語っていたことが見える。一三〇〇年代前半には、貴人や大寺院の僧侶のもとで、盲僧が「平家物語」・「平家」を語った記録が見出される。これらの場に、あるいはそこに集う人々の人脈に、本文の編集著述と琵琶語りの交流の機縁はあり得たことである[29]。延慶本平家物語の本奥書には、延慶二年（一三〇九）、三年（一三一〇）の年記があった。この頃、現存延慶本と全く同じではないが、ほぼ同様の志向を持つ本文が存したことは推定できる。元徳二年（一三三〇）四月から八月に写された反故紙経の紙背に、「小原御幸」の一部が書かれたものが厳島神社

27　前掲『軍記物語論究』六五・六六頁

28　前掲『軍記物語論究』第二章第二節

29　春日井京子「『平家物語』の伝播過程に関する一考察―中院家と仁和寺真光院を中心として―」（『中世文学』35　平10・5）

に所蔵されており、厳島断簡と呼ばれている。この、一三三〇年以前の「小原御幸」の本文は、現存延慶本の本文よりやや簡略な点があるが、極めて近接している。これが、現存する平家物語との同種本文として、年代を推定できる、最古のものになる。そして、年代がやや曖昧ながら、断簡として残る読み本系平家物語はほかにも数種あり、それらは現存本文と同一ではないが、対校が可能な程度に近接している。[30]また現存する読み本系諸本に関する奥書・本奥書の類からしても、十四世紀前半、読み本系の本文は複数存在していて、流動を繰り返しており、それらの大半は今日喪われてしまったらしい。さらに、潅頂巻の特立の有無は分らないものの、女院記事のうちの「小原御幸」が、一三三〇年以前に存在していた事実（厳島断簡）も重要である。

同じ頃成立した『徒然草』に、兼好が記す「山門のことを、ことにゆゝしく書けり。九郎判官の事はくはしく知りて書きのせたり。蒲冠者の事は、よく知らざりけるにや、多くのことゞもをしるしもらせり」という傾向は、ほぼ現存の平家物語と合致する。読み本系の本文は、全体に話柄が多いので、結果的に散漫になってはいるが、それでも右の傾向は概ねあてはまる。この後、約四十年経って応安四年（一三七一）、覚一本平家物語が定められるが、覚一の名によって封印されない、覚一本的本文がすでに十四世紀前半に成立していたのかもしれない。[31]

延慶本古態説を、本文の現状に即して検証するならば、現存延慶本は、一三〇九年当時のままではなく、まして一二五〇年当時の「平家物語」そのものではないと言わざるを得ない。勿論、その当時の〝風貌〟は残しているにしても。延慶本の中には、「平家物語」の古態、数次の改編、そして古態を装った増補が重層的に存在していると言うべきだろう。

かくて、現在、我々が通読することのできる平家物語本文で、年代が明確な、比較的古いものは、結局、覚一本なのである。屋代本も書誌的には応永頃（十四世紀末から十五世紀前半。現存延慶本も、一

30　前掲『軍記物語論究』第四章第三節

31　島津忠夫『平家物語試論』（汲古書院　平9）は、覚一本に見える重衡の詠が『玉葉集』に採られていることから、覚一本の原型がそれ以前の成立であることを示唆する。落合博志「鎌倉末期における『平家物語』享受資料の二、三について―比叡山・書写山・興福寺その他―」（『軍記と語り物』27　平3・3）は、正安二年（一三〇〇）昌詮撰『性空上人伝記遺続集』の参照した平家物語本文が、現存の延慶本・長門本とは一致せず、むしろ盛衰記や覚一本に一致する部分のあったことを指摘する。

四二〇年代に書写された）のものと言われ、転写時の改編の可能性が指摘されており、[32]今日、そのまま覚一本の祖本とは考えられていない（細かく言えば、覚一本も伝本によっては字句単位での改編が見られるのだが、今は覚一本として括れるレベルでのみ考えておく）。その覚一本は、原平家物語から、いったいどれほどの距離にあるのであろうか。

増補、略述、さまざまの改訂を経てきたであろうとは思われるが、覚一本に明らかな指向は、中立化、穏便化とでもいうべきものである。政治的、思想的に、極端な立場はとらない。殊に、皇室や頼朝政権に対して、丁重で恭謙な態度を見せる。それは、抒情的表現や女性説話が整えられていることとも相俟って、王朝物語的色彩を強め、近代の研究では流麗な文体の印象を音曲的効果と重ね合せて評価されたりもしてきた。恐らく、貴紳の前で、また不特定多数の援助を仰ぐために行う勧進平家のような場での演奏には、このような〝洗練〟が必要でもあっただろうし、より高い文芸的効果に向って淘汰が行われた結果でもあるのだろう。

我々は、十四世紀半ばの平家物語から、遡って十三世紀半ばの「平家物語」生成の情況をすかし見ているのである。同時代人たちの感覚そのものでなく、後嵯峨院代の、京極派の時代の、南北朝の、等々の波を被ってきた痕が洗い晒され、磨き出されて我々の前に在ることになる。

四　おわりに

正和二年（一三一三）に京極為兼が終功した『玉葉和歌集』は、巻十七（雑歌四）に哀傷歌を集めているが、平家の歌人の作や平家物語の内容と共通する詞書・詠歌が多く、二条派の『歌苑連署事書』から激しく批難されたことは有名である。

32　春田宣ほか編『屋代本高野本対照平家物語　一』解説（新典社　平2・5）

雑部はたゞ物がたりにてこそ侍るめれ。哀傷の所は、盲目法師がかたる平家の物語にてぞある。

（日本歌学大系）

彼の文学観からすれば、勅撰集と物語は全く別のもの、物語は一級低次のものだったようである。殊に「盲目法師が語る平家の物語」などと同等であってはならなかった。しかし、為兼は巻十七のみならず旅歌を集める巻八にも、平家物語と共通する歌や平家歌人の作を採っている（なお巻十八・二五七一も忠快の東国配流の折の作である）。特に一一四〇・一一七九など、目下のところ平家物語以外に出典の見つからぬ作もあり、為兼は配流や旅寝の体験詠に対する共感を持っていただけでなく、平家物語の愛好家でもあったのではないかと思われる。[33]この当時は前述の如く、読み本系の本文も複数存在し、貴顕のもとに出入りする琵琶法師が「平家物語」を語ってもいる。[34]『徒然草』が琵琶法師の「平家物語」に言及しながら、異本の存在について触れないのは、兼好が知らなかったからだとも考えられるが、あるいは当時の人々にとって、平家物語を本文と語りとに弁別する意識はなかったのではないか。『歌苑連署事書』の「盲目法師が語る」平家の物語、という言い回しからは、むしろ双紙としての平家物語も同時に存在し、どちらも「平家の物語」だったのだ、と考えられるのではないだろうか。

元暦元年世の中さはがしく侍りける比、平行盛、備前の道をかたむとて、だんの浦と申す所に侍りけるに、八月十五夜、月くまなきに、過ぎにし年は経正・忠度朝臣などもろともに侍りけるを、いかばかりあはれなるらむと思ひやられて、そのよし申しつかはすとて

全性法師

33　久保田淳「配所の月を見た人々」『中世和歌史の研究』（明治書院　平5）

小林守「玉葉和歌集の哀傷歌—雑歌四の平家関連の歌を中心に—」（『文芸研究』75　平8・2）

34　落合博志前掲論文（注31）では、『大乗院具注暦日記』から、延慶二年（一三〇九）「自今夜始物語平家一部也」、正和四年（一三一五）「平家物語聞之一部可申之旨仰含了」など、盲僧の活動の記録を挙げている。

ひとりのみ波まにやどる月をみてむかしの友や面かげにたつ　（二三一七）

返し　平　行　盛

もろともにみし世の人は波のうへにおもかげうかぶ月ぞかなしき　（二三一八）

世の中にことありてつくしのかたにながされて侍りけるが、後にめしかへされ侍りて、建礼門院大原におはしましけるにまいりて物申しけるにつけても、さま〴〵おもひ出づることおほくていみじうかなしくおぼえ侍りければ　前権少僧都全真

けふかくてめぐりあふにもかなしきはこの世へだてし別なりけり　（二四一五）

これらを見れば[35]、『歌苑連署事書』の言を裏返しにして、まさに歌集の形をとった「平家の物語」がここにある、と言いたくなる。無論、合戦場面や先例説話などはここにはない。また一人称による表出の限界もある。だが、物語が自立した作品としてこの世に在る以前、そして、人々の脳裏・胸中にあった「物語」が人々に共有されるかたちをとって（本文にせよ、語りにせよ）この世に存在するようになって以後、治承寿永の記憶は、何がしかの変質を遂げた。当時からそのまま承け継がれてきた挿話や詠草も、「物語」の離陸以後は、その機影の下に入り、あの時代は「物語」と二重写しになって思い出されるようになった。一二五〇年代と、一三〇〇年代とでは、多分、そこがちがう。さらに時が経てば、治承寿永の時代は「物語」のかたちに組み立ててイメージされるようにな

35　本文は、岩佐美代子『玉葉和歌集全注釈 下巻』（笠間書院　平8）による。

る。平家時代からの伝承と見えるものも、「物語」の引力から完璧に遁れ得た例は、必ずしも多くはないだろう。

以上、たどたどしく「物語」の成立について考えてきたが、一二五〇年前後、一三〇〇年代まで、そして一三七一年まで、各々の文学史的、文化史的状況の中で「平家の物語」がなぜ平家物語になったか、を、軍記物語の特殊性や約束ごとに閉じ籠ることなく論じ合いたいと希う。日本史・中世文学はもとより、ひろく文学の成立の問題に向けて、端緒を摑み出すことができれば幸いである。

第二節　平家物語の特殊性と普遍性をめぐって

一　はじめに

1　問題の所在

この数年、私自身が、平家物語に関する重要課題と意識していることを以下に四つ挙げる。

I　成立の年時、作者、成立事情が未詳であること。

II　本文の流動が激しく、かつ長期間に亙っていること。

III　語りとの関係、特に成立に琵琶法師の語りが密接に関わったとされてきたこと。

IV　諸本論は作品論に（あるいはその逆）、どのようにかかわるかということ。

この四点は、おのずから、平家物語の文学としての特殊性、ことに近代の小説のような、現代の読者に親しいジャンルとは異なる文学のあり方を提示する。その点で、平家物語研究はこれらの問題を避けては通れないし、一方、現代の読者が、文学とは何か、作品の創造の原動力とは何かという問題にとりくむ際に、これらへの取り組みが有益な思考回路を用意してくれることにもなる。

Iについては、未詳であることが「未だ」、という負のあり方なのではなく、もっと積極的な意味を有している[1]と考えたい。従来言われてきたように、無名の民衆が育てあげてきた文芸、という言い方が過不足のないものかどうかはともかく、研究が遅れているから「わからない」というだけではない。成立の過程そのものに特殊性があるから未詳なのであって、それはⅡ、Ⅲとも関係してゆく。

Ⅱについては、口誦の台本だから即興性が強い、もしくは語り誤りが引継がれるというような問題ではなく、流動する要因は時代によって複数存在したと思われ、それらが一時代の中に複合化している場合もあったと思われる。しかし、流動し異本を生み出すエネルギーを、四百年もの間保ち続けた点で平家物語は文学史上に稀有な例であるし、必然的にⅣの問題を孕む。

Ⅲをめぐっては、文字と並行して行われる語り、という視点を持つことが必要であろう。「語り」が机上の創作とは異なる威力を発揮するのは、声と場とを通してである。「声」が喚起するもの、「場」における交流がもたらすもの、それらは平家物語に何らかの特性を与えたはずである。但し、日本の中世は無文字社会ではない。いかにも芸能の詞章らしく、仏教(唱導)との関係、権力(王権)との関係、呪術性も在地性も失わないながらも、一方で、高度に洗練された修辞や概念語に支えられて、平家物語の文体はなりたっている。むしろ、その融合性にこそ、中世の文芸としての真面目があると言ってもいい。

Ⅳをめぐってはいくつもの問題が派生するであろうが、まず第一に、我々が「平家物語」と言ったとき、諸本のもつ幅をどこまでかかえこんでイメージすればよいのか、あるいはイメージし得るか、という問題を提起しておきたい。それは作品論のみならず、成立を論じる際にも肝要な問いであって、かくて、ⅣはⅠに、Ⅱにという風に、これらの問題は連関しているのである。従って、一問ずつ答の出せるものではないかもしれない。ただ、明確な枠組で限定された問いのかたちにこし

1　本章の序「平家物語の無名性と実名性」参照。

らえておくこと自体が、すでに第一歩をふみ出すことになると考えて、以下いささかの考察と問題点の整理を、書きつけてゆく。

2 成立論の要件

すでに前節で述べたように、記録や個人的述懐と、物語との間にはある種の質的転換があり[2]、文学の立場からは、まさしくその「転換」こそが作品の成立と呼ぶに価するのである。平家物語の場合、個人的体験や記録類や伝承等に広く、深く根ざしながらも、それらの記述の集成にとどまることなく、またそれら素材となった言説の基づいていた個別の目的から浮上して、物語は「成立」した。現代の我々は、その物語内の字句に媒介されて、物語世界にアプローチすることになる。これは紛れもないことである。従って、我々は物語がさまざまに仕掛けている表現上の仕掛けや伝統的な約束ごとに干渉されながら、治承寿水の事件を認識してゆくことになる。その上、前述した通り[3]、現存の本文は、すでに原本成立から半世紀、乃至は七十年以上経過した時点までしか溯れない。そこにある字句から物語中の人物の個別の契機へ、直接に到達することは難しいのみならず、成立論、作者論の方法として重大な見落しがある。

即ち、我々は、文芸作品、もしくはそれに近い文章を書いたり語ったりするとき[4]、自らの個別の事情をあからさまにするとは限らないということだ。ことに、歴史語りと呼ばれるような内容を陳述しようとするなら、たとえ自分や自分の一族の正当性を主張したり礼賛したりする目的をひそかに持っていたとしても、できるだけその意図が露骨に見えないようにするであろう。言葉に出すとき、言葉によって何かの一部始終を他者の記憶にとどめようとするとき、語彙を選ぶその瞬間から、何らかの一般化、個別性からの脱却の試みが始まると言ってよい。

2　文学は特別のものでない、とするのが最近の潮流のように見受けられるが、本書では文芸作品が実用目的の言説との間に、連続性と同時に、突出するものを持つとの立場をとる。

3　本書第一章第一節

4　誰にでも青春の一時期、あるいはそうでなくても、創作めいたものを書いた経験があるだろう。その際、たとえ告白手記に近い体裁をとったとしても、何がしかの事実離れや気取りなしには、文章を書きつづけることができなかったではないか。

もしも、素材となった言説と、自立した物語世界の中の文辞とを較べることができれば、なるほど相対的な個別性の濃淡はあるに違いない。我々が物語の素材そのものに溯及できることはごく幸運な場合でしかないが、眼前の物語中の記述それぞれに個別の事情を歴然と残した段階の素材の存在を想定するのは、むしろ非現実的だろう。この場合、「個別の事情」とは「私的な契機」「特殊な利害」と言いかえてもよい。

例えば、従来行われてきたような、「行隆之沙汰」（覚一本巻三）の行隆復帰の記事を理由に(5)、その子行長が作者であることを証明する（他に証拠があって、補足をするのならともかく）といった方法は、必要十分条件の片方しか満足させ得ないのであって、可逆的に使用することはできないと思う。

作者の側を見れば、個人的動機の有無と共に、素材となるような体験の有無も、それだけでは物語制作への参加資格とはなりえない。この点もすでに述べた(6)。同時代人であり、何らかの体験や情報を保持していても、歴史語りに参画しようとするか否かは各人各様だったし、共感のありかもいろいろなら、その表出方法はさらに多様だった。

作者と成立年時を探るなら、物語を生成し、育て得るような、文化的環境を考えてみる必要があるだろう（古風なやり方のようであるが）。素材から「物語」へ、浮揚させる技能と視点はどのようにして獲得されたか。その際に彼の周辺の環境は、どれだけ影響があったか。

一二四〇年頃には、いくつもの歴史物語が試みられていた(7)。あまり大きな規模ではなかったが、治承寿永の内乱と代替りをテーマとしていたはずである。一二五九年頃、「平家物語」という題名を冠せられた冊子本が、編集・改訂の途上にあったと推定される(8)。一方、一三〇〇年前後には、琵琶法師が軍記物語を諳《そら》んじて語り、貴人の邸宅や寺院でしばしば演奏の機会を持った。この頃は、第二次「平家物語ブーム」とでもいうべき時期だったのかもしれない。一三三〇年までには、厳島

5　「行隆之沙汰」や「吉田大納言之沙汰」は、当時の政界の実務を動かしていた人物を語ることによって、婉曲に政界・官界を描く平家物語の方法の一つであろう。彼らの一族の関与があったにしてもなかったにしても。

6　本書第一章第一節参照。

7　本書第一章第一節参照。

8　横井清「「平家物語」成立過程の一考察―八帖本の存在を示す一史料―」（『文学』昭49・12）

断簡に見るような、「大原御幸」の一部、女院の庵室のたたずまいを描く本文が成立しており、現存延慶本に至る流動過程にあったらしい。読み本系の本文は離合集散を繰り返し、その大半は今日喪われてしまった。『徒然草』を執筆していた兼好は、特に異本の存在について言及していないが、当時、「盲法師の語る」(『歌苑連署事書』)平家物語と共に、目で読む、冊子としての平家物語も並行して存在し、兼好は両者を、少なくとも対立的なものとは認識していなかったと思われる。その内容としては、比叡山を重んじ、義経を賞揚して範頼を軽んじるという、現存の平家物語に共通する傾向を有しており、厳島断簡に見る如き詞章の存在からすると、現在我々の目にする本文とほぼ同レベルの、表現と内容をそなえた「平家物語」であったものと思われる。

一二四〇年代から一三〇〇年代初頭までのどの時期に、十二巻形態が成立し、読み本系と語り本系の本文が分離したのかは未解明である。八帖本の存在からすれば、一二六〇年代以降と見るべきだろうか。例えば、源平闘諍録の形態を考えると、その本奥書の一三三七年になっても、未だ十二巻本形態によらない平家物語も、存在の余地はあったのかもしれない。

やがて平家物語は、多少の例外(たとえば長門本)はあるにせよ、十二巻もしくはその変化した形態におちつき、読み本系と語り本系の二大系統の文芸的性格がそれぞれ拡大してゆく。[9] そして兼好の、『徒然草』執筆後まもなく、覚一の演奏活動が始まっていた。記録の上では暦応三年(一三四〇年)から、彼の名を見出すことができる。[10]

二　平家物語の本文流動

1　二大系統の差異

平家物語の本文は、相互に排斥的であったわけではなく、絶えず混態を繰り返して今日の姿に至

9　両系統の交叉は、一四〇〇年代、八坂系諸本への摂取として再びあらわれる。

10　『師守記』。福田秀一「平家物語享受史年表」(国語国文学研究史大成『平家物語』三省堂　昭35)による。

った と考えられる。[11] 現存本文は、その点でいずれも相対的なものである。語り本系と読み本系は、それぞれの文芸的指向を異にしつつも、本文の交流があり、また両者の指向は突然変異的に表われたわけではなく、他の系統にもそれぞれに含まれていたものでもあった。

ここで、さらに提起しておかねばならぬ二つの問題がある。その①はさきにもふれたが、語り本系と読み本系とは、いつ頃、どのような過程を経て分岐したか、ということである。②は、流動の様相と要因とを一律にでなく、時代を区分して見て行く必要があるのではないかということだ。①の問題は、いわゆる原平家物語の形態をどのようなものと規定するか（広本的なものか略本的なものか）にも関連して行きそうだが、それ以前に、この二大系統の差異の核心をどこに見定めるかについて、明らかにしておかねばならない。[12]

延慶本・長門本・源平盛衰記、それにいわゆる略本とされる四部合戦状本・源平闘諍録も含めて、読み本系の名で一括すれば、端的に語り本系と区別されるのは、頼朝挙兵記事の扱い方であった。即ち、あくまでも挙兵の報告を受け取った平家の側から語るか、一旦関東に舞台を移し、頼朝と彼を担ぐ関東武士たちの動静を逐一記して行くか、の相違である。[13] この点について本文の異同や継承を詳しく論じれば、末尾の頼朝記事（延慶本）・巻頭の関東武士の系譜記事（源平闘諍録）と構想との関係、それらが本来的な記事なのか否かにまで及ぶが、むしろ巻末・巻頭の目ざましい特異記事を除いても、読み本系は全巻に具体的な地方武士の名前が頻出し、平家一門以外の武士への目配りが利いていることを、頼朝挙兵記事の特異さと共に記憶しておきたい。頼朝挙兵に該当する巻を欠く南都異本（南都本、大島本は、混合本として扱うべきか[14]）にあっても、読み本系の本文と判定し得る指標は、あれにもこれにも目配りしようとする記述態度の強弱である。読み本系諸本（略述的とされる四部本や闘諍録においても）は、単なる叙述量の増大には還元できない、語り本系とは異質の志向を持

11　松尾葦江『軍記物語論究』（若草書房　平8）第二章第五節及び本書第二章第三節

12　松尾葦江『平家物語論究』（明治書院　昭60）第二章第一節

13　麻原美子「平家物語の視角―本文系統論をめぐって―」（『文学』　昭45・8）

14　本書第二章第三節

っている。無論、それらを示す詞章の一字一句を追究して行けば、語り本と共通であったり、そのごく一部が相違しているだけであったりするのだが、それらが累積された結果、異質の関心と効果を示す文体として機能するようになる。重要なことは、読み本系諸本が、そのような文体こそ、歴史書にはふさわしいと考えていたのではないかということだ。先にも述べたように、十四世紀前半、読み本系の本文が複数存在し、流動し続けていたことは確かだとして、では語り本系の本文はどうしていたのだろうか。

2 屋代本の位置

古態本とみなされてきた四部本や屋代本には略述性が見られ、またしばしば唐突に実録的な記事が顔を出すことがあり、それらは古朴さ、史実性の徴証と誤解されて、古態的要素と判定されがちであった。屋代本の場合を見てみよう。(15)

〈例1〉 実定卿其ノ御所ヘ参テ、待宵小侍従呼出シ、古《シ》ヘ今《マ》ノ物語シ、サ夜モ漸々深《ケ》行バ、(中略)大将ノ御共ニ候蔵人泰実ヲ召テ、(中略)物カハト君ガイヒケム鳥ノ音ノ今朝シモイカニ悲シカルラン
(巻五「徳大寺左大将実定卿旧都近衛河原皇大后宮大宮御所被参事」)

「待宵小侍従」「蔵人泰実」という人名は、ここでは全く説明なしに出てくる。覚一本などでは「待よひの小侍従といふ女房も、此御所にそ候ける。この女房を待よひと申ける事は」とあって、渾名の由来が説明され、(16)それに則って「物かはと…」の歌が成りたつのであるが、屋代本は何も説明せず、「物カハト君ガイヒケム」の背景は、享受者には知らされないままである。泰実の名も、

15 引用本文は『屋代本高野本対照平家物語二』(新典社平3)により、振仮名を略し、濁点を加えた。

16 延慶本では、蔵人が歌を詠みかける時に、「実ヤ此女ハ白河院ノ御宇(中略)、ト読テマツヨヒノ二字ヲ賜テ待宵小侍従トハヨハレシソカシト、キト思出サレテ」という形で説明されている。なおこの問題は、すでに麻原美子「屋代本『平家物語』の成立」(『平家物語の生成』汲古書院平9)がふれている。

屋代本のみが明記するところである。[17]

〈例2〉 其ノ為レ体、頭ハ白銀ノ針ヲ瑩揃ヘタル様ニキラメイテ　（巻六「清盛為白河院御子事」）

忠盛が怪物めいて見えた承仕法師を組みとめて、正体を露わした逸話であるが、覚一本には「雨はゐにいてふる、ぬれじとて、かしらにはこむぎのわらを笠のやうにひきむすふでかづひたり。かはらけの火にこむぎのわらかゝやいて、銀の針のやうには見えけるなり。」と説明している（延慶本もほぼ同）。屋代本は藁のことは何も説明していない。恐らく屋代本以前には、これらの説明をもつ本文があったはずであり、屋代本は一面では簡略化、削除という作業を経た本文であるということができる。

関東武士の記事については、巻五「伊豆国流人前右兵衛佐頼朝謀叛之由大庭三郎景親早馬京着事」の中に、[18]「畠山ガ三浦ト軍《サ》シタリケル事ハ、父ノ庄司重能、伯父小山田ノ別当ガ折節在京シタリケルヲ扶ガ為トゾ後日ニハ聞《ヘ》シ」と解説したり、巻六「木曾冠者義仲於北国謀叛事」の中に、「上野国ニハ、奈和太郎広純ヲ先トシテ」という具体的人名が突然出てきたりする。[19] 屋代本は現存の延慶本を抄略してできたわけではないが、具体性に富み、解説を好む読み本系的本文を一度は通過していることも予測してよいことであろう。屋代本の史実性については必ずしも正確ではないことは、すでに論じたことがある。[20] むしろ、小規模ではあっても、読み本系のような史書的方法を好んだ本文に近い指向を有している点に注目すべきなのだろう。

八坂系諸本は、多かれ少なかれ本文中に読み本系的要素の断片を覗かせている。断絶平家で終る巻末形態からすれば、屋代本をも八坂系の一本とする分類[21]に拠るべきなのだろうか。だが具体的な

17　『新拾遺集』では、藤原経尹とし、他の史料には見出されない。

18　延慶本平家物語五—14「小坪坂合戦之事」に詳しい。

19　延慶本にはない。

20　前掲『軍記物語論究』第三章第三節

21　高橋貞一『平家物語諸本の研究』（冨山房　昭18）

詞章は、屋代本と八坂系一・二類本文とでは必ずしも一致しない。そこで考慮せねばならないことは、本文流動の過程にも、時期的にみれば幾つかの異なる段階があったのではないかということである。屋代本が「読み本系的性格」の面影を残していることと、八坂系諸本が断片的ながら貪婪に多様な材料を摂り入れ、あたかも読み本系のミニチュアの如き本文となっていること[22]とは必ずしも同一の現象として括れないのではないか。屋代本も書誌的には応永頃（一三九四―一四二八）の本とされ[23]、八坂系本文の初期のものは十五世紀前半には成立していた（東寺執行本の本奥書は一四三七年）し、いわゆる覚一本系周辺本文と呼ばれる類の本文は、断簡の存在から推定すると、十五世紀半ばには存在していたらしいので、伝本としての屋代本、及び断絶平家型のこれらの本文はおおよそ十五世紀頃のものであることになる。しかし、屋代本から推測される読み本系と語り本系との近接性と、八坂系諸本の形成過程における混態現象とは、一旦区別しておく必要があると思う。

成立の問題と本文流動の問題とに年代的区分を設定して検討することができるように、これまで述べてきたこと[24]を、略年表の形で整理してみる（次頁）。

この表を見ながら思うには、平家物語の成立の問題は、主として一三七一年以前、一二五〇年前後の文学史的情況のもとで見るべきであろう。一二二〇年から一三〇〇年頃まで、語りと読みが並行して行われる環境の中で、源平系（読み本系）の本文の形成や十二巻形態の基本構造の成立が想定されることになる。いわゆる「語りによる平家物語の達成」というテーマは、一二〇〇年代の終わりから一三七一年までの間に、据えるべきであろう。覚一本以降は、芸能としての平曲界の事情が本文流動・諸本展開にも何らかの関係があったと想像される。一方、屋代本が語られたかどうかは判っていない。諸本の中で見渡せば、屋代本が語られたのであれば、文体の上から〝語り〟性を立証することは殆ど難しい、つまりどの本文でも語られた可能性があるということになろう。四部

22　渥美かをる『平家物語の基礎的研究』（三省堂昭37）

23　山田孝雄「平家物語異本の研究（一）」（『典籍』大11・7）

24　本書第一章第一節。また第二章第三節。

平家物語の成立と流動に関する略年表

一二二一	承久の乱。平家物語の内容、この頃まで。
一二五九前後	「平家物語」の成立過程（「八帖本」の編集）。
一二九七	この間、琵琶法師の語る「平家」あり。（『普通唱導集』）
一三〇九	延慶本本奥書。
一三三〇以前	現存平家物語とほぼ同じ内容、表現の平家物語あり。兼好の伝える作者伝承あり。この間、読み本系本文の離合集散。
一三七一	覚一の定めた正本「覚一本平家物語」。
一四一九	延慶本書写。
一四三七	東寺執行本書写（本奥書）。八坂系諸本あり。
一五九五	文禄本奥書。八坂系混合本あり。

合戦状本でさえ、訓読してみれば、文体の上では語り本系本文と相容れぬものではないと言ってよいし、長門本ともさほど異質ではない。後ほど述べるように、覚一本を中心にして考えてみても、語りの実際と、詞章に残る語りの証跡、及び文体から受ける印象との相関は、直結することはできないようだ。

屋代本を現段階で位置づければ、語り本系の本文を持ちながら、読み本系がその後拡大してきた史書的指向を、面影として残している本、と言ったらよいだろうか。読み本系は、平家物語成立後、比較的早期に、独特の史書的指向をうち出した本文の流れだと想定される。源平を対等にとりあげようとし、記録性、具体性をよそおい（あるいは目ざし）、詳述性と総集性（例えば日本全土を視野に入れ、先例を数え上げ、人物伝を一代記化するといった）を全面に押し出す。一二四〇年代の歴史物語の内容は判らないが、歴史語りの定型からすれば、争乱終結、秩序回復を幕切れとするのが本来の型だった(25)と思う。断絶平家、さらに秩序回復の記事をつけ加える巻末が、古態を感じさせるのはいわれのな

25　前掲『軍記物語論究』第一章第三節

いことではない。頼朝記事が持ちこまれるのも、源家礼賛や関東武士政権正当化といった政治的理由のみならず、秩序回復を以てして歴史語りは完結するという、旧来からの伝統に則ったことによって収まりがよかったからである。その点で、本文を溯及して発見される相対的な〝古態〟とはやや異なる意味ではあるが、現延慶本が示唆する「原延慶本」は、古い形の平家物語をイメージするのに十分なヒントとなりうるのである。屋代本に見られる、ごつごつした〝古態本らしさ〟は、幾分なりともそれを承け継いでいることからくるのかもしれない。屋代本は断絶平家で全巻を了え、現延慶本は断絶平家型のヴァリエイションともいえると思うが[26]、長門本・盛衰記は延慶本と祖を同じくしながら灌頂巻で幕を閉じる型（覚一本）に引き寄せられている。殊に盛衰記は、断絶平家の記事そのものをも消滅させてしまった。断絶平家か灌頂巻かという全巻終結の二様のあり方は、覚一本以降、諸本によってそれぞれに選択（あるいは回避）された。当初は一方系語り本の旗印だった灌頂巻も、読み本系諸本にも、城一本のような八坂系の諸本にも採用されるに及び、その中で覚一本系周辺本文や、城一本以外の八坂系諸本は、敢えて断絶平家の系統に立っているというべきであろう。これらが読み本系的要素を摂取し、いささか雑駁な混態本文や混合本となってゆくのは、必ずしも古態の保存を意図したからではなく、まさしく十五世紀の本文の状況を示すものと見るべきである。それらは主として机上の操作により異文を創出する場合が多かったようだ。その後十六世紀、そして十七世紀に流布本が出版されるに及んで本文が固定化するまでの流動は、片方で平曲が文字テクストとの関係で変質してゆく動きと見合うものなのかどうか[27]、検証されねばなるまい。

三　覚一本のパラドックス

覚一本の、流麗で韻律的な文体は、語りによる洗練の結果というよりもむしろ、そのように受け

26　「特集　平家物語の終わり方」（『軍記と語り物』35　平11・3）

27　兵藤裕己「座頭（盲僧）琵琶の語り物伝承についての研究（三）―文字テクストの成立と語りの変質―」（『成城国文学論集』平11・3）

とられることを狙っての、一種の機巧だったのではないか、との推測を以前に述べたことがある。[28]語り物を書きうつしたから韻律的なのではない。いわば内在律とでも呼ぶべき、内容と詞句・修辞との響き合いによって享受者に情緒的共感を促すような仕組みを、覚一本の文体は獲得しているのである。耳のよい人の書いた文体、とでも譬えようか。対句や定数律による修辞は、じつは延慶本を初めとする読み本系の方がはるかに多い。しかもそれらは地の文に多く、「無常」などに関する詠嘆的詞句も同様である。読み本系は記録的、詳述的であろうとしながら、あたかもそれによって打ち消される分だけ詠嘆的、修辞的なものを確保しようとするかのようにダメ押しをする。[29]だが、結果として韻律的で、音吐朗々ともいうべき文体の魅力を発揮するのは、少ない言葉で多くのことを語る、覚一本の方なのである。これは、一種のパラドックスとも言えるかもしれない。覚一本の表現に語りが及ぼした影響として最も理解しやすいものは、芸能としての場――不特定多数の人々に提供される――の制約からくる、中立化、穏健化であろう。祝言性もそれに含めてよいかもしれない。覚一本は皇室に関する記事は恭謙さを以て語る。どぎつい表現や暴露的記事は好まない。怪異や災害の記事にも節度がある。そのことは、覚一本が平家物語の異本創出に際してスタンダードとなるのに与って力あったと思われる。また、読み本系のもつ評論的指向は、必然的に攻撃性や教訓性をもたらし、物語の語り手の位置をやや上方に押し上げているのに対し、覚一本は物語内の人物と対等の目線で語ってゆく。これを、音声によって語りかけ、場を共有する享受者の情動が共鳴し盛り上がってゆく過程を自分自身も体験しながら演奏する、語り手のスタンスが文体の上にも生き残っているのだと考えるのは、少々短絡的かもしれない。が、少なくともそう感じさせる臨場感、現実性を獲得しているのも確かだろう。

我々は『梁塵秘抄』や『閑吟集』の一節を読み、出典を知らずとも、歌謡的だと感じることがよ

28 前掲『軍記物語論究』第三章第二節

29 本書第二章第一節

くある。囃し言葉や、くだけた口語調や、やや不規則さをまじえた定数律や、勿論、内容（歌謡の詞は、よびかける相手を必ず意識している。形式的には一人称であっても三人称であっても、情調としてはおしなべて二人称を設定していると言ってよい）などからくる印象だが、そういう〝歌謡らしさ〟とは、一体何だろうか。書かれた詞章として読んでも、そこから感じる韻律や曲想は、何に起因するのか。省みれば我国の近代詩の韻律性も、黙読してもなお、心内に聴く〝声〟のもつリズムによるものだった。現行の平曲のテンポや旋律は、覚一本の文体のリズムや雰囲気とは直接類似しないので、いずれにせよ覚一本と語り物性との関係は、紆余曲折のある、あるいは次元の異なるものとして想定せざるを得ない。

覚一本のパラドックスを解くには、言語学や音韻論や文体論、文学と音楽の享受にかかわる心理学等々を総合した、一種の美学理論が必要なのかもしれない。

四　おわりに

平家物語研究は、従来、平家物語の特殊性ばかりを強調しすぎたのではないか、そのために研究者自身が他の文学現象にうとくなってしまったのではないか、と思うことがある（単に私一人の怠惰なのかもしれぬが）。例えば、十五世紀以降の本文改訂による流動は、平安末期物語や私家集の本文異同とは、共通した動きを全く見せないものであろうか。物語や私家集の本文異同が主としてどういう要因によるのか、それらは最終的にどのような方向に進行するのかも充分知っているわけではないのだが、八坂系本文の流動を見ていると、彼是を別次元の動きとして区別し得るのか否か、疑問に思うことがある。平家物語本文の場合を語りによる、芸能の特殊事情による、机上の改編による流動と、一々判定することはできるものなのか。

また、一二〇〇年代は、説話集編纂の時代でもあった。前半には、『古事談』、『続古事談』、『宇治拾遺物語』、『今物語』。後半には『十訓抄』、『古今著聞集』、『私聚百因縁集』と、大規模な説話集が多い。それらの中には、源平時代の人物にまつわる説話も少なくなく、例えば読み本系平家物語に採りこまれても違和感がないと思われるものもあり、また実際、平家物語諸本と共通するものも多い。従来、「平家物語と説話」と題すれば、物語の素材、または管理者考が論じられるのが定石だった。(30) しかし、この大がかりな説話収集・編纂の時代的空気の中にあって、平家物語作者は、説話集でなく物語を構築しようとし、それをしおおせた。方法としての説話を十二分に駆使しつつも、過去を語る説話の世界でなく、時の流れが絶えず動いてゆく物語の世界を創出したのである。平家物語はそれを可能にするだけの表現技量に支えられている。異なるジャンルの言説との連続と突出との、両方を見きわめたいとおもう。

以上、実証・論証の大半は、拙著『軍記物語論究』に譲ったが、文学史の中に平家物語を正しく位置づけてゆくために、ふみ出した第一歩である。

30 前掲『平家物語論究』第一章第六節、『軍記物語論究』第四章第五節に、「方法としての説話」を論じた。

第三節　風景、情景、情況
——平家物語の〈叙景〉の成立

一　はじめに

小林秀雄は昭和三十五年七月発表の「平家物語」と題する文章[1]の中で、こう言っている。

自然の観照について、細かく工夫を凝らした夥しい文学に比べてみれば、「平家」は、まるでその工夫を欠いてゐるやうに見える。あの解り切つた海や月が、何とも言へぬ無造作な手つきで、ただ感情をこめて摑まれる。何処を読んでもさうだ。読んでゐるうちに、いかにもかうでなくては適ふまいと思はれて来る。宇治や屋島の合戦とは限らない。合戦とも言へぬ「信連」の戦さでも、これは私の大好きな文の一つだが、活写された彼の目覚しい動きの背景には、彼の働きなどにはまるで無関心な十五夜の月が上る。彼は月の光を頼りに悪戦するので、月を眺める暇はない。しかし、何と両者は親しげに寄添うてゐるか。

ここで賞揚された「信連」合戦とは、覚一本平家物語[2]によれば次のような場面である。

1　初出『文芸春秋』昭35・7。引用は『考へるヒント』（文芸春秋新社　昭39）による。

2　引用は日本古典文学大系による。以下同。

かたきは大太刀・大長刀でふるまへ共、信連が衛府の太刀に切たてられて、（中略）嵐に木の葉のちるやうに、庭へさッとぞおりたりける。さ月十五夜の雲間の月のあらはれいでて、あかゝりけるに、かたきは無案内なり、信連は案内者也。あそこの面道におッかけては、はたときり、こゝのつまりにおッつめては、ちやうどきる。（巻四「信連」）

小林は、昭和二十一年に出した『無常といふ事』の中に収めた「平家物語」という一文[3]にも、次のように書いている。

通盛卿の討死を聞いた小宰相は、船の上に打ち臥して泣く。泣いてゐる中に、次第に物事をはつきりと見る様になる。もしや夢ではあるまいかといふ様な様々な惑ひは、涙とともに流れ去り、自殺の決意が目覚める。とともに突然自然が眼の前に現れる、常に在り、而も彼女の一度も見た事もない様な自然が。

続けて小林は、平家物語から左の波線部分を引用している。

北の方やはらふなばたへをきいでて、漫々たる海上なれば、いづちを西とはしらね共、月のいるさの山のはを、そなたの空とやおもはれけん、しづかに念仏したまへば、沖のしら洲に鳴千鳥、あまのとわたる梶の音、折からあはれやまさりけん、しのびごゑに念仏百返ばかりとなへ給ひて、「なむ西方極楽世界教主、弥陀如来、本願あやまたず浄土へみちびき給ひつゝ、あかで別しいもせのなからへ、必ひとつはちすにむかへたまへ」

3　初出『文学界』昭17・7

と、なく〳〵はるかにかきくどき、なむとゝなふるこゑ共に、海にぞしづみたまひける。

（巻九「小宰相身投」）

小林のこの二篇のエッセイには共通して、「無常な人間と常住の自然とのはっきりした出会ひ」が指摘されており、小林が平家物語に見出した魅力とは、人間の、率直でけなげな行動が簡潔、明晰な文体によって描かれていること、そして彼らの存在がこの世界の中に正しく位置づけられていること（常住の自然の中に在る人間）にあったと思われる。

もう少し平家物語の本文を手繰ってみよう。信連の奮戦を照らす月は、この章段の冒頭に、

宮はさ月十五夜の雲間の月をながめさせ給ひ、なんのゆくゑもおぼしめしよらざりけるに、源三位入道の使者とて、ふみもッていそがしげでいできたり。

（巻四「信連」）

とある、その月である。五月十五日は、史料の上からも、以仁王の変が露顕し、官軍が王の御所へ捜索に向った日であることが確かめられる。歴史文学である平家物語は史実通りに五月十五夜と記しているわけだが、(4)同時にこの月は、以仁王と信連、この章段の中心人物に極めて効果的に配されている。

梅雨の晴れ間の満月。秋の月とは異なる風情の明るい月の姿に、以仁王は無心に見入る。しかし、全国の源氏たちに、一族の名誉と命を賭けて決起せよと呼びかけておきながら、「何の行方も思し召し寄らざりけるに」とは、あまりに呑気ではないか。文化的資質にすぐれてはいても、武力革命の指導者に担がれるには不向きな、以仁王の天分を平家物語はさりげなく、しかしそここに描き

4　因みに『玉葉』『山槐記』ともこの日「天晴」とする。

出す。クーデターは始まったばかりだというのに、忘れ物の笛を届けに来た信連に向って、「われしなば、此笛をば御棺にいれよ」と口走る。[5] 宇治と三井寺の間僅か十二キロほどの道のりで、六度も落馬した。三井寺を出る時すでに、「いまをかぎりとやおぼしめされけん」、愛蔵の笛蟬折を、金堂の弥勒菩薩に供えて出た。——いずれも、己れを恃んで武士たちの指導者となる人物の行動ではなく、武士たちを不安に陥れるような言動を繰り返していることになる。

しかし、信連は敗れゆく主のために、孤軍奮闘、武士のアイデンティティを賭けて戦いぬく。月明りを頼りに、と小林が書く通りだが、史料によれば、恐らくこの奮闘には虚構が施されているらしい。[6] 敗れゆく者の傍らに、自らを賭けて奉仕する人間を描出し、彼らを支点に敗者の物語を感動的にせり上げるのは、平家物語がしばしば用いる方法であり、ここでは信連にスポットが当てられる。同じ五月十五夜の月が、章段の冒頭では以仁王の、ここでは信連のキャラクターを、ありありと照らし出すのである。

「小宰相身投」の場合はどうだろうか。[7]

この時は二月十四日夜半のことなので、月は満月に近く、中天から西へ傾き始めていたはずである。宵の口から乳母の渾身の説得をかわすのに時間がかかった。[8]「月のいるさの山の端」を初めとして歌ことばが鏤《ちりば》められているが、その中でも「沖の白洲に鳴く千鳥」「天の戸渡る梶の音」は、「しのびごゑ」で念仏を唱える小宰相の緊張と、海上の静寂さを想像させる。入水した小宰相の捜索に時間がかかり、「はや此世になき人となり給ひぬ」というのが、春の夜のせいでもあるかのように印象づけられるのは、次のような一文があるからであろう。

さらぬだに春の夜はならひにかすむ物なるに、四方の村雲うかれきて、かづけどもかづけど

5　この遺言は、後に首のないむくろとなって運ばれてゆく以仁王をめのと子に確認させ、衝撃的な効果をもたらす。

6　『山槐記』治承四年五月十五日条。官人たちが高倉宮邸に到着した時は、門は皆閉じられていた。信連は射撃によって二、三人に疵を与えた。

7　小林の言う「彼女の一度も見た事のない自然」とは、いわゆる末期の眼に映った自然である。海上無辺の空の下、人間の願望がいかに無力であるかを知り、孤身のおちつく先が「月の入るさの山の端」、即ち西方浄土にしかないことを悟った瞬間、人間存在の微小さと共に悠久の自然が意識に映る。

8　この「小宰相身投」のもつ哀切さは、ひとつには乳母の説得の力と小宰相の死を選ぶ意志との拮抗あるが故だということは、すでに述べたことがある（松尾葦江『平家物語論究』明治

も、月おぼろにてみえざりけり。　　　　　　　　　　　　　　　　（巻九「小宰相身投」）

さらに水葬に付す際にも、「さる程に、春の夜の月も雲井にかたぶき、かすめる空も明ゆけば」とあって、全体にこの部分は春の朧月夜の雰囲気で覆われ、それは「よに美しき女房」や「三とせの恋」のイメージと支え合うものでもある。

平家物語は小宰相の身投げを、愛に殉じる美女の物語として、春の朧月夜の中に包みこみ、一の谷の死者たちへの挽歌として捧げているのである。

平家物語が歴史文学であるからには、時日、地形を始めとして具体的な〝事実〟があり、それを書きとってゆくことによって〝おのずから〟描写が成立したかのように、錯覚されてはいないだろうか。そうではない。平家物語の風景描写、場面構成、さらに長時間に亙り複雑で抽象的な動きの絡み合う政治状勢を象徴する事件の叙述、それらは意図的に具象化されたものである。最も効果的に、それぞれが平家物語の構想と結びついて、目に見える〈景〉として叙述されている。

以下、平家物語の〈叙景〉とはどんな機能をもち、どのように成立してきたのかを、作品世界の形成過程の問題に向けて考えてみたい。

二　覚一本平家物語の自然描写

✦　1　✦

すでに論述したことがあるが[9]、平家物語の自然描写は、あるがままの記述ではない。幾つか例を引こう。

鹿谷事件の後、鬼界が島に流され、恩赦にも漏れて独り残された俊寛を尋ねて、有王は島内を歩

9　前掲『平家物語論究』第一章第三節

書院　昭60）一三頁。

き回る。

山のかたのおぼつかなさに、はるかに分入、峯によぢ、谷に下れ共、白雲跡を埋《うづん》で、ゆき来の道もさだかならず。青嵐夢を破て、その面影もみえざりけり。山にては遂に尋もあはず。海の辺について尋るに、沙頭に印を刻む鷗、澳のしら洲にすだく浜千鳥の外は、跡とふ物もなかりけり。（巻三「有王」）

ところがこの島の風景は、すでにこう記されていた。

嶋にも人まれなり。をのづから人はあれども、此土の人にも似ず。色黒うして牛の如し。（中略）嶋のなかにはたかき山あり。鎮《とこしなへ》に火もゆ。硫黄と云物みちみてり。かるがゆへに硫黄が嶋とも名付たり。いかづちつねになりあがり、なりくだり、麓には雨しげし。一日片時、人の命たえてあるべき様もなし。（巻二「大納言死去」）

有王のさまよう、詩語、歌語を鏤めた風景は、鬼界が島の現実からはほど遠く、つまりは観念的なものなのだ。以前に述べたように、(10)ここで重要なのは、実際に鬼界が島の地形や風景がどうだったかではなく、見知らぬ土地で、あてもなく主の俊寛を捜してさすらう有王の心情であり、その悲壮さ、ひたむきさを表わすために、ごく小規模ではあるが、一種の道行文が挿入され、抒情をよびおこす機能を果たしているのである。

事実としての景色が模写されているのでないことは、故事説話の中に現れる自然描写の場合には

10 前掲『平家物語論究』三九頁

明白であろう。

かひ〴〵しくも[a]たのむの鴈、秋は必こし[b]地より都へ来るものなれば、漢昭帝上林苑に御遊ありしに、[c]夕ざれの空薄ぐもり、何となう物哀なりけるおりふし、一行の鴈とびわたる。

（巻二「蘇武」）

傍線部a、bのような歌語、cの如き情緒的な描写は、勿論、漢代の実景を写しているわけではない。[11] 本来、本筋の物語の時間の流れからは外れ、過去に完結した事件を先例として語る従属説話の内部に、一瞬、擬似的な時間が流れ出し、（蘇武の望郷の執念に対する）共感が始動する。この共感の獲得こそが狙いなのである。

言葉のもつイメージによって構成された自然描写の効用は、次のような例にもみられる。[12]

横笛これをつたへきいて、（中略）あるくれがたに宮こをいでて、嵯峨の方へぞあくがれゆく。ころはきさらぎ十日あまりの事なれば、梅津の里の春風に、よそのにほひもなつかしく、大井河の月影も、霞にこめておぼろ也。一かたならぬあはれさも、たれゆへとこそおもひけめ。

（巻十「横笛」）

「二月十日余」の設定は、「梅津の里」の地名に照応し、美女が恋ゆえにさすらい歩く小さな道行文の情調を創出する。神無月の設定にしている異本もあるのだが、覚一本は、横笛の姿や感情を描く代りに、艶麗な歌語を七五調で綴ることを以て替えたのである。

11 前掲『平家物語論究』四一頁

12 前掲『平家物語論究』四〇頁

✦ 2 ✦

但し、これら心情や情調を表現する機能を負わされて構成された「風景描写」は、その部分だけで作用するのではなく、物語の文脈の中で効果を発揮するのであることに注目したい。

思きりたる道なれども、今はの時になりぬれば、心ぼそうかなしからずといふ事なし。比[a]は三月廿八日の事なれば、海路はるかにかすみわたり、あはれをもよほすたぐひ也。[b]たゞ大方の春だにも、くれ行空は物うきに、況やけふをかぎりの事なれば、さこそは心ぼそかりけめ。[c]奥《おき》の釣舟の浪にきえ入やうにおぼゆるが、さすがしづみもはてぬをみ給ふにも、我身のうへとやおぼしけん。[d]おのが一つらひきつれて、今はとかへる雁が音の、越路をさしてなきゆくも、ふるさとへことづけせまほしく、蘇武が胡国の恨まで、おもひのこせるくまもなし。

（巻十「維盛入水」）

晩春、遙かに霞む海上、風景の全体をaでまずとらえ、bで暮れ行く春を惜しむ一般の情緒を、維盛の「けふをかぎり」の決別の情とつき合せ、さらにcの浪に上下する釣舟を我身と重ね、d帰雁の声により望郷の念をつのらせる、という風に、叙景は一々維盛の心情と一体になっている。殊に印象的なのはcであろう。沖の浪に翻弄される小舟を自分自身と同じだと感じる維盛。叙景と心情とが一体だというだけでは不十分で、むしろ叙景は心情を象徴的に描いたものだというべきかも知れない。維盛の眼に映る風景を描きながら、じつは、この世に別れを告げようとする彼の心情を描き、維盛自身の存在をも表象化する。

いくさやぶれにければ、主上をはじめたてまッて、人々みな御船にめして出給ふ心のうちこそ悲しけれ。塩にひかれ、風に随て、紀伊路へおもむく船もあり。葦屋の沖に漕いでて、浪にゆらるゝ船もあり。或は須磨より明石の浦づたひ、泊さだめぬ梶枕、かたしく袖もしほれつゝ、朧にかすむ春の月、心をくだかぬ人ぞなき。或は淡路のせとを漕とをり、絵嶋が磯にたゞよへば、波路かすかに鳴わたり、友まよはせるさ夜千鳥、是もわが身のたぐひかな。行さき未いづくとも思ひ定めぬかとおぼしくて、一谷の奥《おき》にやすらふ舟もあり。か様に風にまかせ、浪に随て、浦々嶋々にたゞよへば、互に死生もしりがたし。

（巻九「落足」）

一谷合戦の記事のしめくくりに置かれる文章[13]である。一谷の敗戦、盛俊・忠度・敦盛・知章の最期、師盛・通盛ら公達の最期の記事に続く。平家物語は大きな事件を叙した後にこのような抒情的な美文を置くことがよくあり、特に覚一本では、事件を述べる叙事的な文体とその後の詠嘆的な文体との対比が鮮かである。例えば巻六「入道死去」、巻十一「先帝身投」などにその典型を見出すことができる。

これらの箇所では、それまでの叙事の部分がはぐくんできた感情的伏流が、カタストロフィにより解き放たれ、詠嘆的にうたいあげられる。その頂点を最も凝縮した形で呈示するのは詩や歌である。例えば次のような場合。

三月十六日、少将鳥羽へあかうぞ付給ふ。故大納言の山荘、すはま殿とて鳥羽にあり。住あらして年へにければ、築地はあれどもおほいもなく、門はあれ共扉もなし。庭に立入見給へば、人跡たえて苔ふかし。池の辺を見まはせば、秋山の春風に白波しきりにおりかけて、紫鴛白鷗

13 「小宰相身投」は、覚一本でも龍谷大学本・高良神社本・寂光院本にはない。この文章が巻九の末尾となる。

逍遙す。興ぜし人の恋しさに、尽せぬ物は涙也。家はあれ共、らんもむ破て、蔀やり戸もたえてなし。「爰には大納言のとこそおはせしか、此妻戸をばかうこそ出入給しか。あの木をば、みづからこそうへ給しか」なンどいひて、ことの葉につけて、ちゝの事を恋しげにこその給ひけれ。弥生なかの六日なれば、花はいまだ名残あり。楊梅桃李の梢こそ、折しりがほに色々なれ。昔のあるじはなけれ共、春を忘れぬ花なれや。少将花のもとに立よッて、

桃李不レ言春幾暮　煙霞無レ跡昔誰栖

ふる里の花の物いふ世なりせばいかにむかしのことをとはまし

（巻三「少将都帰」）

対句、詩句、引歌によって、主なき山荘の爛漫の春が描かれるが、成経の口ずさむ詩歌に、その風景に触発される感懐が尽されている。いわばここまで散文で述べられてきた景と情とが集中して流れこむさきが、詩と歌であると言ってもよい(14)。言い換えれば、荒廃した山荘に繰り広げられる晩春の風景の中を、亡き父の面影を追い求める成経のまなざしがさすらう内に、風物は詩歌によって明瞭に意味づけられる。叙景と詩歌部分とは、ほぼ同じ主題を三人称と一人称とで繰返していることになる。

✦ 3 ✦

灌頂巻「大原御幸」の自然描写が、現実の季節とは相違して、物語の構想上の意味を担わされていることを論じたのは、櫻井陽子氏であった(15)。それによれば、覚一本平家物語が先行の和歌や物語の表現を利用しつつ、寂光院周辺の風物を、壇ノ浦合戦の三月二十四日を連想させるべく、季節を溯行させて描いていること、及び女院の庵室がいわば四季尽しの超自然的、超時間的世界を暗示す

14　覚一本では屢々、登場人物たちの詠歌や朗詠、歌謡の詞が、彼らの置かれている状況とそれに対する彼ら自身の情動を暗示する役割を担うことがあり、或いはもっと明確に、彼らの伝えたいメッセージを表明していることもある。前者の例が巻五「月見」の実定の朗詠であり、後者の例には巻七「忠度都落」の忠度の朗詠、巻十「千手前」の千手の歌う白拍子などが挙げられる。

15　『平家物語の形成と受容』一―二―2（汲古書院平13、初出平2・6）

るような風景描写でとりまかれていることが指摘されている。即ち、前者は平氏の死者たちの一周忌に女院と法皇の対面及び六道語りが行われたかのように、後者は女院往生を予想させるように設定された、舞台背景であって、事実の模写ではないということである。

さらに私見をつけ加えれば、晩春の自然の叙述は、美しい女性、また美的隠遁生活に相応しい雰囲気を醸成する狙いもあると思う。

すなわち、「大原御幸」の叙景は、事実の模写ではなく、物語の上で特別な意味を賦与された、人事の絡む情景として、創り出されていることになる。

平家物語の叙景が〝あるがままを写した〟〝事実の模写〟ではないことは、実は作り物語と同様なのである。それらは登場人物の心情によって染めあげられているだけでなく、しばしば彼らの心情そのものの表徴として用いられ、また物語の語り手の評言の代りともなるのであった。

三　延慶本の情景描写

✦ 1 ✦

平家物語の諸本群は語り本系と読み本系に二大別される。両系統を区別する指標はいくつかあるが、[16]ここでは、描写のレベルの相違に注目したい。

先行本文を偶々継承してきたというだけでなく、意図的な編集及び文体的統一を経てきた、語り本系本文の代表としては覚一本を見てきたので、読み本系のテキストも、文体的統一を経た源平盛衰記を採用すべきかもしれない。しかし、これから論じるような描写の密度（細部の詳述主義、具体的記述の尊重）の問題は、真字本である四部合戦状本・源平闘諍録を除けば、[17]読み本系すべてを特徴づけるものと思えるので、ここでは延慶本をとりあげることにする（長門本は延慶本との共通本文か、

16　本書第二章参照。

17　表記上の制約や略述的性格を考慮すれば、これらの真字本も、やはり読み本系の共通性の圏内にある。

その略述形態になっている場合が多い)。

読み本系の詳述主義はいろいろな側面があり、[18] 例えば地名、人名の具体的記載などもその一環であるが、ある場面の描写が著しく具象的になっている場合がある。いま、寿永三（一一八四）年、捕虜となった平重衡が、関東へ連行されて源頼朝から面接される箇所を例に引く（あまり長くなるので海道下の道行文及び頼朝と重衡の問答は省く。覚一本の該当箇所を後に掲げる）。

延慶本の本文は、いわゆる宣命書きに近い漢字片仮名交じりで表記されているが、一律に漢字片仮名交じりとし、私に濁点、句読点、振り仮名、「」等を加えた。

A十①日、法皇、九郎御曹司ニ仰《おほせ》有ケルハ、「重衡ヲバ自㆓関東㆒前兵衛佐頼朝有㆓申請之旨㆒、可㆘下㆓遣之由㆒」仰《おほせ》有ケレバ、梶原平三景時　奉《うけたまはり》テ、中将ヲ奉㆓具足㆒テ関東へゾ下ケル。夜ノホノボノトシケル時、夏毛ノ行縢ニ鼠毛ナル馬ニ乗セ奉テ、白布ヲヨリテ鞍ニ引廻《ひきま》ハシテ、外ヨリ見エヌ様ニ前輪ニシメ付テ、竹笠ノ最大《いとおほき》ナルヲ着セ申タリケリ。藍摺ノ直垂着ル男、馬ノ口ヲ取《とる》。前陣ニ武士三十騎計《ばかり》打テ、後陣ニ又三十騎計《ばかり》打タル中ニ打具セラレタリケレバ、余所《よそ》ニハ何トモ不㆓見分㆒、梶原平三景時ヲ初トシテ後陣ハ百騎計《ばかり》ゾ有ケル。久②々目路ヨリ下給ヘバ、六波羅ノ辺ニテ夜曙《あけ》ニケリ。此《この》当リニ平家ノ造営シタリシ家々、皆焼失《やけうせ》テ、有リシ所トモ見ヘズ。中ニモ小松殿トテ名高ク見ヘシ所モ築地、門計《ばかり》ハ有テ浅猿《あさまし》クコソ。中将、人シレズ被㆓見廻㆒ハケレバ、此内ニハ犬鳥ノ引シロウ音シケリ。哀レ世ニ有リシ時、争《いかで》カ加様《かやう》ノ事有ラントゾヲボシケル。山ノ嶺ニ打上テ都ヲ返見給ケム心中コソ悲ケレ。自㆑是東地指テ被㆑下ケルコソ悲ケレ。耿々タル露ノ駅ニ馳㆓思於千里之雲㆒、眇々タル風ノ宿リ任㆓セ心於幾重之波㆒ツヽ、隔㆑霞凌㆑霧、立別《たちわかる》レバ、旅ノ空雲

18　大がかりな場面描写でなく、ごく部分的に、ときには唐突に詳細な描写が顔を出す例を、一、二参照しておく。

内府暫ク物モ宣ハズ、良久《ややひさしく》有テ、直衣ノ袖ニテ涙ヲ拭ヒ鼻打カミ宣ケルハ（中略）直衣ノ懐ヨリタ、ウ紙取出テ、鼻打カミ、サメぐヽト泣々宣フ。（第一末—18「重盛父教訓之事」）

如㆑形《かたちのごとく》三帰戒ノ名字計《ばかり》ヲ受テ、法名聖照トゾ申ケル。萌黄ノ裏ツケタルウス香ノ直垂ヲヌギヲキテ、コキ墨ゾメノ衣ノ色、落《おつ》ル涙ニシボリアヘズ。（第一末—27「成親卿出家事」）

居ノ余所ニヤ成ヌラム。（中略。海道下の道行文）

B折節兵衛佐殿ハ伊豆ニ狩シテオワシケレバ、梶原、事ノ由ヲ申入タリケレバ、門外ニテヨソヲヰ有リ。左右ノ御手ヲ胸ノ内ニ収メ申テケリ。門柱二本引立テ、未ダ棟モ上《あげ》ズ扉モ立テズ、大垣モ跡計《ばかり》ハ見ヘテ広々ト有。内ヲ見入ラルレバ、南面ニ三間四面ノ新キ板葺ノ寝殿ニ簾懸《かけ》タリ。妻合東前ニ五間四面ノ屋三アリ。人々多ク並居タリ。西ノ方ニ東向ニ五間四面ノ片早アリ。梶原平三先ニ立テ、中将入ラル。片早ノ内、西ノ座ニハ小文ノ畳三帖敷テ、東ノ座ニハ紫縁ノ畳ヲ五帖敷レタリ。中将ハ西ノ座ノ小文ノ畳ニ東向ニ被レ居、景時ハ北ヨリ第二ノ間ノ梃ニ居タリ。見人《みるひと》数ヲ不レ知。暫有テ、寝殿ノ母屋ノ西ノ間ノ左ノ簾ヲ一枚、僧ノ浄衣着《きた》ルガ出来テ巻上テ、僧ハ北ノ間ノ梃ニ居タリケリ（中略。頼朝・重衡の問答）。

C「此人ハ名ヲ流シタル大将軍也、無二左右一不レ可レ奉レ切。南都大衆申旨《まうすむね》有」ト兵衛佐宣テ、「宗茂是ヘ」ト有ケレバ、梃ナル僧召付ク。自二東梃一年四十計《ばかりに》モヤ有覧《あるらん》ト省《おぼし》キ男ノ白直垂着タルガ、佐ノ前ニ梃ヲ押ヘテ膝ヲ屈メテ立《たて》リ。佐宣ケルハ、「アノ三位中将殿預《あづかりまゐら》進セテ能々《よくよく》モテナシ労リ奉レ。懈怠ニテ我恨《うらむ》ナ」ト宣テ、手ヅカラ簾ヲ引ヲロシテ被レ立ニケリ。宗茂、本ノ侍ニ帰テ、友共ニ云合《いひあはせ》テ、寝殿ノ前ニ腰敬シテ西屋ナル景時トサ、ヤキ事シテ、「サラバ今ハ出サセ給ヘ」ト申ケレバ、中将立出給テ、今日ヨリハ伊豆国住人鹿野介宗茂ガ手ニゾ渡リ給ケル。冥途ニテ罪人ノ七日々々ニ獄卒ノ手ニ渡ルランモカクコソ有ラメ、如何ナル無レ情者ニテカ有ムズラント覚《おぼす》ゾ悲キ。奉二守護一武士共モ不レ稠《きびし》カラ、夜ハ椹ニ居、昼ハ庭ニゾ候ケル。
(第五末―8「重衡卿関東へ下給事」)

A'さる程に、本三位中将をば、鎌倉の前兵衛佐頼朝、しきりに申されければ、「さらばくださるべし」とて、土肥次郎実平が手より、まづ九郎御曹司の宿所へわたしたてまつる。同三月十日、梶原平三景時にぐせられて、鎌倉へこそくだられけれ。西国よりいけどりにせられて、宮こへかへるだに口おしきに、いつしか又関の東へおもむかれけん心のうち、をしはかられて哀也。(中略。海道下の道行文)

B'兵衛佐いそぎ見参して(中略。頼朝・重衡の問答)

C'「南都をほろぼしたる伽藍のかたきなれば、大衆さだめて申旨あらんずらん」とて、伊豆国住人、狩野介宗茂にあづけらる。そのてい、冥途にて娑婆世界の罪人を、なぬか〳〵に十王の手にわたさるらんも、かくやとおぼえてあはれ也。
(巻十「海道下」「千手前」)

延慶本ABCと覚一本A'B'C'とが照応するのであるが、両者の相違は歴然であろう。Aの前半①は、罪人として護送される際のいでたちが具体的、かつ詳細に記述される。後半②は、焼失した小松殿の敷地内で屍体を漁るらしい犬・鳥の気配がするという、凄惨な現実を叙して、海道下[19]となる。Bは、伊豆の狩野の建物の記述が極めて具体的であり、その空間の中で頼朝と彼の配下の者がどう動くかが詳細に記述される。

A①やBのように、数字を具体的に挙げ、人の動きを明確に記す方法、A②のような非情でグロ

19 延慶本の「海道下」は宴曲を採り入れ、覚一本より長大になっている。佐藤陸「「海道下り」の本文」『軍記と語り物』21 昭60・3)

テスクな現実を避けずに記す態度は、読み本系に多かれ少なかれ共通する。ただBの如き、人物の対面・対決を、その空間的描写を支えに、情景として描くのは、この箇所に際立った手法だといえる。

こういう描写は概して、頼朝の登場する場面（例えば第二末―10「屋牧判官兼隆ヲ夜討ニスル事」など）に多く見出されるようである。清盛に関しては、例えば「法印問答」（第二末―26「院ヨリ入道ノ許へ静憲法印被レ遣事」）とか、「教訓状」（第一末―18「重盛父教訓之事」）などにこの種の異文があってもよさそうだが、ない。僅かに、次の例くらいである。

五月二十九日夜打深《うちふけ》テ、太政入道ノ許へ行向テ、「行綱コソ可レ申事アテ参テ候へ」ト申ケレバ、「常ニモ参ヌ者ノ、只今夜中ニ来タルコソ心得ネ。何事ゾ、聞《きけ》」トテ、平権守盛遠ガ子主馬判官盛国ヲ出サレタリ。「人ヅテニ可レ申事ニ非ズ、直《ぢき》ニ見参ニ入テ申ベシ」ト申ケレバ、入道、右馬頭重衡相具《あひぐし》テ、中門廊ニ出合《いであひ》テ、入道宣ケルハ、「六月無礼トテ、紐トカセ給へ、入道も白衣ニ候」トテ、白帷《かたびら》ニ白大口フミク、ミテ、スヾシノ小袖打カケテ、左ノ手ニ打刀ヒサゲテ、蒲打輪《うちは》仕《つか》ハル。「此夜ハマウニフケヌラム。イカニ何事ニオワシタルニカ」。行綱近々ト指寄《さしより》テ、（下略）

（第一末―7「多田蔵人行綱仲言ノ事」。傍線部が覚一本に比して増えている記述の部分）

この点からすると、関東、もしくは頼朝周辺の記録や小規模な歴史物語があって、延慶本の素材に用いられたのではないかという推測が出て来そうであるが、私はそう思っていない。むしろ関東や頼朝周辺の記事にリアリティを付与しなければならなかった、または読者のそういう関心に応えねばならなかった必要性を考慮すべきだと思う。

Bに似た状況は、宗盛と頼朝の対面の条（第六本―33「兵衛佐大臣殿ニ問答スル事」）にもあるが、建物の内外について詳述し、そこで行われる重大な対面をありありと描き出す、といった方法はとられていない。A①をも併せ考えると、重衡記事に特有の現象かとも疑われるが、延慶本の重衡記事全体にこういう描写が見られるわけでもない。

むしろ、第三本―15「白河院祈親持経ノ再誕ノ事」に見られる高野山の説明、第二中―36「燕丹之亡シ事」にある咸陽宮の説明（これは覚一本もほぼ同）などが、数字を頻りに挙げて（必ずしも事実を記述している保証はない。原拠からの引用もあるか）、建物や地区を記述しようとしており、異界や聖域の描写に一種の現実味を与える方法と関連があるのではないか。

✦ 2 ✦

関東で、頼朝と京都の人間が対面する、最初に重要な場面[20]は、「征夷将軍院宣」である（覚一本では巻八。延慶本では第四―16「康定関東ヨリ帰洛シテ関東事語申事」）。覚一本と延慶本とを比べると、記事の大概に相違はない[21]が、最大の違いは延慶本が帰京した康定の報告を直接話法で記し、覚一本は他の箇所と同様に地の文で記す点である。

覚一本の他の部分に比して、この章段は情景描写が具体的で詳細だとの感を抱くが、延慶本はさらに詳しくなっている（鶴岡八幡で「拝殿ニ紫縁ノ畳ヲ二帖敷テ康定ヲ居セ候テ高圷ニ希《さかな》二種シテ」酒を呑ませたとか、その夜の宿所が「五間ナル」萱の屋であったとか、翌日頼朝の館に向うと、まず「紫縁ノ畳ヲ敷テ」座を与えられたとか）。

覚一本がこの場面を詳述するのは、頼朝の権力確立の重要な段階を象徴する場面[22]だからであり、

20　延慶本第四―32「知康関東へ下事」、第五末―24「池大納言鎌倉ニ付給事」にはこのような具体的な情景描写はない。

21　『吾妻鏡』建久三年七月二十六日〜二十八日条に一部一致するが、引出物など相違もある。なお『吾妻鏡』は前平家物語や平家物語の初期本文を素材とした可能性も捨て切れないので、いずれが史実とは決め難い。

22　松尾葦江『軍記物語論究』（若草書房　平8）三七〇頁

鎌倉政権の舞台をこの一段で具象化し印象づけようとしたものであろう。それに対し延慶本は、さらに重衡護送と頼朝対面をクローズアップして描くわけである。京都人の眼から見た頼朝の権勢を、将軍院宣の勅使、生虜の平家――寿永二年、翌三年と、二回描いたことになる。前引のBは、好奇心に満ちた、一種の異界を見るような眼で、頼朝権力下の世界を、情景化する試みだといえるのではないか。

覚一本がB'のような形にとどめたのは、政治権力交替のような複雑な情況を、最も重要な局面に集中して造型してゆく、この本文の方法に則ったものであり、延慶本が重衡の護送と対面にスポットを当てたのは、平家の側から運命の転変を描き、そのことを明瞭に主張する人物と頼朝の対決を描いておきたかったのだと思われる。

ここでは、臨場感のある情景描写によって、平家の惨めな敗北と、頼朝を中心とする関東武士の新しい秩序とが浮き彫りにされる。

実際の記録を断片的に利用したかどうかは不明だが、延慶本の意図は、見慣れぬ権力集団の珍しさと威力とを、かたちあるものとして表現することであったのに違いない。

風景というにはもう少し人事の絡んだ、意味を賦与された叙景がここにある。かりに情景と呼んでおこう。風景をも情景をも、平家物語は、決して現実の模写を目的として描きはしないのである。

✦ 3 ✦

なお突き進めれば、例えば政治的力関係の変化、異文化の侵入、伝統的秩序の空洞化、といったような、抽象的で長期的な状勢の変化を端的に描き出す場合に平家物語が得意とするのは、ある特徴的な事件を劇的に描いて、それにより象徴させる方法である、と言える。前述の「征夷将軍院宣」は、寿永二年十月宣旨の当時の政治情況を、九年後の任征夷大将軍におきかえて構成した記事であることは以前に論じたが、(23)「殿上闇討」（第一本—3「忠盛昇殿之事付闇打事」）や「殿下乗合」（第一本—16「平家殿下ニ恥見セ奉ル事」）等も同様である。幾つもの勢力の絡み合い、政治的駆引、小さな事件の累積、長期間に亙る変化……政治状勢は単純明快な形では推移しない。しかしそのままでは物語として叙述するには不向きである。平家物語の巧みさは、政治状況のある変化を、その最も端的に現われた局面をえらび出し、象徴的かつ劇的な事件として構成し得たことにあると思われる。

これを、情況を劇的場面として描く方法、とでも名づけようか。歴史を物語として記述するためには、この方法を獲得することが不可欠であった。

23　前掲『軍記物語論究』第四章第一節

四　おわりに

従来、平家物語の文芸性を論じたり注釈を施す際に屢々、史実と虚構、歴史其儘と歴史離れというような視点が据えられた。その前提には、事実から物語的構想に添う改変へ、という形成過程が想定されている。しかし、叙景が風景の模写そのものでなく、場面描写は決定的局面としての情景を創出するものであり、情況は劇的事件に集約されて描かれる、とすれば、歴史文学もまた作り物語と同様の形成過程を考える必要があるのではないか。既定の〝史実〟があって、自動的に物語が組みあがるわけではない。歴史文学である以上、事件の結末はすでに定まっている。しかしそれらにどれだけ説得性のある必然性、原因と動機を用意するか、どれだけ人物たちに共感をそそる造型と状況を保証できるかに、作品としての成否はかかっている。

例を挙げて説明しよう。すでに以仁王の造型について見た通り、事件の結末が必然だったと納得されるような仕掛けは、周到に準備されている。頼朝の成功までに、反平氏の動きは鹿谷事件、以仁王の変、義仲の入京と三段階を踏んで記述される。革命の成否は、私心に基づくか大義名分によるか、及び指導者の器量による、というのが平家物語の論理である。鹿谷事件は藤原成親が分を超えた大将の職を望んだことから始まり、彼を始めとする一味の人々の軽薄さは、多田蔵人行綱のみならず我々をも不安に陥れる。しかしこの未遂のクーデターは、鬼界が島に死んだ俊寛を始め「人の思歎きのつもりぬる」（巻三「僧都死去」）ことによって平家滅亡をあと押しした。次の以仁王の変の場合、おごり高ぶった平宗盛がいかに源頼政の子仲綱に屈辱を与えたかが描かれ、競の行動に代弁される如く、頼政父子の復讐は尤もだと思えるように構成されている。しかし所詮は私憤であり、怨恨から起こった革命であった。[24] 以仁王の資質が武士に担がれるには向かないと造型されていることはすでに述べたが、その上、運の弱さも「うたてけれ」と評されている（巻四「宮御最期」）。しかし、この時以仁王の発した令旨は、頼朝や義仲の決起に大義名分を与えることになった。いわば以仁王や頼政は捨石となったことになる。

次に兵を挙げたのは義仲と頼朝であるが、義仲は徹底してその器量不足が描かれる。それに対し頼朝は、以仁王の令旨の上に福原院宣を受け、大義名分は万全であったと描かれる。[25] 鹿谷事件――以仁王の変――義仲――頼朝になって、反平氏の挙兵が成功するのは偶然ではなく、必然だとの道すじが物語内部に布かれているのであった。

平家の衰滅も同様に、彼らの悪行、人物の器量、神仏の加護等の要因が組み合わさって必然となる（と、我々が納得できる）路線が設定されている。歴史文学は結果を記述するだけでなく、それらを必然的推移らしく構成し叙述せねばならない。抽象的なこと、記録的な時間を超えてしまうことも、かたちある事件や人物の行動として記述しなければならないのである。

平家物語は、人物の心理を叙す代りに景を叙した。それは物語の文脈に連なって発揮され

24　覚一本は「わたくしにはおもひもたゝず、宮をすゝめ申たりけるとぞ」（巻四「競」）と批判して、頼政が私憤を大義名分にすり替えたことを明かしている。

25　頼朝挙兵を詳しく書く読み本系では、あくまで関東武士たちに勧められ担がれて挙兵したかのように造型される（前掲『軍記物語論究』第二章第四節）。

る仕組みをもつ、抒情でもあった。容易には見わたせない政治の動きを述べるのに、重大な局面の情景を鮮明に描き、象徴的な事件をとりあげて具象化しようとした。

これらは、意図的に構成され、創出された叙景なのである。その点について言えば、作り物語との間に絶対的な差異はない。換言すれば、平家物語の成立とは、このような表現、造型、構想を獲得した時点をいうのである。

第四節　平家物語の成立と展開を論ずるために

一　平家物語研究の状況から

本節では、私自身が平家物語研究喫緊の課題と考えている問題と、この数年の研究の状況とをつき合せた結果、浮び上がる問題を素描しておく。研究史そのものが目的ではないので、いちいち該当論文名を挙げることはしないが、適宜、研究者名やプロジェクト名にはふれる。敬称を略す。

1　延慶本古態説

水原一の延慶本古態説が世に出たのは昭和四十年代からであったが、延慶本本文の古態性自体は突然彼が言い始めたものではない。彼自身が「延慶本平家物語考」の冒頭に述べているように(1)、すでに明治四十四年、山田孝雄は「現存諸本中鎌倉時代の国語資料として採るべきは延慶本のみなり」と断言し(2)、延慶本を用いて鎌倉時代の語法を調査しているのである(3)。さらに歴史学者赤松俊秀が『愚管抄』の注釈の過程で、延慶本平家物語との記事の一致に注目し、やや激しい口調で、延慶本こそが平家物語の「原本」にすこぶる近いものであると主張した(4)。冨倉徳次郎との間で、平家物

1　「延慶本平家物語考」昭44・11（『平家物語の形成』［加藤中道館　昭46］所収、『延慶本平家物語論考』［同　昭54］再録）
2　『平家物語につきての研究前篇』＝『平家物語考』（明44）
3　『平家物語につきての研究後篇』＝『平家物語の語法』（大3）
4　「平家物語の原本について」（『文学』昭41・12『平家物語の研究』［法蔵館　昭55］収録）

語の「原本」、及び成立過程の想定方法について論争があり、トーンダウンはしたものの、この時点で「読み本系から語り本系が成立した」と言い切っている。(5)

水原一が延慶本の古態を説く姿勢には年代によっていささか変化があって、初期には慎重な留保や限定がつけられていたものが次第に無条件になり、広範囲になり、絶対的になっていく傾向があるのだが、それらの差異を仔細に点検して彼の学説を総体的に把握し評価する試みは未だ行われていないと言っていいだろう。彼の古態説が強固なもののように思われるのは、ひとつには、部分的に文献による立証を果たす一方で、伝承文芸論を応用した大胆な平家物語成立過程の臆測を立てて、相互に補完させているからであろう。この点もやがては研究史の上で解体され、正しく論評されなければならない。従来、史料に照らして検証する成立論と、無告の民の情感を汲み上げた伝承文芸的生成論とは相対立し、葛藤するものであった。それゆえ、どちらからか仮説や方法の綻びを指摘されて信頼度を下げてしまうことが多かったのだが、水原説はまさしくこの両者を車の両輪とし、支えあうものとして存立している。そこに発想の新しさがあると同時に一種の幻惑があることも注意しなければならないが、現在までの研究はそれを突破できていない。

さらに、史料の範囲を拡張しようとする当時の歴史学側の需要も、延慶本古態説を歓迎し、自前の吟味なしに受け入れる風潮をもたらした。この場合、従来、平家物語の成立や諸本研究の成果を、専門外の人々に必ずしもわかりやすく利用しやすい形で発信してこなかった我々の側の問題もあったに違いない。今なお、延慶本のまるごとを古態として引用する、もしくは無前提に平家物語の代表本文として使用する、あるいは鎌倉初期の平家物語、すなわち「本来の」平家物語のすがたとして論じる傾向があとを絶たない。言うまでもないが、現存の延慶本は十三世紀半ば、平家物語が成立してまもなく、激しく生成流動しつつあった時期の本文そのものではない。まして十二世紀末、

5　「延慶本平家物語について」(『日本歴史』昭44・
6　『平家物語の研究』[法蔵館　昭55] 収録)

平家が滅亡し鎌倉政権が勃興した時代の実録ではない。それに、もともと「古態」という観念は相対的な指標を表わすものであった。今さら赤松・冨倉論争の轍を踏まないようにしたいものである。

実際、延慶本を長門本や源平盛衰記などの近接本文と共に眺めてみれば、そこには十四世紀のみならず、応永の十五世紀を思わせる要素（語彙や説話）が見え隠れする。無論、鎌倉期の時代的雰囲気も色濃く残っており、地名や人名などに、一部はすでに忘れ去られた、平家物語形成当時の事実性を斑らに保存していることも、水原説の強力な根拠となっている。かくて、本奥書の延慶年間から応永年間の転写時まで、ほとんど変化はない、したがって現存延慶本は覚一本以前まで遡れるのだという水原説の大前提がなりたつのだが、その点に疑問を提出したのが、櫻井陽子の一連の論考（6）（『校訂延慶本平家物語』の本文作成プロジェクト中の調査によるもの）であった。この反論以来、延慶本は、一部に後補があるが、という留保条件を付せられて、しかしおおむね古態本である、現存諸本中最も原態の面影をよく残す、として用いられているようである。果たしてそれでいいのか。

延慶本古態説は本来、水原一の描いた平家物語の成立過程のイメージと切り離すことができないものであったと思う。現存諸本の中でどれがいちばん古い形を残しているか、という目だけで選抜して延慶本の本文を扱うのは危うい。「風説の平家」から年代記性を骨格とした物語へ、雑駁で大量の記述をもつ史料集成から洗練された物語へ、変貌を遂げてきたのだという成立過程論をどう批判し、何を受け継ぐのか。いま平家物語の成立については、もう一度、延慶本古態説の根本から見直し、原点に帰って論じる必要があるのではないか。部分的に手直しをして継ぎ足していけばいいとは思えない。尤も、すべての平家物語研究がいちいち古態本の見直しをしていては前へ進めないのも事実であろうから、延慶本古態説の位置づけを各自確認し、その上で自らの必要に応じて論を立てざるを得ないであろう。昭和四十年代の延慶本古態説から自分は何を採るのか、それと自らの

6　「延慶本平家物語（応永書写本）本文再考―「咸陽宮」描写記事より―」（『国文』95　平13・8）ほか。

立論とはいかなる関連にあるのかを明らかにして論じる必要がある。

2　仏教的時代性

昨今の中世文学研究で著しい現象は、従来なら文学として取り上げられなかったような文献資料に関する調査、考察が盛んに行われるようになったことであろう。文化史的関心がいわゆる「文芸」とそれ以外の言説の枠を外した、と言ってもいいだろうが、平家物語の分野についてみれば、ここ数年、やっとそれらの作業が文学の領域と嚙み合うようになってきた、との感がある。例を挙げれば牧野淳司による寺院資料と平家物語記事の関連の指摘[7]がある。従来も、延慶本書写の場とそれに関係する僧侶たちの人脈や、唱導的文体と共通する詞句の指摘などは行われてきたが、ここへ来て仏教史的な、広い意味での時代性を背景に、作品の成立、変貌を想定する視野が拡大された。作品の内部にかかわる契機を考える手がかりとしては不十分な面があった従来の研究も、より有効になったと言えるのではないか。何ゆえに仏教者たちが、俗史に手を染め、その編集や書写に熱心であったのか、その結果、書き残された「言説」にどのような偏向が生じたか、が問えるようになったからである。

しかし、延慶本の場合はそもそも唱導性、仏教性が濃厚であり、個別の情報が多すぎるくらい含まれているので、仏教的時代性と平家物語の成立とを関連させるのは当然だと思われようが、例えば屋代本のように、仏教色を薄め、彼岸でなく此岸での解決を以て物語の叙述を進めようとする本文の場合、同様には論じられない。これもまた諸本群の中に位置する平家物語のひとつのあり方であって、広い意味での時代性は仏教史だけでは再現できないのである。政治史もまた同じである。作者名、成立年代の不明確な平家物語に関しては、これまで仏教的・政治的人間関係以外の文学史

7　「延慶本『平家物語』と寺社の訴訟文書―寺院における物語の生成と変容―」（『中世文学』平19・6）ほか。

的な視点、つまり文芸思潮の動向、文壇（歌壇）の状況などの考察が十分だったとは言えないのではないか。

3　本文の微細な継承関係

平家物語の諸本研究は、いくつかの層に分けて考えることが可能である。諸本を分類し、成立の先後や相互の影響関係を勘案して体系化していく研究を最も上位に置くならば、一つ一つの伝本を精査し、詞章の微細な差異に注目してその継承関係や結果としてもたらされる文芸的効果などを解明する研究は、それを支えるものとして重要である。近時は後者が多く行われ、例えば高木浩明[8]、櫻井陽子[9]、佐伯真一[10]らの仕事が挙げられる。それらは単に個々の伝本の解題を作成するのみならず、諸その伝本の書写や本文継承関係の調査を通して、古活字版や整版の制作過程を明らかにしたり、諸本の小分類や混態本の先後関係の見直しを提案したりする意図を以て行われている。

それぞれに裨益するところは大であるが、注意しておきたいことは、本文の精細な影響関係を考証していく方法には、おのずから限界があると認めねばならないということである。第一に、現代のわれわれがテキストを机上に並べて比較対照していくと、複数の本文の混態という結論が出やすい。しかし、中世もしくは近世の、どういう場ならそれが可能であったろうか。それら複数のテキストは誰にでも入手、及び保有が可能だったのか。今までその点にふみこんで論じた混態本の論はほとんどない。

第二に部分的な混態で見る限り、そこに用いられているx本、y本、z本等々は、現代の我々が見ているX本、Y本、Z本…そのものであるかどうかは証明がむつかしい、ということである。あくまでもX的本文、Y的本文、Z的本文をx、y、zと命名しているに過ぎない。したがって

8　「下村本『平家物語』とその周辺」（『国学院雑誌』平18・8）ほか。
9　「一方系『平家物語』の本文流動と諸本系統について」（平成16～18年度科研費成果報告書『汎諸本論構築のための基礎的研究』平19・3）ほか。
10　「京師本と『平家物語』の語り」（『伝承文学研究』平19・5）ほか。

「延慶本が覚一本を取り込んだ」、というのは、厳密に言えば延慶本がその書写・改編当時にあった覚一本的本文を取り込んだ、ということになる。隔靴搔痒の感は免れないが、その限界を意識して結論をとらえておくべきなのだと思う。応仁の乱で失われた文化財の多さを想像してみても、現存の諸本が、中世以来生まれた平家物語本文のすべてでないことは自明である。一般論で言えば無用のリゴリズムのようであるが、近世初期の一方系本文の分類に関しては、現存本による判別にこだわる前に、まず、この時期の本文流動のあり方の展望が必要ではないか。整版本が出ても、それとは別に流動し続ける写本が、近世を通じて少なからずあったことは事実であろう。その異同はごく小さなレベルではあったが、そこにいかなる法則があったか、またはそれらの写本が偶然別々に作られただけで法則らしいものはなかったのか、についての見通しが欲しい。

これら近世の写本の研究が、語りによる本文流動を明らかにしようと意図するならば、伝本の素性と伝来の提示が重要である。昭和三十年代の「語り」絶対視の対象を、覚一本から流布本系統へ移しただけで終わってはならないし、そもそも流布本からはそういう議論には進めないであろうから、「語り」による達成はまた別に論じられねばならないだろう。中世から近世にかけては、どのような人々がどういう目的で本文の改訂に関わったのかを通して考えていく必要がある。

4　構想論・表現論

平家物語に構想があるかないか、などという議論が交わされた時期があった。近代文学とは違う、とか構想という用語の是非とかに終始したのはむなしい。なぜなら、そのような常識的な、ツールについての議論よりも大事なことに、作品としての平家物語を論ずる際には超克せねばならない問題があり、そのためにいささかがむしゃらでもあらゆる概念や方法を使ってみるべきだったと思うからである。例えば美濃部重克の一連の論考などがそれに当たる。(11)中でも難問のひとつは、諸本の総体としての平家物語をどうとらえるか、ということである。諸本群の幅と、その核にある本来的なものとの両方を見さだめて平家物語を把握すること――平家物語作品論の特殊性はまさしくこの点にかかっており、かつて「衆庶の想像力」という言葉で論じられていた際の感動と限界をふりかえってみることも有用かもしれない。

表現に関しても、語りが詞章を洗練した、という決まり文句を追放した余勢で、覚一本の文芸的達成をいくら言ってみても始まらない、と放言したまま、この作品の魅力を解き明かす試みはほとんど静止してしまった。延慶本を代表本文として平家物語を読むなら、延慶本がつぎはぎの文体を残存させている点や、唱導的修辞を温存している点にこだわって、そのような表現に拠る理由、それらの表現価値がもたらしているものを、問うべきではないだろうか。覚一本とは異なる作品世界が諸本群の中に複数構築されているとすれば、それら諸本の揺れ幅を含み得る作品論が提出されなければならない。固有名詞の分らない何人もの作者たちが時間をかけて育ててきた表現と構想の、特性と魅力とを説明できる「平家物語」論があっていいと思う。諸本の数だけの平家物語論が試みられるべきだとの、本文の先後関係や系統化に追われていた平家物語研究を揺さぶるための発言がなされたことがあった。それは、作品論でも成立事情や諸本群の存在という特殊性が反映された論を立てねばならない、との揚言だったのだが、未だ微細な差異を根拠に結論を急ぐ試論が出されている段階で、さきの提言を矮小化してしまい、延慶本を代表本文として読み、適宜異本を参照する、という定式ができてしまった。にも拘らず、この作品世界の全体を延慶本でとらえた論は多くない。その箇所だけで言えばその通りだが、という論に終始し、やはり平家物語像のスタンダードは覚一本か一方系語り本でイメージされているのが現状である。諸本群を抱えた、乃至は、流動し続ける

11 「〈隠喩的文学〉としての『平家物語』―巻二「座主流」を中心に―」(『伝承文学研究』55 平18・8)ほか。

物語、という視点をもった作品論、また延慶本独自の世界の魅力（古態だから、という価値基準でなく）を十全に説き尽くす平家物語論をいちどは試みるべきであろう。

二　十二巻本の成立

ここでいう「十二巻本」とは、平家物語が初めて我々の認知しうる「平家物語」のかたちを成したとき、すなわち鎌倉初期の平家物語に、かぎりなく近いものを考えるための作業仮説として想定している。具体的には、現存諸本の語り本系に似た体裁をもち、内容は明らかな後補部分を除き、諸本にほぼ共通する部分を保有するものとしてよい。私はいわゆる「治承物語六巻」を「平家物語」そのものとは考えていない。前平家物語という用語で呼ばれるような、小規模な歴史物語であろうと想定している。[12] 従来、『兵範記』紙背文書により仁治元（一二四〇）年に六巻の「治承物語、別名平家物語」が存在し、僧深賢書状によって正元元（一二五九）年には八帖の「平家物語」に成長した…という風に漠然と考えられてきた。しかし、それらの仮説と延慶本古態説との関わりについては体系的な議論はされていない。武久堅が「初出十二巻本」という用語で勧修寺家との関連を検証[13]して以来、十二巻本の成立に関しては言及されることすらなかったと言ってもいいであろう。

延慶本古態説が量的に大量で、質的に雑駁な記事を有する形態を原態と想定するなら、我々が目にすることのできるかたちに近い十二巻本の成立までに何があったか、どれくらいの期間があったのかをも説く必要があるだろう。最初に成立した「平家物語」は、やはりあまり量の多くないものであったと考えるのが自然だと思う。「治承物語六巻」などは、その材料となって吸収されてしまった、小規模な物語のひとつではなかったか。あるいは、最も中心的な核となった物語だったかもしれないが。その「平家物語」が、雑駁な記事を吸い寄せ、膨張した時期は比較的早期だった、と

12　松尾葦江『軍記物語論究』四九二頁、本書第一章第一節及び第二節

13　『平家物語成立過程考』（おうふう　昭48、初出昭46・8）ほか。

私は考えている。なぜなら、物語自体の中に、さまざまな記事や関連説話を引き寄せる動因がはらまれていたからだ。それを論じることは成立論にとどまらず作品論の分野に入ることになるだろう。鎮魂や、親平家の時代的雰囲気や、諸行無常の論理についても、後述のような歴史文学の流れをつらぬく二つの契機についても、併せ論じられねばならないと思う。

しかし今は十二巻本の成立に話を戻す。延慶本古態説に賛同するか否かは別にしても、現存の十二巻語り本は多かれ少なかれ読み本系の影響を受け、当然その中には延慶本も含まれていることを認めねばならない。従って、現存本の中で最も原平家に近い十二巻本を求めてもあまり意味がない。むしろ延慶本古態説の側に、十二巻本の成立をどう説明するか、その痕跡を残す本文を探すことが求められる。私のいうビッグバン説（原平家物語成立後すぐ、読み本系的本文への膨張が起こったとの仮説）にとっても、ビッグバンの前と後を推測する手がかりを得るために、また延慶本古態説の当否、修正点を知るためにも十二巻本の成立について考えることが必要であり、例えば、しばしば延慶本との共通記事を略述的にのぞかせる屋代本を通して、読み本系と十二巻本との初期の関係を推測することはできないものかと考えるのである。

三　覚一の名による封印

覚一本の本文が一方系流布本の基になっていることはよく知られているが、近来、一方系語り本とは対立関係にあると思われていた八坂系諸本や読み本系諸本にもしばしば取り込まれていることが立証された[14]。無論、前述の［X本はx本、すなわちX本的本文…］という保留を付した上での話ではあるが、中世以来、覚一本（的本文）がいかにひろまっていたか、いわば覚一本がおのずから中世以来の代表本文であることが明らかになったと言ってよい。

14　『平家物語八坂系諸本の研究』（三弥井書店　平9）

しかし、覚一本が当道の証本であったとすると、覚一が他所へ出すこと、他人の披見を禁じ、付属の弟子以外には写させるなと堅く戒めておいた（覚一本跋[15]。西教寺本以外の覚一本にある）のに、どうしてこれだけ広く用いられることになったのだろうか。そもそも覚一本と呼ばれる伝本同士の間にも、少なからぬ詞章の異同が存するのである。通常、校訂作業を経た作品に比してそのような過程を経なかった作品の方が流動が激しい[16]。覚一本跋文には、覚一が自らの死後、弟子たちの中に「一句たりと雖も」忘れた者が出たら、「定めて諍論に及ばん」ことを恐れて、「後証に備へんがために」書き留めさせたとあり、「一字も闕けず口筆を以てこれを書写せしめ」たとする（この文は「当流の師説、伝授の秘決」のみを受けるとする説もある）ので、あたかも名人覚一の語りを一字一句違えずに筆記したことを以て権威の裏付けとしたかのように読める。しかし「仏神三宝」に賭けて誓う門外不出の戒めにも拘らず、前述のように覚一的本文はひろく採用され、覚一本自身も変容し続けた。覚一の名による禁令は、むしろ権威を演出して規準本文としての人気を高めることになったのかもしれない[17]。

ここで思い合わせられるのは、「此平家物語一方検校衆以令吟味開板之者也」を基本形とする一方系流布本の刊記[18]（河原町仁衛門刊の古活字本から始まり、元和九年版、延宝五年版と次第に詳しくなる）や、一部の中院本にある校語[19]「右此平家物語者中院前中納言以諸家正本校合之給者也」である。写本と版本では事情が異なることはいうまでもないが、ある伝本に他と差別させるための仕掛けをしたという観点で考えると、覚一本の跋文を別の視角から読むことが可能になる。流布本刊行の際の一方検校衆の「吟味」なるものが実際に誰によってどの程度行われたか、中院本を校訂したのがほんとうに中院通勝なのか、どのような校合作業をしたのかはわからない。が、本が商品となった近世という時代には、検校衆の合議、中院通勝という知識人による権威をよりどころとすることに大きな

15　西教寺本以外の覚一本には、巻末に次のような跋文が付せられている。「于時応安四年辛亥三月十五日、平家物語一部十二巻付灌頂、当流之師説、伝受之秘決、一字不闕以口筆令書写之、譲与定一検校訖。抑愚質余算既過七旬、浮命難期後年、而一期之後、弟子等中雖為一句、若有廃忘輩者、定及諍論歟。仍為備後証、所令書留之也。此本努々不可出他所、又不可及他人之披見、付属弟子之外者、雖為同朋并弟子、更莫令書取之。凡此等条々背炳誡之者、仏神三宝冥罰可蒙厥躬而已。／沙門覚一」

16　科研費研究成果報告書『汎諸本論構築のための基礎的研究―時代・ジャンル・享受を交差して―』（基盤研究C課題番号一六五二〇一一二　平19・3）

17　注16に掲げた共同研究の場で、佐々木孝浩氏から、歌書の世界での奥書のあり

意味があったのであろう。それは中世に芸能の世界で必要とされた、覚一という権威に相当するものだったのかもしれない。覚一の封印を外れようとした、つまり「非覚一本」としての独自性を主張しようとした本（例えば八坂系諸本の中のあるものはそれであったかもしれない）は、中世にも試みられたであろうが、これらの刊記や校語は、さような営為を近世になって公然と宣言する仕掛けだったのではないか。覚一、乃至覚一本の重圧は、中世を通じて決して小さくはなかったとみるべきだろう。

四　新たなる作品論へ

1　二つの平家物語

諸本の揺れ幅を抱え込める作品論、とは言うは易く、実現するのはなかなか難しい。延慶本古態説に（拠るにせよ、異なる立場に立つにせよ）対応した成立論、諸本論を、と言うのも同様である。しかし放置しておく訳にはいかない。あらためて思うことは、かつて諸本群を大きく読み本系と語り本系（増補本と語り本）に分けたことには重要な意味があった、ということである。それは内容や分量の差だけでなく、文芸としてめざしているもの、選んだ文芸的方法の差でもあった。語っている題材は共通して治承寿永の乱であり、平家滅亡であるが、それをどう語るか、何を意図しながら語るか、が大きく相違することに注目したい。以前には、記と物語、という二項対立でこの問題が論じられたことがあった。その場合は伝統的な二つの文学の型としてこの用語が用いられたのであるが、私は必ずしも伝統的な型の呼称としてでなく、平家物語諸本群の中に見いだされ、また軍記物語史の中にも見いだされる、異なる歴史語りの傾向をこの二つのグループが代表していると考える。(20)延慶本と覚一本をそれぞれ例にとれば、政治批判を機会あるごとに口にするのが前者であり、恩愛や生死や人間の心情について語りたがるのが後者である。中立的、穏便に叙述を進めようとするの

方について、ご教示頂いた意見を参考にしている。

18　一方系流布本刊記

①河原町仁衛門版（寛永元年古活字道意本・寛永三年勝右衛門尉本などにも）

「此平家物語一方検校衆以令吟味開板之者也」

②元和九年版

「此平家物語一方検校衆以数人之吟味改字証加点交句読元和七孟夏下旬令開板畢或人曰庶幾記其姓名云々故今準之而已」

③延宝五年版

「此平家物語一方検校衆以吟味令開板之者也類板世に流布すといへとも或ハ絵を略し或ハ紙数を縮猶仮名の誤なとあるにより今更に吟味をくはへ令改正者也」

信太周『新板絵入平家物語（延宝五年本）巻九』解説（和泉書院　昭56）ほかに論じられている。

が後者（語り本系）ならば、個別的、先鋭に主張しようとするのが前者（読み本系）である。従って読み本系は言葉が多くなり、表現は饒舌、具体的、説明的になる。語り本系は韻文的、叙情的、王朝的な雰囲気をめざそうとする。読み本系の延慶本が必要とし、選び取った、そのような表現態度が、古態性、事実性の根拠に判定されがちであったことは否定できないと思う。しかし、文学史の上で、そのような倫理的、思想的指向を明瞭にする諸本は、むしろ後出のものであるのが普通であった。『保元物語』の諸本、『平治物語』の諸本の流れを見ても、また、平家物語以降、『太平記』・後期軍記へと向う潮流を見ても、いったん物語的な本文が完成した後、倫理的、政治評論的傾向を強め、記述量の多い、具体的な情報を多く含んだ異本が分岐してくる。

延慶本古態説においては、このような文学史的傾向との齟齬をどう説明するか。いま我々が見ている延慶本には、いわゆる古態本のもつ特性――表現の荒削りな点や具体的記述と、後出本文の特性――倫理的、政治評論的、饒舌性とが同居しているのではないだろうか。そういう角度から見れば、延慶本にも「増補」本の性格があるのであって、近時はそれらをごく表層からとらえ、一括して論じがちである。つまり、現在の延慶本の記述がすべて古態を示すもので、他本に見える異文は改訂後のものだという判定は自明ではないということだ。例えば、厳島断簡と呼ばれる一三三〇年代の女院記事の一部分と、延慶本の該当部分とを対照すると、近似しながらも延慶本の方に増補が見られる。(21) この例からも、現存延慶本が「原延慶本」の一部の傾向を拡大、増補してきた可能性は、否定できないはずである。

2 「語り」による達成

覚一本の跋文が何を述べているのか、必ずしも鮮明ではないが、応安四（一三七一）年、覚一は

19 中院本校語「右此平家物語者中院前中納言以諸家正本校合之給者也」。全部の中院本にあるのではなく、内閣文庫蔵・国会図書館蔵・斯道文庫蔵の十行本の末尾に刷られている。東大図書館蔵十行本末尾には書き入れとしてある。中院本は、十行本のほか十一行本、元和十二行本、寛永十二行本など数種以上の異版が知られているが、それらにはこの校語はない。前掲『平家物語八坂系諸本の研究』参照。

20 本書第二章第一節（初出『軍記文学研究叢書』6 平10・10）。

21 松尾葦江『軍記物語論究』四一七頁

有阿とともに[22]いったい、何をしたのだろうか。

覚一本が構成や表現の連関を意識して詞章を編成していることは周知のことである。覚一を始め、琵琶法師の暗誦能力が現在の我々の想像を量的にも質的にもはるかに超えたものであったことはあり得よう。すでに述べたことがあるが、覚一は中途失明者とされ、書写山の出身で声明などの仏教音楽にも素養があったから、書き言葉と音声の両方の機能に通じていたことは想像できる。しかし、彼の頭の中には平家物語全体が見渡され、主要な記事相互の関連も把握できていたと考えていいのか。または晴眼者有阿の進言によりそういう作業が可能になったのか。歌語・漢語、和文的形容詞による評語、年代記的記事と叙情的文章の組み合わせ、短文と詠嘆的長文の組み合わせ、要所要所への韻律文の象嵌など、従来「語り」によって達成されたといわれてきた、書き言葉と音声との効果を相乗的に狙った文体は、どのようにして生み出されたのか。覚一が京洛の町中で平家を語り始めてから、覚一本の修訂までには三十年の歳月があった。すでに読み本系の本文も存在していた時期である（覚一自身がそれらを知っていたか否かは不明だが）。この点を論じうる環境を用意することが必要である。なぜなら、平家物語の古典としての魅力は、かなりの部分が、語り本の表現の達成によっているからである。

延慶本的なものがすでにあったにも拘らず、なぜ覚一本が編まれ、それ以降、大半の平家物語の本文に覚一本が干渉し続けたのか。延慶本古態説以後の研究史としては、語り本の側から再度、平家物語の成立や達成を照らし直す時期に来ていると思われる。

22　高良神社本・龍谷大学本・高野本・西教寺本などの覚一本には、巻十二の末尾に、「応安三年十一月二十九日　仏子有阿書」との署名がある。

第五節　原平家物語を想う

はじめに

平家物語の原態を考えることと、平家物語の成立過程を考えることとは相互に密接な関係にあるが、必ずしも同じことではない。本節では原平家物語の内容と成立過程とに亙って問題の整理を試みる。

本書で平家物語の「成立」というとき、一応、首尾の揃った、つまり物語としての成立をいうことにしたい。平家物語は史料集のようなかたちではなく、当初から意図的な構成と虚構とをもった物語として成立した、と考えるからである。あるいはそのような形態をもちえた時点を成立と呼ぶのだと言ってもいい。(1)

我々は現存する平家物語の諸本を手がかりに、この流動・展開の諸相と、その始発点である成立を想い描こうとする。外在資料をもとに推定する方法と、作品内部に留められた痕跡によって推定する方法とが併せ用いられるのはどの作品の研究でも同じだが、平家物語の場合には、実証・帰納的な考察と推論・演繹的な仮説との双方向からの接近が必要である。(2)なぜなら現存の本文は、古態

1　本書第一章第一節

2　松尾葦江『平家物語論究』第四章第一節（三〇三頁）

本であっても恐らく成立当初からは大幅な、しかも何層にも亙る変貌を遂げているからだ。我々はどんなに溯っても、少なくとも成立後百年以上の時間にさらされた作品を見ているのだということを心に留めておかなければならない。十分に慎重な推論も実際は現実からかなり離れたものになる可能性がある。

それゆえ、仮説は大胆であってもよい、むしろ大胆に立ててみるべきだと思う。起点から遠くなるほど、初めには小さな角度の差であっても幅は広くなり、つまり蓋然性は拡散することになるからである。

一　本文流動の概観

1　三期区分

平家物語の成立と展開は、大きく三期に区分して考えることができる。(3)

承久の乱終熄後から応安四（一三七一）年の覚一本成立まで、即ち十三世紀半ばから十四世紀後半までを形成期と見て、後述するようにこれを二つのステージに分けて考える。その後十四世紀から十六世紀にかけて、平曲（平家）が語られる一方で、本文の書写・改編が行われ、特にこの期の後半には混態本が簇出した。詳しい論証はされていないが、いわゆる「覚一本系周辺本文」も、この時期に作られたであろう。(4)十七世紀は版本が出版され、流布本と源平盛衰記がひろく読まれるとともに平曲（平家）もしきりに演奏された。ふつう、出版によって本文は固定したと考えられてきたが、この期は知識欲旺盛な時代でもあって、異本への関心が強く（例えば長門本は非公式に写されたものだけでも五十部を超えるだろう）、流布本以外のテキストが忘れられたわけではない。流布本系統の本文についても、細かな改編とはいえ、質的にどの程度の流動があったのか、その改編の契機は何

3　松尾葦江『軍記物語論究』（若草書房　平8）では四期に分けた（一八〇頁）。

4　近似する本文をもつ断簡の存在による（科研報告書『平家物語八坂系諸本の総合的研究』平7・3）。

であったのかは、未だ調査が行き届いていない。

三区分を整理してみれば

I　原平家物語から覚一本の成立まで（形成期）＝十三世紀半ばから一三七一（応安四）年まで

II　改編による諸本展開の時代＝十四世紀末から十六世紀まで

III　出版と転写の時代＝十七世紀から十八世紀

となり、本文流動のあり方にもそれぞれ質的な相違がある。IIは一方・八坂両系統の間で、また語り本・読み本両系の間でも混態を繰り返しつつ新たな「平家物語」を創出した時代であって、平曲の側の事情がそれに絡んでいること（他の演者から差別化するための台本を求めて、また己れの権威をうち樹てるための証本を求めて、など）は確実である。IIIは、前述したように商業出版が始まり、いわゆる読者の数が増え、範囲も広くなった。[5] 出版に当たっては本文の校訂がなされる。前節にもふれたが、[6] 古活字版・整版本の制作に際してどのような人物がどういう方針で本文を校訂したかはほとんど分っていない。[7] 刊記や跋文に掲げられる「一方検校衆」などの「吟味」が実際に行われたのかどうかも定かではない。一般的には、大衆化につれて漢字片仮名交じりよりも平仮名交じり、そして絵入り本が多くなる傾向があるが、印刷・製本のコストが漢字・仮名の当て方や一面・一行の字詰めに影響しており、時代が降るにつれて、文字の詰まった、読みにくい本が多くなる。写本でもプロの制作による商品化した本が現れ、制作目的・発注者もしくは購入者の希望と財力に合せて作られたが、体裁の美麗さと書写の正確さなどの本文の質は必ずしも比例しない。一方、素人が自分の必要に応じて写した本は、底本の借覧期限などのためか、走り書き風のものも多く、ときには本文を省略したり書き直すこともあったらしい。[8] しかしこれらの現象は、すでに固定した本文の享受による形態変化の一種とみておくべきであろう。それ以外に、例えば松雲本（大東急記念文庫蔵。慶長十七

5　近松門左衛門の浄瑠璃に、盲目の舅に嫁が平家物語を読み聞かせる場面がある。

6　本書第一章第四節

7　小秋元段・石川透の研究がある。

8　本居文庫蔵の長門本平家物語や、鳥取県立図書館蔵『通俗平家物語』などはその例である。

〜十八年奥書。巻十二欠）などのように、一部の本文の改変を試みた場合もなくはなかった。IIの時期に比べれば現存資料が圧倒的に多いので、一々の事例すべてを解説することは出来ないが、概ね一方系・八坂系、乃至は読み本系等の分類基準をゆるがすような改訂・流動はなかったと言えるだろう。

2　形成期の前半と後半

前述のI（十三世紀半ばから応安四年まで）をさらに前半、後半に分けて考えることにする。

1　前平家を呑みこんで原平家物語が成立するまで（承久の乱後から文永・弘安頃までか）

2　原平家物語の増補・改訂が行われ、覚一本が制定されるまで（永仁・延慶の頃から応安四年＝一三七一年まで）

覚一本の制定を以て平家物語の形成期を閉じるのは、この本文が中世の諸本に与えた影響の大きさと、現代の我々が認証できる（内容や文体の上で）「平家物語」の存在は確実にはこれ以降だという考え方による。前平家は、厳密には平家一門の生存中から発生していたと考えられるけれども、研究史上よく知られている資料によれば[9]、「治承物語」から「平家の」物語へ、即ち小規模な歴史物語が、平家一門の栄華と滅亡を核に据えて構想を確立する時期は仁治年間の前後三十年くらいだと思われる。その後も編集作業は続き、例えば僧深賢書状に見るように[10]、すでに「平家物語」の書名が付せられた物語に増補・改編が加えられる数十年間をも入れて1の原平家物語成立期を想定したい。

2の時期には琵琶法師が保元・平治・平家の物語を「諳《そら》んじて」よどみなく語ることが行われ、延慶二（一三〇九）年五月には興福寺別当尋覚の日記に、盲目大進房という者が平家を語ったこと

9　『兵範記』紙背文書。山田孝雄の紹介による。本書一七頁参照。

10　僧深賢書状。横井清の紹介による。本書一八頁注（24）参照。

が記されている。[11] しかし「めくら法師がかたる平家の物語」は、勅撰集の撰者クラスの文化人からはやや見下げられた文芸だったようである。[12] それに花園院が女房と共に聴いているのも、[13]『太平記』に権勢家高師直が病中の慰安として覚一らを呼んだとあるのも、[14] ややくつろいだ場の娯楽だったと思われるし、中原師守が覚一の「平家」を聴いているのは多くの場合、社寺においてであった。[15] 芸能として聴かれた「平家」が、歴史文学としてときに考証の資料に引かれたりするのは、いま我々が見るところの読み本系に近い平家物語の普及以後ではあるまいか。

延慶年間の「延慶本」がどういう姿のものであったかは、現存応永書写本までの間の変化を跡づけることができていないので、よく分らない。しかし、元徳二（一三三三）年以前書写の厳島断簡には、現存延慶本の女院記事と近似しながらも現存本より文飾の少ない本文が見出される。また大型巻子本の断簡として残る「長門切」がこの時期の書写だとすると、[16] その本文は、読み本系的本文ではあるがどの現存本とも一致しない。すでに源平闘諍録も、その本奥書によれば建武四（一三三七）年には存在していた。つまり十三世紀末から十四世紀半ばまでは、琵琶法師の語る「平家」と並行して読み本系・語り本系を問わず、多様な本文が生まれ、変化していた流動期だったのではないだろうか。『吾妻鏡』が永仁年間の訴訟文書を多く採取しながら編纂し直されたとする説がある[17]が、読み本系諸本があたかも鎌倉期の原史料に基づいて成立しているかのように見えるのは、この時代のひとつの傾向に負うものだったのではないか。一方で名人覚一の語る「平家」が文芸としての評価を高め、彼の制定にかかる覚一本は、音曲の効果をも読者に体感させる韻律感と、物語として極端な表現や思想性を抑制した中立的な文体を獲得し、目で読む平家物語としても自立した。

しかし右のように粗描してみると、じつは1と2の間をどこで区切るか、また語り本系と読み本系の二大系統の分岐はその間のどこで始まったかが問題であることが明らかになる。前節で述べた

11　落合博志論文。本書二三頁注（34）参照。
12　『歌苑連署事書』。
13　『花園院宸記』元亨元（一三二一）年四月六日条。
14　『太平記』巻二一「塩冶判官讒死事」。
15　『師守記』暦応三（一三四〇）年、貞和三（一三四七）年。
16　小松茂美『古筆学大成』解説。松尾葦江『軍記物語論究』四一八頁参照。
17　五味文彦『書物の中世史』（みすず書房　平15、初出平14）

ように、私は原初の平家物語は、現存諸本の中では延慶本よりも語り本に近い姿で、雑駁広範よりも簡潔素朴なかたちであったと考えている。成立後あまり時間を経ずに、原平家物語は二つの異なる方向へ分岐していった。それが現在見られる語り本系・読み本系両グループの基となったが、両系統とも基本的なストーリーは一致しているところから、原初の平家物語もかなり明確な構想を持った「物語」であったと思われる。同一のストーリー、共通の構成を持ちながら目指された「二つの異なる方向」とは、端的にいえば物語・叙事詩の方向と、稗史・政治評論の方向である。(18) 治承寿永の内乱、平氏一門の興亡という題材は、そこに一般的な歴史の法則と人間の運命を映し見て、哀悼し詠嘆したくなる契機と、為政者や家族のあるべき姿を論じ教導しようとする契機との両方を本来的に含んでいた。しかし二つの契機は、おのずから異なった文芸的方法を選ぶ。歴史と政治に関して批評的であろうとすれば、実録的、啓蒙的、衒学的な態度をとることになる。現実に記録に基づいて正確な記述をしていると信じられることが必要だ。本書第二章に述べる通り、批評的でありながら多くの享受者を惹きつけようとすれば説明が多くなり、修辞や例証の力を借り、衒学性を帯びざるを得ない。つまり、ことばが多くなる。それらの多量の言説に享受者の同意を得るのに手っ取り早い方法は、こまめに解説と評言を加え、教訓に落ち着けて結ぶことだ。これが読み本系諸本を特徴づける傾向である。(19)

語り本系（覚一本を代表とする）の本文の成立と、琵琶法師の語りとの関係は議論の分れるところでもあり、議論が多い割には具体的なことがあまり分っていないと言ってもいいと思うが、前節に述べたように語りによる音曲的・韻律的効果をいわば内在律として活かした詞章は、晴眼者による筆録・編集と、中途失明者だったと伝えられる覚一との協力によって構築し得たのだと考えられる。貴賤男女、知識人も僧でない者も同席する語りの場で、多数の人に受け入れられ共感されるために

18　本書第二章第一節

19　諸本に共通する傾向でもあるが、読み本系に特に強化されるものとして挙げた。

獲得された文体と構成法が語り本の基本型となったのであろう。一方、批評は個別的な対象を相手に、攻撃的・選別的な態度をとる。何もかもをうけ入れるのではなく、これを採ってあれを捨てる、乃至はこれを善しとしてあれを排撃するという営みである。読み本系と語り本系とは相反する方法によって同一のストーリーを語っているのだ、と言ってもいいかもしれない。

　これらの二方向への分岐は、原初の簡略な平家物語が、一方で広範な素材をどんどん吸収し、膨張し始めた時期から始まり、もう一方の平家物語は語りにかけられつつ享受者と演奏者との要請に応えて変貌して行った、ということになろうが、ではその分岐した時点はいつごろか。それこそが現存延慶本を透視して見える古態を遡上したさきに指し示されている時点なのだと思う。

　前述の1（原平家物語成立期）と2（覚一本成立期）にかけては、大説話集の時代でもあった。『十訓抄』（一二五二年成立）、『古今著聞集』（一二五四年成立）、『沙石集』（一二八三年成立）、『雑談集』（一三〇五年成立）、『撰集抄』も十三世紀後半の成立[20]といわれている。そしてすでに『古事談』、『続古事談』、『発心集』、『宝物集』、説話集ではないが『今鏡』も成立していた。それらには平家物語の素材となったとおぼしい説話以外にも、共通する人物や故事の説話が大量に含まれている。時代を共有する、あるいは素養を共有する文学だといえよう。これらの説話集が編まれた十三世紀半ばに人々が求めていたものは、平家物語（の原初の物語）にも求められ、その形成に影響したことがあるのかもしれない。説話集との関係は素材供給源というだけではない。挿話の組み合せによってある主張を持った文学世界を構築する（事件と事件を関連づけて意味を与え、人物の性格や運命を挿話によって形象化する）という方法が、軍記物語の基本的な構造の実現をたやすくしたという一面があるのではないか。その点でも、この時期は原平家物語が生まれ、育つのに適した環境があったのだと思われる。[21]

20　比喩的な言い方をすれば、覚一本は『宇治拾遺物語』の表現世界に、延慶本は『古今著聞集』や『沙石集』の表現世界に近いかもしれない。

21　三十数年前のことになるが、杉本圭三郎・栃木孝惟・水原一・山下宏明・梶原正昭氏による座談会の中で、次のような発言があった。

…まとまった語り、あるいはかなり整えられた説話などがすでにあって、それが『平家物語』の史料（ママ）になったということになると、それではどうして説話集が盛んだった時代にそちらには入ってこないのだろうか、あるいは独立した語りとしては残っていないのだろうか（シンポジウム日本文学『平家物語』学生社　昭51）一六六頁

じつはこの疑問（栃木孝惟氏発言）は、語りが先か本文が先か、柳田国男説に発した、伝承が物語を生むと

私は1と2の区切りを一応、文永・弘安の頃に置いたが、もう少しこの時期の他の文学の動向に照らしてみることによって見直しが必要になるかもしれない。

二　原平家六巻説について

1　「治承物語」と六巻本

平家物語の原態が何巻であったかについて、最初に詳しく論じたのは山田孝雄である。彼の説は、要約すれば三巻―六巻―十二巻と膨張してきたというものである。原態が三巻であったとする理由は、一つには当道資料などの伝承により[22]、もう一つには各巻の冒頭記事を基準に諸本を対照した結果による。最も早い『平家物語考』[23]では、延慶本は元来六巻仕立だったという前提に立ち、延慶本の第四冊（巻八）冒頭部が流布本の冒頭部とややずれているところから、三巻を六巻に分割したために生じたずれと推定した。そして三巻本の第一巻が六巻本の巻一～三へ、三巻本の第二巻が六巻本の巻四へ、三巻本の巻三が六巻本の巻五・六へと分割されたこと、さらに六巻本の巻三は流布本の巻五、六巻本の巻四が巻六～八に、それ以外は各二巻ずつに分割されたとした（同書五四七頁）。

その後山田は原態本三巻説と三人の中心人物をもつ三部構成説とを結びつけて説くようになり（『校定平家物語』[24]解説）、昭和八年の『平家物語』（宝文館）では、さらに詳述している。それによれば諸本を通じて、巻一・六・九の冒頭記事（六巻仕立の延慶本では、第一本・第三本・第五本）と『平家勘文録』の伝承から、承久以前の原態は三巻であり、それは現存諸本の構成の、それぞれ清盛・義仲・義経を中心人物とする三部（①巻一～六、②六～九、③八～十二）に見合うとした。いわゆる平家三部説である。そして仁治頃には六巻本に成長していたことが、延慶本の六巻仕立の形態や、『兵範記』紙背文書の「治承物語六巻号平家」によって明らかだとする。

いう、当時注目を浴びた物語生成論に対して、一旦物語が生まれてしまうとそこから派生した伝承が在地に留まり、物語以前の伝承と区別がつかなくなることもあったのではないか、口語りから本文へ、口承から書承へという一方向だけで文芸の生成を説明すべきではないのではないかという問題の討議の過程で提出されたものであって、この後しばらく猖獗を極めた「語り」先行説に重要な警告となり得た指摘だったのだが、私はそれとは別に、「どうして説話集が盛んだった時代に」、平家物語の核となるような説話や話題が説話集の中に入ってこなかったのか、という問いがずっと心にひっかかって残っていた。調べてみれば、いわゆる出典とか引用とか呼べるような関係にある説話は、この時期の大がかりな説話集―『十訓抄』『古今著聞集』『宝物集』『続古事談』『閑居の友』『今鏡』などのこの山田孝雄のイメージは、九十年後の現在もなお、平家物語原態論の根底にあると思われる。いま改めて検討する必要があるであろう。当道資料の伝承は三巻説だけでなく二十四巻のような膨大な巻数の説もあって、傍証として以上には扱えないと思われるのでこれ以上論じない。平家三部説は、この物語の基本的な構造を論じるものである。歴史文学としての平家物語が、平家の上昇期を清盛の死を以て区切り①、波状的に襲った源氏勢による攻撃を、挫折した義仲の場合②と、それを呑みこみ、朝廷の権威と一体化することによって成功した頼朝（その作戦実行者としての義経）の場合③との二つの山に分けて、三部に構成されたのだと見るならば、それは正しい。読者の側からは①の中心人物は清盛であり、②と③の軍の動きは義仲と義経によって代表されているように見えるので、その限りでは三人の人物を中心として三部に分けることはある程度妥当だといえよう。しかし、それが即ち原平家物語の当初の構想といえるのどうか。従来も論じられてきたように、前半部では諸勢力の角逐の中に平氏の政治的位置づけが浮び上がるしくみになっているし、清盛以外の平氏一門の人物——例えば重衡や宗盛が後半部の物語の中で占める位置は義仲・義経に比べても決して軽いものではなく、平家物語を源平交替の過程にのみ注目して読むのでなければ、やはり清盛・義仲・義経の三人だけが物語を担っているとは言い難い。

次に、巻一・六・九の巻頭記事が諸本とも一致する、という問題だが、すでに指摘されている如く、年代記的構成をとる以上、年頭記事で始まる巻が多いのはごく自然かもしれない。巻六は治承五（養和元）年年頭、巻九は寿永三年年頭から始まる。さらに覚一本の巻三は治承二年、巻四は治承四年の年頭記事から始まっており、巻十一も、形式は年頭記事ではないが、巻十が元暦元（寿永三）年暮で終わるのに対して同二年正月の義経西国下向の記事から始まっている。山田孝雄は流布本、延慶本、長門本、源平盛衰記、八坂系諸本等の諸本を対照して巻首の一致する箇所に注目した

中にはそう多くはないのだが、一方、同文ではないまでも同じ事件や人物に関する説話は決して少なくはない。

22 『平家勘文録』による。

23 明44刊。

24 高木武との共著。大4刊。覚一別本（高野本）を高く評価した。

が、これらの諸本の中には後出性の明らかなものもあり、すべての本が一致した箇所が即ち原態を示しているとも限らないと思うので、ここでは延慶本と覚一本とを中心に見ることにする。改めて整理すると、巻首に年頭記事を置くのは治承二年(巻三)、四年(巻四)、五年(巻六)、寿永三年(巻九)、元暦二年(巻十二)となる。巻の分割は記事量と関係があり、つまりどの事件をとりあげ、また何を重視して治承寿永の内乱を描き出したかという、作者の視点とも関連してくるわけだが、治承四年と翌五年、寿永三年、及び翌元暦二年はやはり特別な年で、物語としてはその年頭から語りおこすのは自然だったのではないだろうか。治承四年には安徳天皇即位、以仁王の乱があり、義仲・頼朝の挙兵があり、翌五年は高倉院と清盛が死去する。巻三の治承二年は安徳天皇誕生、平家の栄華絶頂の年である。原態の巻立を残している(結果的にそうなった可能性は否定しきれないが)と見るより、年代記的な方法による歴史文学として必然的に、改まって語り起こさねばならない年だった故に、諸本が一致して同じ形態をとっているのだと考えた方がいいのではないか。

冨倉徳次郎は山田孝雄の三部説を批判し[25]、特に三巻本、六巻本が現存十二巻本とほぼ同じ期間の記事をもつものとした点に疑問を呈した。そして六巻本はすでに「祇園精舎」の序を有し、清盛中心の平家興亡史であった、つまり現存十二巻本の巻六までの記事が主な内容であり、寿永以降の内乱は説話の集積のような形で簡略に語られていたものと想定した。また女院出家記事はあっても大原御幸、六道などはなく、清盛の所行と一門の女性の没落離散とを因果関係で結びつけて終わっていたと推定している[26]。

この説の妥当性については厳密な論証は困難である。しかし冨倉説が原平家物語(六巻本)の具体的内容の推定にふみこもうとしたことは重要であった。冨倉説のいう「六巻本」は『兵範記』紙背文書のいう「治承物語」[27]と重なるものなので、おのずから治承年間の記事、清盛死去までを核と

25 『平家物語研究』(角川書店 昭39)五六頁以下。
26 前掲『平家物語研究』九二頁以下。
27 北村昌幸氏によれば、重大な事件が起こった年号でその前後の期間を総称したことがあったかもしれない、という。

して想定することになる。

これに対し水原一は、「治承物語」はむしろ原平家物語の前半部を増補する材料に用いられたと想定し、延慶本（現在十二分冊）がそのかみ六巻形態だった時期に溯るものとする。しかし、延慶本に現形態十二分冊以前に六巻形態の時期があったことは恐らく正しいけれども、延慶本を溯って原平家物語にたどり着くか否かは自明のことではない。すでに述べた[28]ことであるが、私は『兵範記』紙背文書に見える「治承物語」六巻は原平家物語そのものではないと考えている。この当時、いくつも生まれた小規模な歴史物語[29]の一つであり、原平家物語の成立・増補の作業過程で素材に用いられた（いわゆる「前平家」）ことはあったと考えられるが、清盛の死、以仁王の乱、そして義仲・頼朝の旗挙げが主たるトピックスで、都落や一谷・八島・壇浦などの合戦記事は含まれていなかったか、あっても予告程度の記述で済まされていたと思う。だいたい現存十二巻本の巻一～六くらいの範囲を含んでいたのではないだろうか。

2　巻六・巻七の分割について

ここで巻六の末尾について考えておく。すでに述べた[30]ように、諸本とも巻六の尾は平家の前途に対する暗い予感を以て終わる。ただし、もともと治承五（養和元）年六月に起こった横田河原合戦を、語り本系は養和二（寿永元）年九月に移して、事件が少ないこの年を埋め、清盛没後の治承五（養和元）年三月から養和二（寿永元）年を駆足で語る。八坂系[31]（屋代本を含めて）は「寿永二年になりにけり」の一文で巻六を閉じるが、一方系は寿永二年正月・二月までを巻六尾で語ってしまい、巻七は頼朝と義仲の不和から語りおこす。八坂・一方両系とも語り本系は、寿永二年七月の平家都落に巻七の眼目を置いていると思われる。読み本系の中、延慶本の巻六（第三本）は、治承五年一年

28　前掲『軍記物語論究』四九一―四九三頁

29　『増鏡』『愚管抄』による。

30　前掲『軍記物語論究』四〇四頁

31　純粋な八坂系本文といえるのは一類本・二類本だと思うので、ここではそれらに限定した。

間に充てられており、[32]記事配列や日付を操作して年代記のすきまを埋めつつ、連続的記述であるかのように構成されている。[33]いわば巻六までで治承五年を語り了え、巻七から寿永元年を語り始める延慶本・四部合戦状本に対し、一方系語り本は義仲が平家を都から追い落す過程の記述に巻七を充てようとしており、八坂系語り本は実質的には寿永二年を巻七に置き、読み本系のような年代記的原則に依りながら語り本系の如く巻七を都落に集中させる構成をとろうとしたらしい。延慶本・四部本も寿永元年から巻七を始動させてはいるが、この一年はほとんど事件がなく、たちまちに寿永二年の年頭記事に移る。

結局、「治承物語」または六巻本が現存の語り本系・読み本系の巻立のいずれに近い形であったかはこの問題を通しては判断できないというべきであろう。両系統は異なる方針で巻六と巻七について分割しているからである。敢えて言えば、語り本系の方がより整理され集中化された物語を、読み本系は年代記性へのこだわりを指向しているということになろうか。

三　頼朝挙兵記事をめぐって

読み本系と語り本系の二大系統を分つ明白な指標が、巻五の頼朝挙兵記事であることはよく知られている。語り本系が福原の平家に関東から届いた早馬の報告という形で要約して頼朝の挙兵と緒戦の敗北を語るのに対し、読み本系は早馬記事の後、頼朝の伊豆配流の理由から改めて語り起こし、北条の協力の下に関東の武将たちを集め、彼らに担がれて挙兵し、合戦を繰り返して勝ち進んで行く過程を、具体的に且つ詳細に語る。この頼朝旗挙げ話群については以前に延慶本を中心として『吾妻鏡』と対照しながら考察を加えたことがある。[34]その結果、『吾妻鏡』それ自体とは直接引用関係にはないが、平家物語の本文には書承の痕が見られること、東国の武士集団の伝承（いくさ語り）

32　四部合戦状本も同。長門本・源平盛衰記は巻立を異にしている。ここでは延慶本を例にとる。
33　前掲『軍記物語論究』第四章第二節
34　前掲『軍記物語論究』第二章第四節

として頼朝成功の由緒を語る、まとまった話群があったらしいこと、を推測した。

現存の読み本系諸本のもつ頼朝挙兵話群は、細かく見ると諸本それぞれの個別の仕掛けがある。四部合戦状本は、すでに言われているように全体に略述的な傾向があり、東国の現地での合戦記事と、清盛側の使者のやりとりが交互に置かれて一体化した流れを作っている。東国からの早馬も二段階になっており、二回記される。さらに文覚説話を挟んで、「福原院宣」の記事の後、もう一度旗挙げの八月十七日に戻ってから、大庭早馬の二十八日に続く二十九日の安房落へ飛ぶ。改編整理の痕跡歴然たるものと言ってよかろう。[35]源平闘諍録は欠巻があって、現在では安房上陸後、頼朝の下総発向、千葉成胤と藤原親正の合戦記事が見られるだけであるが、巻一之上に編年体的順序に従って（年時は事実通りでなく改変されている）、いわゆる伊豆流離説話が置かれており、そこでは頼朝の天下制覇を予言する盛長の夢も語られる。東国の武将たちに担がれ、やがて天下を制する頼朝という読み本系の基本的視点に変化はない。

長門本は巻十の冒頭の文覚説話の中、伊豆配流記事の本文に欠脱があるらしいが、単に巻九と十の変わり目で脱落が起きたという物理的な事情ではなく、別種の構成法をとりこんで整理する途中で、何らかの理由で挫折したと見るべきであろう。共通祖本から派生したとされる延慶本と対照してみると、発心譚の位置を動かしており、伊豆配流及びその後落ちついた奈古屋の地についてそれぞれ二度、別途の語り起こしをしているからである。目につくのは「青侍夢」の末尾に地の文によって源氏三代の後、北条義時が「車内納言なにがしの将軍」[36]を公家から関東に派遣させるという夢解きがあることである。また「福原院宣」では、文覚の要請を聞いた法皇は、頼朝勝利の証を求めて不動尊像に祈願し、夢想を得て直ちに院宣を下したとする。全体に後出性の窺われる本文であるといえよう。源平盛衰記は記事の配列替え、説話の増補などを行なっているが、総体として最も近

35 佐伯真一『平家物語遡源』（若草書房 平8）第二章第八節

36 いわゆる藤原将軍をさしていようが、「車内納言」は未勘。

い本文は延慶本だと判定される。

　延慶本独自の仕掛けとして注目すべきは、本書第三章第三節に述べる如く、「物怪之沙汰」（五—三三）の記事の中で遷都を平家の悪行の最たるものとし、荒神たちが恨みを晴らそうと「東ヲ指テ飛行ヌ」とある箇所、また秦の始皇帝が怪異を見て六十一日後に死んだとする虚構の説話である。延慶本は遷都を、王権侵犯行為として清盛滅亡の要因に挙げるのだ。この「物怪之沙汰」の記事には脱落を疑いたくなるような唐突な固有名詞の出現や、明らかに史実や典拠と相違する記述もあって、他本に劣らず延慶本にも、独自の創作性と批評性とを認めねばならない。延慶本は清盛を王莽に譬え（一—四）、王位を侵す者として否定しようとする。(37)

　また、延慶本巻五の冒頭は「兵衛佐頼朝ハ、清和天皇十代ノ後胤、六条判官為義ガ孫…」という出自の紹介から始まり、平治の乱後伊豆配流に遭ってから二十一年も経ってなぜ謀反を起こしたかというと…との文脈で文覚説話に移ってゆく。これに該当する文章は、ごく短い形で長門本初め諸本にあるが、主人公よろしく家系から説き起こすのはいかにも重々しく、延慶本巻十二の結尾と呼応させて読もうとする説もある。尤も、源平盛衰記も巻十八を頼朝の紹介で始めて伊豆流離説話に移るが、該当箇所の巻十九冒頭にはこのような文章を持たない。四部合戦状本は巻五の途中に延慶本と同様の紹介文を有し、後の天下制覇を予告する。

　読み本系諸本が一貫して、後日の天下制覇を前提に頼朝挙兵説話を構想し、各本ごとに仕掛けを工夫しながら記述したことは確かである。いわば、何故に頼朝が義仲と平家一門を駆逐し天下を掌中に収めることができたのか、をそれぞれの文脈で周到に語ってゆく。このような多様な語り方の試行を抱える記事群としては義仲の北国合戦と一谷の合戦記事が挙げられる。壇浦合戦（屋島合戦を含めて）にはこのようなゆれは見いだせない。一谷合戦記事の異同は義仲の北国合戦や頼朝挙兵

37　そういう意味では平家物語もまた王朝擁護の物語である。覚一本と延慶本とではそれぞれ性質を異にした「王朝擁護」なのだが。

記事に比べるとやや質が違うようにも思われるが、東国・北国の合戦記事の場合、断片的な情報（人名・勝敗の如何、さらに日付・地名など）を材料に合戦の次第を構成し、挿話をはめこんで行ったのではないかと思われるふしがある。[38]原平家物語が当初から頼朝旗挙げ記事を持っていたか否かは不明だが、[39]もし語り本がそれらを切り捨て、今見るような早馬記事に要約したのだとすれば、現存読み本系諸本の多様な仕掛けはそれ以降に試みられたことになろう。一方、源氏と平氏を相互に関わらせて治承寿永の内乱をとらえようとする動き、つまり読み本系のような語り方への動きがかなり早期に起こったとすれば、その後の変化の激しさも理解できる。頼朝旗挙げ記事群が原初形態からあったこと、まして源氏将軍の正当化やその縁起を語る意図が原平家物語成立に関わったと考えることには慎重にならざるを得ない。

38　前掲『軍記物語論究』第四章第二節
39　櫻井陽子「平家物語の古態性をめぐる試論――「大庭早馬」を例として――」（『中世軍記の展望台』和泉書院　平18）は、読み本系祖本から語り本が出たとするが、論拠は十分とはいえない。

四　原平家物語の構想

すでに述べたように、[40]私は原平家物語は単なる素材の集成でなく、明らかに虚構を導入して平家の興亡を理由づけ、目に見えにくい歴史の流れを具象化した、物語のかたちをとって成立したと考えている。例えば「殿下乗合」に見るような清盛と重盛に役柄を振り分けた造型、「福原院宣」における文覚の役割と頼朝に対する大義名分付与、そして「将軍院宣」に見る如き寿永二年時点での頼朝の実権拡大の認証、等々はこの物語の基本的な構造を支えるものであるだろう。「祇園精舎」の序が据えられ、不思議な（あってはならない）事件が続出するこの世を解釈し得る哲理が示されたことも、成立過程の要所と言っていいと思う。「治承」の物語から「平家」の物語へ。その際に質的な飛躍があったと考えれば、例えば頼政・義仲・頼朝が次々に旗挙げをして絶頂の平家に挑むまでの内乱の物語から、一門の人々のさまざまの生と死を描いて滅亡・断絶に集中して行く物語に変

40　前掲『軍記物語論究』四九一～四九三頁及び本書第一章第一・二節

貌したと想像するか、または「心も詞も及ばれぬ」巨人清盛が栄華の頂点に至り、悪行を尽くしてあつち死にするまでの物語から、一門の人々が否応なく運命を共にせざるを得ない情況の中で、人間一般の生と死の諸相が描き出されたと見るか、いくつもの可能性があるだろう。

それらが作品論として論じられねばならない。山田孝雄の原平家三部説から今日、我々が学ぶべきは、作品の構想と成立とを別個の問題とせずに考察しようとする態度なのではないかと考える。

第二章

平家物語の流動

諸本研究の現在

平家物語の諸本群は、通常、代表本文とされる一方系語り本の本文だけではとらえきれない、異質の世界をも抱えこんでいる。その幅は、いわば中世の幅でもあり、歴史文学の幅でもあり、文学という表現方法の幅でもある。諸本論から、何がわかるか——これまでの研究は、とりあえず目前の作業に埋没して、その点を十分開示しようとして来なかった。あるいは、自前で究明しようとしなかった、もしくは共通言語で陳述しなかったというべきかもしれない。

平家物語といえばわかりにくい諸本論、本文の対照がわずらわしいと、他分野の研究者たちからうとまれてきた感がなくもないのだが、平家物語研究を今日、もっと豊かにするためには、諸本研究が自覚的になる必要があるのではないか。以下に、ここ十数年の諸本研究の動向をふり返ってみよう。

✦ 1 ✦

平成七年以降の平家物語研究、殊に諸本研究を概観すると[1]、次の三点が目につく。

① 共同研究「八坂系諸本の総合的研究」の成果

② 読み本系本文への関心の高まり

1 平成七年以降を中心とし、左のような文献を参照した。

『軍記と語り物』32～43号（平8・3～19・3）所収「軍記物研究文献目録」及び「研究展望」

『文学・語学』152～169号（平8・10～13・3）所収「国語国文学界の動向」

軍記文学研究叢書5『平家物語の生成』（汲古書院 平9・6）

日本文学研究論文集成14『平家物語 太平記』（若草書房 平11・7）

③　異本（読み本系）の本文・注釈の公刊

ここではまず①について述べる。

①は平成五～七年度に亙って、七名の研究者によって行われた共同研究（代表・山下宏明）であり、平成八年三月『平家物語八坂系諸本の総合的研究　報告書』（非売品）が、同九年十月、論文集『平家物語八坂系諸本の研究』（三弥井書店）が出されている。[2] 活動の経緯は『報告書』に記載されているが、当初は「平家物語と語りとの関係を明らかにするには、従来、八坂流平曲の台本と考えられてきた八坂系諸本の性格を再検討することが有効」と見こんだところから始まった。当時、語りが育てたといわれてきた平家物語の語りの証跡を確認しようとする試みが行われ、芸能の特質に照らして「平曲の二大流派にもとづく諸本の分類・系統化」を疑う説も出されていた。前者の代表的著作が村上學『語り物文学の表現構造』（風間書房　平12）であり、後者は兵藤裕己『平家物語の歴史と芸能』（吉川弘文館　平12）に載る。八坂系諸本の全容を見渡せる書誌や参考資料のデータベース化を当面の目標として進められた共同作業の結果は、前掲の『報告書』及び『論文集』に収められ、中でも伝本一覧・書誌・本文判別マニュアルなどは、利用価値の高いものである。しかし、前述の如き当初の狙いは、みごとに外れた。むしろ逆に、八坂系諸本というグループ分けの根拠を、本文形態そのものに戻して見ることが重要だと判ってきた（本文判別マニュアルは、その副産物だった）。「現象としての」八坂系諸本を把握し、解釈する必要性である。共同研究としては、一類本と二類本の本文を公刊し、使いやすくすることを次の目標としたが、未だ果たしていない。[3]

しかし、殆ど悉皆調査に近いこの書誌調査を通して、二つのことが明らかになって来たと思う。第一に、混態、混合という本文のあり方について[4]である。第二に、それら混態や混合という現象において、覚一本（覚一本的本文も含めて）の占める影響の大きさである。この点は、語り本系、読み

2　以下、前者を『報告書』、後者を『論文集』と称す。

3　一類本の校本がまず必要であろう。中院本をベースとした正確な本文作りが進行中である。さらに二類本（明44発行の国民文庫に翻刻あり）の校訂が必要かと思うが、それ以上は現行の影印本で充分であろう。

4　櫻井陽子『平家物語の形成と受容』第二部第二篇（汲古書院　平13　初出平9）

本系に共通して言えることである。[5] なおそのほかに、中院本の書誌調査を通して、古活字版の作られる環境、その出版意図などについても問題を意識したが、この点はむしろ『太平記』の研究の方面から進展があった。[6]

　この共同研究は、これまでにない速度と規模で基礎調査を推進することができたが、八坂系諸本の問題は、従来の思いこみを排除した上で、新しく掘り起こされ、据え直されたというべきだろう。今後は、一々の諸本の本文形成、その基盤と年代が解明されることが必要である。複数の本文の継承と、微細な改変の反復とによって新しい異本を生み出してきたという、八坂系本文のあり方からすれば、それらの解明を背景にすることによって、思想や方法の論が確実なものとなる。

✦ 2 ✦

　ここでは先に挙げた②と③を一括して述べる。

　延慶本古態説の隆盛は、延慶本及び四部合戦状本、さらに延慶本の兄弟本とされる長門本の研究を促したといえるが、一方、関東学の発進、各大学や科研費によるプロジェクトで文化史的、学際的な研究が推進されるようになったことなども、源平闘諍録や源平盛衰記の研究を後押しした。但し、本文校訂や注釈は、時流に乗って俄かに出て来るものではなく、長い準備期間があって初めて公刊可能になるのであるから、②と③とを同時点の現象として扱うのは正確でないかもしれない。

左に、ここ十数年の間に出された、[7] 主な読み本系諸本の本文と注釈を挙げる。

1　高山利弘『訓読四部合戦状本平家物語』　有精堂　平7・3

2　北原保雄・小川栄一編『延慶本平家物語』　勉誠社（［索引篇　平8・2］［本文篇再版　平11・5］）

5　櫻井陽子「延慶本平家物語（応永書写本）本文再考―「咸陽宮」描写記事より―」（『国文』95　平13・8）、「延慶本平家物語（応永書写本）の本文改編についての一考察―願立説話より―」）『国語と国文学』79・2　平14・2）

6　小秋元段「流布本『太平記』の成立」（『太平記の世界』　汲古書院　平12）ほか一連の論考。

7　もちろん、この間に語り本系の本文も二、三公刊されているし、流布本段階へ入る前後の細かなゆれについての調査も報告されている。それらの調査の意図は、出版による本文の固定と、逆に平曲の語りによる変化との過程を追跡しようとするものが多い。一方で平曲譜本の研究も行われており、平家正節以前の譜として平家吟譜の完本も再発見された（村上光徳・鈴木孝庸編『平家吟譜―宮崎文庫記念館蔵平家物語』瑞木書房　平19）。

3　麻原美子・名波弘彰編『長門本平家物語の総合研究』校注篇　勉誠社（勉誠出版）　平10・2〜11・2　＊普及版『長門本平家物語』一〜四　平16・6〜18・6もある。
4　福田豊彦・服部幸造全注釈『源平闘諍録』　講談社学術文庫　平11・9〜12・3
5　栃木孝惟・松尾葦江・谷口耕一・高山利弘・櫻井陽子・小番達・清水由美子編『校訂延慶本平家物語』㈠〜㈩、㈪　汲古書院　平12・3〜20・7
6　早川厚一・佐伯真一・生形貴重校注『四部合戦状本平家物語全釈』巻六・七・九　和泉書院　平12・8〜18・9
7　美濃部重克・榊原千鶴校注『源平盛衰記』㈥　三弥井書店　平13・8、松尾葦江校注『源平盛衰記』㈤　同　平19・12
8　延慶本注釈の会『延慶本平家物語全注釈』巻一・二・三　汲古書院　平17・5〜19・8

右の4により源平闘諍録が通読できるようになったことは悦ばしいし、解説にはこの特異な本文の成立と管理について述べられている。7は平成三年以来、全八冊の中の六冊が刊行されたもの。この十年の間に、一般読者が「読める」という本文作りの基準も変りつつあることは無視できない。第一に、送り仮名や振仮名が多く必要となり、慶長古活字版の本文そのままでは通読が難しくなってきた。漢字が読めなくなったというよりも、漢字を核にして瞬間的に意味を把握する習慣が薄れつつあるように思われる。2、5の延慶本の翻刻が苦心しているのは、底本（応永書写）が宣命書きに近い表記を用いて、片仮名の大小によって意味の捕捉を視覚的に助けていることに対し、現代の翻刻・印刷の技術の上で、正確さ、読みやすさ、コストのバランスをどうとるかという点である。2は総ルビ、5は片仮名の活字の大きさに段階をつけているが、やはり問題の解決は難しいようだ。1のように訓読してしまうのも、一つの方法ではある。

なるべく多くの人が、読み本系の本文に接することを可能にしたい——殊に延慶本の場合には、国文学のみならず多様な分野の知恵を借りなければ解読できないこともあり、また延慶本古態説が充分な吟味を経ずして独り歩きを始めた状況もあって、まずは演習や輪読会で書きこみできるテキストとして、5が出された(8)。水原一編『延慶本平家物語考証』一～四（新典社 平4・5～9・6）が部分的に注釈の道を拓こうとしていたが、延慶本の場合は、今後段階的に試行を積み重ねて、本文確定→解読・注釈→そしてその成果を一般読者に提供、という風に進めて行くしかないだろう。8は、輪読会の成果を公刊するものであるが一般読者の利用にはやや難しい。延慶本の注釈本は複数提供されてよいと思う。

すでに書いたことであるが(9)、影印本を丹念に見るだけでも、延慶本古態説の思いこみの幾分かは、修正を余儀なくされると思う。応永書写の段階においても、複数の本文を参照して改訂が行われているらしいからである。

延慶本もまた、多くの平家物語諸本の中の一本として定位される必要がある。3の刊行は、兄弟本によって延慶本の相対化を可能にし、並行して、研究の遅れていた長門本に関する二十数篇もの論考を世に送った（『論究篇』平12・2）。

✤ 3 ✤

総じて、この間の諸本研究は、昭和三十年代の諸本系統論、四十年代以降の古態論・原態論を脱却しつつあることを、明瞭に示した。伝本そのもの、本文そのものを自分の眼で調べ直すことからそれは始まった（当たり前すぎることではあるが）。諸本研究の新しい動向が具体化するまで、いわば伏流水が地表に出るまでには、十年単位の時間が経過せねばならない。旧来の思いこみを突き崩し、

8 このような本文・注釈の刊行について、日本史の分野では必ずしも周知されていないらしい（『文学』平14・7＋8参照）ことは残念である。

9 「平成十一年国語国文学界の動向 中世・散文」（『文学・語学』169 平13・3）

読み本系諸本の本文を読み直す、という所へ出てきたのが現状といえようか。

このような時期に、動態としての諸本を研究し、文学史の中に位置づけて行こうとする際、こういう現象は平家物語だけに固有のものなのか？　という疑問を禁じることができない。例えば物語、私家集、説話集、中世小説……それらの場合の本文変化は、何を要因とし、何に従って動いてゆくのか？　軍記物語こそ成長の文芸、とうたわれ、語りがその動因だとされてきたけれども、それらが必ずしも真実だと認められないとすれば、多くの異文発生を経験している、他のジャンルではどうなのだろうか。

他ジャンルとの比較を通じて、本文流動の共通性と特殊性が見出されて来るならば、我々は文学の生成と再生のエネルギー源を普遍的な問題として解明することができるのではないか。仮に、そういう探求を、「汎諸本論」と名づけて、従来、それぞれのジャンルごとの基礎作業にすぎないと思われ、閉じられた範囲で行われてきた研究を、互いにつき合せて共同討議を行うために、平成十六年度から十八年度にかけて科研費による「汎諸本論構築のための基礎的研究―時代・ジャンル・享受を交差して―」（課題番号16520112）が行われた[10]。実際、他ジャンルの本文流動の様相とその要因の推定過程を知るのは、極めて刺激的であった。古典の時代の書写活動が単なるコピーを作ることに留まらず、新たな解釈に基づく創作をも含むものであることは既に認知されているだろう。ときには誤写が新たな解釈を誘導し、復元・修復以上の「積極的な」本文操作を招くことがある。現代の我々は、「偶然」にも左右されることのあるそれらの変容を、果たしてつねに正しく追跡し得ているのだろうか。それが保証できないのならば、近代の校訂を経た活字本によって作品を論じるのは、ずいぶん危い行為だといわねばならない。また、いわゆる大手出版ジャーナリズムが企画する叢書・大系等に採用された本文が現代の流布本となって、他の本文が示していた可能性を遮断して

10　平成16～18年度報告書『汎諸本論構築のための基礎的研究―時代・ジャンル・享受を交差して―』科学研究費補助金基盤研究(C)研究成果（代表・松尾葦江）

いく経過もしばしば指摘された。諸本研究はこのような問題に対しても関心を持ち続ける必要がある。

概して、校訂作業を経ることのなかった作品は流動が激しいことが分った。一方で、校訂したと称する、一種の権威づけも行われたに違いない（この場合の校訂とは、定家や光行のような古典学者によるものとは限らず、近世の古活字版制作や整版本刊行の際のような、詳しい事情が未だ判明していないものも含まれる）。平家物語の場合は、覚一本以前と以後とで、本文流動の様相が変化したと想定することができるだろう。尤も、覚一本以前の平家物語のすがたは具体的には殆ど分っていない（現存延慶本を覚一本以前の本そのものと見ることが出来ないのは言うまでもない）のであるが、覚一による正本宣言（覚一本跋文）は、本文の流動を止めるのではなく、流動の質を多様化したと言えるのではないか。そしてそこにこそ、平家物語の特殊性があるのではないか。例えば細部の差異を自己主張の手段にしようとする意図——これは芸能としての語りと関わっていく可能性のある問題であろう——は、時期的にも、流動の質の上でも、物語内部に要因のある、「二つの平家物語」へ分岐し、拡大していく意図とは異なるものだったと思う。ひらたく言ってしまえば、語り本同士の異同と、二大系統間の異同とでは違う、あるいは、近世に向っていく本文流動と、中世の早期に起こった根本的な変容とでは意味が異なる、ということになる。諸本研究が開示する流動の局面も一様ではないことに留意したい。

第一節　二つの「平家物語」から
――作品形成の思想的基盤を考えるために

一　はじめに

✦ 1 ✦

三十七年前、大隅和雄氏が「平家物語の基底と展開――平家物語の思想史的背景」という題で書かれた文章がある（『解釈と鑑賞』昭46・2）。その中に記された、つぎの二点に、私もまた共鳴するものである。

> ある作品に最も関係の深い思想は何宗の教義であろうかという、国文学で常套化している問いの出し方も、注釈研究のためには重要であるかもしれないが、作品のあり方を解明するために常に有効であるとは限らない。（中略）
> 平家物語について当面する問題は、単一の主題や、統一的な思想を探し出すことではなく、さまざまな主題や思想の結合のしかたを明らかにすることにあるように思う。

この数十年間に、国文学の領域は、思想、社会、あらゆる方面へ拡がった。しかし、物語の体裁を成している作品を、部分的要素に区分して、もしくは個別の集団や一族に直接結びつけてみても、「作品形成の」基盤を明らかにすることにはならないであろう。物語が「物語」になる時、単なる史料集成や説話の集合体から離陸する、その機微を私たちは知りたい(1)。

十三世紀、中世の歴史文学の成立を、近代小説の創作と同様に想定することは、苟《いやし》くも文学を研究する場ではあり得ない。態々事あたらしく言うまでもないが、そのための用心として、特定の宗派・一族・思想集団と、作品内の一傾向とを関連させて論じる際、その創作動機・立場、または世界観といった形而下から形而上までのどのレベルで問題をとりあげているのかを、限定しておく必要はある。

ここでは、本文に頻出する語句を手がかりとして問題の所在を探ることから始める。思想を命題の形でのみとらえることをせず、物語世界を構築する論理だけでなくその情調・雰囲気も、できる限り考察の対象としたい。

1　それには、中世において「物語」とは何だったのかを考える必要もあるのかもしれない。

✦ 2 ✦

ところがその際最も困難なのは、「平家物語の」という限定である。こんにち、我々が見るテキストは、いつごろの、そして平家物語の諸本展開の、どの段階のものか。ある一本をとったときに、その本を起点とすれば、平家物語諸本の振幅はどれだけの拡がりを示すのか――つまり根本的に「平家物語の」世界の定置そのものが簡明ではないのである。諸本の流動の幅を含みこんだ、「平家物語の世界」の総体は未だ描き出されていない、と言ってよい。少なくとも、自明のこととして多くの人から思い浮べられるかたちにはなっていない。

ひとまずは、覚一本と延慶本とをとりあげて、[2]作業を始めることにする。覚一本は、多くの人が（現代の我々のみならず）、中世の三百年以上に亙って、「平家物語」として認知してきた本文である。いっぽう、延慶本は、いわゆる「思想」的な生《なま》の記述を露出する箇所の多い本文である。同時に延慶本は、近時、古態本として平家物語の成立事情を論じる際に用いられることが多く、覚一本は、平家物語が古典としての地位を確立するのに与って力あった（近世の流布本の源流になったことも含めて）本文であると言ってよい。

この両本を比較しながら（但し、どちらが原形であるかというような議論は意図しない）、その共通部分と特異性とを通して、平家物語の世界の基盤について、考えてゆく。

二　序章の論理

✦ 1 ✦

平家物語諸本群の、激しい本文異同の中で、なぜか序章にはあまり大きな相違がない。歴史文学としての平家物語の論理は、序章に呈示される「諸行無常」の一般的真理――仏教的世界観と、「旧主先皇の政にもしたがはず、楽しみをきはめ、諫をもおもひいれず、天下のみだれむ事をさとらずして、民間の愁る所をしらざッしかば、久しからずして、亡じにし」という為政者の倫理――儒教的政治批判との二本の柱によって支えられている。前者は仏教的世界観に基づきながらも、「生者必滅」[3]でなく、「盛者必衰」と言い換えられているところに、単に生死の問題のみでなく、歴史上の事件を語って時の流れを物語的に組み立ててゆくための操作が、すでに起動している[4]ことが見てとれる。後者の政治倫理は、「旧主先皇の政にしたが」うこと、「民間の愁る所をし」ること、つまり君王に従い、民心を安んじることを求めており、朝臣としての行動規範に当たっている。

2　覚一本の本文は、日本古典文学大系『平家物語』（岩波書店　昭35）により、ルビは適宜省く。延慶本の本文は、影印（汲古書院　昭39）によって訓み下し、濁点・句読点・振仮名・「」を『校訂延慶本平家物語』の本文校訂と同じ方針により施した。

3　覚一本ではこの語は、巻十・維盛入水の滝口入道の説法の中に、「生者必滅会者定離」として出る。

4　冨倉徳次郎『平家物語全注釈(上)』（角川書店　昭41）三八頁以下。

まず、この二つの論理について、物語の序と大尾を見ておくことにする。

覚一本の本文中には、「無常」の語は意外に少なく、「無常」が六回、そのほか「盛者必衰」が二回、「生者必滅」が一回、「盛衰」は一回しか出て来ない。むしろ「諸行無常　盛者必衰」を成句として常用しないことによって、基調音を重く、ひくく、ひびかせているようにさえ思われる。「無常」の語の用例のうち、「無常観門」の語は、勧進帳の中の唱導的修辞に使われているので他の例とは区別すべきかもしれない。他の例は、序章のほかは、高倉院死去、清盛死去、安徳帝入水、女院の仏道生活と、それぞれ重大事のしめくくりまたは導入として置かれている。「諸行無常」がこの世の真理を表わす概念語のかたちで確認されなければならない、最小限度の四つの局面だということになろうか。

前期軍記物語の幾つかを見渡した時、平家物語は、混沌たるこの世界に起こる「不思議」を包括できる「諸行無常」という論理を獲得することによって、物語の完結度を高めることに成功したと言ってよいだろう。(5) 歴史上の諸現象をそのまま解釈できる、この世の雑多な事象をゆるやかに囲いこみ、説明することのできる論理が手に入ったのである。しかし、覚一本はその論理を明示するキーワードを、右の四つの局面以外に露出することを、自らに禁じた。覚一本では、「無常」やそれに類する語の使用が限定されていること自体に、意味を見出すべきだろう。

因みに、「盛者必衰」の語は、鹿谷事件発覚後の成親一家の境遇の激変に対して用いられ、「無常」の四例が死によって分断される局面の変化（限定的に言いかえれば「生者必滅」に当たる）に際して用いられているのとは区別されている。

序章の対句及び「無常の観門」（巻五「勧進帳」）以外に「無常」の語が用いられている四箇所を引く。

5　松尾葦江『軍記物語論究』（若草書房　平8）六六頁

〈A〉同正月十四日、六波羅池殿にて、上皇遂に崩御なりぬ。（中略）三明六通の羅漢もまぬかれ給はず、現術変化の権者ものがれぬ道なれば、有為無常のならひなれども、ことはり過てぞおぼえける。（巻六「新院崩御」）

〈B〉命にかはり身にかはらんと忠を存ぜし数万の軍旅は、堂上堂下に次居《なみゐ》たれ共、是は目にも見えず、力にもかゝはらぬ無常の殺鬼をば、暫時もたゝかひかへさず。（巻六「入道死去」）

〈C〉悲哉、無常の春の風、忽に花の御すがたをちらし、なさけなきかな、分段のあらき浪、玉躰をしづめたてまつる。（巻十一「先帝身投」）

〈D〉無常は春の花、風に随て散やすく、有涯は秋の月、雲に伴ッて隠れやすし。（灌頂巻「大原入」）

Aは延慶本になく、Bは同じ句ではないが清盛死去後、俊方の死の記事の後に評言がある(6)（一〇五頁例16）。Cはほぼ同じ語句が見え、Dは巻七―24「平家都落ル事」の中に用いられている(7)。延慶本のA・Bには、それぞれ追悼話群がある。覚一本が説話群に入る前に死去の記事をA・Bの評言で詠嘆的に盛り上げ、しめくくっているのに対し、延慶本では長大な説話群そのものが評言の役割を課せられているように見える。注目してよいのは、A・C・Dがいずれも皇室関係者に対して用いられていることである。覚一本の皇室に対する態度、その恭々しさは、あまり指摘されたことがないけれども、注意さるべきものである。一般的に、読み本系諸本に比べて語り本系、特に覚一本の表現は行儀がよい。頼朝や後白河法皇など、権力者に対してはやや距離を置き(8)、皇室関係記事には端正な態度をとっているように見うけられる。これは、芸能として貴紳の前でも語られるための洗練によるものと思われるが、あるいは、この行儀のよさを、覚一本の中立化、と呼んでもよいだろ

6　この位置では、評語の受けとめる現実の範囲は、漠然となる。

7　一〇五頁例17。覚一本はその位置には、「禍福道を同じうし、盛衰掌をかへす」の句がある。

8　従来言われてきたように、両者が描かれていないのではない。描き方が間接的なように見えるのである。

う。そういう覚一本にとって、「無常」の語を以て全面に哀悼の情を押し出してよいのは、皇室関係記事だったのである。

覚一本は基本的に、叙事による抒情、ともいうべき方法をとっている。(9) その覚一本が手放しで抒情的評言を述べる箇所が幾つかある（例えば巻七「福原落」、巻九「落足」）が、そこには「諸行無常盛者必衰」の語はない。(10) しかし、我々はそれらの叙事と抒情が組み合わされる章段にも、また例えば巻三・僧都死去や巻九・木曾最期のような、叙事のみで終わる章段にさえも、「諸行無常」の低音を聞きとるであろう。むしろ、覚一本が激動的事態の記述を了えたあとに漂う、この世の不条理に向けて嘆息せずにはいられない、一種のやるせなさが、序章の対句には、厳かさと甘美さを以て概念化されているのだと言った方がいいかもしれない。

9　松尾葦江『平家物語論究』（明治書院　昭60）五頁

10　但し、これらの熟語そのものはなくても、次のような対句は、栄枯盛衰を詠嘆している例である。「保元のむかしは春の花と栄しか共、寿永の今は秋の紅葉と落はてぬ。」（巻七「聖主臨幸」）

> 平家の哀調、惑はしい言葉だ。このシンフォニイは短調で書かれてゐると言つた方がいゝのである。一種の哀調は、この作の叙事詩としての驚くべき純粋さから来るのであつて、仏教思想といふ様なものから来るのではない。
>
> （小林秀雄「平家物語」(11)）

こういう指摘には、研究史的意義と共に、今日なお黙過できない真実が含まれている。覚一本平家物語が仏教思想を演繹して作られたのでないことはいうまでもないと思うが、仮借のない時の流れにさらされる人間像を語る説話・記事には、何がしかの悲哀、惜別の情緒がまつわりついていることも否定できない。個々の説話、評語の説示するもののみならず、それらが総体的に共鳴し合って揺すり出す哀調を、我々は「祇園精舎の鐘の声」として聞くのである。

比喩的なもの言いはこれくらいにしておくが、要するに覚一本の場合、本文中の「無常」や「盛

11　『無常といふ事』所収（初出昭17・7『文学界』）。引用は『新訂小林秀雄全集』八（新潮社　昭53）による。

者必衰」の語の有無だけが問題なのではなく、記事内容と表現、あるいは説示されなかった評言をも含めた、物語内の有機的関連が問題の中心を占めるものと予想される。

✦ 2 ✦

覚一本が「無常」やそれに類する成句の使用を抑制して、物語の基調を統一することに成功したのに対し、延慶本は事情を異にしている。

索引(12)によって延慶本から相当する語の用例を拾ってみると、左のようになる。

無常　十四例

無常悪業・無常観念・無常転変・無常ノ道・無常讃　各一例

無常ノ風　二例　諸行無常　四例　生死無常　四例　有為無常　三例

（「無常」の語は計三十二例となる）

盛者必衰　五例

生者必滅　五例

実際に延慶本の本文によって、「無常」「盛者必衰」「生者必滅」の語の使われ方を見てみる。用例には1〜44の通し番号をつけた(13)が、同じ箇所に複数の例が含まれる場合もある。延慶本の巻と章段番号を（）内に示す。○印は覚一本の該当箇所と共通する。

⟪①⟫⟪㉝⟫　祇薗精舎ノ鐘ノ声、諸行無常[1]ノ響アリ。沙羅双樹ノ花ノ色、盛者必衰《ヒッスイ》[33]ノ理リヲ顕ス。　（一―1）

〈2〉　今朝ニ御出家、夕ニ無常ノ道ニ趣給フ。　（一―33）

12　『延慶本平家物語　索引篇』北原保雄・小川栄一編（勉誠社　平8）

13　〈1〉〜〈32〉が「無常」及びその熟語、〈33〉〜〈37〉が「盛者必衰」、〈38〉〜〈44〉が「生者必滅」及びそれに類する語である。

〈3〉〈38〉 三界処《ところ》広ケレドモ、皆是[3]有為無常之境ヒ、四生形多レドモ、又是[38]生者必滅之類ナリ。（二—6）

＊『澄憲作文集』による。

〈4〉 又三人ノ子アリ。二人ハ女子ニテ、花ヤカニウツクシカリシカドモ、無常ノ風ニサソハレテ、北亡（邙）ノ露ト消ニケリ。（二—27）

〈5〉 有為無常ノ堺ハ、父ニモヲクレ母ニモ後レテ、送リヲサメテ帰ル事ハ常ノ習ナレドモ、何ナル宿報ニテ、基康ハ生タル父ヲ送ステ、帰《かへる》ラム。（二—27）

〈6〉 康頼ハ（中略）、大江ノ匡房ガ無常ノ筆ヲゾ思ツヾケヽル。（二—29）

〈7〉 サテモ生死無常ノ悲サハ、刹利ヲモキラハヌ山風ニ、日ノ色薄クナリハテヽ、思ハヌ外ノ浮雲ニ、武帝隠レ給ヌ。（二—32）

〈8〉 抑《そもそも》四天王寺ト申ス者（中略）、顧レバレ東ニ又清水滔《タウ》々トシテ、三界水沫之無常、浮ブ二心中一ニ。（三—3）

〈9〉 嵯峨ノ隠君ト申ハ（中略）、閑ニ生死無常ノ哀傷ヲ観ジ給テ、只仏ヲノミゾ念ジ奉リ給ケル。（四—25）

〈10〉 面々ニ訇リケルハ、「夫《それ》諸行無常ハ如来ノ金言ト云ナガラ、六道四生ニ沈淪シテ、日夜朝暮ノ悪念ヲ起《おこす》事、併ラアノ入道ガ故也。（四—33）

〈11〉〈39〉 イツゾヤ亡夫ガ為ニ如《かたのごとく》レ形仏事ヲ営シニ、上導ノ御詞ニ、春ノ花辞レテ梢ヲ、拭ヒ二[11]有為無常之涙一ヲ、秋ノ葉飛レテ林ニ、催二[39]生者必滅之観一ヲ。三界ハ如レ幻ノ、誰カ為二常住之思一ヲ。六道ハ似リレ夢ニ、盍ゾラムレ尋ネ二覚悟之月一ヲ。（五—2）

〈12〉 ケサヨリ違例ノ心地ヰデキテ、世間モアヂキナシ。老タル、若キ、キラワズ、生死無常ノ習ナレバ、イカヾ有ベカルラム。（五—2）

〈⑬〉故ニ文学、無常之観門ニ落レシテ涙ヲ、催二シ上下親族之結縁一ヲ（下略）（五—4）

〈14〉無常讃ト云物ヲ作テ、「三界ハ皆火宅也、王宮モ其難ヲ不レ可レ遁レル（下略）（五—4）

〈15〉龍ノサワギダニモナノメナラズ。イカニイワンヤ、無常ノ風モフキ、獄率ノセメモ来ラム時ニハ、イサ〱知ズ、カヤウニ申《まうす》文学ダニモ叶マジ。（五—5）

〈16〉世ノ中ノ無常、今ニ始メヌ事ナレドモ是ハ殊ニ哀也。（六—13）

〈17〉無常ハ春花、随レ風散ル。有涯ハ暮（秋イ）月、伴レ雲隠ル。誰見三テ栄花之如二コトヲ春夢一而不レコトヲ驚。可レ憶、命葉之与二ニシテ朝露一而易レコトヲ零（消イ）。[14]蜉蝣ノ戯レ風、[15]邈逝《ハクセイ》之楽ミ幾許ゾ。[16]螻蛄《ロウコ》ノ噬《ハム》レ露ヲ、合殺之声ヘ伝レフ韻ヲ。（七—24）

〈18〉法性寺院内計《ばかり》シバシ焼ザリケレバ、仏ノ御力ニテ残《のこる》カト思シホドニ、（中略）サレバ仏ノ説置給ヘル畢竟空ノ理ハ即《すなはち》是ゾカシト、哀ナリシ諸行無常ノ理哉。（七—24）

〈19〉ヤガテアレヨリコソ打出《うちいづ》ベク候ツレドモ、親ノ孝養ヲ引コシ候程ニ、無常ヲ観ジ候ナガラ、争《いかで》カ今一度ミモマヒラセ、ミヘモマヒラセ候ハデハ候ベキト存候テ、参テ候。（九—6）

〈20〉〈35〉敦盛幷ニ遺物等給リ畢ヌ。（中略）[35]盛者必衰ハ[20]無常之理リ、会者定離ハ穢土之習ヒ（下略）（九—25）

〈21〉〈42〉唐太宗ノ開二キ栄耀於万春之花一ニ、遂ニ随二ヒ[21]無常之風一ニ、漢明帝ノ期二セシ寿福於千秋之月一ニ、虚ク隠二レヌ[42]必滅之雲一ニ。＊『澄憲表白集』による。（十—27）

〈㉒〉悲哉、無常ノ暴風、花ノ貞ヲ散シ奉リ、恨哉、分段ノハゲシキ波、玉躰ヲ奉レ沈メ事ヲ。（十一—15）

〈23〉〈43〉〈36〉倩《つらつらおもんみ》以レバ、春ノ花ハ地ニ落テ生者[43]必滅ノ理ヲ示セドモ、未ダ飛花落葉ノ観ヲナサズ。秋ノ豢《もみぢ》ノ空ニチル、会者定離ノ相ヲ表スレドモ、尚シ生死流転ノ道ヲバノガレズ。（中略）日々ニツヾマル命、小水ノ魚ノヒレフルニ似《にた》リ。歩々ニ衰ル齢ヒ、屠所ノ羊ヲ足ヲ早《はやむ》ルニ同ジ。[23]無

14 底本、左に「カケロフ」とルビあり。
15 底本、「邈」の左に「ハルカニ」とルビあり。
16 底本、左に二字ともそれぞれ「ケラ」のルビを振る。なお「噬」の左にも「ナク」のルビがあるが、この訓み未詳。

常転変ノハカナサヲ閑《しづか》ニ思トクコソ、涙モ更ニトヾマラネ。平家ノ栄花已ニツキ、一門亡ビハテ、、元暦二年四月廿六日ニ平家ノ生捕共大路ヲ渡《わたさ》レケリ。心アル者ハ高《たかき》モ賤《いやしき》モ、[36]盛者必衰ノ理、眼ニ遮テ哀也。（十一―21）

〈25〉〈24〉折節小原ノ堪敬上人、此程多ル死骸見テ、無常ヲモ観《くわんぜ》ント覚シテ（下略）（十一―39）

人間有為ノ楽ハ風痛シキ春ノ花、一期不定ノ栄ハ波ニ宿レル秋ノ月、滋リテ見ユル夏木立、梢サビシキ冬ノ空、水流常ニ満タズ、月満ヌレバカクトカヤ。抑《そもそも》建礼門院ト申ハ（中略）、今ハ一筋ニ無常悪業ノ浮雲ヲ厭テ、極楽往生之頓証ヲ願ヒ、空ク過行《すぎゆく》月日ヲ送リ迎テゾオワシケル。（十二―24）

〈26〉左右局ノ聴聞所トオボシキ障子ニハ、或ハ四季ニ随《したがひ》、折ニ触タル無常観念之様ヲ、筆ヲ尽シテ書タリ。（十二―25）

〈27〉〈28〉〈29〉「諸[27]行無常　是生滅法　生滅々已　寂滅為楽」ノ四句ノ文、一切ノ行ハ是皆無常也。[28]無[29]常ノ虎声ハ耳ニ近《ちかく》トモ、世路ノ趍ニ不レ聞ヘ。雪山ノ鳥ハ夜々鳴ドモ、栖ヲ出ヌレバ亡（忘）レヌ。羊ノ歩ミ近付テ、親ニ先立子々ニ先立親、妻ニ別ル、男夫ニ後ル、妻、命ハ水ノ沫、老少不定ノ世也。朝ノ花ハ夕ノ風ニサソワレ、宵ノ朗月ハ暁ノ雲ニ隠レヌ。（十二―25）

〈30〉〈44〉生[30]死無常ノ習、一仏浄土ニ往生ノ望ヲ懸サセ給ニモ、ナニノ勤ノ力ヲカ憑セ給ベキ。釈迦如来ハ中天竺ノ主《ある》ジ、浄飯大王ノ御子也。（中略）難行苦行ノ力ニヨリテ、遂ニ成等正覚成給キ。凡《およそ》有[44]レ生者必ズ滅シ、有レ始者終アリ。楽尽テハ非来《悲歎》ルタメシアリ。（十二―25）

〈32〉〈31〉無常ノ虎ノ音《こゑ》、片時モ身ヲ離ル、事ナク、断レ命敵ノ声、日ヲ送テ絶ル事ナシ。（十二―25）

分段ノ秋ノ霧、玉躰ヲヲカシテ、無常ノ春ノ風、花ノ姿ヲサソヒキ。（十二―38）

＊『六代勝事記』による。

〈34〉近隣ノ人ハ物ヲダニモ高クイハズ、門前ヲスグル者モ怖恐レテコソ昨日マデモ有ツルニ、夜ノ間ニ替行《かはりゆく》有様、盛者必衰ノ理リ、眼ノ前ニコソ顕《アラハ》レケレ。（二—14）

〈37〉盛者必衰之理ニテ、天人五衰ノ日ニアヘルラムモ、此世ニテ可ニレ見《みる》非ズ。カヽルタメシヲ目ノ当リ見奉リツルコソ中々クヤシケレ。（十二—25）

〈40〉（比）[17]翼鳥、連理ノ枝ト、天ニ仰《あふぎ》星ヲ指テ御契不レ浅シ建春門院モ、安元二年七月七日、秋風ナサケナクシテ、夜《よ》ハノ露ト消サセ給シカバ、雲ノカケハシカキ絶ヘテ、アマノ河ノアフセヲヨソニ御ラムジテ、生者必滅、会者定離ノ理ヲ深《ふかく》思食取テ（下略）（六—5）

〈41〉カク思食ルモ理ナレドモ、生者必滅、会者定離ハ人界ノ定レル習、六道ノ常ノ理ナリケレバ、サラヌ別ノミナラズ、心ニ任セヌ世ノ有様、末ノ露、本ノシヅクノ様《タメシ》有レバ、設《たと》ヒ遅速ノ不同ハ有トモ、後先立《おくれさきだつ》御別、遂ニ無クテシモヤ候ベキ。（十—19）

引用が多くなったが、直接的な概念語を使わずに「無常」や「栄枯盛衰」を詠嘆する表現はこのほかにもかなり見落していると思う[18]。逆に〈13〉・〈14〉の例などは熟語として排除してもいいかもしれないし、〈42〉・〈44〉の例などは「生者必滅」と同等に考えてよいと思って加えたものである。索引による作業の誤差の範囲と見ておいて頂きたい。

すでに指摘があるように[19]、これらの中には『澄憲表白集』・『作文集』や『六代勝事記』などから採りこまれた文辞があり、現段階では典拠が明示されなくとも、それらと酷似した修辞が延慶本内で反復されている点は、目を引く。例えば〈17〉・〈43〉・〈11〉・〈39〉・〈21〉は互いに似ており、〈22〉と〈32〉は近く、〈29〉と〈31〉は共通する表現である。また「生者必滅」は屢々「有為無常」か「会者定離」と組み合せられて現れる[20]。

17　底本、「比」脱字。

18　例えば左のような例である。
昔、実之・能隆トテ二人ノ大将アリケルガ、実之ガ「朝有二紅顔一誇二世路一暮成二白骨一朽二郊原一」「年々歳々花相似　歳々年々人不レ同」ト詠ジケムモ、誠ニ猿事《さること》ヤラムト覚ヘテ、此庵ヲ御覧ゼラルヽニ（十二—25）

19　後藤丹治『戦記物語の研究』（大学堂書店　昭11）、小林美和『平家物語生成論』（三弥井書店　昭61）、武久堅『平家物語成立過程考』（おうふう　昭61）

20　覚一本も同。注（3）参照。

このことは一つには延慶本が唱導資料を素材とした、もしくは唱導的な作文法に慣れた者が編集著述に加わったことを想定させるが、また一方で、延慶本の本文がいわば自己増殖的に、いちど使用した修辞を再使用することによって成立した場合があることを暗示してもいる。

延慶本の「諸行無常」は、必ずしも語り手の評言中に現れるとは限られていない。むしろ物語内の人物が、死や境遇の激変に直面して、述懐を洩らす際に言及される、一種の決まり文句であることが多い。語り手の評言であっても、例えば〈43〉〈23〉・〈36〉のように、「倩以レバ…」と述懐を表わす前置きによって区別されて語り出されたりする。

右の現象は何に起因するものか。覚一本が語りを〝再現〟する文体を目指して、より少ない詞句で、より効果的に感動を喚起するよう仕組まれていること、延慶本が唱導的文体をそこここにはめこみ、修辞の効力に歴史文学としての説得性の多くを負うていることを挙げれば、その一端を説明したことにはなるであろう。

覚一本平家物語では「無常」や「盛者必衰」の語がなくとも、全篇を貫いて、「おごれる人も久しからず」「たけき者も遂にはほろびぬ」の感懐が流れ続けている。すでに述べたように、例えば頼政の死にも、都落の諸章段にも、木曾最期にも、我々はその低い基調音を聴くであろう。

しかし、延慶本を始めとする読み本系三本は、多方面へ延びる多様な記事を抱えこんでいる。めまぐるしく接続する記録的記事、源氏関係記事、本朝・中国、上古から当代に至る説話、縁起類、そして数奇譚を含めた文芸志向など、あたかも騒然たるこの世界全体を囲いこもうとするかのような視野の拡がりを示す。それゆえ、一々に「無常」「盛者必衰」を言挙げすることによって、八方に放射している視線に一定の方向づけを与え、同じ色調で統一する必要があったのかもしれない。

殊に巻末を見ると、女院記事（十二―24、25）には、無常にちなむ語句が充溢しているし、巻十二の巻末（一―38）「法皇崩御之事」には、『六代勝事記』からそっくり転載された、無常の語を鏤めた追悼文がある。しかし、十二―39の前半には同じく『六代勝事記』を引きつつも、後半は「人ノ報ハ兼テ善悪ヲ定ムベキ事有マジキ事ニヤ。（中略）人ヲバ思侮ルマジキ物也トゾ、時人申沙汰シケル」と教訓的に結ぶ。そこには、序章の無常観が、どうやら変質し始めているらしいことが見てとれる。

三　歴史批判

✦ 1 ✦

さきに序章にはあまり大きな異同はないと述べたが、延慶本（長門本にも共通）には、語り本にない、次のような一節がある。

縦ヒ、人事ハ詐《イツハル》ト云トモ、天道詐リガタキ者哉《カ》。王麗《レイ》ナル猶《ナヲ》如レ此、況《イハンヤ》人臣位者争《イカデ》カ慎《ツヽシ》マザルベキ。(21)　（一―1）

「王麗ナル」の意味がいま一つ明確ではないが、(22)「人臣位者」と対になって、王朝創始者と、臣下でありながら専横をほしいままにした者とを対比し、臣下であった平家の清盛の話に絞って行くための二文であろう。この二文があるおかげで、平家は天罰によって滅びたのだという、批評性がより明瞭になった。

対して結末部分（十二―39「右大将頼朝果報目出事」）では、『六代勝事記』を引いて為政者の倫理にかなう頼朝を賞讃する。(23) 延慶本を含む読み本系諸本は、源平勢力の交替、「源平の盛衰」をつよく

21　源平盛衰記にはこの文章はない。

22　長門本の伝本の中には「王齢」という字を当てるものもある。

23　「仏法ヲ興シ王法ヲ継ギ、一族ノ奢レルヲシヅメ、万民ノ愁ヲ宥メ、不忠ノ者ヲ退ケ、奉公ノ者ヲ賞シ、敢テ親疎ヲワカズ、全ク遠近ヲヘダテズ。」

意識して構成されており、必然的に、盛衰には正当な理由が存するという、歴史批判に傾いてゆかざるを得ない。しかし、それに続く延慶本独自の本文は、平治の乱直後の頼朝の運命にふれ、「人ノ報ハ兼テ善悪ヲ定ムベキ事有マジキ事ニヤ」、「人ヲバ思侮ルマジキ物也トゾ時人申沙汰シケル」と結んでいる。個人の果報を人智の及び難いもの（「不思議」には否定的な語感があるが、ここは肯定的である）として驚嘆するところに、「諸行無常」という大がかりな世界観ではなく、浮沈常ならぬこの世の法則が、慎むべき教訓に置きかえられていると見ることができよう。

読み本系諸本は、思想や方法の上で一見、『太平記』に接近しているような印象が強いが、『太平記』の序が「後昆顧ミテ不レ取ラ二誡ヲ於既往ニ一乎」と、はっきり鑑戒主義をうち出しているのに比べ、延慶本はつまるところ、倫理性、教訓性に引き寄せられながらも「諸行無常」を背景に利用しつつ、歴史事象を日付によってつなぎとめてゆく。だからこそ、絶えず詞句の上で「諸行無常」を確認するのである。

端的に言って、延慶本の記述に際立つ特色は、怪力乱神を語ることと、関東武士に関する記事が具体的で詳しいことである。題材から見ればそのほかに、音楽や五行思想、和歌・連歌に関する記事が目立ち、前代の先例を引きたがること、京都の宮廷内の人々の動静を部分的に詳細に記すこと、住吉明神の記事や平貞能の記事が増えることなどが注目される。表現では前述の通り、唱導家の愛用する修辞が特徴を示す。従来指摘されてきたように比叡山や高野に関する記事も顕著であるが、比叡山・高野・熊野の信仰は、平家物語の基本構造に深く食いこんでいて、延慶本のみが摂取した部分を識別するのはやや困難である。

ここに挙げたような延慶本の特異記事がそれぞれどのような経緯で流入したものか、その結果、延慶本の作品構造にどういう特殊性がもたらされたかは、未だ十分究明されていない。文書類や宮延記事の背後には、当時の日記類が参看できる場や人脈が想像されるし、関東武士の記事の背後には何らかの書かれた素材があったと思われるが[24]、そのこと自体は平家物語形成の場と人脈に、直ちに重ね合わせるわけにはいかない。本文の形成と改変を一つ一つ解きほぐしてみる作業を通して、延慶本の特殊事情と平家物語形成の一般的情況との関係がある程度照らし出された上で、論じられることになるのだろう。

24 前掲『軍記物語論究』第二章第四節

✦ 2 ✦

覚一本の歴史批判は明快である。私利私怨に基づいた行動は、成功しない。人物の器量に相応しない行動も、成功しない。鹿谷事件がそうであったし、頼政父子の決起、以仁王の乱もそうであった。むろん、これらは事件の結果から逆にたぐり出された因由である。義仲は入洛後、その不器量さを露呈し、私に官職を望み（その無知は極度に戯画化されている）、民間の愁を顧みず京洛を蹂躙し、旧主先皇に従わず法住寺合戦をひきおこした。敗れ去るしかない。それに対して頼朝は、以仁王令旨と福原院宣との二つの大義名分で身を固め、法皇への礼も大仏再建という仏法への礼も尽したように描かれ、その野心が白日下に描かれることはない。「容皃悠美にして、言語分明也」（巻八「征夷将軍院宣」）という描写は、義仲の「たちゐの振舞の無骨さ、物いふ詞つゞきのかたくななることかぎりなし」（同「猫間」）に対照的に、頼朝の器量を示したものであろう。

平家の悪行は、主に清盛と宗盛によって担われているが、王法侵犯（後白河法皇幽閉、高倉天皇降位、以仁王討伐、摂関への無礼など。遷都も帝都決定は天皇の専権事項であるから、やはり同）・仏法侵犯（南都焼打など）のみならず、民間の愁を顧みず（巻五「遷都」）、人の恨み歎きの積り（巻三「僧都死去」）[25]のほかに、人の心をふみにじった（巻一「祇王」、巻六「小督」など）数々の行為も含まれていよう。覚一本に

25 前掲『平家物語論究』第一章第二節

とって、王朝的、抒情的といわれる哀艶の場面のいくつかは、奢り高ぶった平家によって痛ましくも蹂躙される、愛や尊厳や風雅を描き出すためのものであった。
平家は、滅びるべくして滅びて行ったのだ、と覚一本はいうのである。

四　おわりに

✦ 1 ✦

覚一本の世界を表徴する評語として、誰でもが第一に挙げるのは「哀れ」であろうが、もう一つ、印象に残る評語として「めでたし」を挙げたいと思う。

「めでたし」は総索引[26]によれば、覚一本では五十四例使用されている。うち三十例前後が平家一族及び皇族（高倉天皇・建礼門院・安徳天皇等、平家ゆかりの皇族）に対して用いられている。音楽や上代の故事を叙する際に用いられることも多い。例を挙げる。

おりふし、御前には太政大臣妙音院、琵琶かきならし朗詠めでたうせさせ給ふ。（巻五「文覚被流」）

中宮弘徽殿より仁寿殿へうつらせ給ひて、たかみくらへまいらせ給ひける御ありさまめでたかりけり。（巻四「還御」）

馬・鞍・鎧・甲・弓矢・太刀・刀にいたるまで、てりかゝやく程にいでたゝれたりしかば、めでたかりし見物也。（巻五「富士川」）

覚一本の前半は、かかる「めでたき」世界であり、後半は喪われた「めでたかりし」時を思い出し

26　『平家物語総索引』金田一春彦ほか編（学習研究社　昭48）

て一層の悲歎にくれることになる。前半があかるく光り輝く世界であるとすれば、後半にはその光輝がフラッシュバックされることによって、運命の坂を転がり落ちてゆく平家一族の姿が照らし出される。

都をいでて中一年、無下にまぢかき程なれば、めでたかりし事もわすれず。（巻十一「一門大路渡」）

そして、覚一本が一種行儀のよい、万人向けの叙述を確保し得ていること——さきに、それを覚一本の中立性と呼んだが——は、例えばこの「めでたし」という語が要所要所に使われて作り出す印象と、どこか共通性があるように思われる。

延慶本で「めでたし」及びその派生語の用例を拾うと、およそ六十例。記述量からすれば延慶本は覚一本の一・六倍強であるから、五十四例対六十例ならば、延慶本の「めでたし」は、量的には覚一本の約七割の位置しか占めていないことになる。

即ち、あかるくうららかな、「めでたき」世界が崩落して、「哀れ」「はかなし」「やさし」などの語で同情を寄せられる覚一本に対し[27]、延慶本では「哀れ」などの感情語による評ももちろん少なくはないが、世人の評、もしくは複数の人々の評判という形で事態の叙述をしめくくる例が多く目につく。「…トゾ後ニハ人申ケル」、「人々…ト思食タリケリ」、「…トゾ人々申アヒケル」などの決まり文句、もしくは「…トゾ聞エケル」というような形をとって、語り手自身の評言でなく、また感情語ではない批評文の形式で総括される。世論の形をとる批評は、むろん覚一本にもあって、明確な数値として比較はしにくいが、この点は覚一本と、延慶本（及びそれに代表される読み本系諸本）との質的相違を示す指標になり得ると思う。

27　志立正知『『平家物語』語り本の方法と位相』（汲古書院　平16　初出平4）

延慶本は概して評論的であり、情緒的に物語世界の人々に寄り添って行こうとする覚一本に較べれば、擬装ではあれ知的、客観的であり、批評たるものの一種の攻撃性、事態を結論づけた結果の教訓性を帯びている。覚一本はそのような不遠慮さ、おしつけがましさをやわらげて、より多くの享受者が共感をもち得るだけの普遍化を試みた。それが音曲と詞句の調和をはかろうとした事情に基づくものか、貴賤・聖俗を問わずあらゆる場と人にうけ入れられる芸能としての必要に迫られたが故か、またはさらに別の理由によるのかは、未だ判っていない。しかし、そのおかげで覚一本は、平家物語本文のスタンダード化することになった。それに対して延慶本は、唱導的素材や記録・史料を含む広汎な材料を抱えこむことによって自らの史的世界を拡大、補強しようとして、(28)個別化する結果になったとみることができる。延慶本が平貞能記事を多く持つのは、平家の派兵を九州の地まで、全国的規模で記録しようとする志向の一環であろう。多くの記録的文書や宮廷内秘話の如き記事を含むのも、全体的に、総合的に情況をとらえようとした（かの如く編述した）彼の方法のあらわれであるが、結果的に極めて具体的で特殊な情報源との近さを、暗示しているように見える。延慶本の古態性と思われる要素のうちの幾分かは、この〝個別化〟に起因するものがあるのではないか。

28　ここで言うのは、後補、拡散という評価の問題ではない。読み本系諸本に共通する拡大志向のことである。

✷ 2 ✷

覚一本の〝中立性〟と延慶本の〝個別性〟、それは十四世紀半ばに平家物語が到達した、歴史文学としての二つのあり方だったと言えるかもしれない。それらは十三世紀、成立当初の平家物語にすでに含まれていた志向を、それぞれの方向に発展させたものであったと思われ、前者には芸能としての語りが、後者には恐らく唱導や日記や公文書に関わる知識人の営為が推進力として作用したと思われる。

現存延慶本を、そのまま平家物語の原態を留めたものとして扱ったのでは、問題は逸れてしまうであろう。延慶本も覚一本も、十四世紀の平家物語の、ある達成を示す本文である。さしあたって、この両本を起点として、平家物語の本文流動のおよその法則――それをどれだけ具体的に且つ正しく把握できるか――を考慮しながら、物語世界の範囲を限ってゆく作業が、現下では有益なのではないか。今述べたように、志向を異にする二つの達成は[29]、元来、原「平家物語」の中に胚胎していたもので、一方は截り出すという方法で、一方は着せこむという方法で、あるべき物語を実現したとすれば、両本の差異と共通性との両方に跨って、総体としての平家物語は姿をあらわすものと思われる。

そこで作品形成の思想的基盤というとき、中世のトポロジーがおぼろげにでも視野に入って来なくてはならないのだろう。唱導と言い、鎮魂と言ってみても、それだけでは何ひとつ説き明かしたことにはなっていない[30]。さりとてテキストの中の字句や説話を、直接中世の人脈や集団に結びつけても、事実として当たっているかどうかは分らない。中世の「場」や思想の蓄積の「層」を通して、しかも物語の言語を獲得する過程を経て初めて、我々が見ているテキストが形成されてきているはずだからである。

大隅氏が言われた「さまざまな主題や思想の結合のしかた」が問題であるとして、それ自体、覚一本と延慶本とでは一律に論じられないことが見はるかされる。ここでは、その点を確認しえただけで、いわば問題の入り口のファサードをデッサンしただけで善しとせざるを得ない。即ち、百数十年の期間に亙って、平家物語が作品の二つのあり方を顕現したとき、それぞれの推進力を、個人名や特定の集団名にとどまらず、中世的環境のなかで[31]――例えば芸能と仏教と史論と物語とが、別

29　両本が各々、採った方法が別方向だった、という意味である。

30　小峯和明ほか「〈座談会〉中世仏教の臨界」（季刊『文学』'97秋　平9＋10）は延慶本的世界の把握に極めて有益である。延慶本を、平家物語の一異本としてでなく、一個の作品として見た場合、思想・芸能・物語・歴史が渾然一体であった、中世のある時期の創造のあり方を、最もよく保存している、それが延慶本の古態性と言われるものだ、と説くこともできる。

31　年代別に本文流動を考えるべきだという提言も、ひとつにはこういう議論を可能にするためである。なお、本節は第一章第一節と関連するものである。

のものではなかった時代の場において、しかも言語表現の獲得の過程として、えがき出してゆく作業の出発点を、見定めたということになる。

第二節　屋代本平家物語における今日的課題

一　はじめに

屋代本平家物語が、山田孝雄によって紹介された当初は、巻二のみの零本としてであった(1)（当時は吉沢義則蔵。現在は京都府立総合図書館蔵）。山田は『平家物語考』で、「不忍文庫蔵書目録」や「那須家所蔵平家物語目録」を引いて、零本ではなく他の巻も存在したことを推測していたが、大正四年に高野辰之が巻二・四・九以外の冊を入手、改めて山田が報告するところとなった(2)。この高野辰之旧蔵本が現在國學院大学図書館に所蔵される屋代本である。

書誌的な解説は春田宣・千明守によって著述されたものがあるので(3)、それらに譲るが、山田孝雄が応永年間とした(4)書写年代について、近時、表記法や語法の面から、もっと降るのではないかとの疑問も出されている(5)。一伝本としての屋代本に対する書誌的検討も今後改めて必要であろうが、ここでは本文異同と文芸性との関係を中心に、平家物語における本文流動の様相を考察したい。

本文の異同を対照し、その差異を分析して諸本の系統化を試みる作業は平家物語研究では繰り返し行われてきたし、屋代本は殊に、昭和三十年代には古態本として注目されていた(6)。しかし、本節

1　山田孝雄『平家物語考』（国語調査委員会　明44）。但し、すでに弘化四（一八四五）年、剣巻を有する屋代本平家物語の存在は知られていた（『梅園日記』）。

2　「平家物語異本の研究（一）」『典籍』（大4・7）

3　影印『屋代本平家物語』解説（角川書店　昭48）及び『屋代本／高野本／対照平家物語一』解題（新典社　平2）

4　応永年間（一三九四―一四二七）には、延慶本も書写かつ改変されていたらしい。そして十五世紀半ば以降、八坂系諸本が簇出している。屋代本も含め、いわゆる覚一本系周辺本文の成立年代は確定していない。十五世紀後半にはこのグループに近似する本文の断簡が存在したようだ（松尾葦江「平家物語八坂系諸本の断簡について」科研報告書『平家物語八坂系諸本の総合的研究』平8・3）。

5　吉田永弘「屋代本平家

では本文の先後関係や古態性を問題にするのではなく、ほぼ同じ事件を叙述しているのに異なる文芸的効果をもたらす表現方法を問題とする。

それゆえ、本文異同の相違の幅が比較的小さいとされる語り本系の中で、性格の異なる覚一本と屋代本とをとりあげることにした。研究史を顧みれば、諸本の系統化作業の限界が指摘され始めた頃から、各本の性格をそれぞれ独自のものとして認め、論じようとする動向が顕著になった。屋代本と覚一本についても、近時では志立正知の論考があり(7)、私もすでに(平6・7)、成立と語りの問題を考えるための入り口として両本の本文を対照して論じた(8)。両本の記述の表現価値の相違に関しては論じ尽くされたかのように見えるが、必ずしも終わってはいない。

二　屋代本の位相

以前に両本の異同は巻によってばらつきがあることを指摘したが、ここでは巻十と十一とをとりあげる。巻十は討死ではなく死んでいく二人の公達、重衡と維盛についての記事が大半を占め、巻末に藤戸合戦、元暦元年冬の記事があって終わっている。重衡には法然、維盛には滝口入道の説法があり、覚一本では仏教色の強い巻である。すでに「戒文」(重衡関東下向事)などで仏教思想史と結びつけて成立が論じられたこともあるが(9)、屋代本には仏教思想が希薄であるというよりは、ものごとを彼岸でなく此岸で解決しようとする傾向がある、と言う方が正しいと思う。但し、屋代本の方がいつも簡略であるとは限っていない。覚一本が享受者の情を動かす仕掛けに巧みであるとすると、屋代本は一々合理的に説明しようとする傾向がある。巻十の中で両本の異同が大きい箇所は「戒文」、「維盛入水」とそれに続く「三日平氏」などであり、仏教的世界との関わり方の差異は顕著である。逆に殆ど相違しない箇所は「横笛」「高野巻」など、高野山に関係する章段である。「屋

物語の語法覚書—書写年代推定の試み—」『鎌倉室町文学論纂』(三弥井書店平14・5)

6　平家物語諸本体系の中での屋代本の位置づけは、一方・八坂両系分岐以前の古本とする説(渥美かをる・山下旧説)、八坂系の古本とする説(冨倉徳次郎)、一方系の古本とする説(山下新説。『平家物語研究序説』一八二頁)、覚一本よりも後だが八坂系の中では比較的初期に属し、但し最古ではないとする説(高橋貞一)など、揺れ続けてきた。昭和二十九年十二月、永積安明は「平家物語の形成—原平家のおもかげ—」(東大出版会『中世文学の展望』再録)で、屋代本に原態を想い描きつつ、平家物語の変容を論じた。

7　『『平家物語』語り本の方法と位相』(汲古書院平16)

8　「屋代本と覚一本の間—平家物語の「成立」と「語り」を考えるために—」

島院宣」「請文」なども大きく異なるが、覚一本は文書の形式や修辞を整えることに熱意を示し、また重衡の命乞いをする二位尼と一門の人々の応答を詳しく記して、情緒的場面を盛り上げているので、両本の性格が分れることになる。

ここでは巻十の中でもこれらの異同の激しい箇所や殆ど固定していて異同の少ない箇所を避け、平均的な部分（即ち、異同は小さいように見える箇所）を例にとりあげることとする。以下、引用本文は『屋代本 高野本 対照平家物語三』（新典社　平5）により、濁点を付すなど表記を読みやすく改めた。平仮名交じりの本文が覚一本、片仮名交じりが屋代本である。傍線部は対照する本文がない部分、波線部はあっても表現が異なる部分である。同番号を付した箇所が対応する本文とみなされる。

『論集中世の文学　散文編』（明治書院　平6・7、若草書房『軍記物語論究』再録）

9　時枝誠記「平家物語戒文の異文について」『中世文学の世界』（岩波書店　昭35・3）

1　維盛と家族の音信

〈例1〉「首渡」（屋代本「惟盛古郷音信事」）

A小松の三位中将維盛卿の若君、六代御前につき奉たる斉藤五、斉藤六、あまりのおぼつかなさに、さまをやつして見ければ、頸共は見しりたてま（つ）たれども、三位中将殿の御頸はみえたまはず。[2]されどもあまりにかなしくて、つゝむにたへぬ涙のみしげかりければ、よその人目もおそろしさに、いそぎ大覚寺へぞまいりける。北方、「さていかにやいかに」と問給へば、「小松殿の君達には、備中守殿の御頸ばかりこそみえさせ給ひ候つれ。其外はそんぢやうその頸、其御頸」と申ければ、「いづれも人のうへともおぼえず」とて、涙にむせび給ひけり。やゝあ（つ）て斉藤五涙をおさへて申けるは、「此一両年はかくれ居候て、人にもいたくみしられ候はず。[3]今しばらくもみまいらすべう候つれども、よにくはしう案内しりまいらせたる者の申候つるは、『小松殿の君達は、今度の合戦には、播磨と丹波のさかひで候なるみくさ山をかためさせ給ひて候けるが、九郎義経にやぶられて、[4]新三位中将殿、小松少将殿、丹後侍従殿は、播磨の高砂より御舟にめして、讃岐の八島へわたらせ給て候也。[5]何としてはなれさせ給て候けるやらん、御兄弟の御なかには、備中守殿ばかり一谷にてうたれさせ給て候』と、申ものにこそあひて候つれ。『さて小松三位中将殿の御事はいかに』ととひ候つれば、『それはいくさ以前より大事の御いたはりとて、八島に御渡候間、此たびはむかはせ給候はず』と、こま〴〵とこそ申候つれ」と申ければ、「それもわれらがことをあまりにおもひなげき給ふが、病となりたるにこそ。[6]風のふく日は、けふもや船にのり給らんと肝をけし、いくさといふ時は、たゞ今もやうたれ給らむと心をつくす。ましてさ様の御いたはりなんどをも、たれか心やすうあつかひたてまつるべき。[7]くはしうきかばや[9]」とのたまへば、若君姫君、「などなんの御いたはりとはとはざりけるぞ」とのたまひけるこそ哀なれ。

B三位中将もかよふ心なれば、「都にいかにおぼつかなく思ふらん。頸共のなかにはなくとも水におぼれても死に、[10]矢にあた(つ)てもうせぬらん、此世にあるものとはよもおもはじ、露の命の末ながらへたるとしらせ奉らばや」とて、

さるほどに小松の三位中将維盛卿は、年へだゝり日かさなるにしたがひて、[12]ふる郷にとゞめをき給ひし北方、おさなき人々の事をのみなげきかなしみたまひけり。[13]商人のたよりにをのづから文などのかよふにも、[16]北方の宮この御ありさま心ぐるしうきき給ふに、[17]さらばむかへてひとゝころでいかにもならばやとはおもへども、[18]我身こそあらめ、人のためいたはしくてなどおぼしめし、しのびてあかしくらし給ふにこそ、せめての心ざしのふかさの程もあらはれけれ。

(巻九「三草勢揃」)

侍[20]一人したてゝ都へのぼせられけり。三のふみをぞかゝれける。まづ北方への御ふみには、「都にはかたきみち〳〵て、御身ひとつのをきどころだにあらじに、おさなきもの共引ぐして、[22]いかにかなしうおぼすらん。是へむかへたてま（つ）て、ひとゝころでいかにもならばやとは思へども、[18]我身こそあらめ、御ため心ぐるしくて」などこま〴〵と書つゞけ、おくに一首の歌ぞ有ける。

いづくともしらぬあふせのもしほ草かきをくあとをかたみともみよ

おさなき人々の[24]御もとへは、「つれ〴〵をばいかにしてかなぐさみ給ふらむ。いそぎむかへとらんずるぞ」とこと葉もかはらずか[25]いてのぼせられけり。此御文共を給は（つ）て、使都へのぼり、北方に御文まいらせたりければ、今さら又なげきかなしみ給ひけり。[26]使四五日候て、いとま申。北方なく〳〵御返事かき給ふ。若公姫君筆をそめて、「さて父御ぜんの御返事は何と申べきやらん」[14]と問給へば、「ただともかうも、[28]わ御前たちのおもはんやうに申べし」とこその給ひけれ。「などや今までむかへさせ給はぬぞ。あまりにこひしく思ひまいらせ候に、[15]とく〳〵むかへさせ給へ」と、[29]おなじこと葉にぞかゝれたる。

C此御文共を給は（つ）て、使八島にかへりまいる。三位中将、[30]まづおさなき人々の御文を御覧じてこそ、いよ〳〵せん方なげにはみえられけれ。「抑是より穢土を厭にいさみなし。閻浮愛執の綱つよければ、浄土をねがふもものうし。唯是より山づたひに都[34]へのぼ（つ）て、こひしきものどもを今一度見もしみえての後、自害をせんにはしかじ」とぞ、泣々かたり給ひける。

A其中ニ、大覚寺隠レ居給ヘル小松ノ三位中将ノ若君、六代御前ニ付奉リケル斉藤五、斉藤六、[1]未ダ無官成ケル上ヘ、イタウ人ニモ見ヘ知レズ。此一二年隠居タリケルガ、余リノ覚束無サニ、様ヲヤツシテ見ケレバ、三位中将ノ御頸ハ見ヘ給ハネ共、皆見知タル頸共ニテ有間、[2]目モ当ラレズ覚テ、涙モ更ニセキアヘズ。ヨソノ人目モ怪シゲニ、空怖シク覚ヘケレバ、急ギ大覚寺ヘ立帰ル。北ノ方、「マヅ何ニヤ」ト問給ヘバ、「小松殿ノ公達ノ御中ニハ、備中ノ守ノ殿ノ御頸計コソ渡サレ給ヒ候ヘ。其ノ外、其御頸〳〵」ト申セバ、「イヅレトテモ人ノ上ナラズ」トテゾ泣レケル。斉藤五重テ申ケルハ、「今日、ヨニ案内知タリゲニ候ツル者ノ申ツルハ、『小松殿ノ君達ハ、幡磨与丹波ノ境ナル三草ノ山ヲ堅メサセ給テ候ツルガ、源氏共ニ破ラレテ、幡磨ノ高砂ヨリ御舟ニ召レテ、讃岐ノ屋島ヘ渡ラセ給テ候也。』『サテ三位中将殿ノ御事ハ何ニ』ト問候ツレバ、『夫ハ軍以前ニ大事ノ御労ニテ、屋島ニ渡ラセ給候シ間、今度ノ軍ニハ合セ給ハズ』トコソ申候ツレ」ト申セバ、北方、「糸惜ヤ。其モ只我等ガ事ヲ思歎クガ病ヒト成給タルニコソ。[7]何ナル労ヤ覧。穴覚束無」ト宣ヘバ、若君姫君、「何ノ御労トハ問ザリシカ」トゾ宣ケル。[8]斉藤五、「身計ダニモ忍カネテ候者ガ、何ノ御労ナンドマデハ、争デカ問候ベキ」ト申セバ、[9]北方、「ゲニモ」トテゾ泣カレケル。

B三位中将モ通フ心ナレバ、「都ニサコソ我ヲ覚束無思ラメ、頸共ノ中ニハ見ズトモ、水ノ底ニモ沈ミヤシヌラントテコソ歎クラメ。未此世ニ長ラヘタルゾト[12]知セバヤトハ思ヘドモ、[11]忍タル棲ヲ人ニ知センモサスガナレバ」トテ、啼々明シ暮サセ給ケリ。夜ニ成レバ、余三兵衛重景、石童丸ナド云者ヲ蕎ニメシ、「都ニハ只今、我事ヲコソ思出ラメ。少キ者共忘ルトモ、人ハ忘ルル隙アラジ。角ク独リ只イツトナク明シ暮セバ慰サム方ハ無レドモ、越前三位ノ上ヲ見ルニハ、賢クゾ少キ者共ヲ都ニ留メ置タリケル」トテ、泣々悦ビ給ケリ。[13]北方ハ、商人ノ便ニ文ナドノ自ラ通ニモ、[14]「ナド今マデ迎ヘ取セ給ハヌゾヤ。[15]疾シテ迎ヘ取セ給ヘ。少キ者共モ斜メナラズ恋シガリ奉リ、[16]我モ尽セヌ物思ニ長ラウベキ様モナシ」ナンド細々ト書ツヾケ給ケレバ、三位ノ中将此御返事見給テモ、何事モ思入給ハズ、臥シ沈ミテゾ歎カレケル。[17]大臣殿モ二位殿モ之聞給テ、「サラバ北方、少キ人々ヲ迎ヘ取リ奉リ、一所ニテ何ニモ成リ給ヘカシ」ト宣ヘドモ、「[18]我身コソアラメ、人ノタメ糸惜ケレバ」トテ、泣々月日ヲ送ラレケルゾ、セメテノ志ノ程モ顕レケル。

[19]サテモ有ベキナラネバ、[20]近フ召仕レケル侍ヘ一人シタテ、都ヘ上セ給ニ、三ノ文ヲゾ書レケル。先ヅ北方ヘノ御文ニハ「[21]一日片時絶間ヲダニモ、ワリナフコソ思シニ、空キ日数モ隔リヌ。都ニハ敵充満テ、我身一ノ置キ所ダニアラジニ、少キ者共引具テ、[22]サコソ心苦シク御坐ラメ。疾シテ迎ヘ取リ奉、一所ニテ何ニモナラバヤト思ヘ共、御為心苦シケレバ」ナンド細々書テ、奥ニハ一首ノ歌ヲゾ書レタル。

イヅクトモ知ヌアフ瀬ノモシヲ草カキヲク跡ヲ形見トハミヨ

少キ人々ヘノ御文ニモ「徒然レヲバ何ニシテナグサムラン。疾シテ迎ヘ取ンズルゾ、[23]サコソ有ラメ」ナンド書テ、[24]奥ニハ「六代殿ヘ、維盛」「夜叉御前ヘ、維盛」ト書テ日付セラレケリ。是ハ、我イカニモ成テ後、形見ニモ見ヨトテ、中将角ハ書レケル也。御使都ヘ登リ、此御文ヲ奉ル。北方御文見給テ、[25]思入テゾ歎レケル。御使[26]急ギ下ルベキ之由申セバ、[27]「サルニテモ暫ラク。御返事ノ有ンズルゾ」トテ、泣々起キ上リ、細々ト御返事書テゾ給ケル。若君姫君モ筆ヲ染テ、「サテ御返事トハ何ト書ベキ」ト申給ヘバ、母御前、「只兎モ合モ、和御前ガ思ハンズル様ニカケ」トゾ宣ケル。「[14]ナド今マデ迎ヘトラセ給ハヌゾヤ。[28]穴御恋シ〳〵」ト[29]詞モ替リ給ハズ、二人ナガラ同詞ニゾ書レケル。

C御使屋島ヘ下テ、此御返事進セタリケレバ、三位ノ中将、北方ノ御文ヨリモ、[30]若君姫君ノ、「恋シ〳〵」ト書レタルヲ見給ヒテゾ、今一キハ為方無クハ思レケル。[31]三位中将今ハイブセカリツル古郷ノ伝聞晴給ヘ共、妻子ハ従来心ヲ悩マス物ナレバ、恋慕ノ思イヤマサリケリ。「抑今ハ穢土ヲ厭フニ勇無ク、闇浮愛執ノ綱強ケレバ、浄土ヲ願フニ倦シ。[32]今生ニ妻子ニ心ヲ摧キ、当来ニハ修羅ニ堕ン事心憂カルベシ。サレバ是ヨリ都へ上リ、妻子ヲ見テ、[33]妄念離レテ、自害センニハ如ジ」トゾ[34]思定給ケル。

述べている内容はほぼ同じであるが、両本の態度の相違がそこここに見られる。Aの段落では傍線部1、傍線部8が屋代本の合理的説明であり、覚一本はこれがなくとも情緒的誘導はできると考え、また傍線部6、波線部9を加えて強調した。Bの段落の傍線部12〜15を覚一本は概括的にまとめ、巻九の一谷合戦の直前に置く（枠内）。屋代本は巻九を欠いているので、その箇所がどうなっていたか分からないが、[10]覚一本は平家が一時的に勢力を回復し、都との間に書簡の往復があったことを二例（梶井宮書簡、維盛望郷）語って、一谷惨敗の衝撃の深刻さを却って際立たせる効果を挙げる。屋代本の傍線部17も12〜15と同様に具体的に記述する態度の一環であり、これに対し覚一本はしばしば情緒的な流れを優先する。子供たちへの手紙については、覚一本は屋代本傍線部24を概括したつもりで、意味を分りにくくしてしまった（日本古典文学大系頭注が「よく分らない」としている）のではないか。屋代本の傍線部29の方が文脈上は自然である。

Cの段落では傍線部30、31と説明が多く、31から32、33が導き出されて、波線部34の異文に続く。ここは珍しく屋代本の方が仏教色が濃いように見えるが、その分、覚一本は維盛入水の場面を強調し、それ以外を淡彩にしたと考えられよう。屋代本の維盛はすでにこの時に「妻子ヲ見テ、妄念離レテ」と「思定」めているのであるが、覚一本の維盛は、「こひしきものどもを今一度見もしみえての後」と「泣々」人に語るのであった。

10　屋代本に近いとされる片仮名百二十句本を見ると、前後の本文は覚一本と同様だが、梶井宮の書簡の記事のみで、維盛望郷の記事はない。

2　藤戸の瀬ぶみ

〈例2〉「藤戸」（屋代本「備前国藤津合戦事」）

舟なくしては、たやすうわたすべき様なかりければ、源氏の大勢むかひの山に宿して、いたづらに日をゝくる。平家の方よりはやりおのわか物共、小船にの（つ）て漕いださせ、扇をあげて「こゝわたせ」とぞまねきける。源氏、「やすからぬ事也。いかゞせん」といふところに、[3]同二十五日の夜に入て佐々木三郎守綱、[5]浦の男をひとりかたら（つ）て、しろい小袖、大口、しろざやまきなどとらせすかしおほせて、「この海に、馬にてわたしぬべきところやある」ととひければ、男申けるは、「[7]浦の者共おほう候へども、案内し（つ）たるはまれに候。[8]此男こそよく存知して候へ。たとへば河の瀬のやうなる所の候が、月かしらには東に候。月尻には西に候。[10]両方の瀬のあはひ、海のおもて十町ばかりは候らむ。[11]この瀬は御馬にては、たやすうわたさせ給ふべし」と申ければ、佐々木なのめならず悦で、わが家子郎等にもしらせず、かの男と只二人まぎれ出、はだかになり、件の瀬のやうなる所をみるに、げにもいたくふかうはなかりけり。ひざ、こし、肩にたつ所もあり、鬢のぬるゝ所もあり。[12]深き所をばおよひで、あさき所におよぎつく。[13]男申けるは、「これより南は、北よりはるかに浅う候。敵、矢さきをそろへて待ところに、はだ[14]かにてはかなはせ給ふまじ。かへらせ給へ」と申ければ、佐々木げにもとてかへりけるが、下臈はどこともなき者なれば、又人にかたらはれて案内をもをしへむずらん、[15]我計こそしらめと思ひて、彼男をさしころし、頸かきき（つ）てすてゝ（ん）げり。

[16]同廿六日の辰刻ばかり、平家又小舟にの（つ）て漕いださせ、「[17]こゝをわたせ」とぞまねきける。佐々木三郎、案内はかねてし（つ）たり、しげめゆひの直垂に黒糸威の鎧きて、白葦毛なる馬にのり、家子郎等七騎、ざ（つ）とうち入てわたしけり。大将軍参河守、「あれせいせよ、留

めよ」とのたまへば、土肥次郎実平鞭鐙をあはせてお（つ）つひて、[19]「いかに佐々木殿、物[18]のついてくるひ給ふか、大将軍のゆるされもなきに狼籍也。とゞまり給へ」といひけれ共、耳にも聞いれずわたしければ、土肥次郎もせいしかねて、やがてつれてぞわたひたる。馬のくさわき、[20]むながいづくし、ふと腹につくところもあり、鞍つぼこす所もあり。[12]ふかきところはおよがせ、あさきところにうちあがる。大将軍参河守是をみて、[21]「佐々木にたばかられけり。あさかりけるぞや。わたせやわたせ」と下知せられければ、三万余騎の大勢みなうち入てわたしけり。平家の方には「あはや」とて、舟共おしうかべ、矢先をそろへて、さしつめひきつめさん〴〵にいる。源氏のつは物共是を事共せず、甲のしころをかたむけ、平家の舟にのりうつり〳〵、おめきさけんでせめたゝかふ。[22]源平みだれあひ、或は舟ふみしづめて死ぬる者もあり、或は船引かへされてあはてふためくものもあり。一日たゝかひくらして夜に入ければ、平家の舟は澳にうかぶ。源氏は小島にうちあが（つ）て、人馬のいきをぞやすめける。[23]平家は八島へ漕しりぞく。源氏心はたけく思へ共、船なかりければおうてもせめたゝかはず。昔より今にいたるまで、馬にて河をわたすつはものはありといへども、馬にて海をわたす事、天竺震旦はしらず、我朝には希代のためし也とぞ、備前の小島を佐々木に給はりける。鎌倉殿の御教書にものせられけり。
[25]同廿七日、都には九郎判官義経、検非違使五位尉になされて、九郎大夫判官とぞ申ける。

船無クシテハ、輙スウ渡ルベキ様モナシ。[1]在リトシ有ル船ハ平家ノ方ヨリ皆点ジ置キタレバ、源氏方ニ船ナシト見テ、平家ノ方ノハヤリヲノ者共、小船ニ乗テ推シ浮べ、扇ヲ揚テ「源氏此ヲ渡セ」トゾ招タル。[2]サレドモ船無レバ、渡スニ及バズ。空シク日数ヲ送ル程ニ、[3]同廿三日ノ夜ニ入テ、佐々木ノ三郎盛綱、[4]此ノ浦ヲ遠見スル由ニテ、[5]浦人ノヲトナシキ者ヲ語ラヒ、[6]「ヤ殿、コヽヲ渡ント思テアルハイカニ。馬ニテ渡スベキ所ハ無カ」ト問バ、「[7]案内知ラセ給ハデハ、悪シウ候ヒナン」ト申ス。其ノ時佐々木三郎、小袖ト白ク作リタリケル刀ヲ取セテ、「[8]知ヌ事ハヨモアラジ。教ヘヨ」ト云ケレバ、「譬ヘバ河ノ瀬ノ様ナル所コソ候ヘ。[9]此瀬ガ定ラズ、月頭ニハ東ニ候。月ノ尻ニハ西ニ候。[10]馬ノ足ノ及バヌ所三段ニハ過候ハジ」ト申ス。佐々木ウレシキ事ヲ聞ツト思テ、家ノ子郎等ニモ知セズ、人一人モ具セズ、ハダカニ成テ此男ヲ先ニ立テ渡見バ、実ニモイタウ深ウハ無カリケリ。腰膝ニ立処モアリ、鬢ノ洨ル所モ有。[13]先ハ次第ニ浅フナリケレバ、「敵ノ陣ニハ、矢前ヲ並テ待候ニ、ハダカニテハ叶ハセ給フマジ。帰ラセ給ヘ」ト申セバ、佐々木還リヌ。行別レケルガ、「[14]キヤツ又人ニモ案内ヤ教ヘ（ン）ズラム」ト思ケレバ、「[15]ヤ殿、云べキ事有」トテ呼返ヘシ、物云様ニテ、取テ推テ頸掻切テゾ捨テ（ン）ゲル。

[16]同廿四日辰刻計ニ、平家ノ方ヨリ扇ヲ挙テ、「源氏渡セ」トゾ招ケル。佐々木三郎之ヲ見、重目結直垂ニ[17]鵤威ノ鎧着テ、白葦毛ナル馬ニ乗テ、家ノ子郎等七騎、馬ノ鼻ヲ並テ打入テゾ渡ケル。大将軍三河ノ守之ヲ見給テ、「[18]アノ佐々木ハ物ニ付テ狂ウカ。アレ制セヨ、留メヨ」ト宣ヘバ、土肥次郎馬ニ打乗リ、「[19]ヤ殿、佐々木殿。大将軍ノ御免シモ無ニ、何カニ角ハシ給ゾ。留マレ」ト云ケレ共、耳ニモ聞入ズ只渡シニ渡ス間、制シカネテ、土肥ノ次郎モ連テ渡ス。[20]鞍爪ニ立処モ有、鞍ツボコス所モ有、深キ所ヲバ泳セテ、浅キ処ニ打挙ル。源氏之ヲ見、「[21]コハ何ニ、浅カリケルゾ。渡セ」トテ、三万余騎打入テゾ渡シケル。平家之ヲ見、「アハヤ、源氏大勢渡スハ」トテ、我前ニト船ニ乗リ押シ浮べ、鏃ヲ揃テ散々ニ射ル。源氏ハ甲ノ羺ヲ傾ケテ、平家ノ船へ乗リ移リ〳〵火ノ出程ニゾ戦ケル。

源氏ノ兵、上野国ノ住人ワミノ八郎行重ト名乗テ、平家ノ兵、讃岐ノ国ノ住人カベノ源次ニ引組テ、上ニ成リ下ニ成、コロビアフ処ニ、カベノ源次ガ郎等出来テ、ワミノ八郎ヲ三刀指テ頸ヲ取ル。ワミノ八郎ガイトコニ小林三郎重高ト名乗テ、カベノ源次ニ引組テ、軈テ海ヘゾ入ニケル。小林ガ郎等ニ黒田ノ源太ト云者、主ヲ失テ彼方此方ヲ見廻セバ、水ノ泡立ケル所アリ。熊手ヲ差シ入テ振タリケレバ、ムズト取付タリケルヲ、引上テ見レバ敵也。主ハ敵ガ腰ニ懐キ付テゾ上タル。主ヲバ船ニ引乗テ気ヲツカセ、敵ヲバ軈テ鱶ニ推付テ頸ヲカク。

辰刻ニ矢合シテ、一日戦暮ス。夜ニ入テ、平家叶ハジトヤ思ケム、我前ニト船ニ乗リ押シ浮べ、四国ノ地ヘ渡覧トス。源氏連テ攻ベケレドモ、船ナカリケレバ力及ズ。児島ノ地ヘ打上テ、馬ノ息ヲゾ休ケル。昔ヨリ河ヲ渡ス軍ハアレドモ、海ヲ渡ス軍サ是レ始メトゾ承ル。サレバ鎌倉殿、備前ノ児島ヲ佐々木三郎ニ給ケル。御教書ニモ「天竺震旦ハ知ズ、日本我朝ニ河ヲ渡ス例ハアレドモ、海ヲ渡軍サ是ゾ始ナル、希代ノ様ナリ」ト、アソバサレテゾ給ケル。同廿五日、都ニハ九郎判官、五位尉ニナツテ、大輔判官トゾ申シケル。

ここでも屋代本が合理的説明をしていると見られるのは、傍線部1、2、及び波線部5、23である。同番号を付した部分を見比べればほぼ同内容を異なる表現で記述していることが分る。例えば波線部10は騎馬で渡ることが不可能ではない規模の空間を具体的な数字を挙げてイメージさせるのだが、屋代本は「馬ノ足ノ及バヌ所三段ニハ過」ジ、覚一本は「両方の瀬のあはひ、海のおもて十町ばかり」と表現する。また佐々木の渡海成功に驚く味方の反応を傍線部21の如く、屋代本は「コハ何ニ」、覚一本は「佐々木にたばかられけり」と表現した。一方、12の部分は、覚一本では予行の際と当日と繰り返し使われる。佐々木を止めようとする18の部分は、屋代本では範頼、覚一本では土肥次郎の言として記されている。このような小さな改変が全く新しい効果をもたらさないわけではない（例えば18では、大将軍が遠くから発見して言うのと、同僚が近くまで追いすがって言うのとでは、景が異なる）が、平家物語はしばしばこのような詞句の位置の入れ替えを行なっており、単なる偶然に基づく現象とは思われない。しかし、暗誦する琵琶法師の記憶の問題と結びつけて説明するの[11]は飛躍が過ぎるだろう。なぜなら屋代本でも覚一本でも、定型句や反復表現は詞章の総量から見ればごく僅かに過ぎず、また演唱の際の語りかえ（または記憶違い）が本文に痕跡を留めるには、一定の条件を必要としただろうし、現存の本文からはそのような語りに起因する流動を追跡することはできないと言うべきだろう。詞句の位置を替えても総体として筋運びに齟齬を来たしていないことから見れば、一部だけの改変であっても全体を見渡しながら行われたと思われる。

さて、以前にも指摘したことがあるが、屋代本は会話の冒頭に「ヤ殿」という呼びかけ語をよく使う[12]（傍線部6、15、波線部19）が、覚一本には用いられないか、「いかに」（波線部19）になっている例が多い。この相違の理由は未だ十分解明できないでいるが、数的には有意の差を示す。

また、語り本系同士の間では、明確な改変理由を推定できない日付の異同がしばしば見出される（波線部25）。佐々木の瀬ぶみの日付を屋代本だけが二十三日（覚一本などは二十五日）とし、それにつれて藤戸合戦の日付を二十四日としている。『玉葉』や『吾妻鏡』によれば合戦は十二月七日で、恐らくは大嘗会の記事で元暦元年を、また巻十を締めくくるために合戦の日付を繰り上げたのではないかと思われるが、なぜ屋代本が二日だけさらに繰り上げているのかは格段の理由を見出すことができないのである。

11　流布本以降の一方系写本の本文異同については、この点を検証してみる必要があるかもしれない。

12　前掲『軍記物語論究』（若草書房　平8）二八一頁以下。

枠内22、ワミノ八郎とカベノ源次の格闘の記事は、延慶本、長門本（巻十七）、源平盛衰記（巻四十二）にあり、四部合戦状本にもある。屋代本が時折、読み本系と記事を共有することがある、一例である。この記事は諸本間で小異があって、屋代本と同文の本はない。屋代本、四部本には佐々木の快挙とこの格闘とを関連させる説明がなく、延慶本、長門本は「佐々木三郎以下敵ノ前ニ渡付テ」とあり、佐々木の渡海後の緒戦として記される。さらに盛衰記は、佐々木が引き連れた十五騎の中に佐々木の家の子和比八郎、小林三郎、郎等黒田源太がいたと記して脈絡を明確にする。四部本には小林が和見の従兄弟とは記されず、「同国の住人」とするだけである。人名にも異同があり、上総国住人和比八郎（盛衰記）、上野国住人やいろの八郎（長門本）、上野国住人和見八郎・讃岐国住人加江源次（延慶本・四部本）など屋代本に一致するものはない。郎等の「黒田源太」は延慶本・長門本では「岩田源太」になっている。特定の読み本系本文との直接の継承関係を想定することはできないのである。覚一本は、固有名詞を出さずに戦況をまとめるというやり方をとった。

3　副将の死

今度は巻十一の例を引く。壇浦で生け捕られた宗盛の末子副将が、宗盛と面会後処刑される場面である。哀れを誘う場面であるが、情緒を盛り上げる方法は諸本により異なるという例でもある。

〈例3〉「副将被斬」（屋代本「平家生虜内八歳童被誅事」）
[2]河越小太郎、判官の御まへにまい（つ）て、「さてわか公の御事をばなにと御はからひ候やらん」と申ければ、[3]「鎌倉までぐしたてまつるに及ばず。なんぢともかうもこれであひはからへ」とぞの給ひける。[5]河越小太郎、二人の女房どもに申けるは、「大臣殿は鎌倉へ御くだり候が、[6]わ

か公は京に御とゞまりあるべきにて候。重房もまかり下候あひだ、おがたの三郎惟義が手へわたしたてまつるべきにて候。とう〳〵めされ候へ」とて[7]御車よせたりければ、[9]わか公なに心もなうのり給ひぬ。「又昨日のやうに、ちゝ御前の御もとへか」とてよろこばれけるこそ[10]はかなけれ。六条を東へや（つ）てゆく。[11]この女房ども、あはやあやしき物かなと、きも魂をけして思ける程に、すこしひきさが（つ）て、つはもの五六十騎が程、河原へうち出たり。やがて車をやりとゞめて敷皮しき、[12]「おりさせ給へ」と申ければ、わか公車よりおり給ひぬ。[14]よにあやしげにおぼして、[15]「我をばいづちへぐしてゆかむとするぞ」とゝひ給へば、[16]二人の女房共とかうの返事にも及ばず。[18]重房が郎等、太刀をひきそばめて、左の方より御うしろに立まはり、すでにきりたてまつらんとしけるを、[19]わか公見つけ給ひて、いく程のがるべき事のやうに、[21]いそぎめのとのふところのうちへぞ入給ふ。[22]さすが心つようとりいだしたてまつるにも及ばねば、わか公をかかへたてまつり、人のきくをもはゞからず、天にあふぎ地にふして、おめきさけみける心のうち、おしはかられて哀也。かくて[23]時刻はるかにをしうつりければ、河越小太郎重房[24]涙をおさへて、「いまはいかにおぼしめされ候とも、かなはせ給候まじ。とう〳〵」と申ければ、其時[25]めのとのふところのうちよりひきいだしたてまつり、[26]腰の刀にてをしふせて[27]つゐに頸をぞかいて（ん）げる。[28]たけき物のふどもゝさすがいは木ならねば、みな涙をながしけり。くびをば判官のげ（ん）ざんにいれんとて取てゆく。[30]めのとの女房かちはだしにてお（つ）ついて、[31]「なにかくるしう候べき。[32]御頸ばかりをば給は（つ）て後世をとぶらひまいらせん」と申せば、[33]判官もよにあはれげにおもひ、涙をはら〳〵とながいて、「まことにさこそはおもひ給ふらめ。[34]も（つ）ともさるべし。とう〳〵」とてたびにけり。[35]これをと（つ）て[36]ふところにいれて、なく〳〵京の方へかへるとぞみえし。其後五六日して、桂河に女房二人、身をなげたる事ありけり。一人おさなき人のくびをふところにいだひてしづみたりけるは、此わか公のめのとの女房にてぞありける。[37]いま一人むくろをいだひたりけるは、介惜の女房也。[38]めのとがおもひきるはせめていかゞせん、かいしやくの女房さへ身をなげけるこそありがたけれ。

[1]五月七日卯刻ニ、判官、大臣殿父子具奉テ、已ニ関東ヘゾ下給フ。

六日夜、[2]河越小太郎、判官ニ参テ申ケルハ、「アノ若君ヲバ何トシ進セベキニテ候ヤ覧」ト申ス。判官、「[3]当時熱キ中ニ、少キ者引具テ関東マデ下ニ及ズ。是ニテ能様ニ計ヘ」ト宣ヘバ、[4]サテハ失ベキ人ヨト心得テ、若君ハ乳人ノ女房共トネ給タリケルヲ、其夜ノ深行程ニ、[5]河越、女房共ニ申ケルハ、「大臣殿既ニ関東ヘ御下候。重房モ判官ノ共ニ下候ヘバ、若君ヲバ緒方三郎ガ方ヘ入進スベキニテ候。[7]御車寄テ候。疾々」ト申ケレバ、[8]女房共ゲニゾト心得テ、ネイリ給タル若君押驚シ奉リ、「イザサセ給ヘ。御迎ニ御車ノ参テ候ハ」ト申セバ、[9]若君驚テ、「昨日ノ様ニ大臣殿ノ御方ニ又参ンズルカ」ト悦給ゾ[10]糸惜キ。若君御車ニ乗奉リ、六条ヲ東ヘヤル。河原ニ車ヲ遣留テ、敷皮シイテ[12]若君下シ奉。[13]二人ノ女房共、日来ヨリ思儲タル事ナレ共、指当テハ悲クテ、人ノ聞ヲモ憚ズ、声ヲモ惜ズ喚叫バレケリ。[14]若君ハアキレ給ヘル様ニテ、二人ノ女房共ノ泣ヲミテ、[15]「大臣殿ハ何クニ渡ラセ給ゾ」ト宣フ。[17]武士、「只今、是ニ入セ給ハンズルニ、[12]下テ待進セサセ給ヘ」トテ、敷皮ノ上ニ懐下奉ル。[18]河越ガ郎等、太刀ヲ抜テ寄ケレバ、[19]若君太刀ノ影ヲ見給テ、[20]泣ヲヽドストヤ思ハレケム、「イナヤ啼ジ」トテ、[21]乳人ノ懐ヘ顔ヲ差入給ケルヲ、[23]河越遅シト目ヲ合セケレバ、太刀ニテハ叶ズシテ、[26]刀ヲ抜テ、[25]乳人ノ懐ニ顔差入給ヘルヲ引放チ、[27]終ニ頸ヲバ取テ（ン）ゲリ。頸ハ判官ニ見奉ントテ持セテ行。[29]質ヲバ空ク河原ニ捨テ（ン）ゲリ。[30]二人ノ女房共歩赤脚ニテ、[33]判官ノ前ニ行テ、[32]「若君ノ御頸給テ後世訪奉候ハン」ト申ケレバ、[34]「尤モサルベシ」トテ免レケリ。二人ノ女房、[35]若君ノ頸ヲヱテ、乳人ノ女房ノ懐ニ入、[36]二人ツレテ泣々帰ルトゾ見ヘシ。其後五六日有テ、女房ノ二人、桂河ニ身ヲ投タル事アリケリ。一人ノ女房ハ、少キ者ノ頸ヲ懐ニ入テ沈ミタリケルゾ、若君ノ乳人ノ女房也ケル。[38]乳人ガ身ヲナグルハ理ナリ、カヒシヤクノ女房サヘ身ヲ投ケルコソ有難ケレ。

屋代本の説明的態度はここでも傍線部3、4、8等に見ることができる。

評語（波線部10）について。覚一本の「はかなし」は作中人物が己れの運命を見通すことができず、空しい期待や欲望に動かされている場合に語り手が与える批評である。屋代本が対象に密着した憐憫の気持ちを表す「糸惜《いとほ》シ」を多用することは志立正知が指摘している。(13) これは、情緒的な覚一本と説明を好む屋代本、という図式とは一見矛盾するようだが、覚一本はときには表現を省くことによって強調するなど、要所要所にメリハリを利かせ、多様な視点を組み合わせて抒情と叙事とを劇的に浮び上がらせる方法を手に入れているのに対し、屋代本は淡々と説明することによって納得させ、対象への感情を直接表明する、といった平面的手法を用いているのである。

この記事の中心は幼い副将が何も知らずに死に直面した時にとる行動の哀れさであろう。覚一本では「いく程のがるべき事のやうに」乳母の懐ろに逃げこみ、彼を抱えて泣き叫ぶ乳母の姿を描出する。屋代本は「若君太刀ノ影ヲ見給テ、泣ヲ、ドストヤ思ハレケム、イナヤ啼ジトテ、乳人ノ懐へ顔ヲ差入給ケルヲ」と幼児らしい勘違いを描く。自らの責任ではないのに殺されることを理解できず、副将は「泣かないから」と赦しを乞う。八歳にしてはやや幼すぎるのではという印象を受けるが、延慶本では五歳、柴漬にして殺すとし、若君は、自分は何も過ちをしていないのにと抵抗する。覚一本は副将自身がおとなしい分だけ、乳母たち女房の悲嘆と怒りとがこの記事の感情的側面

13　前掲書『『平家物語』語り本の方法と位相』八四頁

を支え、「かくて時刻はるかにをしうつりければ」という表現で、長時間続く彼女たちの号泣が描き出されているのである。副将処刑後、付き添った女房たちの愁訴に、覚一本の義経は「まことにさこそはおもひ給ふらめ。も（つ）ともさるべし。とう〳〵」と繰り返し同情を口に出す。二人の投身に対し、波線部38、屋代本は「乳人ガ身ヲナグルハ理ナリ」と冷静に批評するが、覚一本は「めのとがおもひきるはせめていかがせん」、乳母の激情はよくよくのことであったと共感を示した上で、さらに介錯の女房は副将の首のない遺体を抱いていたと印象づける。

以上、屋代本と覚一本とが事件としてはほぼ同じ内容を、どのように異なる方法で表現しているかを三例挙げてみた。平家物語の本文異同は、①語句　②文　③ブロック　④記事・話群の四つのレベルに分けて考えることができるが[14]、主として①②の段階での差異から、それぞれの本文の文芸性をうかがおうとしたわけである。敢えて本文の先後関係は問わなかったが、屋代本がしばしば読み本的な要素を小規模ながら抱えこみ、そのため延慶本と覚一本との中間に位置するかのような様相を示すことは、これまでも指摘してきたことであり、恐らく全巻に亙って見られる傾向であろう。

しかしこれが、延慶本が最古の古態本であり、延慶本から覚一本へと諸本が一方向にむかって展開していることや、屋代本が覚一本に至る過程の中間にあることの証明にはならない。むしろ読み本系と語り本系の両面的性格への志向とは何なのか、八坂系諸本はなぜ作られたのかという問題を考える必要性を、屋代本が示唆していると受けとめるべきである。

三　おわりに

史実性や引用の検討、記事配列や編成替えの検討などを通して屋代本の「古態性」を見直す作業

14　前掲『軍記物語論究』第三章第二節

は、これまでも、今も行われている。[15] 結果として現存屋代本が原態本であることは否定されたと言ってよいだろうが、現存延慶本からの抄出本では勿論ない。屋代本が属する、もしくは近接しているとされる覚一本系周辺本文、または八坂流甲類と呼ばれる一群の本文は、一方系と八坂系との中間の性格を示す、混態本とみられている。だが、屋代本を読み本系の影響を受けた語り本系本文、と言ってそれで問題は済むのであろうか。

　分量の多い広本から覚一本のような洗練された語り本へ、という展開が平家物語の本文流動の主流だった、という仮説は未だ証明されたわけではない。一般的に言って、いきなり分量の多い物語が「原本として成立」したとするならば、それ以前の「前平家」[16]の段階があったことを考えねばならないであろう。原初の「平家物語」が広本形態であったと前提する前に、想定し検証すべき仮説はいくつもある、と思う。我々が遠望しうる古態の広本のそれ以前の姿、というものも考えてみねばなるまい。延慶本古態説から何を前提条件としてとり出し、何を留保するか――その際、冨倉徳次郎の「原平家二元説」[17]が提起した問題を参照するのは有益であるかもしれない。「延慶本」という特定の一本をサンプルとして論じるのではなく、「二つの平家物語」とでも呼ぶべき[18]、方法や関心を異にする二つの傾向（それは読み本系と語り本系という、諸本の二つのグループに代表される）を、対置してとらえ、なぜそれらが分岐したか、成立事情とどう関わるかをイメージしてゆくのである。

　十四世紀前半には、すでに二系統の平家物語本文が存在し、中世の人々はその両者を「平家物語」として認識していた。「平家物語」自身に、両系統が代表するような志向を、それぞれの方向へ拡大してゆく必然性が内包されていたからだ、と私は考えている。物語の方向と、記の方向へ。抒情的・詩的表現と、叙事的・説明的表現へ、等々。分量の少ない平家物語の存在も、何段階か想

15　前掲の拙著のほか、千明守、原田敦史の一連の仕事がある。
　千明守「屋代本平家物語の成立―屋代本の古態性の検証・巻三「小督局事」を中心として―」（『平家物語の成立』有精堂　平5・11）、原田敦史「「断絶平家」をめぐる一考察」（『東京大学国文学論集』1　平18・5）ほか。

16　今成元昭「平家物語と平家―その呼称をめぐって―」（『軍記と語り物』7　昭45・4）

17　『平家物語研究』（角川書店　昭39）

18　本書第二章第一節

定した方がいいのではないか。初期に成立した小さな物語と、一旦膨張した後に削られ、凝縮された物語とは区別されなければならない。

右に述べたような成立論の一局面に立つとき、屋代本は一つの手がかりを与えてくれる本文ではないか、とこれまでの本文対照作業を通して予想している。

本節で行なったのは、従来、山下宏明氏や麻原美子氏が比較対照作業を行なった[19]巻以外で、屋代本と覚一本の本文対照を試みた、一連の作業の一部である。第一に、小幅な本文の改変が結果的にどのような文芸性の相違を招来し、平家物語の「諸本」とは、どれだけの振幅を抱えこんでいるのかを見やすく開示することを、第二には覚一は何をしたのか――即ち、覚一本が権威ある本文として成立するまでに何が行われたのかを解明することを目的としている。第一の目的はおよそ果たし得たと思うが、第二の目的は未だ果たしていない。この問題はさらに、覚一本をつよく意識しながら次々に異本が生まれてゆく、十五世紀以降の本文展開の研究の必要性をよびおこす。そこでも屋代本の位置づけが、手がかりであると同時に難問でもある。

19 山下宏明「『平家物語』当道系本文異同の意味―『平家物語』成立論のために―」(『名大文学部研究論集』C・文学34 昭63・3)、麻原美子「『平家物語』伝本における屋代本の位相―成立論へのアプローチをかねて―」(『日本女子大紀要』文学部40 平3・3)

第三節　平家物語の本文流動
――八坂系のいわゆる「混合本」をめぐって

一　はじめに

本節は、「八坂系諸本とはどういう現象か」という副題を付した旧稿（『國學院雑誌』平7・7。後に『軍記物語論究』〔若草書房　平8〕所収）を継ぐものである。前提となる問題については、多少の重複をお許し願うこととする。今回は、従来の分類体系からは除外されがちであった混合本に注目したい。そこには、これまで見落されてきた視点が、隠されているように思われるからである。

八坂系諸本を博捜し、精力的に調査、分類されたのは、高橋貞一氏(1)と山下宏明氏(2)であるが、両者の分類には共通する点と大きな相違点がある。整理要約して掲げる（次頁参照）。

山下分類と高橋分類の最も顕著な相違は、高橋氏が甲類として八坂系の中に含めたグループを、山下氏が「覚一系諸本周辺の本文」と第三類との、二つのグループに分離して、前者及び屋代本を、八坂系から外したことである。また、山下氏の第四類と第五類は、高橋氏では一括して丙類となっている。グループ分けそのものでは、これらの相違点はさほど断絶的ではない。なぜなら、四類と五類は、どちらも二類本と一方系の本文の混態であるが、五類は切継作業のように異種本文を合成

1　『平家物語諸本の研究』（以下、『諸本』と略。冨山房　昭18）、『続平家物語諸本の研究』（以下『続諸本』と略。思文閣　昭53）。
2　『平家物語研究序説』（以下『序説』と略。明治書院　昭47）、『平家物語の生成』（以下『生成』と略。明治書院　昭59）。

第一類……灌頂巻を立てず、鬼界島流人の生活の記事を巻三「山門滅亡」の前に置く。〈高橋・乙類〉

A種　文禄本（巻一〜四・六・七・八・十二）、東寺執行本

B種　三条西家本・天理イ69本（天理図書館蔵210.3イ69　巻二・五・六・八・十二）、高橋本（巻一・三）、烏丸本、中院本

C種　南都本（巻十二）、天理イ21本（天理図書館蔵210.3イ21　巻二・三・六〜十二）、松雲本（巻二・三）、小野本（巻七・九・十〜十二）、加藤家本（巻二・五〜七・十一）

第二類……巻三は一類本と同じ構成だが、巻十二に「吉野軍」を有する。〈高橋・丁類〉

A種　京都府立資料館本・彰考館本・秘閣粘葉本

B種　城方本・那須本・奥村本・田中教忠本（歴史民俗博物館蔵）

第三類……百二十句本と一類本の混態を示す。

加藤家本（巻一・三・四・八）、太山寺本、川瀬本（学習院大学蔵　巻八・九）、天理イ21本（210.3イ21巻一・四）、学習院本（巻一）

第四類……女院記事を巻十二にまとめ、巻一に「堂供養」を置く。二類本の本文を基調とし、一方系の影響が濃厚。〈高橋・丙類〉

A種　如白本、中京大学本（川瀬旧蔵四冊本）、両足院本、文禄本（巻五）、大前神社本

B種　南部本

C種　米沢本

D種　高橋本（巻十二）、小野本（巻二）

第五類……巻十二に「吉野軍」を有し、灌頂巻をもつ。二類本に一方系本文を切継ぐ。〈高橋・丙類〉城一本

しているのに対し、四類は恐らく適宜混成しながら新しい本文を創出したらしい。一方系に近づいて行く八坂系、という観点で見れば一括することも可能である。また第三類も、いわゆる「覚一系周辺本文」も、屋代本や百二十句本に近い本文を基にしている点では共通性がある。

問題は、山下・高橋両氏の分類体系が、諸本の先後関係、系統化の点で異なっている点にある。ここでは諸本研究史が目的ではないので、これからの問題提起に必要な範囲で、両氏の体系化の原理にふれてみたい。高橋氏は、覚一本を一方流諸本の中で最古のものとし、八坂流諸本、増補系（読み本系）諸本は一方流よりも後出とされた。それゆえ、覚一本との距離を以て諸本の先後関係を定め、分類したグループを位置づけたのである。従って、八坂系諸本の甲・乙・丙・丁の各類は、覚一本本文に近いものを甲類、最も遠いものを丁類として、体系化されている。これに対して山下氏は、渥美かをる氏が屋代本から覚一本に至る過渡本と位置づけられた[3]百二十句本やそのグループを、精査の結果、むしろ覚一本の影響下にあるものとして「覚一系周辺本文」と命名し、屋代本は一方系の祖本であるとした。即ち、山下氏の体系では、屋代本から覚一本の間をつなぐ本文は現存せず、八坂系諸本の中、覚一本に近いものを五類、四類、三類として体系化され、「覚一系周辺本文」とされた百二十句本やその系統の諸本（鎌倉本・平松家本・竹柏園本）及び屋代本は、八坂系には入れられていない。

高橋氏の諸本論の個々の論点には異議もあり、殊に読み本系（増補系）諸本を全て語り本よりも後出とする点は、今日受け入れ難いとしても、現存諸本の中で、覚一本の影響の大きさ、もしくは覚一本本文との距離を基準として分類を試みたことは、結果的に、平家物語の本文流動の実態に最もよく即していたのではないかと思う。現存の屋代本、延慶本が応永年間の書写であり[4]、それ以前の形態は今後の調査課題であることを顧みれば[5]、現存諸本の中では比較的早い時期に属する年記を

3　『平家物語の基礎的研究』（三省堂　昭37）

4　山田孝雄「平家物語異本の研究（一）」（『典籍』大11・7）及び延慶本奥書。

5　現存本文で、年代的に最も古いものは、厳島断簡（元徳二年＝一三三〇以前）である。

もち、しかも正本として改訂を禁じる、と主張するのが覚一本なのである。源平闘諍録や延慶本の本奥書がより古い年代を挙げているとしても、現存本文とそれら底本との関係は、具体的には判らない。むしろ厳島断簡が現存延慶本にごく近い本文ながら簡略であることから見れば、延慶年間から現存延慶本までには、増補改変が行われているであろうし、闘諍録にも改訂の痕は見出し得る。[6]今日、我々がまのあたり通読することができ、しかも中世において、その影響力の存在が具体的に確認できる最も古い本文は、一三七一年校定の跋を持つ覚一本だと言っても見当違いとはいえないのである。覚一の署名のない、いわば〝覚一本的〟本文といえるようなものも含めれば、その影響は広汎なものであったようだ。覚一本の存在は、その文芸的達成や、芸能としての平家物語の完成の問題のみならず、諸本の本文形成の上でも、重要な位置を占めているのであるらしい。従って、字句の異同にまで及んで本文の関係を判定する基準として、覚一本を用いるのは、ある意味で妥当な選択である。

さらに、いわゆる「覚一系周辺本文」（このネーミングは、前述のような、渥美説に対する反措定としての経緯があるにしても、再考の余地がある。第一、用語として長すぎる）を、八坂系と一方系の、どこへ位置づけるのか。甲・乙・丙・丁のような序列化は問題だとしても、このグループを含め得るような、「八坂系」という集団化も、考慮に価するのではないか。[7]少くとも、〝八坂系関連の〟という視点をもつことは、有益である。

では、このグループも含め得るような、「八坂系」諸本のイメージとは、どのようなものか。かりに、私が今、粗述するとすれば、次のようなことになる。

1　灌頂巻を特立しない（断絶平家で全巻を了える）。

2　一方系が覚一の名によって封印され、拘束を受けたのに対し、近世初期まで改変の止むこと

6　真野須美子「『源平闘諍録』にみられる平家の物語の構想―山門事件における平時忠の活躍と藤原邦綱の記述の挿入に関する一考察―」（『緑岡詞林』19　平7・3）

7　但し、字句レベルで見れば、このグループは、一・二類本とは別系列に属する本文とみなされる。

のなかった諸本群。読み本系的要素も摂り入れながら、新しい〝異本〟を作るエネルギーに満ちていた。

3　平曲の流派「八坂流」の台本とは限定されない。

八坂流平曲とは必ずしも関係がないのに、「八坂系」と呼ぶことには疑義が出されるかもしれない。しかし、近世において「八坂本」と呼ばれていた、いわゆる一・二類本（中院本、城方本、及び二類本の改竄本である五類本の城一本）系統の本文が、このグループの中核であることを以て、八坂系と呼ぶ、と考えればよいだろう。近世では、これら八坂本は、八坂流平曲の台本と考えられていたらしいが、それが中世まで遡って、そしてこの系統を引く諸本全体に関してではない、というのが3の意味するところである。

以上のような問題提起については、これから述べる、混態・混合本の実態を考察した結果によるところが大きい。従来の分類が切り捨てて来た、或いは位置づけを回避して来た諸本が、じつは八坂系の特性、そして平家物語の本文流動の一画を鮮やかに照らし出しているのではないか。

それは、現行の通説とはやや異なる様相を示す。臆測の多い論になるが、敢えて推論を試みる。

二　混合本の諸相

1　混合本とはどういうものか

「混合本」とは、書誌学でいう「取り合せ本」とは違って、装幀や書写などは一揃の伝本でありながら、巻によって本文の性格を異にする本をいう。「混態本」が、一巻の中で異種本文が交じり合って形成されている伝本をいうのに対し、混合本は巻ごとに異なる様相を示す。その底本が取り合せ本であったのを、一括書写したために混合本が生まれた場合も少なくないと推測される。しかし、全ての場合が、偶々手許にあった底本の欠巻を、他の伝本で補って写した[8]というようなものではないのではないか。八坂系に多い混合本については、そのように考えてみた方がよさそうだ。少なくとも、現代の我々に、その選択基準や意図が一元的に把握できないだけで、機械的なとり合せだと判定するのは用心すべきだろう。

八坂系諸本の中には、天理イ69本のように、明らかな取り合せ本もあるが、それ以外に、山下分類ではとりあげられなかったり、巻ごとに異なるグループに分類されている混合本が幾つもある。左に書き出してみる。

1 文禄本……巻十・十一欠。巻五は四類A種、巻九は独自、他は一類A種。〈参考〉[9]影印解題(山下宏明)

2 川瀬本……巻八・九は三類、他は一方系。〈参考〉高橋『諸本』一〇二頁

3 学習院本……巻五は天理蔵(イ9)。巻一のみ三類、他は覚一本。〈参考〉高橋『諸本』二三頁

4 龍門本……巻一のみ三類、他は覚一本。〈参考〉高橋『諸本』二七頁

5 加藤家本……巻一・三・四が三類。巻九・十・十二は一方系。他は一類C種。但し、巻九も巻末に特異記事あり。〈参考〉山下『序説』

6 天理イ21本……巻一・四が三類、他は一類C種。〈参考〉山下『序説』

7 松雲本……巻九・十二欠。巻二・三は一類C種、巻七・八・十・十一は独自。巻四は流布本、巻一・五・六は覚一本。慶長十七・十八年(一六一二、一三)、松雲写の奥書あり。所々、別紙を挿入したり、行間に書き入れたり、編著の痕を残している。〈参考〉山下宏明「大東急記念文庫蔵松雲本平家物語について」(『かがみ』昭37・3)

8 島津忠夫「三道のいわゆる平家物語―能作者の庖厨にはどんな平家物語があったか―」(『芸能史研究』114 平3・7 『平家物語試論』汲古書院 平9所収)

9 それぞれの諸本について、最も端的に説明している参考文献を挙げておく。詳しくは「八坂系平家物語・八坂流平曲参考文献一覧」(『平家物語八坂系諸本の研究』三弥井書店 平9)参照。

8　都立本……巻十二は一方系。他の巻はそれぞれ混態の痕が著しい。〈参考〉櫻井陽子「都立中央図書館の編集方法」（『国語と国文学』平7・2）ほか。

9　南都本……巻二～五欠。巻十一、十二は一類C種、他は読み本系。

10　右田本・諏訪本……巻一～五、十、十一は一方系、巻九は一類、一部の巻は高倉寺本に一致。〈参考〉弓削繁「右田毛利家本平家物語の本文」（『岐阜大学教育学部研究報告』平4・3）ほか。

11　相模本……巻一は一方系、巻四・五・六・十一は覚一本系、巻二・三・九・十・十二は一類C種、巻七・八は独自。巻により右田本と共通。〈参考〉翻刻解題（弓削繁）、「平家物語八坂系諸本の総合的研究・研究成果報告書」八二頁（千明守執筆　平8・3）

12　小野本……独自の改訂が多い。全体に本文を刈りこみながら、異種本文から増補を行う。明らかにつぎはぎの不手際が残っている箇所もあり、単なるとり合せではなく、新しい本文を作る企図があったものである。巻により相模本、高倉寺本などと近接する。〈参考〉影印解題（森岡常夫）、高橋『続諸本』、山下『生成』一〇〇頁

13　高倉寺本……巻八～十二は覚一本系。但し巻九の尾は加藤家本・小野本に共通する。巻一・三・九は加藤家本に共通、他は巻により一部相模本・小野本・右田本などと共通。〈参考〉高橋『続諸本』

14　太山寺本……巻一～四のみ現存。普通三類とされているが、巻ごとに様相が異なるので、いまは混合本の中に挙げておく。〈参考〉影印解題（西海淳二）、高橋『続諸本』

詳しく吟味すると、右の巻別の判定は必ずしも正しくないこともあるが、とりあえず従来の解説によって掲出した。こうして見ると、三類と一類、それに覚一本系本文が目立つ。三類本はもともと混態性の強い本文であり、一類本は八坂系の、覚一本は一方系の基底本文とみなされるものであ

る。これらの本文が、相互になじみやすいと思われる理由が、何かあったのかもしれない。

2　本文異同のレベルについて

八坂系諸本のような、互いに近接した本文を対照する際には、①記事の有無と排列　②詞章の近似度の二層に亙って考察を加えなければならない。②のさらに下位に、③字句の異同（書写の事情）を検討することも有意義である。①の段階をチェックするためには「八坂系平家物語本文判別マニュアル」[10]がある。混合本の場合、②のレベルの対照を経て初めて、判定できるというケースが多い。①の段階では、判別マニュアルの項目によって変則的な動きを見せたり、記事はあっても詞章が全く別様であったりという例が少なくないからである。

混合本の本文異同の例を挙げて、次頁以下にその様相の一端を提示しておく。巻七の場合、判別マニュアルによれば、加藤家本・天理21本・小野本は、一類・二類に各項とも共通しており、従来の研究では前二者は一類C種、小野本は高橋貞一氏によれば、中院本（山下分類では一類B種）と同類とされている。[11]小野本は本文を刈りこみながら独自の切継、増補をして行く傾向のある本だが、巻七は相模本と接近し、高倉寺本はこの両本に別個に一部分共通する。相模本を判別マニュアルで検証すると、八坂系共通のⅢは○であり、Ⅰ×、Ⅳ☆、Ⅴ☆、Ⅶ×となって、[12]一見四類本に近いように見えるが、Ⅱ×、Ⅵは経盛「はかなしや」歌＋忠度「古郷を」歌、という独自のあり方を見せる。[13]Ⅵは高倉寺本が同様で、実は高倉寺本はⅢが×である（判別マニュアルの八坂系の条件からは外れてしまうことになる）ことと、Ⅶが独自（Ⅵの中にある）以外は、相模本と一致する。

松雲本はⅥが相模本・高倉寺本に一致する（これを☆の変形、即ち行盛が忠度に置き換えられたとすれば、全項目四類本の系統とみなしうる）以外は、判別マニュアル上は四類本に一致している。その一方、松

10　山下宏明編『平家物語八坂系諸本の研究』（三弥井書店　平9）所収。

11　『続諸本』二九一頁。

12　○＝記事あり、×＝記事なし、☆＝記事はあるが内容や位置が異なる、の意。

13　弓削繁氏の御教示によれば、相模本巻七は、右田本巻七とも一部一致するが、本文のレベルでは同一ではないとのことである。高倉寺本と右田本との関係については、弓削氏の御教示による。

項目／諸本	I《火打合戦》における〈林六郎の早馬〉記事の有無	II《木曽八幡願書》の後の〈神功皇后・頼義の先例〉記事の有無	III《真盛最期》における首洗い池の名（なりあひの池）の有無	IV《山門返牒》の後の平家の動静を記す記事の異同	V《経正都落》《忠教都落》の順序	VI《一門都落》の「はかなしや」「ふるさとを」歌の作者と順序	VII《福原落》における経正「みゆきする」歌の有無と位置
文禄	○	×	○	○	○	○	○
三条西	○	×	○	○	○	○	○
中院	○	×	○	○	○	○	○
加藤	○	×	○	○	○	○	○
天理21	○	×	○	○	○	○	○
小野	○	×	○	○	○	○	○
都立	○	×	○	○	○	○	○
京都	○	×	○	○	○	○	○
城方	○	×	○	○	○	○	○
相模	×	×	○	☆	☆	＊	×
高倉寺	×	×	×	☆	☆	＊	VI
松雲	×	○	○	☆	☆	＊	×
如白	×	○	○	☆	☆	☆	×
両足院	×	○	○	☆	☆	☆	×
大前	×	○	○	☆	☆	☆	×
南部	×	○	○	☆	☆	☆	×
米沢	×	○	○	☆	☆	☆	×
城一	○	○	○	★	☆	★	○
屋代	×	○	×	☆	★	■	☆
覚一	×	○	×	☆	☆	★	×

IV★＝平家は源氏軍が近づくことを知り、しかし山門が源氏に同心したことを知らなかった。
V★＝《忠度都落》のみあり。
VI★＝「はかなしな」教盛、「ふるさとを」経盛。
VI■＝「ふるさとを」経盛、「はかなしや」忠度。

VI＊（高倉寺本による）

各〳〵都のかたをかへり見給へはかすめる心地してけふりのみ心すこく立上る。

修理大夫経盛卿
　はかなしや主は雲井を別れは宿は煙と立上哉
薩摩守忠度朝臣
　古郷を焼野の原とかへりみて末も煙の波ちをそゆく
　御幸する末も都と思へとも猶慰ぬ波のうへかな

実に古郷を一へんのけふりと隔て前途万里の雲路を趣かれけん人々の心の中こそ悲しけれ。

（「御幸する」歌は、松雲本・相模本なし。小野本は経正の歌としてVII項の位置にあり）

雲本・相模本・高倉寺本の三本は、福原落の記事の中に、読み本系の延慶本・源平盛衰記にも見える管絃講の記事と、「ナキ人ニタムクル花ノシタヘタヲタヲレハソテノシホレケルカナ」（延慶本による）の歌があったり、安高湊の渡渉記事(14)など、独特の記事を共有する。
すでに高橋氏(15)が小野本の特異記事として、長門本・延慶本・盛衰記に共通するとされた頼朝・義仲不和の因を甲斐源氏井沢五郎信光の讒言とする記事や、木曾山門牒状の冒頭の事書等は高倉寺本・相模本と一致し、覚明出自の記事や、山門返牒の冒頭の題目や、平家山門連署の山王院宣なども、両本に近似する。実際に本文を対照するために、巻七の冒頭部分を句点のみを付して翻字する。

〈加藤家本〉

寿永二年正月廿二日ニ主上朝覲の為ニ法住寺殿ヘ行幸成。鳥羽院六歳にて行幸成たりし今度其例とそ聞えける。南都北京ノ大衆熊野金峯ノ僧徒伊勢大神宮の神人官人ニ至まて皆平家ヲ背て源氏に心ヲ通《カヨワ》しけり。其比木曾ト兵衛佐ト不快ノ事出来て合戦ヲ至さんとす。兵衛佐木曾追討すへしとて六万余騎の勢にて信濃国へそ越られける。木曾此由を聞叶はしとや思はれけん当国依田《ヨタ》ノ城ヲ立テ越後と信濃境なる熊坂と申山中ニ陣ヲ取。木曾使者ヲ立テ何事ニよて当時義仲うたんとは候哉覧（天理イ21本は直接の書写ではないが、ほぼ同文）。

〈小野本〉

じゆゐい二年三月のころより兵衛のすけと木そのくはんしやとふくはいの事いてきて兵衛のすけ木曾をうたんときこえけれは木そしなのをしりそひてゐちこの国へおもむく。又十郎くらんとゆきいへも兵衛のすけをうらむる事ありてしなのへこえて木そにつきにけり。木そあひ具してゐちこの国へこえてひやうゐのすけしなのよりゐちこさかひまてをつかけらるゝところに木そめのと

14 小野本にはこの記事はない。
15 『続諸本』第三章

この今井四郎かねひらをつかひにて兵衛のすけのもとへ申をくりけるはいかやうなる事をきこしめして候やらん（寿永二年年頭と諸宗諸山源氏になびく事は、巻六尾にあり）。

〈高倉寺本〉

寿永二年三月之比より兵衛ノ佐と木曾ノ冠者と不快の事出来て兵衛ノ佐木曾を討んとすと聞けれは木曾は信濃国を退て越後国へ趣く。又十郎蔵人行家も兵衛佐を恨事ありて信のへ越て木曾に付てける。木曾行家相具して越後へ趣く。兵衛ノ佐信濃より越後の境まて追かけゝる所に木曾乳母ノ子の今井ノ四郎兼平を使にて兵衛ノ佐のもとへ申送けるは何様成事を聞食て候や覧（寿永二年年頭と諸宗源氏になびく事は巻六尾にあり。但し小野本と同文ではない）。

〈相模本〉

寿永《しゆゑい》二年三月上旬《しやうしゆん》兵衛佐《ひやうゑのすけ》と木曾《きそ》の冠者《くはんしや》と不快《くわい》の事あり。木曾《きそ》めのと子《こ》の今井《いまいの》四郎兼平《かねひら》を使者《ししや》にて兵衛佐《ひやうゑのすけ》殿へいひをくりけるはいかなるしさいあつて義仲《よしなか》うたむとはし給ふそ（巻六尾に寿永二年年頭と諸宗源氏になびく事あり、さらに高野行幸があるが、未完になっている）。

〈松雲本〉

寿永二年癸卯三月上旬兵衛佐ト木曾ノ冠者ト不快ノ事アリ。木曾乳人子今井ノ四郎兼平ヲ使者ニテ兵衛佐ノ許ヘ云遣レケルハイカナル子細有テカ義仲討ントハ仕給ソ（巻六尾は小野本等に同。松雲本の巻六は覚一本系とされている）。

巻六と巻七の区切りをどうするかは、読み本系と語り本系の間でゆれのあるところである。(16) 語り本の間でも、屋代本・百二十句本や八坂系一類本は巻七を寿永二年の朝覲行幸から始めるが、前者が史実通り二月二十二日とするのに対し、一類本は正月二十二日として年頭記事らしくしており、加

16　本書第一章第五節。延慶本・四部本は寿永元年から巻七とし、語り本の巻七は寿永二年から始まっている。

藤家本もそうなっている。覚一本は巻六尾に正月六日として朝覲行幸を記し、巻七は頼朝義仲不和から始める。小野本は正月五日、松雲本・相模本は正月六日、高倉寺本は二月二十二日となっていて、いずれも巻六にある。日付の点からいえば、前三者が微妙に一方系本文に寄っていることが予知でき、また高橋貞一氏が高倉寺本を甲類、即ち屋代本や百二十句本と同じグループに分類された謂れが肯けるのであるが、巻六と巻七の分割については、加藤家本を除く四本は、一方系と同じ形態をとっていることになる。

ところが掲出した本文だけで見ても、一類本とされる加藤家本(及び天理イ21本)と、小野本は同一ではない。小野本は高倉寺本により近く、相模本と松雲本とが近接している。頼朝の行動の方を優先して記す一方系本文に、より近いのは加藤家本であり、相模本・松雲本は明らかに異なる。四類本が歴然と一方系本文に近いので、四類の両足院本を例に引く。

〈両足院本〉

寿永二年三月上旬木曾ト兵衛佐ト不懐ノ事有ケリ。兵衛佐頼朝木曾追討ノ為トテ十万余騎信濃ヘ発向ス。木曾ハ与田城ニ有ケルカ三千余騎打テ出テ越後ト信濃境ナル熊坂山ニ陣ヲ取ル。兵衛佐ハ同国善光寺ニ着給。木曾乳母子ニ今井ノ四郎兼平ヲ使者トシテ兵衛佐ノ許ヘ曰遣ケルハ抑何ノ遺恨ニ依テ義仲討フトハ候ナルソ。

これに屋代本や二類本も対照するとさらに複雑になるが、巻の分割、朝覲行幸の日付、本文の具体的叙述など、諸要素によってこれらの諸本の関係は一貫しない。即ち、小野本・高倉寺本・相模本・松雲本、それに弓削繁氏の御教示によれば右田本も、互いに、また一方系や屋代本・百二十句本と、部分的に寄ったり離れたりするのである。これらの諸本が巻の中でも混態を重ね、さらに巻ごとに、その混態の度合を異にしていることが予想される。

にも拘らず、この四本は、互いにかなりの共通本文を保持していることの意味も、考えておかなくてはならないだろう。或いは、限られた場の中で編集された可能性を想定すべきかもしれない。[17]

3 加藤家本の場合

山下・高橋両氏によれば、加藤家本は巻二・五・六・七・十一が一類本、巻一・三・四・八が三類本、巻九・十・十二の三巻は覚一本系本文であると認定されている。しかし、巻九の末尾には、覚一本にはなく、二類本・四類本に見出される、『建礼門院右京大夫集』から取材した特異記事がある。そして、これは同じく覚一本とされている高倉寺本の巻九にも一致している。高橋氏が、中院本に増補したとされる小野本の巻九にもあるが、小野本は例によって前後の文章を刈りこんでいる。これから見て、混合本の、覚一本系とされている巻も、物理的なとり合せの結果ではなく、それなりの編集意図があったのではないか。『右京大夫集』による別の増補は三類本とされる巻三「金渡」の後にもあり、これも小野本・高倉寺本に共通している。この三本は、「金渡」の前に、重盛北方の歎きを述べる特異記事を持っており、「金渡」をはさんで、北方と右京大夫の贈答歌を載せるのは、重盛の死を北方を中心に描く点で関連している。三本が揃って巻九に右京大夫の歌を載せるのも、偶然の一致ではなく、同一の傾向の表われであろう。[18] 一方系本文と八坂系本文とは、互いに対立を続けたのではなく、四類・五類、そしてこれらの混合本においては、混態やとり合せによって融合させ得る関係だったのである。

加藤家本の三類と認定されている巻一・三・四・八を基準にすると、高倉寺本の巻一・三も三類

17　今回は都立本・右田本はとりあげていないが、或いはこれらも同じ範囲に入るかもしれない。

18　なお巻六の高倉院死去の際の挽歌として右京大夫の歌を引くのは小野本で、高倉寺本は書き入れの形になっている。加藤家本にはなし。

と見てよく、小野本の巻三も、三類本を基底本文としていると見てよいと思われる。いっぽう、加藤家本の巻四は、天理イ21本、太山寺本と共に三類とされているが、この三本の間の異同は決して小さくない。この三類というグループの問題点については、次項で述べる。

では、一類C種とされている各巻はどうか。そもそも、一類C種の本文は、三類本と同様、それだけで完本になっているものがない。一類ではあるが、部分的にA種に近かったりB種に近かったりする、つまりA種でもB種でもない本文で、混合本に巻別に見出されるとされている。加藤家本の中の五冊、天理イ21本の巻二・三・六～十二、松雲本の巻二・三、南都本の巻十一・十二がそれで、そのほか都立本の一部、相模本の一部、小野本の一部の巻が一類C種に近いとされている。(19) 加藤家本（これに近い天理イ21本も）が各巻ごとに三類、一類C種、そして一方系を基調本文とし、さらに読み本系などの特異記事を摂りこんでいることは、おおよそ他の混合本にも共通する傾向である。(20) 混合本とは、このようにして作られた伝本なのだと言い換えてもよい。都立本に関して指摘された混合本のなりたちは、他のケースにも通用するようである。加藤家本を初め混合本は、個々とり合せた結果できたものではなく、たとえ現代の我々が一貫した意図を読みとれないとしても――或いは、部分的な取捨選択を繰返して行く（部分ごとに、〃よりよい〃本文の方を選んで継いだり融合させたりした）作業の成果であるが故に、全体的な構想（構想以前の、志向すら）が我々には読みとれないのかもしれない――これはこれで一揃の「平家物語」として編述されたものではなかったか。

そして、三類といい、一類C種といい、それ自体がかなりの幅を持った本文グループで、しかも一貫した完本がないことと、これらが混態性の強い本文であることは、恐らく表裏一体である。

19　櫻井陽子『平家物語の形成と受容』（汲古書院平13）第二部第一篇、初出平7・3。
20　櫻井陽子前掲書第二部第二篇、初出平8・2、8・3。

三　現象としての八坂系諸本

1　一類本の問題点

一類本（高橋分類では乙類）は、山下氏によって、A・B・Cの三種に下位分類されている。しかし、A種には完本がない。文禄本は巻五は四類、巻九は独自本文とされ、巻十・十一は欠巻である。巻八・十・十一・十二のみが残存する東寺執行本と文禄本の巻八・十二を対照した結果、同種本文と認定することができるので、東寺執行本が完本であり、その各巻が文禄本の巻五・九以外の巻と一致するという仮定のもとに一括されていると言ってもいい。

C種は前述した通り、完本はない。混合本の中にのみ見出される（というよりも、A種でもB種でもない一類本本文がC種だというべきかもしれない）。

B種は、三条西家本と中院本とが完本で存在する。中院本は古活字版で刊行されているので、近世初期にある程度流布したと考えられる。しかし、中院本は一方系の本文を挿入して作られ、中院家との関係も具体的には未詳である。従って、B種の代表、即ち一類本の代表本文としては自ずから三条西家本が残ることになるが、三条西家本も書写上の誤りと思われる箇所が散見し、転写本であることは確実である。中院本が一方系本文を取りこんだのはいつ頃からか、判っていない。伝伏見宮貞敦親王筆とされる、室町後期の平家物語巻物切が五葉（いずれも巻十の内）[21]、知られており、この種の本文が遅くとも十六世紀初頭には存在したことになるが、断簡本文との微細な異同からは三条西家本・中院本いずれに近いか、決定できるほどの根拠は得られない。

こうして見ると、一類本の代表本文が三条西家本であるということは、消去法によりやむを得ず決まったようなものであるが、すでに述べた通り[22]、必ずしもA種がB種に先行するとは考えなくて

21　前掲『軍記物語論究』二四七頁、二五四頁注(43)。さらに小島孝之氏の御教示によれば岡山県の宝島寺蔵手鑑にも一葉あるとのことである。

22　前掲『軍記物語論究』二三九頁以下。

いいようである。A種の東寺執行本の奥書、永享九年（一四三七）十二月一日の年記が、八坂系諸本に関して知られる最も古いものであることから、最古態の八坂系本文であると考えられがちであるが、文禄本奥書の文禄四年（一五九五）までに、何があったか、疑ってみなくてもいいだろうか。巻五が四類A種に殆ど一致する半面、巻九が読み本系との共通記事を含む混態性の強い本文であることを思うと、一抹の不安は残る。

以上のことを考え合せると、B種の三条西家本を一類本の代表本文とすることは、やむを得ないと同時に、妥当性もあることになろう。そして、文禄本もまた、こういう形の混合本の一揃として見ておくべきだろう。

巻／諸本	1	2	3	4	5	6	7	8	9	10	11	12
太山寺	○	○	○	○								
川　瀬								○	○			
学習院	○											
龍　門	○											
加　藤	○		○	○				○				
天理21	○			○								
松　雲												
高倉寺	○		○									
都　立	○		○	○				○				

三類本の現存状況

2　「三類」というグループ

混合本を特徴づけるのは、三類本と認定される巻の散在である。三類の完本はない。現存する伝本と巻を一覧化してみた（上掲の表）。

しかし、三類本とされる本文は、伝本により、或いは巻により、必ずしもその質は均一ではないのである。

例を挙げよう。従来、巻四が三類本と判定されてきた加藤家本、天理イ21本、太山寺本を判別マニュアルに検すると、I～Vの各項に亙って、三本は一致していない。加藤家本は、記事単位の異同、即ち判別マニュアルで検出できる異同では、むしろ二類本に一致する。しかし、本文のレベルで見ると、太山寺本が他の二本からやや離れることが分る。巻頭部分を対照する。

〈加藤家本〉

治承四年正月一日鳥羽殿には入道相国もゆるされす法皇も恐させ給ひしかは元三の間なれ共参入する人もなし。故少納言入道信西の子息桜町の中納言成範卿の弟左京大夫修範はかりそゆるされて参《マイ》られける。

〈天理イ21本〉

治承《ぢしやう》四年正月一日あら玉《たま》の年《とし》たちかへりたれどもとば殿には入道《にうだう》しやうこくもゆるされずほうわうもおそれさせ給ひしかば元三《くわんざん》のあひたもさんにうする人もなし。されどもこせうなごんにうだうしんせいの子《し》そく桜町《さくらまち》の中納言しげのりのきやうのおとゝ左《さ》京大夫《のだいぶ》なかのりばかりぞゆるされてまいられける。（濁点ママ）

〈太山寺本〉

治承四年正月一日あらたまのとしたちかへりたれとも鳥羽殿には入道相国もゆるされす法皇もおそれさせまし〳〵けれは元三のまも参入する人もなし。されとも信西か子息藤中納言成範その弟左京大夫脩範これ二人そゆるされて参られける。

傍線部は太山寺本と天理イ21本、点線部は加藤家本と天理イ21本が一致する箇所、波線部は太山寺本のみ、二重線部は加藤家本のみの独自箇所である。因みに加藤家本の本文は二類本とは一致しない。

次に太山寺本と加藤家本、それに恐らく高倉寺本も第三類と思われる巻三を見てみる。判別マニュアルではこの三本は全項目一致し、さらに小野本、屋代本、覚一本も一致する。しかし、本文を対照すると、加藤家本と高倉寺本が同類で、つぎに小野本が近く、太山寺本はその次の外縁になる。そして、屋代本と覚一本を見れば、覚一本と同様の表現をかなり摂りこんでいることが分る。どの箇所でもいいのだが、「足摺」の末尾を例に挙げる。

〈加藤家本〉

僧都せんかたなくて渚に帰て幼者の母や乳母の跡を慕《シタフ》やうに足摺手摺をして泣悲み給へ共漕舟の習にて跡は白浪はかりなり。未漕出ぬ舟なれ共涙に暮て見えさりけれは沖の方をそ招きける。彼松浦さよ姫は唐し舟を慕つゝひれ臥けんも角やと覚て哀也。舟も漕隠日も暮けれはあやしの臥土へも帰らす浪に足打洗せて露にしほれつゝ其夜はそこにそ明しける。さり共少将は情ふかき人なれは能様ニ申さんすらんとて憑をかけ其瀬に身をも擲さりし心の程こそ沫《ハカ》なけれ。彼早離速離《さうりそくり》が海岸山に放れたりけんも是には過しとそ見えし。(23)

〈高倉寺本〉

僧都全辺なくて渚に帰りて幼者の母や乳母の跡を慕《シタウ》やうに足摺手摺をして泣かなしみ賜へとも漕舟のならひにて跡は白浪計也。いまた漕いてぬ舟なれとも泪に暮て見えさりけれは沖のかたをそ招きける。彼松浦さよ姫はもろこし舟を慕つゝひれふし剣もかくやと覚て哀也。舟も漕隠日も暮けれはあやしの臥土へも帰らす浪に足うち洗せて露にしほれつゝ其夜はそこにそ明しける。小将は情深《フカキ》人なれはよきやうに申さんすらんとて頼をかけ其瀬に身をも擲さりし心のほとこそ沫《ハカナ》なけれ。早離速離か海岸山に放れたり剣も是には過しとそ見えし。

23　底本の朱書のルビは省いた。

〈小野本〉

そうつせんかたなくてなきさにかへりていとけなきものゝ母やめのとのあとをしたふやうにあしすり手すりをしてなきかなしみ給へ共こきゆく舟のならひとてあとはしらなみはかりなり。いまたこきへたてぬ舟なれ共なみたにくれて見えさりけれとおきのかたをそまねきける。かのまつらさよひめかもろこしをしたひつゝひれふりけんもかくやとおほえてあはれなり。舟もこきかくれ日もくれけれ共あし屋のふしとへもかへらすなみにあしうちあらはせて露にしほれつゝその夜はそこにあかしける。さりとも少将はなさけふかき人なれはよきさまに申されんすらんとてたのみをかけそのたのみに身をもなけさりし心のほとこそはかなけれ。かのさうりそくりかかいがんさんにはなたれたりしもこれにはすきしとそ見えし。

〈太山寺本〉

僧都せんかたなさになきさにあかりたおれふしおさなきものゝめのとやはゝなんとをしたふやうにあしすりをしてこれのせて行我くして行とおめきさけへともこき行ふねのならひにて跡はしらなみはかりなり。いまたとをからぬ舟なれ共涙にくれて見えさりけれはたかき所にはしりあかりおきのかたをそまねきける。かのまつらさよひめかもろこしふねをしたいつゝひれふりけんもこれにはすきしとそ見えし。舟もこきかくれ日もくるれとも僧都あやしのふしとへもかへらす浪にあしうちあらはせ露にしほれてその夜はそこにそあかされける。さりとも少将はなさけふかき人にてよきやうに申事もやとたのみをかけてそのせに身をたになけさりし心のうちこそはかなけれ。むかしさうりそくりか海岸山《かいかんさん》にはなたれたりけんかなしさもこれにはすきしとそ見えし。

二重線を付した一致箇所に注目したい。また実線部は屋代本と、波線部は覚一本と一致（一類本とは一致せず）する部分である。加藤家本と高倉寺本とは、一部は用字まで一致する。また小野本の「あし屋のふしと」は百二十句本に一致しているが、それ以外は特に屋代本・覚一本よりも百二十句本や一類本に接近する表現は、この箇所には見出されない。

次に加藤家本と川瀬本が三類本だとされている巻八を見てみる。判別マニュアルの各項は両本は一致している。しかし、巻頭を対照すると、本文のレベルでは一致しない。

〈加藤家本〉

寿永二年七月廿五日ニ平家は都ヲ落果ヌ。法皇は鞍馬にわたらせ給けるか是は猶都近くてあしかりなんとてさゝのみねやくわうさかなと申さかしき山をしのかせ給フ。よ川の解脱の谷寂定房御所ニなる。

〈川瀬本〉

じゆゐい二ねん七月廿四日やはんはかりほうわうはあせちの大なこんすけかたきやうのしそくすけときはかりを御ともにてひそかに御しよを出させ給ひくらまへ御かうなる。じそうともこれはみやこちかくて中〱あしう候なんと申けれはさゝのみねやくわうさかなといふさかしきけんなむをしのかせ給ひよかはのけたつたにのじやくでうはう御しよになる（濁点ママ）。

巻八の巻頭に平家都落の一文を置く諸本はほかにもあるが[24]、右に見る通り、両本の本文は異なっている。巻頭だけでなく、他の箇所を見ても一致していない。巻九は川瀬本以外に三類本がないので、川瀬本の振幅を推量することは難しいが、少なくとも天理イ21本や高倉寺本の一部の巻の程には、加藤家本に近接していない。三類本といわれるグループが、果たして一つのグループに括り得るの

24　弓削繁「右田毛利家本平家物語巻八の本文とその志向―岡山大学小野文庫本との関係に触れて―」（『軍記物語の生成と表現』和泉書院　平7）

か、疑問を抱かざるを得ない。

巻一は、太山寺本、加藤家本、天理イ21本のほかに、学習院及び龍門本の巻一のみも三類とされ、高倉寺本もこれに加えていいようである。都立本も三類に近い。学習院本・龍門本は未見だが、村上學氏の御教示によれば、両本及び加藤家本は本文的には同一でない(25)とのことである。ここでは太山寺本、加藤家本、天理イ21本、高倉寺本をとりあげる。判別マニュアルによれば、加藤家本と高倉寺本は概ね一致し、太山寺本、天理イ21本、学習院本はそれぞれ一項目ずつ、一方系に一致する点がある。「殿下乗合」から「鹿谷」にかけて、本文を比較する。

〈加藤家本〉

摂政さて渡らせ給へきならねは同十二月九日兼宣旨を蒙らせ給て十四日ニ太政大臣に上らせ給ふ。十七日ニ御拝賀ありしか共世間にか〱しくそ見えける。同三年正月五日御元服十三日朝覲《テウキン》の為に法住寺殿ェ御幸成。

〈天理イ21本〉

摂政《せつしやう》殿さしもわたらせ給ふへきにあらねは同十一月九日宣旨《せんじ》をかうふらせたまひて同十四日太《だい》政大臣《じやうだいじん》にあがらせ給ふ。十七日に御拝賀《はいか》の儀《ぎ》ありしかとよの中いとにがりてぞありける。さるほどにとしくれて嘉応《かおう》も三年になりにけり。正月五日主上御けんふくあり。御とし十四歳にならせおはしましける。同十三日朝覲《てうきん》のために法住寺《ほうぢうじ》とのへ行幸《ぎやうかう》なる（濁点ママ）。

〈高倉寺本〉

摂政殿さてわたらせ給へきならねは同十二月九日《ノヒ》兼《カネ》宣旨を蒙らせ給て十四日《ノヒ》太政大臣に挙らせ給。十七日御拝賀有しかとも世の中にか〱しくそ見えける。同三年正月五日《ノヒ》御元服あて同十

25　村上學「八坂系巻第一の第三類本文に関する考察―本文分類の一つの手懸りとして―」（『平家物語八坂系諸本の研究』三弥井書店平9）参照。

三日朝覲《キン》之為に法住寺殿へ御幸成。

〈太山寺本〉

摂政殿さてもわたらせ給ふへきならねはをなしき十二月九日かのせんしをかうむらせ給て十四日大しやう大しんにあからせ給ふ。やかてをなしき十七日よろこひ申ありしかともせけんは猶もにかく〳〵しうそ見えし。さる程にことしもくれてかおうも三とせになりにけり。正月五日主上御けんふくありてをなしき十三日朝《てう》きんのために法住寺殿へきやうかうなる。

巻一では天理イ21本は加藤家本からやや離れ、高倉寺本の方が加藤家本に近い。例によって太山寺本は近接していない。

即ち、三類本は、かなりの幅のあるグループであり、巻によって各伝本間の距離も相違している。そして、瞥見したところでは、屋代本、百二十句本、一類本と部分的に共通するが、覚一本との一致度も決して低くないのである。

三類本とは、一類・二類・四類のようには親密なグループをなし得ない、混態を重ねて巻ごと、伝本ごとに振幅を広げた本文を、とりあえず囲いこんであると見るべきではあるまいか。偶々完本がない、ということではないかもしれない。なお、混合本の中には、これら以外にも三類と呼べる本文を指摘できる可能性がある。

四　むすびにかえて

八坂系諸本論は、木を見て歩いている内に森に迷いそうな感があるが、混合本のあり方を通して見えて来る問題を、整理しておきたい。

第一に、一方系と八坂系、読み本系と語り本系の本文は、今日、我々が考えるほど、対立的なものではなかったのではないか。先行本文の重圧の下に、新しい本文を創造する、といった、創作主体の自己主張に沿った活動ではなく、触れ合う本文から次々に混態を繰返し、新しい異本が生み出された、と考える方が、実態に近いのではないか。その際、一方系は、覚一の名によって封印された覚一本という本文あるが故に、その流動の幅は極めて限定された。八坂系諸本は、いわば覚一本を迂回して、新たなる本文を生み出そうとした、厖大な営為の集積の総体として、あるのではないか。「非一方系」という呼称(26)にも、何がしかの妥当性がある。

混合本を一揃の伝本と見たときに、一方系の巻と八坂系の巻とが混在しているように見えるものも、それぞれの編著者からすれば、決して夾雑物を交えた伝本なのではなく、それなりの選択を経た結果なのだと思う。芸能の流派の保持する台本ならば、互いに対立的、排除的であるかもしれないが、本文同士は「平家物語」である以上は、絶対に相容れない反発性をもつというわけではなかったのだ。

南都本のように、語り本系本文と読み本系の混合本も、決して一回起的な特殊なものではなかったし、現存の読み本系諸本もまた、語り本系本文との混態であると考えた方がよい。平家物語の本文流動は、我々の想定よりもっと自由に、うねり続けて来たのであろう。

そして、その流動は、覚一本以降、幾つかの年代に区切って考えた方がよいかもしれない。①覚一本の跋文が、一つの本文を特別化し、その他の群から引き抜いた時、即ち応安四年(一三七一)の前後、②八坂系最古の年記である東寺執行本の奥書、永享九年(一四三七)の前後、③文禄本の奥書、文禄四年(一五九五)に近い十六世紀末から慶長にかけて、の三期が注目される。断簡類の存在からみて、十五世紀の後半には、いわゆる「覚一系周辺本文」とそれに基づく混態本が存した

26 池田敬子『軍記と室町物語』(清文堂 平3 初出昭61・3)

ことは確実である。[27]そして、十五世紀は、平曲の享受が盛んだった[28]時期でもある。八坂流の実態が不明である以上、必ずしも一・二類本と芸能としての八坂流台本とは結びつけられないが、平曲の隆盛と、初期の八坂系諸本とに何がしかの関連はあったかもしれない。但し、後世の『流鶯舎雑書』[29]（延享三年＝一七四六）が、「八坂流に一部の平家なし。永亨の頃断絶し、月見の一句を伝ふ」と伝えているところから、例えば芸能としての八坂流が断絶して後（或いは、断絶したがために）、本文としての八坂系諸本が続々作られるといった、逆の相関関係も考慮のうちに入る。また、芸能としての八坂流の存在が、近世からの仮託であるとすれば[30]、一方流に対立する流派ではなく、師承の系譜を同じくする（城の字を名乗る）一集団との関係にすぎなかったかもしれない。これと直接連繋するかどうかは分らないが、八坂系諸本や「覚一系周辺本文」の伝本グループは、それぞれ、あまり拡散しない集団内で作られたとの想定が可能なようである。さような限定を付した上での、「何らかの関連」である。

　現在、八坂系諸本として分類されている本文の多くは、語りの現場ではなく、机上の編集作業の産物である、と私は考えている。琵琶法師が知識人階級との交流の中で、史書としての享受や関心に応えられるだけの修文を積んだ姿が史料の上に頻出する[31]文明期（一四六九―八七）、当道の統制が緩み、内紛に至る[28]明応・天文期（一四九二―一五五五）は、そのような活動の背景を示唆するのではなかろうか。混態を繰り返し、さらにそれらを巻ごとにとり合せて行く混合本が作られるのは、十六世紀の後半からではないかと、漠然とではあるが、推測している。

　混態を繰り返す平家物語の本文流動を遡って、古態・原態の問題を論じるのは、十四世紀半ば以前、即ち覚一本の跋文以前の問題となる。他方で、屋代本の位置づけと、一・二類本の本文形成の究明が、覚一の封印を受けない本文の流動を考えるのには有効であろう。さらにつけ加えれば、現

27　松尾葦江『軍記物語論究』二四六頁以下。
28　福田秀一編「平家物語享受史年表」国語国文学研究史大成『平家物語』（三省堂　昭35）
29　館山漸之進『平家音楽史』（明44）所引。
30　兵藤裕己「八坂流の発生―「平家」語りとテクストにおける中世と近世と―」『論集中世の文学　散文篇』（明治書院　平6）
31　清水眞澄「琵琶法師の修文―盛者必衰・瞽者・障害―」（『国学院雑誌』平7・1）、村上學「平家物語における語りと読み―禅僧の享受を媒材として―」（『国文学』　平7・4）

存の延慶本本文についても、混態性を考えるべきであって、[32]混態の問題は単に末流本にとどまらない。屋代本に一方・八坂両様の要素が見出されること、一・二類本も必ずしも一方系本文を排斥するものではないこと、その後、八坂系諸本が混態・混合を重ねる際に、一方系、読み本系を忌避せずに摂りこんでいること等々を考えてみても、平家物語の本文流動と諸本分類を、従来とは異なった枠組で構想してみるべき時機が、到来しているのではないか。

＊なお、本節における本文対照は、一種のサンプリング調査である。全冊全文を対照した結果ではないことをお断りしておく。

32 前掲『軍記物語論究』四〇七頁

第四節　長門本現象をどうとらえるか

はじめに

流動成長の文芸——それは平家物語を初め軍記物語に冠せられる輝かしいタイトルであった。しばしば語りの効用と結びつけて論じられ、戦後の民衆文芸讃仰から昭和末期の本文否定論に至るまで、平家物語という作品の特質をこの〝流動性〟において評価しようとした。私もまた、平家物語が四百年以上に亙って自らをつくりかえ続けたエネルギーに魅せられ、その力源を究明しようと志す点においては人後に落ちない。しかし、本文流動の激しい作品はほかにもあり、平家物語の本文流動と語りとの関連も具体的には解明されていない。平家物語の流動の特殊性を知るためには、他の作品の場合を参看することが現代の我々にとって有益であろうし、本文が書写されたり出版されたりする際の、中世・近世の現場を考えれば、異なる作品が同じ場で同じ人々によって扱われることも少なくなかったはずである。

例えば語りと直接関係をもたない、あるいは歴史事実や特定の地域・一族等によって干渉されない文学の場合はどうなのか。絵画と関わる文学、また和歌のように伝統の制約の大きい文学ではどうなのか。以下に述べるのは、語りによらず近世の書写活動によって生まれた本文異同の特殊事情の問題である。

一　長門本現象とは

長門本平家物語（以下、長門本と略称）は、いわゆる読み本系三本（延慶本・長門本・源平盛衰記）の一つで、延慶本とは兄弟関係にある一本である。延慶本とは相互に誤脱を訂しうるほどの近接した本文を持ちながらも、南都異本（巻十のみ現存）や源平盛衰記とも共通する本文を持ち、また語り本系の覚一本と共通する箇所もあり、一方ではかなりの量の独自異文を保有する。六の倍数の巻構成が多い平家物語諸本の中で唯一、二十巻仕立てとなっており、内容的にも記事の配列替えや増補・削減に熱心であったふしがうかがえる。長門国阿弥陀寺に所蔵されていたことから「長門本」と呼ばれ、近世多くの知識人がこの異本に注目し、出版はされなかったが転写を重ね、現存する伝本だけでも七十部を超える。

近世初期すでに長門国阿弥陀寺に所蔵されており、それ以前のことは現在の研究では分っていない。寛文五〜六（一六六五〜六六）年には長府藩を通して『本朝通鑑』編集のために江戸へ貸し出されている（『国史館日録』、「赤間神宮所蔵五十二号文書」による）[1]。この頃から異本としての存在が江戸でも意識されるようになり、一七〇〇年代半ばからは転写・校合が盛んに行われたのではないかと思われる。

この、伝本の多さは、平家物語諸本の中でも群を抜いている。長府藩・長州藩を通さなければ閲覧も貸借も難しかったようだし、もともと分量が多い本であるから転写も容易ではなかったはずであるが、太平洋戦争中に失われたり海外へ流出したり（現に赤間神宮〔旧阿弥陀寺〕蔵の旧国宝本は火災

1　村上光徳「赤間神宮所蔵五十二号文書の意味―長門本平家物語研究の一手懸かりとして―」（『駒沢短大国文』昭50・12）、「『長門本平家物語』流布の一形態―山口県文書館所蔵毛利家文書の場合―」（『軍記と語り物』昭51・12）、「国立国会図書館蔵『長門本平家物語』（貴重書）について―長州藩蔵本か―」『長門本平家物語の総合研究第三巻論究篇』（勉誠出版　平12）、「五十二号書簡をめぐって―長門本平家物語研究の問題点を探る―」『海王宮―壇之浦と平家物語』（三弥井書店　平17）

に遭って通読不可能な状態になっており、各地の図書館でも戦災により焼失した例は少なくない。またソウル大学校に二種の伝本が所蔵されていることからも、海外に持ち出された本があったことは推測される）した伝本も含めれば、八十部以上の写本が近世に作られたのではないか。それらの書写系統はまだ解明されていないが、現在までに調査し得た[2]七十一部の写本は、用字・字詰めのレベルまでかなりの程度一致するものの、また少なからぬゆれをも見せるのである。

仮にこのような写本のあり方を、「長門本現象」と呼ぶことにする。底本は幾つもあったわけではなく、閲覧・転写に一定の制約があったにも拘らず、多数の写本が作られ、その転写関係を容易に明らかにできない（初期の伝本には奥書や識語が殆んどないことも、困難な理由の一つである）、というあり方である。

このような場合には、いわゆる成長流動の問題ではなく、「長門本」という一定の本文を書写する作業が何に影響され、どういう変容を示すか、という問題となる。そしてこれら多くの伝本が作られた原因は、一つには平氏滅亡の地壇ノ浦の阿弥陀寺（安徳天皇廟）に所蔵されているという点[3]、もう一つは異本への興味に根ざすものであろう。

しかし阿弥陀寺から赤間神宮に継承された旧国宝本[4]にはすでに誤脱があり、近世には二十冊以外の冊数の伝承があるということ、旧国宝本以前の「長門本」をどう想定するかということ、旧国宝本が果たして現存伝本すべての底本といえるのかということ、また数は少ないながらも漢字片仮名交じりに直した伝本があるということなど、「長門本現象」の向うに突きぬけて解明しなければならぬ問題は決して小さくない。

2　松尾葦江『平家物語論究』第三章第一節（明治書院　昭60　以下、「旧著」と略称。なお初出は昭48・12及び昭53・1）、「新たに調査された長門本平家物語」『海王宮―壇之浦と平家物語』（三弥井書店　平17）。本節で長門本の伝本に付したアラビア数字は、この両者で用いた通し番号である。

3　伝本の中にはこの点を指摘した一文（序A・B・Cと命名して旧著に掲げた。近世人が付したと思われる）を掲げるものがある。

4　戦前に国宝指定を受け、戦災で焼損後重文となった。麻原美子氏・中村祐子氏は「赤間本」と呼ばれる（『長門本平家物語の総合研究第三巻論究篇』。以下『論究篇』と略称）が、赤間神宮は現在三種の長門本を所蔵しているので紛らわしい。「阿弥陀寺本」（赤間神宮となる以前の阿弥陀寺が所蔵していた長門本をこう呼ぶことにする。旧国宝本と全

二　現存伝本から溯及するために

✦ 1 ✦

旧稿「長門本平家物語の伝本に関する基礎的研究」は昭和四十三〜四十五年頃に行なった書誌調査に基づくものであるが、当時は公刊されている長門本の本文は国書刊行会から出された翻刻しかなく、現在のようにマイクロ資料やコピーをたやすく入手できる状況にもなかった。長門本の伝本がどこに何部くらい現存しているのかという所在情報も『国書総目録』しか手がかりがなく、その頃独力で調査されたのが石田拓也氏であったが[5]、学界の関心はあまり向けられなかった。私は別途に『国書総目録』第七巻が不確実な情報として消したものも含めて[6]所在を確認し、基本的な書誌データを採り始めたが、伝本は函館から福岡まで全国に散在しており、折から大学紛争が拡がった時期でもあって、大学の研究室・図書館が次々に利用できなくなり、調査は長い期間に亙った。恐らく見落しもあるだろうし、郷土資料や在外古典籍の整理が進んだ今日では、さらに多くの所在が確認できるのではないかと思う。

旧著に「今のところ、現存伝本の中、旧国宝本以前に溯り、成立や内容上の問題を提供するような本は見あたらない」と書いた[7]ことや、書誌の摘記に際して、本文や書き入れについて、国書刊行会本に「近い」、「小異」、「ほぼ一致」等々と記したことが、現在でもしばしば誤解して言及されるようなので、ここで説明を加えておきたい。

前者については、伝本間の異同がいわゆる書写性本文変化[8]にとどまり、著作性本文形成と認定すべき例は殆どない、という意味である。現存する伝本のすべての書写のもととなる底本が旧国宝本そのものであるか否かは検証が必要である。旧著の時点では、「長門本」と呼ばれている本文が一

く同じものかどうかは不明）と「原長門本」（成立当初の長門本）とは区別しておきたい。本書では現存する伝本としては「旧国宝本」の呼称を用いる。

5　石田拓也「平家物語諸本の調査―特に長門本平家物語について―」（『私学教育研究所紀要』昭48・2）、『伊藤家蔵長門本平家物語』解題（汲古書院　昭52）

6　『国書総目録』編纂のために戦前から蓄積されていたカードによる。

7　旧著二一四頁。

8　この用語は犬井善寿氏による。犬井善寿「『保元物語』伝本分類私考―康豊本系統と文保本系統の独立―」『鎌倉本保元物語』（三弥井書店　昭49）

種類であるのかどうかさえ確認されていたわけではなかった(9)。

後者については、前述の如く本文比定をするためのツールとして使える（携行できる）ものは国書刊行会の翻刻（明治三十九年刊）だけという状況下だったから、とりあえずの目安として記したのだが、現在ではこういう粗放なコメントは百害あって一利なしというべきだろう(10)。国書刊行会本は現代人による校訂を経た翻刻であり、底本も今明らかでないからである。

さて近時、村上光徳氏、麻原美子氏、中村祐子氏らの御労作(11)によって、長門本の伝本や本文異同の研究は前進した。それらの成果をふまえて、再び長門本の伝本について考えてみよう。

2

三十年前の書誌調査の際は、伝本の数の多さ、二十巻という分量、そして前述の通り字詰めや用字のゆれが小さくないこと等々に阻まれて、書写系統を究明することは断念し、序の有無や欠脱部などを手がかりにいくつかのグループ分けを試みる(12)にとどまった。現在もその困難さは解消してはいない。さしあたって可能なことから積み上げてゆくしかないだろう(13)。

麻原氏は、「初期伝本」という語を用いて彰考館本、明治大学本、国会貴重書本等を呼んでおられる。麻原氏の場合、書写の時期（伝本作成の時期）による区別だけなのか、本文の評価も含んでいるのかやや曖昧だが、確かに本の形態（大型本）、書体（右筆の手に成る）に特徴があり、奥書や序がなく書き入れも少ない伝本があり、それらが江戸時代の比較的早い時期（十七世紀か）に書写されたと思われることは認め得る。藩や幕府の関係者によって、いわば公的な目的で作成されたものであろう。それに対し、十八世紀半ば以降に書写されたらしい伝本（こちらの方が圧倒的に多い）は、民間で、かなり急いで写されたとおぼしいものが主であるが、丹念な（時には執拗な）校合その他の書き

9　まれに流布本や平曲譜本で「長門本」と命名されているものに出会うことがある。理由は分らない。

10　但し、全巻を一冊に収めている点で調査に携行するツールとしては便利である。高橋伸幸氏が再校訂を意図して断念されたことがある（『平家物語箚記』名著刊行会　昭50）。

11　村上光徳前掲論文（注1）。麻原美子「長門本『平家物語』初期伝本をめぐって」（『論究篇』勉誠出版　平12。以下、麻原氏の見解はこの論文から引用する）。中村祐子「旧国宝赤間神宮本をめぐって」（『論究篇』。以下、中村氏の見解はこの論文から引用する）。

12　旧著二一六〜二一九頁。

13　麻原氏・中村氏は毛利家本と呼ばれるが、旧著で用いた呼称で統一した。毛利家にかつてこれ以外にも長門本が所蔵されていた可能性は皆無ではない。

入れがなされたり、序や識語・奥書があったりして、長門本が知識人の関心を惹きつけていた様子が窺える。

それゆえ、伝本を大別して初期・後期、またはI群（公的写本）・II群（私的写本）の二つのグループにまず分けてみることも有意義かもしれない。もちろん、実際の書写が十八世紀、民間で行われても、伝本系統としては初期、I群に属することはあり得るし、逆に大型本で書き入れも少ないのにII群の本もあり得る。初期・後期というグループ名は避けておいた方が賢明であろう。

旧著では、片仮名交じりの三本[14]以外を、安永三年奥書のある本、序A・B・Cのいずれかをもつ本、また共通の脱文を有する本などにグループ化した。そのほか16東博本と7内閣明和六年本、24国学院高校本と46赤間新本[15]、27早大二〇冊本と13宮書弘化二年本、58福地本と45鶴舞本、54陽明本と40内閣長府本、7内閣明和六年本と48彰考館本など、書写や伝来などを丹念にたどるならば相互の関係が推定できそうな伝本もあるが、それらすべてを精査して全部の書写系統を明示することは個人の力では難しい。

それゆえここでは、「長門本現象」をどうとらえるか、これから伝本研究に進入するにはどのような角度が開けているかという観点から述べる。

まず圧倒的に多いIIグループは、振漢字をしたり[16]、校合（他の長門本伝本や、源平盛衰記、もしくは流布本と対照）や考証などを書き入れたり、自ら読もうとする関心を示す。70津市図書館本、29中央大学本などはその例である。江戸の文人・作家、地方の学者たちが少なからぬ興味を寄せたらしい[17]。

Iグループは、きちんと写され、製本され（現存伝本はすべて袋綴である。流布本や源平盛衰記には列帖装もみられるが、長門本にはない）、奥書など伝来を知らしめる手がかりもなく、あまり手ずれしていないものが多い。IIグループが素人の走り書き風の字体で、急いだためか、またその目的によるの

14　長門本は本来、室町物語的な文体をもつ平家物語であり、片仮名交じりに直したのは近世人の「史書」意識に基づく作業と思われる。

15　内堀聖子「赤間新本（長門本）」解題（前掲書『海王宮―壇之浦と平家物語』一三頁以下）

16　中村祐子氏は前掲論文で、漢字が多くなるのは後出の伝本と考えられる旨の発言をしておられる。

17　近世の文人・作家が長門本に関心を持ったことについては、大高洋司「曲亭馬琴と平家物語―長門本享受への一視角―」（前掲書『海王宮』）参照。

か、しばしば抄出や脱落の多い書写であったりするのに対して、Ⅰグループは字体は雄渾で装幀もよく、一見して同一の作品かと疑うほど体裁を異にする。恐らく、阿弥陀寺か、長州・長府などの藩を通じて底本を入手し、書写に慣れた者によって写されたものであろう。ⅠとⅡをつなぐ伝本は、あるいは内々に写され、奥書や識語を付すことを憚った事情があったかもしれない。
研究者にとっては、Ⅱグループの伝本の研究からは近世人たちの文化活動や人脈が見えてくるであろう。それに対してⅠグループからは幕府に関係する学者や諸藩の営みが知られるのではないかと思う。

✦ 3 ✦

麻原氏は初期伝本（Ⅰグループとほぼ重なる）を、長府藩の流れと長州藩の流れとに二大別できるのではないかと想定された。[18] 両系統をａ・ｂで区別し、伝本名は松尾の方式に直して示す。

ａ長府本――15宮書大型本、48彰考館本、17岡大御筆本、4内閣長府本、6内閣寛保二年本
＊こちらが1旧国宝本の系統か
ｂ長州本――38明治大学本、2国会貴重書本、39山口大本

そして『長門本平家物語の総合研究校注篇』では2本を底本とし、38本と15本及び7内閣明和二年本とによって校異を掲出された。7本は48本の代りに使用されたものかと推測する。
同書の校異欄を見ると、ａグループとｂグループの異同はいわゆる書写性本文変化のごく単純な範囲に収まっていることが分る。[19]「長門本」の伝本群は同一の本文を有すると認定する所以である。ａ・ｂ両系統のいずれが善本かを調べるために、同書の校異から、ａ・ｂがそれぞれ二本揃って対立している例を拾い、[20] 意味の上でどちらかが明らかに妥当、もしくは誤まりと判定できる箇所を数

18　麻原美子前掲論文（『論究篇』三〇頁）
19　麻原美子前掲論文（『論究篇』二九頁）、中村祐子前掲論文（『論究篇』七五頁）
20　どれか一本のみ異なる場合はその伝本自体の問題である可能性もあるので拾わない。

えてみた（長門本伝本を見渡すと、仮名遣いはさほど厳密に区別せず書写しているので、仮名遣いについては正否を判別しない）。巻七、八、十六、十七、十九の五巻を数えてみた（本文の量は一定になるよう換算した）ところ、[21]巻十六でbの方が妥当な本文を有する例が多く、aの約三倍となった以外はa・bほぼ同等で、いずれかが決定的な善本とはいえないことが分った。巻十六の場合は「り」と「る」の混同の例が多く、これは実際に書写の様相をみて判断する必要があり、留保しておきたいと思う。

ただ、このような作業からはa・bのいずれが先行する本文なのかを決めることはできない。また旧国宝本の本文がa系統に属しながらも後述のように補写もしくはとり合せを経ていたとして、a・b両系統に跨っているかどうか、逆にa・bの底本がそれぞれ旧国宝本のどの巻に還元できるか否かは、未解決の作業として残されている。

三　旧国宝本の評価

中村祐子氏は旧国宝本（中村氏の呼称では赤間本）の形態[22]を丹念に調査され、48彰考館本、38明治大学本、2国会貴重書本と対校された。[23]その結果、旧国宝本二十冊は、一時に揃って作られた写本ではないのではないかとされる。目録の有無、内題、尾題、一面行数などの相違から、また48・38・2本などとの本文異同から導く推論だが、どの巻が後補なのかという判断は必ずしも明確にされていない。巻八を除く前半の各巻は同一時期のものだが後半の各巻は底本や書写時期を異にする可能性がある、また巻十・十一は古い形態の伝本かと思われる、巻十二は時間を違えて書写されたのではないか、巻十六・十九・二十は後から補完された可能性が高い、さらに巻四・十一・十三・十五・十八・二十をも特殊な巻と言われる[24]（『論究篇』八一頁、八六頁）。

一方で中島論文を引いて、「欠けていた巻数も四巻だとか五巻だとか伝わっていて判然としない

21　巻十二までの誤植箇所は普及版を参照した（本書一七六頁付記一）。

22　旧国宝本については中村氏以外には中島正国「長門本平家物語の原本に就て」（『国学院雑誌』昭6・1）、須賀可奈子「旧国宝本（長門本）」解題（前掲書『海王宮』）に詳しい。

23　中村祐子前掲論文（『論究篇』）

24　中島正国前掲論文（注22）

が」（『論究篇』五八頁）と述べられるのは、『群書一覧』や林羅山、それに『平家物語考』所引（中島論文もこれを孫引きする）の山田安栄の文章「琵琶法師」（『史学雑誌』明34・6）によるのであろうか。山田安栄は旧国宝本について、「紙質墨色ともに後人の補写して古文の欠脱を補足せし痕跡を留めたり」と記しているが、印象による推断なので、直ちに引き継ぐことはできない。『群書一覧』や林羅山など近世の異伝については、すでに旧著で吟味した（旧著二一一頁以下）。結論からいえば、①十六巻、②十二巻、③五十巻、④八十六巻などの異伝は伝聞による記述や引き写しが多く、殆どは採用するに価しない。林羅山『徒然草野槌』は慶長七（一六〇二）年の実見だが、著述は元和七（一六二一）年であり、中島正国氏もさほど重視すべきものではないとされた。『国史館日録』により寛文五（一六六五）年十二月には二十冊だったことが分るので、補写が行われたとすればそれ以前とみるべきであろう。

現存の旧国宝本は、中村氏が明確な結論を出せなかったように、後補の巻を一見して分別することはできない状態にある。焼損によって冊子の原態が分りにくくなっただけでなく、様式の不統一や本文の性格の特異さが必ずしも特定の巻に集中してゆかないからである。近世の伝承と旧国宝本の補写の問題とは、別に考えた方がよい。

旧国宝本にとり合せ、もしくは補写の可能性があることは十分考えられる[25]（但し、寄合書きととり合せや補写とは、本来別の問題である）。それがいつ行われたかによって、本文系統が混合したか否か、即ち旧国宝本以前に複数の種類の「長門本」があったか否かという問題の重みが、異なってくる。

旧国宝本には傍書・異文注記が見出され[26]、ある時期（最初の書写時から後代も含めて）に他の伝本を参照したことが分る。一般的に、書写の後に一通り校正作業をすることはよく行われたようであるから、傍書の中のどれだけかは最初の書写時に付せられたものかもしれない。

25　中島正国前掲論文（注22）によれば、表紙は明和二（一七八五）年頃とりかえられたかという。それ以前の補訂・修覆については不明。

26　中村祐子前掲論文（『論究篇』）、須賀可奈子前掲解題（『海王宮』）。

旧国宝本が長門本の「原本」そのものでないことは、夙に言われてきたことである。しかし現存伝本の中で、明らかに旧国宝本以前、もしくは旧国宝本の底本と認め得る本も発見できていない。現存伝本は、旧国宝本が有する編集上の欠陥や物理的な欠脱（巻六尾の「前右大将の」の後、重盛死後の記事群が欠脱している。旧著二一四頁参照）、各巻目録の不備（巻一・六・九・十一・十三は本来各巻目録がなかったらしい）などを受け継いでおり、もともとは一つの「原本」から転写されたことは認めねばならない。a・b二系列の伝本がいつ、何故分岐したかという追究は必要だけれども、それ以前の平家物語の諸本の一つとして「長門本」をとりあげる際は、Ⅰグループの本を用いればさしつかえはないと思う。

四　伝本研究の新たな段階

✵ 1 ✵

長門本の伝本研究は、昭和四十年代の調査によって、伝本の数の多さにも拘らず本文はほぼ同じものであることが確認されて以来、平成十年代の校本刊行により、三十年以上かかって一段階進んだ。今後の研究は、伝本をⅠグループとⅡグループとで区別した上で行う方が効率的であろう。先に述べたように、善本を求めるならばⅠグループに注目し、近世の知識人たちの営為を見ようとするならばⅡグループに取り組むことになるだろう。伝本研究から長門本の成立の問題に及ぼうとするには、Ⅰグループ、中でも旧国宝本の伝来をどれだけ溯れるかという難問に遭遇する。Ⅰグループ内のa・b以外に旧国宝本と時期的に近接する伝本は皆無か、という問題も顧みられて然るべきであろう。阿弥陀寺に所蔵されたことと長門本の成立が無関係であるかどうかも論じられてよい。[27]中世に多く浮遊していた読み本系本文の中から、偶々延慶本・長門本・源平盛衰記の本文が残り得

27　松尾葦江『軍記物語論究』（若草書房　平8）第四章第三節

たと考えるとき、触媒となった何かが、この地にあったのかもしれないのである。

✦ 2 ✦

ここで伝本間の異同が実際にどの程度の幅なのか、例を挙げて示しておく。巻一冒頭の「祇園精舎」の出だしの部分は、漢字・仮名の宛て方で大まかにグループ分けすることができ、初期の伝本では一行の字詰、一面行数などで共通するものを括ることもできる。

①祇園精舎のかねのこゑしよ行むしやうの／
ひゝきあり沙羅さうしゆの花の色しやう／
しや必すいのことハりをあらハすおこれる／（下略）
　2国会貴重書本・38明治大学本。

②祇園精舎のかねのこゑしよ行無常の響／
あり沙羅さうしゆの花の色生者必すい／
のことハりをあらハすおこれるものも久しからす／（下略）
　17岡大御筆本。旧国宝本は焼損。

③祇園精舎のかねのこゑ諸行無常のひゝきあり／
沙羅雙樹の花の色しやうしや*必すいのことハりを／
あらハすおこれるものも久しからす*たゝ春の／（下略）
　4内閣長府本・54陽明本。

④祇園精舎のかねのこゑ諸行無常の響あり／

沙羅雙樹の花のいろしやうしや必すいのことハり／（下略）
をあらはすおこれるものも久しからすたゝ春の／（下略）
12静嘉朱表紙本・5内閣縞表紙本・29中央大学本（一行字詰は異なる）。
以上三部は旧著において有序B系本として括ったが、書写上も同一グループとしてよい。

⑤祇園精舎の鐘の聲諸行無常の響あり沙／
羅双樹の花の色生者必衰の理りをあらハす／
おこれるものも久しからすたゝ春の夜の夢のことし／（下略）
42山口文書館本・63伊藤家本（＊「響き」）。

⑥祇園精舎の鐘の聲諸行無常の／
響有沙羅雙樹の花の色生者必／
衰の理を顕す奢る者も久しからす／（下略）
24国学院高校本・46赤間新本（＊「盛者」＊「久からす」一行字詰は異なる）・26昭和女子大本（◆「あり」◆「ものも」＊「久からす」一行字詰は異なる）。

旧著において有序C系本としてグループ化した伝本があるが、その中の41伊達文庫本は⑥の系列に属するらしく（＊「久しからす」一行字詰は異なる）、45鶴舞本は③に近いが小異あり（＊「必衰」＊「只」）、19九大本・53穂久邇二〇冊本・67ソウル大学校九行本は③に属すらしく、有序C系本は書写の上では同じグループに括ることはできないようだ。ところでこの19九大本は、「たとへハ風のまへのちりにおなし」となっていて、4本・54本の「ひとへに風のまへのちりにおなし」とは異文である。67本は「たとへは」をミセケチにして右に「イひとへに」と傍書、53本「たとへは」に

「ひとへにイ」と朱で傍書、45本も「たとへハ」に「イひとへに」と傍書しているのである。41本は「偏に」となっているから、やはり別系列の本であることが分る。他の箇所でも同様の異同を示しており、このようにまず大きく分類してから、本文を精しく対照しつつ分類を再検討することによって書写系列を分けることは（比較的初期の本に関しては）可能であるかもしれない。

　この箇所を比較してみると③の系列から出たかと思われる本はかなり多く、「しやうしや」に「盛者」を宛て、「ひとへに」が「たとへに」「たとへは」になっている伝本、それらを朱で「ひとへに」と校訂したり、異文注記をしている伝本も少なくない。それらは概ね後期の伝本である。臆測であるが、①から③へと変化し、仮名に振漢字がされ、⑥などの漢字の多い（一面に入る量を増やし、また意味を把握しやすくした）書写へと展開して行ったのではないだろうか。後期の伝本になると、漢字・仮名の使い方が多様化し、右のような分類は不可能になる。

　旧著で設定した安永三年奥書本系、有序A系本などは、この方法で書写系統をたどることはできない。それらは別の方法によるべきであろう。

　もう一箇所、巻六の冒頭を見てみよう。

①后腹の皇子ハもつともあらまほしき叓／
なり白河院御在位の時六條左大臣顕房／
の御娘を京極の大殿猶子にし参らせ*／（下略）
2本・39山口大学本（*「まいらせ」）・38本（朱の読点あり。「后」の右下に朱で「イ」と捨仮名）。

②后腹の皇子ハもつともあらまほしき事なり／
白河院御在位の時六條左大臣あきふさの御娘／

を京極の大殿猶子にしまいらせ給て入内あり／（下略）
17本・1旧国宝本。
前掲⑤グループの42・63本も一行字詰は異なるがここに属す。
③后腹の皇子はもつともあらまほしき事なり／
白河院御在位の時六條左大臣*あきふさの御娘を／
京極の大殿猶子にしまいらせ給て入内有しかは／（下略）
4本（＊「太臣」）・54本。
前掲④グループの三本はここに属す。
⑥后腹の皇子は尤*あらまほしき事也／
白河院御在位の時六條左大臣昭房／
の御娘を京極の大殿猶子にし参*せて／（下略）
24本・46本（＊「有まほしき」　一行字詰は異なる）・26本（＊「し参らせて」　一行字詰は異なる）。

有序C系本の中、41本は46本と同じく⑥のグループに属すが、53・19・45本は③に属し、67本は本文は③であるが、「あきふさ」に「昭房」と振漢字を施していて⑥に近づいている。

なお①のグループは一面八行だが、九行目にある「皇子誕生祈申されよ」と白河院の言になっている部分が、「皇子誕生祈申されき」と地の文になっている伝本がある。①②③⑤のグループは大体「よ」だが、④は「き」（5本は朱で「よイ」と校訂している）、⑥は41・46・26本が「よ」で、それ以外は「き」になっている。このように書写系統を区別する指標となる異同は、他にもいくつか見出すことができる。

むろん、このような方法はサンプル調査のごく小規模なものにすぎず、本格的な校合を行えば何度も修正・再調整を迫られるであろう。例に挙げた伝本もこれがすべてではない。厖大な長門本伝本の書写系統を跡づけて行くには、幾たびも修正を加えながら試行錯誤するしかないと思う。

おわりに

経験則的にいえば、長門本の伝本は巻六末尾が「前右大将の」で終わるという物理的欠脱の痕跡を残しているものが、初期の姿を留めていると見てよい(28)と思う。巻四や巻十五の末尾、また巻八、巻十などの複数の伝本に共通する欠脱は後期の本にあらわれる。概して平仮名の多い本文から漢字が多くなる傾向があり、序や奥書は近世の知識人たちが付したものと見られる。

現存伝本のすべてをたどって書写系統を溯ったさきが旧国宝本に帰着するのかどうかは、現段階では不明である。旧国宝本がとり合せの本文を擁しているのかどうかも検証済みとはいえない。あるいは現存伝本の源泉は二〜三種の本文にたどりつき、それらの共通の底本は失われてしまったという結論が出るかもしれない。

重要なことは、現存伝本中の最善本、もしくは書写を最も溯った一本においても、長門本は本文改編の意欲と不完全さを露わにした本だということである。にも拘らず長門本は、ある時期に流動を止めた。それは阿弥陀寺(安徳天皇廟)に納められたからであったのか、偶然の事情によったのか。平家物語の中世的展開と、近世的展開のまさに要《かなめ》のところに、旧国宝本があるのである。

［付記二］

これまでに公刊された長門本の複製・影印・翻刻で底本が明確なものを挙げる。

28　前述の⑥グループの伝本24・26・41・46本には「前右大将の」はなくなっており、Ⅱのグループに属するとみられる。

複製……1旧国宝本『平家物語　長門本』山口新聞社　昭61
影印……6内閣寛保二年本『平家物語　長門本』芸林舎　昭50
　　63伊藤家本『伊藤家蔵長門本平家物語』汲古書院　昭52
翻刻……17岡山大学御筆本『岡山大学本平家物語二十巻』福武書店　昭52
　　2国会図書館貴重書本『長門本平家物語の総合研究校注篇』勉誠出版　平11　＊校異に15宮書大型本・38明治大学本・7内閣文庫明和六年本を掲出する。但し誤植によって校異が無効になっている箇所がままあり（殊に巻一～十二）、それらは普及版（平18完結）では訂されているが、対校は15本・38本のみとなった。

[付記二]

国文学研究資料館が収集・公開しているマイクロ資料の長門本は左の十四本である。
22教大（筑波大学）本・24国学院高校本・29中央大学本・30東大本居文庫本・31東大文研本・42山口文書館本・43刈谷本・45鶴舞本・47塩釜神社本・48彰考館本・54陽明本・62函館本・66ソウル大学校浄明院本・67ソウル大学校九行本

第三章　平家物語を読む

平家物語をとり戻す

一　遍在する「平家物語」

「平家物語」の範囲は、どこからどこまでか——奇妙な問いだろうか。我々の脳裏に在る「平家物語」は、必ずしも現存する作品『平家物語』の内に収まらず、その周縁にずっと拡がっているのだ、と言っても、やはり奇妙に聞えるだろうか。

日本人は、学校教育のどこかで、平家物語の一部を読むであろう。また日常、例えば次のような諺や川柳に出会ったことがあるだろう。曰く、「おごる平家は久しからず」。「衣の下の鎧」。「清盛の医者は裸で脈をとり」(1)。それでは、次のような挿話はどうだろうか。①清盛が水路工事の日限に間に合わぬため、沈む夕日を招き返した話(2)。②畠山重忠は強力で有名であるが、一谷の鵯越で、愛馬を労って自ら鎧の上に背負って急坂を下りた話。③耳なし芳一の話。実は①と③は平家物語の中にはなく、②は源平盛衰記にのみ見出される。

つくづく思うのは、日本人にとって「平家物語」とは、必ずしも平家物語に含まれている話ばかりではないということだ(3)。近代の小説・戯曲によって増殖した話、在地の伝承や名所旧蹟の伝説、あるいはそれらと歴史学に関する断片的知識が結びついたもの。これらすべてが、「平家物語」の

1　『誹風柳多留』初篇。
2　島津久基「日を返す話付魯陽公と陵王」(『羅生門の鬼』新潮社　昭4)に詳しい。
3　志立正知『『平家物語』語り本の方法と位相』(汲古書院　平16)がこれに賛同し、論を展開している。

範囲を構成していると言ってもいい。その広汎さは、恐らく日本の古典文学の中で群を抜いているのではないだろうか。

現代でもその範囲は、狭まってはいないようだ。文学はもとより絵画、工芸、演劇、舞踊、音曲、朗読などの分野、さらに芸術に限らず、各地で「平家物語」の風景を支えている人々があり、それらの風景の中に「平家物語」を再現しようとする試みもある（例えば「足摺」や「藤戸」を現地で上演する舞台など）。「平家物語」は、野を駆け山を越え、海を渡る文学だった。いわばこの物語の記憶は、日本の山河と結びついて、そこから絶えず生命力を回復し続けているのかもしれない。

しかし、当今は、世代を超えて共有される物語や詞句が、極端に少なくなった。親子二代まではまだしも、三世代以上に亙って通用する、既知の物語、場面、名句などが激減している。より回転の速い、寿命の短いＴＶ情報や流行語が溢れ、横並びの世代には共有されるが、異なる時代に生い立った者たちに共通の素養は、水位がぐっと下がってしまったのだ。

尤も、トレンディ・ドラマやＴＶゲームのストーリーにも、話型としての物語は共有されているのに違いない。しかし、それらは説明されなければ、他の世代の者には理解に時間がかかるだろう。

いま、平家物語のような古典文学を、世代縦貫的にとり戻すことはできるのか。それは安易に、現代の問題に接続し、置換することではない。例えば家族愛、説得による言葉の力、死はつまり生き方である、等々、今日の問題につながるテーマは平家物語のそこここに語られているが、それだけならば何も苦労して古典語で読むこともあるまい。

二　平家物語の魅力

平家物語が多くの人々を魅了する理由について、他の古典作品と異なる点を挙げるとすれば、その一つは先述の通り、この物語が日本の山河と結びつき、風景として記憶されたからであろう。山を背にし海に臨んだ要害の地は、風光明媚な地形でもある。遠い時間のつながりの末端に自分がいることを思い返す機会には、軍記物語の作中人物たちや詞章の一部がよみがえる。各地に残る伝説（中には物語以後に創出されたものも多いのだが）は、我々に一種の既視感を与え、物語を再生し続ける。我々は風景を漂う死者のまなざしを感じ、いま眼にしている自然の中をかつて駆け抜けた者たちの想念のゆくえを、知らず知らず追っているような感慨にとらわれる。

そしてもう一つの理由は、諸行無常という、あらゆる変化を受容する哲理の下で、健気に生きる人間像を描出したことである。「健気に死ぬ」ではない。平家物語の世界で我々が出会うのは、けなげに生き、その最期を以て己れが何者であるかを全うした老若男女、僧俗貴賤の人たちである。彼らは与えられた条件の下で精一杯に生き、そして誰かのために何かを為して、死んだ。平家物語は死に方を教える文学ではない。男の物語でもない。いかに勇敢であろうとも、逆に自らの弱さに敗れようとも、あらゆるものは諸行無常にあらがうことはできず、我々は離別と哀悼の中に取り残される。同時に、去って行ったのが、遠い歴史上の誰某だけではなかったこと、自分や自分の時代が見送った人々でもあったことがかすかに意識されるのではないだろうか。芭蕉が「笠うち敷きて時の移るまで泪を落し」たのも、単に五百年前の義経主従を追悼しただけではなかったのである。

逆説的なようだが、「治承物語」が「平家の」物語へと変貌したとき、右に述べたような思い入れを可能にする条件が整ったのではないか。時代や歴史が人間の顔を持ち、人と人との絆につながれて浮び上がった。それは平家一族に縁故を有する者にとってではなく、あの戦乱や時代を直接体験していない者にも、輪郭のはっきりした哀惜の対象を具象化することになった。

平家物語を、そのような物語としてとり戻したい。諸本や古態や仏教史の問題に還元してしまうのではなく、我々の山河に満ちわたる物語として。文学研究は、人間の文芸的営為（その結果のひとつが作品）の魅力を再び、三たび説き明かすことが出来なくてはならない、と思う。

第一節　説得の文学　平家物語

一　はじめに

軍記物語は行動の文学、武力による戦闘の文学と一般的に考えられていはしないだろうか。もしそうだとすれば、それは極めて一面的、否、殆ど誤まった見方である。例えば平家物語の場合、ことばはひとをうごかす。或いはことばによって対決し、たたかうこともできる。そしてことばは、時空を超えてひととひととの間を埋め、遠ざかる二つの生を結びつける。平家物語自身、そのことに自覚的であった。中世人たちの言語観を窺いみるために、手始めに平家物語の世界に描かれる〝ことばの力〟の諸相を考察してみたい。以下、語り本系の覚一本平家物語を底本に、読み本系の延慶本を適宜参照[1]しながら進める。

二　覚一本にみることばの力

1　説得の諸相

覚一本平家物語では、ぎりぎりの局面において、ことばで人を説得する場面が幾つかあるが、そ

1　参照した本文は、覚一本は日本古典文学大系。延慶本は汲古書院刊影印本をもとに私に加点した。

れらの説得は情理を尽し、極めて迫力あるものである。説得のほかに、煽動や挑発のように明瞭に他者への働きかけを意図したものから、書きのこした述懐が他者の琴線にふれて行動を起こさせる場合まで、武力や直接行動によると同様、或いはそれ以上に、言葉によって事態が変化し、人が動かされる記述は数多く、それらもまた、平家物語の魅力ある個性をつくり出す要素となっている。戦場にあっても、指図・名乗・詞戦など、言葉の力による戦闘行動は重要であり、それらを描く場面は物語のヤマ場でもあった。説教も説得の一種であろうし、牒状もまた、言葉によって集団を動かそうとするものであった。願書や祝詞も牒状に類するもの（横へ向っての呼びかけでなく、上へ向っての祈願）として考えてよいかもしれない。覚一本平家物語の説得の場面の代表的な例としては、次のようなものがある。

〈例1〉祇王の母が祇王の自殺を止める場面　（巻一「祇王」）
〈例2〉時忠が山門の大衆を一紙一句を以て静める場面　（巻一「内裏炎上」）
〈例3〉重盛が父を諫める場面　（巻二「小教訓」「教訓状」）
〈例4〉小宰相の乳母が小宰相の自殺を止める場面　（巻九「小宰相身投」）

この内、例1と例4についてはすでにふれたことがある。(2) 簡単にふり返ってみると、例1では、仏御前にその座を奪われた祇王を、清盛は無神経にも、仏御前を慰めるようにと召喚する。拒絶する祇王に、母は泣く泣く、次のように教訓する。

①天が下にすまん程は、ともかうも入道殿の仰《をほせ》をば背《そむく》まじき事にてあるぞとよ。②男女のえん

2　松尾葦江『平家物語論究』（明治書院　昭60）一三頁、一五三〜一六四頁

しゆくせ、今にはじめぬ事ぞかし。千年万年とちぎれども、やがてはなるゝ中もあり。白地《あからさま》とは思へども、存生果《ながらへはつ》る事もあり。世に定なき事、おとこ女のならひなり。それに我《わご》ぜは、此みとせまでおもはれまいらせたれば、ありがたき御情でこそあれ、めさんにまいらねばとて、命をうしなはるゝまではよもあらじ。唯都の外へぞ出されんずらん。縦《たとひ》都を出さるとも、わごぜたちは年若ければ、いかならん岩木のはざまにてもすごさん事やすかるべし。③年老《をひ》をとろへたる母、都の外へぞ出されんずらむ。ならはぬひなのすまゐこそ、かねておもふもかなしけれ。唯われを都のうちにて住果《すみはて》させよ。それぞ今生後生のけうやうと思はむずる。

しかし清盛邸へ参上した祇王は、屈辱的な待遇を受ける。帰宅して自殺を口にする祇王に対して、母は再び泣く泣く教訓する。

ⓐ「まことにわごぜのうらむるもことはりなり。さやうの事あるべしともしらずして、けうくんしてまいらせつる事の心うさよ。但わごぜ身をなげば、いもうともともに身をなげんといふ。二人のむすめ共にをくれなん後、年老《をひ》をとろへたる母、命いきてもなににかはせむなれば、我もともに身をなげむとおもふなり。

ⓑいまだ死期も来らぬおやに身をなげさせん事、五逆罪にやあらんずらむ。此世はかりのやどりなり。はぢてもはぢでも何ならず。唯ながき世のやみこそ心うけれ。今生でこそあらめ、後生でだにあくだうへおもむかんずる事のかなしさよ」

一度目の説得では①で清盛の権力の絶大さを告げ、②で自分の立場に固着した祇王の視野を拡げ、

③で母自身を理由にして祇王の翻意の口実を作ってやる。二度目の説得ではⓐで祇王の怒り・歎きを肯定し、同情する言葉で感情を宥め、ⓑで再び母自身を理由として祇王の翻意を促す。説得の方法としては、極めて周到な、愛と智恵に満ちたものといえよう(3)。

例4でも、小宰相の乳母は、我身を顧みず供をしてきた乳母自身のことや、他にも未亡人となった人々のことをも考えてほしい、小宰相には遺児を育て、亡夫の菩提を弔い、都に残した人々の面倒を見るという使命がある、それに、自殺が再会を保証する手段とはなり得ない、と説得と懇願を試みる(4)。物語としては、現世にひきとめる力がいくら強くとも敢えて彼女が死を選ぶところに眼目があるので、結局この説得は効を奏さなかったが、平家物語ではことばによる説得は重い意味を有するのである。

例2は時忠が興奮する大衆に向って、直言を以て鎮静化を果たしたことを称賛し、大衆の感受性をも賞めている(5)。

例3の重盛の例についてはやや詳しく考察したい。全文の引用は長すぎるので、要約しながら見て行くことにする。

平家物語の中で重盛は、弁論の人としての印象が強い。それは登場期間が短いにも拘らず、「小教訓」「教訓状」「医師問答」など、長々と弁舌を奮う場面が多いからである。直情径行で、一門の利害のためにはいかなる手段も辞さぬ父清盛に対して、重盛は諄々と成親の助命を説く（巻二「小教訓」）。その最後は一門の利益を以て結び、最も清盛の耳に入りやすい説得をしている。しかし、単なる弁論だけではない。清盛の独断専行を防ぐために、侍どもに釘をさし、特に難波・瀬尾を名指しで叱って、「重盛がかへり聞ん所をば、などかはゞからざるべき」と、棟梁は重盛であることを思い出させている。弁論と共に、示威行動も的確になされているのである。「教訓状」では、

3　延慶本では清盛邸を退去した際にすでにⓑがあり、清盛召喚の時には、老母に憂き目をみせるな、一旦の弾圧を回避してから遁世せよと勧める。説得は便宜的で、論理的に組み立てられてはいない。

4　延慶本は文の順序が異なるが、内容はほぼ同。

5　延慶本（第一本—39「時忠卿山門へ立二上卿一事」）では、時忠が一句を書く前の言や、大衆の感涙など、記述が詳しくなり、その分、秀句の印象は弱められる。

すでに諸注が指摘するように、革や金属のぶつかり合う、殺伐たる興奮状態の中に、衣ずれの音を立てて急ぎ足で入って来るところから、重盛は一同の機先を制した。座に着いても暫くは口を切らない。いたたまれなくなった清盛が弁明まじりに事態を説明する。この時すでに清盛は、心理的駆引において重盛に一歩譲ったと言ってもいい。重盛は、清盛の弁明を聞くや否や、「おとゞ聞もあへずはら〳〵とぞなかれける」。いきなり涙を見せて清盛の度肝を抜く。満座の感情が一定方向に向って高潮しようとする中で、重盛の行動は一々予想を裏切り、水を差す。しかも、涙というものは、あらゆる論理や秩序を一時停止させ、イニシアチヴを把握できる手段でもある。重盛は口を開く前に、一同が自分の一言一句に耳を傾けるように流れを変えたのである。口を開いた彼は、まず父の行動の非を指摘し、四恩の中でも朝恩の重きこと、莫大の朝恩を蒙った平家が賞に誇って傍若無人となり、院の怒りは尤もであること、しかし平家討伐計画は挫折し、危機は去ったこと、従って目下は院の側に理があると考え、自らは院方につくことを宣言する。とはいえ自分は忠孝のジレンマに立たされることになるので、「申うくるところの詮は、たゞ重盛が頸をめされ候へ」と、清盛に難題を吹っかけて牽制する。「富貴の家には禄位重畳せり。ふたゝび実なる木は其根必《かならず》いたむとみえて候。心ぼそうこそおぼえ候へ」と一門の凋落を示唆し、自分の頸を刎ねることくらい簡単なことだろう、と迫る重盛の言は、清盛に対して殆ど恫喝である。弱々しげに「いや〳〵、これまでは思もよりさうず。悪党共が申事につかせ給ひて、ひが事なンどやいでこむずらんと思ふばかりでこそ候へ」と言い訳する父を遮って、重盛は、「縦《たとひ》いかなるひが事出き候とも、君をば何とかしまいらせ給べき」ととどめを刺す。そして直ちに座を立って侍たちに対し、「只今重盛が申つる事共をば、汝等承はらずや。(中略)院参の御供にをいては、重盛が頸のめされむを見て仕れ。さらば人まいれ」と有無を言わさず釘を差す。言うべきことを言い了るや否や、「さらば人まいれ」と間髪を入れず引きあげるタイミングの鮮かさも、人々に重盛の決意の固さを示す。

　しかも自邸へ帰った重盛は、「重盛こそ天下の大事を別して聞出したれ。我を我とおもはん者共は、皆物《ものの》ぐして馳まいれと披露せよ」と命じる。「重盛こそ」という言葉に、平家の棟梁が今は誰であるか、軍隊を動かし得る者が誰であるか、の厳然たる自負の表明が見える。効果は覿面だった。「おぼろけにてはさはがせ給はぬ人の、かゝる披露のあるは別の子細のあるにこそとて、皆物具して我も〳〵と馳まいる。」「小松殿にさはぐ事ありと聞えしかば、西八条に数千騎ありける兵共、入道にかうと申も入ず、ざゝめきつれて、皆小松殿へぞ馳たりける。」という結果になった。覚一本が「父をいさめ申されつる詞にしたがひ、我身に勢のつくかつかぬかの程をもしり、又父子戦をせんとにはあらねども、かうして入道相国の謀反の心をもや、やはらげ給ふとの謀也」と説明する通り、どうしても清盛が院と戦うというのであれば、重盛も武力を行使するぞという決意と、現実に軍隊を動かせるのは重盛であるとの事実を見せつけて、否応なしに清盛を断念させたのである。

　重盛の長口舌は単なる長広舌ではない。かつて、小林智昭氏は、平家物語と重盛像の造型及び「教訓状」の弁論に、「作者の根源的性格としての非論理性」を指摘され、「哀感描写の抒情性や、戦闘描写の叙事性」の秀抜さとは対立的にとらえられた。[6] しかし、平家物語の重盛は、論理だけで清盛とその周囲の人々を説得したのではないのである。これまで見て来たように、「小教訓」においては成親死刑の非緊急性と、死刑の反動に対する懸念とを主な論拠として清盛を説得しているが、武力を実際に行使する侍共には要所を押えて制禁を申し渡し、「僻事してわれうらむな」との脅し文句もつけ加えている。すでに清盛を始め一門の者たちが武装蹶起の態勢に入った「教訓状」の場合には、心理的・軍事的駆引をも併せ用いての説得を行なった。武力行使の勃発以前に事態を収めるために必要な、ぎりぎりの駆引である。弁舌には漢語、故事、聖徳太子十七条憲法の引用や、対

6　「重盛造型の論理」（『中世文学の思想』至文堂　昭39）

句、金言が鏤められ、情緒的な語句を畳みかける緩急も工夫されて、読者は弁論そのもののドラマティックな展開をも楽しめるが、さらに、重盛のめりはりの利いた行動が、弁舌の効果を最大限にするように裏づけて描かれているのが覚一本の特色である。例えば延慶本や長門本では、弁論中にはさらに多くの故事や引用があり、言葉の量も増えているが、延慶本では「小教訓」(第一末―3「重盛大納言ノ死罪ヲ申宥給事」)ですでに、「申旨御承引ナクハ先《（ママ）》一人ニ仰付テ先重盛カ頸ヲ可ㇾ被ㇾ召候、其後御心ニ任テ振舞オワシマシ候へ」と言ってしまう。長門本では、「教訓状」の弁論のあと、用意してきた武装を着けて侍たちに向い、「今日より後は中違奉る、重盛を重盛と思はん人どもは、よろうて小松殿へ参れ、是を以て志のありなしをば見んずるぞ」と宣言して、清盛との対決姿勢をむき出しにする(巻三「小松殿被諌父事」)。延慶本の場合、「小教訓」での説得が不十分だった上に、今やのっぴきならぬ抑止力を必要とした重盛の出す切札が、早くも「小教訓」の中で使われてしまっていて、著しく緊張感を殺ぐ。覚一本ではあくまでも文民の装いで武装の者たちに対峙し、無用の説明はせずに軍隊を召集して、清盛により強く不安と圧力を感じさせた重盛が、長門本では清盛と同レベルで対決することになってしまい、圧倒的な強さを失ってしまった。覚一本の記述は、重盛の〝ことばの力〟による勝利を、最も劇的に構成しようとしたと言えるだろう。

比較して見ると、前掲の例1・例4の場合は、相手の被害者的な思いこみを外し、異なる視点をも導き入れ、他者——説得者への思いやりを理由に方向転換のきっかけを作ってやろうとする、肉親や乳母らしい、情理を尽した説得であった(例1では成功し、例4では、にも拘らず、小宰相は夫の後を追って死を選ぶのであるが)。例2では時忠の修辞の巧みさと直言の率直さ、果敢さが大衆を動かしたのだろう。それに対してこの例3——重盛の場合は、行動と言語、心理的・軍事的駆引と弁舌の効果とを兼ね備えた説得であった。しかし、我々は重盛はあくまで弁舌によって父を思い直させたように印象づけられる。直情径行で武断派の清盛に対し、重盛は冷静沈着、抑制と気配りの利く、用意周到な教養人として造型されているからである。

2 説教

説教は究極の説得とも言えるかもしれない。覚一本平家物語の主要な例は、次の三つである。

〈例5〉法然が重衡に対して（巻十「戒文」）
〈例6〉滝口入道が維盛に対して（巻十「維盛入水」）
〈例7〉本性房湛豪が宗盛に対して（巻十一「大臣殿の被斬」）

例5の法然は、大罪を犯しながら虜囚の身ゆえに償いの自由も持たぬ重衡に、称名を勧め、「たゞし往生の得否は信心の有無によるべし。たゞふかく信じてゆめ〳〵疑をなし給ふべからず。（中略）彼《かの》不退の土に往生し給はん事、何の疑かあらんや」との言を与える。証拠は経文しかない。しかし、行動の自由を持たぬ重衡に、自らの信心による称名という、唯一可能な方法を示し、それこそが確実な往生の手段であると言い切った法然の説教は、最も頼もしいものであったと言える。重衡は処刑の際、阿弥陀仏に向って、逆即是順を頼りに、「只今の最後の念仏」を以て往生を、と願いつつ死んだ（巻十一「重衡被斬」）。法然の説教は、重衡自身の信仰として実践されたのである。そして、恐らく重衡の魂は天上をさして昇って行ったであろうことを、享受者たちは確信する。[7]

例6の滝口入道の説教は、妻子への情が断ち切れぬという維盛の懺悔に対して行われる。生者必滅、会者定離はのがれ得ぬこと、妻子の絆は解脱の妨げとなる故に仏が禁じていること、出家の功

7　栃木孝惟『軍記と武士の世界』（吉川弘文館　平13　初出昭50・10）

徳は莫大（この時、維盛は出家していた）であること、熊野の本地阿弥陀如来は念仏往生願を立てているので、一念十念による往生には頼り甲斐があること、そして、成仏得脱すれば「還来穢国度人天」、即ち捨てた妻子を救済することも可能であることを説く。殊に最後の言は、維盛の現在の苦悩を解決するに足るものであった。さらに、滝口入道自身が、恩愛の超克のために出家した経歴を有していた（巻十「横笛」）ことも、この説教に迫力を与える。都落に際して、敢えて自らと切り離すことによって、妻子の生存の可能性に賭けて以来（巻七「維盛都落」）、維盛はずっと恩愛の絆に悩み続けて来た。滝口入道の説教は、説教者の資格からいっても、内容からいっても、まさしく維盛の苦悩に応えるものであった。

例7の宗盛の場合は、例5の重衡と同様、虜囚の身であり、例6の維盛と同様、死の直前の説教である。しかし、重衡や維盛と違って宗盛は、恩愛不能断そのままの人であり、「聖もあはれにもひけれども、我さへ心よはくてはかなはじとおもひて」[8]（巻十一「大臣殿被斬」）とあるように、心弱き人であった。湛豪の説教の要点は、「先世の宿業なり。世をも人をも恨みおぼしめすべからず」としか言いようがない。こうして見ると、例5、例6、例7とも、相手の事情に応じた説教であって、一方的な教義の押しつけや唱導用の弁論ではない。覚一本における説教の場面は、それぞれ物語内の人物のためのものであり、相手に応じて描き分けられている。享受者からすれば、物語内の人物の境遇に立って、切々と説かれる説法の言葉に感動すること、説得されてゆくことも、カタルシスの一つであった。

3　勧誘・煽動・挑発・攻撃

牒状の類は、その文章の力で集団を説得し、決断にふみきらせるために作成される。その修辞の

8　延慶本ではこの言は、滝口入道の説教の前に用いられている。

巧みさ、文章の迫力もまた、平家物語の享受者にとっての快楽の一つであり、しかも煽動する情熱や、その呼びかけに応える昂ぶりは、享受者をも一種の興奮状態に感染させる。例えば我々は軍記物語を読みながら、行動を起こす人々に何となく肩入れして、敵味方の感情を抱きつつ、ひそかに声援を送ったりしはしないであろうか。それは、滅びゆく平家を悼むという、物語全体のテーマとは別途に、物語の楽しみ方の一つでもあった。

さて、説得や勧誘の中には、騙りを含むものもある。

〈例8〉文覚が頼朝に挙兵を勧める場面　（巻五「福原院宣」）
〈例9〉伊勢三郎義盛が田内左衛門教能[9]を降伏させる場面　（巻十一「志度合戦」）

例8は自らの忠誠度の証明――説得、教唆の言葉が誠意あるものであることを証明するために、偽の証拠品（義朝の髑髏）を使う。頼朝にとって、非業の死を遂げた父義朝の髑髏、それをずっと肌身離さず守り続けて来た人がいたということは、まさに泣き所を突く、不意打ちであった。文覚の騙りを全面的には信じなくとも、抑圧してきた憤りと、自らの使命の自覚とが、一気に解き放たれたのである。

例9では説得の言（平氏の滅亡と、父阿波民部重能の降伏）は偽りなのであるが、物語としては十六騎の伊勢三郎が、三千騎の教能を舌先三寸で降伏させてしまう（その結果、父の重能も源氏方に寝返ることになり、彼此の力は逆転した）ところに眼目がある。伊勢三郎は前日、越中次郎兵衛盛嗣と詞戦をやってのけた（「嗣信最期」）したたか者である。教能の方にも[10]「かつきく事にすこしもたがはず」という、風説を鵜呑みにした心弱りがあったが、白装束で僅か十六騎が丸腰同然でやって来たこと、

9　延慶本では「成直」。また伊勢三郎一行は十六騎でなく「十五騎」。

10　諸注、平氏の喪を弔う偽装とする。

父の子を思う情を理由に挙げて説得したことが有効だったわけで、伊勢三郎の詐術は鮮かである。頼朝の挙兵決意、阿波民部父子の降伏の決断は、平氏滅亡を招く重大な転機であった。詐術を含んだことばの力が個人をうごかし、大がかりな歴史の転換、戦局の激変のきっかけになる。

なお言葉による対決の例には、さきに挙げた詞戦や戦場での名乗のほかに巻三「法印問答」がある。重盛歿後、清盛は軍勢を率いて上京し、いわゆる治承三年のクーデターを起こす。この時、後白河法皇から派遣された静憲法印に向って清盛は、四箇条の恨みごとを「且は腹立し、且は落涙」しながら畳みかけてゆく。しかし、「法印もさるおそろしい人で、ちッともさはがず」堂々と反論して席を立つ。延慶本（第二本―26「院ヨリ入道ノ許へ静憲法印被遣事」）では、静憲は四箇条の一々に反論するが、却って詭弁に陥るふしもないではない。覚一本では一々の事項ではなく、「少人の浮言を重うして、朝恩の他にことなるに、君を背きまいらせ給はん事、冥顕について其恐《おそれ》すくなからず候。凡《およそ》天心は蒼々としてはかりがたし」と、つっぱねてしまう。延慶本は静憲法印礼賛の姿勢が露骨に窺われるが、却って言葉の重みは失われて、その量的堆積――雄弁さによって圧倒しようとしている。それに対し、覚一本では毅然とした静憲の態度が、明晰に言い切られた語尾によって浮彫りにされるのである。

ことばの力がひととひととの関係、他者への影響を左右する場面が平家物語、殊に覚一本の魅力の一要素を成していることは、右に見た通りであるが、ことばの力について、もう一つ、洒落による攻撃のことをつけ加えたい。巻一「殿上闇討」では、武力による襲撃を、忠盛と郎等の機転によって断念せざるを得なくなった殿上人たちが、忠盛の肉体的特徴と地方出身とを揶揄して、「伊勢平氏はすがめなりけり」と囃す。巻一「鹿谷」のクーデター謀議の場では、法皇の側近たちが「平氏たはれ候ぬ」との軽口によって、静憲法印の諫言で白けた場を取り繕い、平氏攻撃へと一同の気分を（軽薄ではあるにせよ）統一して行く。落首や落書も、風刺という形ではあるが、世論による審判の代替の意味を持つと言ってよいであろう。物理力によらない、言葉による攻撃は、殊に京都の都会人や朝廷人から愛用された。

三　時空を超えて

日本の言語表出史において、和歌は特別なものであった。単に韻文であるというだけでなく、特別な機能をもつ。平家物語の和歌の機能についてはすでに述べたことがある(11)が、ことばの力によってひとをうごかす、殊に時空を超えて、眼前に対面していない人をも動かす例についてふれておく。仏御前にその地位を奪われた祇王は、清盛の性急な追い立てに、「いまはかうとて」退去する際、障子に一首の歌を書き残した。

もえ出るもかるゝもおなじ野辺の草いづれか秋にあはではつべき　（巻一「祇王」）

意地の悪い見方をすれば、この部屋に入ることになる仏御前への呪いの言葉ともとれなくはないが、「同じ野辺の草」という言に、軽いあてこすりを含むとしても、同じ立場、同じ女性同士としての真剣な伝言をよみとるべきだろう。そして、仏御前はこのメッセージに加えて、祇王が清盛の面前で歌った今様の一節、「いづれも仏性具せる身をへだつるのみこそかなしけれ」に籠められたアピールを受けとめ、数ヵ月後には出家姿で祇王の許を訪れることになるのである。相手を説得する心算でなく、個人的述懐として書き残されたものであっても、和歌は時と場所を隔てて、他者の心に触れ、彼らをうごかす。共に声を合せたり合奏したりすることの多い歌謡もまた、他者との共感を

11　前掲『平家物語論究』第一章

忽ちに獲得できる（巻五「月見」、巻十「千手」など）。覚一本平家物語は、このようなことばの力に対して自覚的であった。

A　柿本人丸は嶋がくれゆく船を思ひ、山辺の赤人はあしべのたづをながめ給ふ。住吉の明神はかたそぎの思をなし、三輪の明神は杉たてる門をさす。昔素戔嗚尊、三十一字のやまとうたをはじめをき給ひしよりこのかた、もろもろの神明仏陀も、彼詠吟をもッて百千万端の思ひをのべ給ふ。（中略）漢家の蘇武は書を鴈の翅に付て旧里へ送り、本朝の康頼は浪のたよりに歌を故郷に伝ふ。かれは一筆のすさみ、〔これは二首の歌、かれは上代、これは末代、胡国〕鬼界が嶋、さかひをへだて、世々はかはれども、風情はおなじふぜい、ありがたかりし事ども也。（巻二「卒都婆流」・「蘇武」）

B　それより父大納言殿のすみ給ける所を尋いりてみ給ふに、竹の柱、ふりたる障子なんどにかきをかれたる筆のすさみをみ給て、「人の形見には手跡に過たる物ぞなき。書をき給はずは、いかでかこれをみるべき」とて、康頼入道と二人、ようではなき、ないてはよむ。（巻三「少将都帰」）

C　弓矢とりはいさゝかの所でも思ひでの詞をば、かねてつがゐをくべきで候ける物かな。（巻七「実盛」）

D　三位中将是をきかへて、もとき給へる物どもをば、「形見に御らんぜよ」とてをかれけり。北方「それもさる事にてさぶらへども、はかなき筆の跡こそながき世のかたみにてさぶらへ」とて、御硯をいだされたりければ、中将なく〳〵一首の歌をぞかゝれける。（巻十一「重衡被斬」）

B・Dは、死者の書き遺した筆跡が、肉親の追憶の種となるというのだが、逆の場合の記述もある。

硯も紙も候はねば、御返事にも及ばず。おぼしめされ候し御心の内、さながらむなしうてやみ候にき。

（巻三「僧都死去」）

手紙を書き遺すすべのなかった俊寛の想いはいかに深かったとしても、娘の許に届くことはない。使者の有王は、娘にこの世での父との再会を厳しく断念させるためにこう言うのだが、それはまた読者たちの痛恨の思いの代弁でもあった。

Cは、生前朋輩に語っておいた言葉によって、遺志が理解された実盛についての樋口次郎の言である。武士にとって死ぬ時の自己演出は最大の主張であるが、実盛は白髪を染め、生涯現役として死のうと決心していた。その決意が他人からも理解され、語り伝えられたのは、生前の言葉を記憶し、披露した樋口次郎がいたからであった。つねに「いかに死ぬか」を期して生きる弓矢取りは、人々の思い出となる言葉を、かねてから残しておくべきだ――樋口次郎は実盛の言葉の重さに、今気づきながら、涙ながらにそう述懐する。

Aは、康頼と蘇武の望郷の思いが遠い故郷へ奇跡的に届いたことに感激しているのであるが、前半では和歌というものが、さまざまの人間や神々までもが感懐を託すものであることを言い、「あまりにおもふ事はかくしるしあるにや」と前置きして、蘇武の類例を語りおこす。「かくるしあ る」とは、康頼が和歌を記した卒塔婆や蘇武の放った雁の使が故郷に届いたことを言うのであるが、その結果、彼らの帰郷が叶うことも視野に入っていよう。康頼の「卒塔婆流」は、熊野・厳島の霊験譚であると共に、歌徳説話の一種でもある。神をうごかし、その結果、清盛をうごかしたのは

（康頼赦免は中宮御産の非常赦によるのだが、「入道も石木ならねば、さすが哀げにぞの給ひける。入道相国のあはれみたまふへは、京中の上下、老たるもわかきも、鬼界が嶋の流人の歌とて、口ずさまぬはなかりけり」という世間の同情が背景にあったからこそ、「入道相国、日比にもにず事の外にやはらひで」〔巻三「赦文」〕赦免を認めると読みとってよい）、和歌の力であった。

覚一本平家物語は、言葉が現実の時空を超えて人に人を伝えること――単なる伝言や心情を伝えるだけでなく、その存在そのものを想い出させ、理解させ、共感させることを、よく知っていたのである。

四　おわりに

一般的に言って、平家物語の人物たちが平安の作り物語の人物たちと違うところは、〝言葉に出す〟ことであろう。綿々と心中思惟が書きとられるのでなく、平家物語の人物たちは話しかけ、宣言し、或いは説得する。つまり、言語による営為も、彼らの行動のひとつとして造型される。軍記物語は、人間のかたちで歴史を描く文学だと言ってもよい(12)。歩き、話し、たたかったり逃げたりする、人間のさまざまな行動によって、時代の転換のダイナミズムを、目に見えるかたちに描き出す。そして、平家物語の表現過程では、言葉の影響力は信頼され、賞翫に値するものとして扱われている。唱導句や漢文体の文書や歌文融合の箇所が諸本によって熱心に手を加えられるのは、その顕れである。

殊に覚一本において、人間たちは、各々が置かれた情況の中で行動する姿態を描かれている。覚一本は、男でも女でも、武士であってもそうでなくても、情況とわたり合う人間を描くのだと言ってもよい。詳細は拙著『平家物語論究』第一章「覚一本の世界」で述べたので、重複を避けるが、本節の範囲内でも、説教の内容や条件が各人の情況に合わせて設定されていたこと、祇王の母刀自

12　前掲『平家物語論究』三一三頁

の説得・小宰相の乳母の説得が、相手の情況に応じて情理を尽したものであったこと、重盛の二度の説得、文覚や伊勢三郎の騙りもまた、是非にも切りぬけなければならない局面に合せて、知恵を絞ったものであったことは見て来た通りである。言葉は言葉だけで独り歩きしてはいない。しかし、これまでにも何回か指摘して来たように、読み本系諸本の場合は、やや様相を異にするようにおもわれる。覚一本は、いわばできるだけ少ない記述量で、最も効果的になるように(即ち言語は韻文的なあり方を求められて)、構成されている。叙事詩、という評価が与えられる所以である。[13]それに対して延慶本や源平盛衰記は、記述量は著しく多く、修辞や引例説話も多いが、表現は半ば自己目的化し、部分的な著述主体の意図が先行し始める。つまり、思想や宗教や教訓や、ときには史料性や在地性(それらが見せかけにすぎず、読み本系が装おうとした彼なりの〝物語性〟であったとしても)の意図が強く押し出され、その結果、場面ごと、部分ごとの主張が不均衡になったり、相殺し合ったりさえする。言葉への依存度は、語り本系よりも寧ろ増大しているのかもしれないのだが、単なる量の問題でなく、言語の機能の質的な相違が、読み本系と語り本系との間にはあったと思われるのである。それが「語り」(芸能としての)によるものであったかどうか、あったとすればどうしてそうなったか、は全く未着手の問題である。それよりも遙か以前の課題として、語り本系と読み本系との表現方法の落差が測られ、言語意識の差異が剔出されなければならないだろう。

語り本系平家物語と読み本系平家物語とは、みずからの武器たる言語を、それぞれどのように認識していたのか。作中人物たちの言語活動の造型にそれらが反映していはしないか。物語を構成する表現に、おのずからその差異が作用しているのではないか。本書第二章第一節で提起した問題に、向き合って行かざるを得ないだろう。

13 松尾葦江『軍記物語論究』(若草書房 平8)三頁。いわゆる西洋の「叙事詩」ではない。

第二節　重衡の死まで

寿永三年は、一月に義経軍に都を追い出された義仲が敗死し、二月に一ノ谷の合戦で大敗した平家が八島に逃れ、七月には後鳥羽天皇が即位した年である。一ノ谷で生け捕りとなった平重衡は、いわば一族と後白河法皇との間で宙づりになったような状態で一年以上を過ごす。平家物語では巻十から十一にかけて、重衡に関する記事が並んでいるが、本節では覚一本をテキストとして[1]、重衡を通じて物語内部の「鎮魂」とは何か、を考えてみたい。併せて、この年三月に屋島を脱出して自死を遂げたとされている維盛の場合も参照してゆく。

一　重衡と女性説話

重衡が、一族の中でもしばしば重要な局面で戦闘の指揮者に選ばれていることは既に指摘されている[2]。治承四年には、以仁王に味方した南都の大衆を罰するために派遣された軍隊の指揮者として、大仏炎上の責任を被ることになった。南都討伐の命を下した清盛が地獄の火で灼かれるごとき死を遂げて三年後、重衡は一ノ谷の合戦で信頼しきっていためのと子の裏切りに遭って生け捕りになる。入洛して六条通りを渡された際、京の人々は、「これは南都を滅ぼし給へる伽藍の罰にこそ」と取

1　覚一本本文の引用は日本古典文学大系により、一部表記を改めた。

2　池田敬子『軍記と室町物語』（清文堂　平13）ほか。

り沙汰したという。後に法然上人に面会した重衡は、「か様に人しれずかれこれ恥をさらし候も、しかしながらそのむくひとのみおもひしられて候へ」と言っているし、愛人だった内裏女房も、「人はみな奈良をやきたる罪のむくひといひあへり。中将もさぞいひし。(中略)げにさとおぼゆる」と言っていて、世間、重衡自身、愛人も彼の身の上を仏罰を受けた結果ととらえているのである。「心もことばもおよばれね」と評せられた清盛と違って、重衡の問題は、中世人にとって他人事ではない切実さをもっていたであろう。「わが心におこッてはやかねども」「末の露本のしづくとなるなれば、われ一人が罪にこそならんずらめ」、「只世に随ふことはりを存斗《ぞんずるばかり》也。命をたもつ物誰か王命を蔑如する、生をうくる物誰か父の命をそむかん」などの重衡の悔しさに満ちた言は、誰の身にもありうる状況を想起させたに違いない。この世のみならず未来永劫にあがなえないとされている五逆罪――阿羅漢を殺し仏身を傷つけた、という罪を背負って死んでいく重衡は最も極端な例ではあるが、似たような窮地に立たされること、あるいはすでにそのような立場にある者たちは、乱世には少なくなかったはずである。

その重衡が処刑されるまでの記事の中には彼と女性との交流を語る場面が多く、A愛人であった内裏女房、B海道下の途中池田宿の長者の娘侍従、C頼朝が接待をさせた千手前、そしてD壇ノ浦から捕虜になって帰京した妻の大納言佐と、合計四人もの女性との交流が語られるのである。実際、『建礼門院右京大夫集』などを見ると、重衡は宮廷女房たちの中であかるく交際上手な人物としてふるまっていたようであるし、『平家公達草紙』には、重衡のために真情を捧げた女房二人の逸話が収められている。しかし歴史文学である平家物語が、なぜ重衡に関して、この部分で女性説話をいくつも連ねたのか。それは単に重衡が女性に好かれた、という伝記としてでなく、また事実を年代記的に記録するためでもないだろう。これらの記事は仏法の論理でも、政治の論理でも救われることの難しいとおもわれる重衡の死に、物語が与えたひとつの回答だと私は考えている。以下、覚一本の記事に従って、物語の指し示すところをたどりたい。なお、Bは本来、宗盛の愛人であった女性との歌の贈答を記すもので、読み本系諸本には宗盛記事としているものもある。(3)覚一本の場合、重衡「海道下」の道行の一挿話、旅情と境遇の転変に対する無常観を重ねる機能を果たすものと見ておく。

1　内裏女房

覚一本は、八島へ派遣した院宣の返事を重衡が待つ間に「内裏女房」記事があり、院宣に対する返書が来てから「戒文」の記事を置く、という構成をとっていて、諸本によってこの配列に異同があることはすでに指摘されている。(4)覚一本のような配列なら、請文を待つ不安の中で、愛人のことを思い出すという心理が自然だとも論じられている。

ここで注目しておきたいのは木工右馬允知時という侍の存在である。諸本により名前には異同があり、史料の上で確認できないが、物語内では自ら重衡に面会を申し入れ、内裏女房との文使いや重衡の処刑に当たっての世話をする。八条院に兼参の者であったという設定なので、名乗り出ても身分上の心配はなかったかもしれないが、「けふ大路でみまいらせ候へば、目もあてられず、いとをしうおもひたてまつり候」と警護の土肥次郎に申し出るのはいささか勇気が要ったであろう。後に宗盛が壇ノ浦で捕われて大路を渡された時のことを、覚一本は次のようにいう。

見る人都のうちにもかぎらず、凡《をよそ》遠国近国、山々寺々より、老たるも若きも、来たりあつまれり。鳥羽の南の門・つくり道・四塚までひしとつゞいて、いく千万といふかずをしらず。

3　長門本・源平盛衰記は宗盛の関東下向記事の中に置く。延慶本や屋代本は宗盛と女との関係を語る挿話(謡曲「熊野」の題材)がなく、四部合戦状本・源平闘諍録には宗盛の名がない。説話の変容や物語に取り入れる際の操作があったことが窺われる。

4　渥美かをる『平家物語の基礎的研究』(三省堂　昭37)二八九頁以下。

人は顧る事をえず、車は輪をめぐらす事あたはず。治承・養和の飢饉、東国・西国のいくさに、人だねほろびうせたりといへども、猶のこりはおほかりけりとぞ見えし。都をいでて中一年、無下にまぢかき程なれば、めでたかりし事もわすれず。さしもおそれおのゝきし人のけふのありさま、夢うつゝともわきかねたり。心なきあやしのしづのお、しづのめにいたるまで、涙をながし袖をしぼらぬはなかりけり。ましてなれちかづきける人々の、いかばかりの事をかおもひけん。年来重恩をかうぶり、父祖のときより祗候したりし輩の、さすが身のすてがたさに、おほくは源氏につゐたりしかども、昔のよしみ忽にわするべきにもあらねば、さこそはかなしくおもひけめ。されば袖を貞にをしあてて、目を見あげぬ物もおほかりけり。

（巻十一「一門大路渡」）

壇ノ浦以前であっても、重衡が大路を渡された際の京都人の反応は似たようなものだったのではないか。我が身もかわいいが、つい近日まで仕えていた主人を全く否定してしまうことは己れの人生をも否定するに等しい。現に宗盛父子が大路を渡された時、宗盛の牛車の牛飼いだった三郎丸が名乗り出て、「とねり牛飼など申物は、いふかひなき下臈のはてにて候へば、心あるべきでは候はねども、年ごろめしつかはれまいらせて候御心ざしあさからず。しかるべう候者、御ゆるされをかうぶッて、大臣殿の最後の御車をつかまつり候ばや」と強く希望し、許可されると、「尋常にしやうぞき、ふところよりやり縄とりいだしつけかへ、（中略）なくなくやッてぞまかりける」という。一時は牛飼いを辞めていたのに、わざわざ、以前と同じような牛飼いの装束と、使い慣れた遣縄とで、主の牛車を運転したのである。「さすが身のすてがたさに」と一方で人心の常なきを言いながらも、平家物語は「いふかひなき下臈のはて」にもある、動かぬこころざしを描き、救われがたい敗者の傍らに配す。例えば頼政の傍には競がいた。以仁王の傍には信連がいたし、義仲には今井四郎がいた。このことはまた後に触れる。

さて重衡は面会を許された木工右馬允知時に向って、昔、彼に文使いをさせた相手のことを尋ね、もう一度文を届けて欲しいと頼む。知時は重衡の文を預かって行くが、このようなご時世なのでいきなり届けたりはしない。暗くなるのを待ち、さらに女房の独言を立ち聞きして、「これにもおもはれけるものを」と分ってからおとなう。平時の使者とは事情が異なるからである。互いの気持を確認した後、重衡は本人に逢いたいと言い出す。迎えの車に乗ってやってきた女房に、重衡は「武士どものみたてまつるに、おりさせ給べからず」と、自らが車の簾の中に身を差し入れて、「手に手をとりくみ、かほにかほをおしあて、しばしは物も給はず、ただなくより外のことぞなき」。不自由な、切ない抱擁である。やがて重衡は、「この比は大路の狼藉に候に、とうとう」と言って彼女を帰す。この女房は、終始泣くことしかしていない。現在は囚われ人である重衡から、なおも保護され、いたわられているのである。この両人はそういう関係であった。しかし、重衡にとって、この期に及んでなお自分が守ってやる対象としての愛人の存在は、大きな慰めであった。恥多い生け捕りとしての帰洛も、別れも告げずにいた愛人に「ふたたびあひみたてまつる」運命だったのだ、と口にすることによって、たとえ言い訳であるにせよ、いささかの正当化がなされる。彼女と何度か文のやりとりができたことも彼の気を紛らせた。不本意な立場で一門からの返書を待つ間の重衡にとって、彼女はその役割を十分に果たしたのである。

重衡が処刑された後、彼女は「やがてさまをかへ、こき墨染にやつれはて、彼《かの》後世菩提をとぶらはれける」とあって、重衡に殉じて遁世したのであった。宮廷女房と政治家との恋を、近代的個人の恋愛感覚と同様のものと考えてはならないだろう。『建礼門院右京大夫集』等を見ても、多くは職務上の潤滑な関係を糖衣でくるんだ、擬似恋愛のごとき関係であって、それは双方とも納得ずくのものだったと思われる。にも拘らずこの女房が遁世したのは、よくよくのこと、あるいは重衡とのこのような逢瀬を経験したゆえのことだったと言ってもいいかもしれない。

2 千手前

かつて述べたことがあるが、(5)「千手前」で演奏される朗詠や今様、管弦の曲は、重衡と千手の心の交流をその時間的変化と共に暗示する機能を果たしている。当初、狩野介が促して宴を始めた時には、彼女は「羅綺の重衣たる」に始まる、『和漢朗詠集』管弦の部にある道真の詩句を詠じる。入浴の世話をしたとはいえ、まだ互いの心の中は知れないまま、まずは宴の導入にふさわしい詩句を選んだのであろう。(6)しかし重衡は、通常の酒宴なら受けない、と言わんばかりの態度をとる。「罪障かろみぬべき事ならばしたがふべし」との注文に応じて千手が歌うのは、「十悪といへども引摂す」という『和漢朗詠集』仏事の部にもある朗詠、続いて「極楽ねがはん人はみな、弥陀の名号となふべし」という今様であった。いかなる罪人でも阿弥陀に救われて往生する可能性がある、との歌詞は重衡の現在の心境に合致した。ようやく杯が廻り出す。しかし琴を弾じる千手に対して琵琶を取り上げながら、重衡の口から出るのは、「後生楽」「往生の急」などとおよそ酒宴にはふさわしくない言葉であるのだが、彼は決して不機嫌ではない。ようやく今、この主賓にとってその気持ちに添った演奏となったのである。「夜やうやうふけて、よろづ心のすむままに」と、時間の経過と共に両者の気持ちは集中していく。重衡は「何事にても今ひと声」と千手を促すほどの気分になり、千手は「一樹のかげにやどりあひ、同じ流れをむすぶも、みなこれ先世の契」と歌う。対する重衡が詠じたのは、「灯闇《くらう》しては数行虞氏の涙」という項羽の故事を詠んだ詩句である。これはそ

5 松尾葦江『平家物語論究』(明治書院 昭60)一九頁以下。

6 日本古典文学大系の補注は、「いくらもてなしを受けても憂鬱な顔をしているその時の重衡の様子を」千手がややとがめがちにこの詩句を詠じた、とする(下・四五七頁補注六)が、些か言い過ぎの感はあるものの、うち解けぬ、その場の硬い雰囲気を、まずは和らげるための選曲であることは当たっていよう。

れぞれ、千手にとってこの出会いがどんな意味を持ったか、重衡にとってこの一夜が何であったかを明かすものだといえよう。主頼朝の命を受けて接待をしただけの関係のようであるが、この御縁は決して浅いものとは思いません、と千手は告げている。敗将として前途を断たれた境遇を詠じる重衡には、虞氏の涙の代りに千手の涙がある。[7] 待っているのは孤独な敗死ではあるが、しかし彼はこの夜、孤独ではなかった。そして覚一本平家物語では、千手は重衡処刑後、出家往生を遂げたと語られる。『吾妻鏡』によれば、文治四年四月二十五日暁、千手前が死去したとき、彼女が重衡を恋慕するあまり発病したのではないかと臆測されたとあり、現実に出家したかどうかはともかく、彼女の深い哀悼の想いが重衡死後にも捧げられたと考えられたのである。[8]

ここでは千手は職業婦人である。歌舞の専門家、もてなしの専門家でもある。彼女は自らのもつ技能により、難しい立場にいる重衡にメッセージを伝え、その心に近づき、慰藉を与えることができた。短い期間、限られた関係であってもひとはひとのために何かができる、と平家物語は語っているのである。

3 北の方大納言佐

重衡の妻は「鳥飼の中納言惟実のむすめ、五条大納言邦綱卿の養子、先帝の御めのと大納言佐殿」と覚一本では紹介される。壇ノ浦で捕虜になり、姉の大夫三位に同居して京都郊外の日野に住んでいた。頼朝から南都大衆に引き渡されることになった重衡は、途中、妻に対面したいと警護の武士に頼む。北方は「聞もあへず」走り出て来る。ここから覚一本は北方の視点で描いているが、「藍摺の直垂に折烏帽子きたる男の、やせくろみたるが、縁によりゐたるぞそなりける」という記述から、北方が記憶している夫とはうって変わった姿だったことが分る。まず御簾越しに「これへ

7 日本古典文学大系の補注（下・四五七頁補注八）、拙著『平家物語論究』二〇頁参照。この時の重衡にとって、一夜を共にいてくれること、涙を流してくれること以上の贈り物がまたとあるだろうか。それを詠じることによって、彼は喜びと感謝を伝え、千手はそれをたしかに受け止めたのである。なお『吾妻鏡』の元暦元年四月二十日条にはこの酒宴の記事があり、後生楽、往生急、それに廻骨、四面楚歌の朗詠のことなども記されている。『吾妻鏡』によれば、千手前が辞去しようとした時、重衡がしばし引き留めて盃を与え、四面楚歌の朗詠をしたという。

8 延慶本平家物語は千手のその後を語らない。例の一夜には、琴と琵琶の合奏を試みたが、「女シバシハ琴ヲ付ケレドモ、後ニハ拍子アワデ弾止ヌ」とあって、演奏会は、重衡が廻骨という「葬送ノ楽ヲ弾レケルコソ哀ナレ」と結ばれる。千

いり給へ」という妻の声が聞こえる。しかし囚われ人の重衡は家に上がることは出来ない。「三位中将御簾うちかづいて」という描写に、前述の内裏女房との逢瀬が想起される。あのときは重衡が武士どもの目から愛人を守るために、「降りるな」と言って自ら車中へ半身を突っ込んで抱擁したのだった。同じ姿勢の描写がここでは、妻から招かれても自由には近づけない身の上であることを示しているのである。刃物をもてない彼は、ほつれ髪を口に届く範囲で嚙み切り、形見に渡す。不自由な中での精一杯の行動が一層哀切さを増す場面である。妻は衣類を取り替えさせ[9]、夫は「もとき給へる物どもをば、形見に御らんぜよとて」妻に残す。さらに両人は別れの歌を交換する。泣きくれながらも妻が、生活を共にしてきた者としての役目をひとつずつ果たしていることに注意したい。重衡も自分の立場を見失うことなく、「日もたけぬ。奈良へも遠う候。武士どもの待つも心なし」と言って出発しようとする。その際繰り返し契るのは、来世での再会であり、そのために貴女の方も祈ってくれ、と言い置くが、これは妻にのみ残した遺言である。いよいよ出て行く夫の後ろ姿に向って、「北方御簾のきはちかくふしまろび、おめきさけび給ふ御声の、門の外まではるかにきこえければ」というはげしい悲嘆も、妻だからゆるされる行動であろう。重衡をめぐる女性たちは、覚一本では明確に描き分けられている。愛人、職能をもつ女性、そして妻――それぞれの立場、能力、責任と重衡との関係は、ひとつも重複していない。

　さらに妻にはなすべきことがあった。斬首された後の遺体を引き取り、供養し埋葬することである。捨てられていた遺体を、「まちうけ見給ひける北方の心のうち、をしはかられて哀也」と平家物語はいう。

　昨日まではゆゝしげにおはせしかども、あつきころなれば[10]、いつしかあらぬさまになり給ひぬ。

手はあくまでも主の命による職務を果たしたに留まり、重衡が自ら死の覚悟を示す。源平盛衰記は、そもそもこの酒宴は頼朝が重衡の琵琶演奏を聞きたくて計画したとする。頼朝は重衡が千手に関係をもたなかったと聞き、さらに伊王という女を派遣するが何事もない。結局、重衡処刑後三年の遠忌に二人の女性は出家したとあって、盛衰記では頼朝が重衡の死の覚悟を確認する話になり、女と重衡の交流よりも頼朝と重衡の交渉が主となっている。読み本系諸本の指向が知られよう。

9　重衡が南都へ行く途中で北方に会い、着替えをしたことは『愚管抄』巻五にも記されており、「大方積悪ノサカリハコレヲニクメドモ、又カカル時ニノゾミテハキク人カナシミノ涙ヲボホユル事ナリ」という。

10　重衡の処刑は元暦二年（一一八五）六月二十三日だった。この日、近江で斬られた宗盛父子の首が都で曝された。季節は夏の終わりである。

（巻十一「重衡被斬」）

つい昨日、言葉を交わし、歌を贈り合った夫の体には首がなく、すでにもう腐敗し始めているのである。平家物語が肉体を意識させない、なまなましい血や死骸を描かない、というのは誤解である。描き方が独特なのだ。右の文中の「いつしかあらぬさまに」という姿を妻の目で見た、と想像してほしい。遺体を供養し、手を尽くして曝された首をも引き取り、併せ火葬して墓を立て、つとめを成し遂げた妻は出家して後半生を送った。重衡の大罪は、三人の女が彼女たちの一生を捧げても償えるかどうかという重いものだった、と平家物語は語っていることになる。

二　死の前の説法

平家物語には、死を目前にした者への説法の場面が三回あり、それぞれに条件を異にしていて、説法の内容も異なる。仏教と人間の関わりは定式的なものではなく、その人間が当面している状況に応じて、どう対処すればいいのかが説かれている。重衡の場合、維盛の場合、そして宗盛の場合を順に見ていくことにしよう。

1　重衡の場合

重衡が、生け捕りとして自ら出家や自害の叶わぬ一年以上を過ごしたことは既に述べた。八島から講和を拒絶する使者が戻ってきた後、重衡は出家を望むが許されず、法然上人に後生の相談をすることは許される。縷々たる懺悔を述べた重衡は、「かかる悪人のたすかりぬべき方法候《さうらはば》者、しめし給へ」と問う。法然上人の答えは、つまりは「往生の得否は信心の有無によるべし」というものであった。出家せずとも行住坐臥に念仏をせよと勧める。重衡の現在の条件にも叶う方法を勧め、望みを絶つなと教える。重衡は、上人に名硯を贈って自ら死後の供養を頼んだ。やがて壇ノ浦合戦後、処刑に臨んだ重衡は、駆けつけた知時に阿弥陀の仏像を探し出させ、その手に掛けた紐を握って、逆即是順を信じ、念仏して斬られる。提婆達多でさえも逆縁によって救われたのだから、と仏に向って言っており、困難と知りつつ滅罪を信じて死に向ったのである。

重衡がついに物語の中で救われたのか否かは議論があり、また諸本によっても表現が異なるが、大罪を背負い、制約された行動しか取れない重衡にとって、殆ど唯一の済度の可能性がここには語られている。

2 維盛の場合

維盛は妻子を残して都落ちした。このことは史実に拘束される歴史文学としては変改のしようがなかったには違いないが、しかし平家物語は、恩愛を超えんとする、中世の人々にとっての最大の難問を彼らに託して物語化した。再婚して子供たちを育ててくれ、と言い残す維盛（それは事実がそうなったからだが、物語内で読めば、さきの見えている維盛には、自分が連れて行けばほぼ百パーセントの死、置いていけば何がしかの生存の可能性、という判断があったということだ）に、妻は、京中に自分の身内はいない、どこまでも一緒と言った今までの誓詞は嘘だったのか、子供たちを誰に任せるというのか、と迫る。夫が妻子のためと言えば言うほど、妻には腹立たしい。とうとう、いずれ迎えをよこすから、と言いつくろって維盛は出立するのだが、その空約束は彼自身を最も拘束するはめになったのではなかったか。わずか七ヶ月後（寿永二年には閏十月があった）の一ノ谷の合戦の前にも、妻子を呼び寄せたいという気持ちと戦っている。妻は都で、夫は八島で、互いに思いやり、手紙を交換する。しかしそれは維盛を慰めるどころか、閻浮愛執の絆の強さを却って自覚させることになった（巻九「三草勢揃」・巻十「首渡」）。一族の中での居心地もあまりよくなかったらしい彼は八島を脱出し、都へは行かず、高野山に赴き、かつて父の侍だった滝口入道を尋ねる。ここで滝口入道発心の由来が語られる（巻十「横笛」）。つまり滝口入道は自らが恩愛を断ち、出家した人だから、恩愛断ちがたき維盛の苦悩をかかえ、超克させる資格がある人物なのである。

父重盛が神に願を懸け、自らの寿命を以て一族の運命を占ったのは治承三年（一一七九）、五年前のことだった。維盛は出家し、父の後をたどって熊野に参る。そして那智の沖で入水するのだが、入水直前、滝口入道に最期の瞬間まで妻子が忘れられぬと告白する。滝口入道は、維盛の心の動きを誰にもあるもの、尤もなものとして一旦は肯定し、しかし生死流転を脱却しない限りこの嘆きは尽きぬものであり、阿弥陀如来を信じて成仏得脱すれば、「還来穢国度人天」が叶う、つまりは妻子をも救うことが出来ると説いた。この言が維盛を決心させる。いわば維盛は、いま自らを殺せば妻子を始め他の人々を救いに来られることを信じて、死ぬ決断ができたのだった。

3　宗盛の場合

清盛を制止できる良識派重盛が早世した後、一族を率いた宗盛が凡愚であったために平家は滅びた、というのが平家物語の大きな枠組である。これは諸本を通じて変らない。むしろ諸本の展開につれて宗盛の愚かさ、卑しさが強調されていく方向にある。覚一本では、宗盛父子は「なまじゐに究竟の水練にておはしければ」、即ち水泳の名手だったので、とあるが[11]、重石を身につけようともせず、決戦の中に死ぬ覚悟はしていなかったと見るべきだろう。覚一本は父子が互いに相手がどうなるかを見ながら泳ぎ回っているうちに、まず息子の清宗が生け捕られ、宗盛は「是を見ていよい

11　『愚管抄』巻五にも、宗盛は「水練ヲスル者」で、浮き上がり浮き上がりする内に生き延びたいと思うようになったとある。

よしづみもやり給はねば」捕えられたという。延慶本は自ら清宗を捕えた船に泳ぎ寄ったとしている。平家物語ではこれより前に、父と子とが死を共にする、あるいは共にできなかった場面がいくつも語られている。その延長線上に宗盛の話を置いてみれば、単に臆病者、未練者、欠格指揮者としての造型に留まらず、家族の恩愛に絡め取られた父親であり、どこまでも自分を甘く遇することしか出来なかった男を、憐れみを以て描いているとも読むことができる。

四月二十六日に捕虜として都へ入り、義経邸でごろ寝をする時に、宗盛は息子に「御袖をうちきせ給ふ」。季節は初夏、寒くはない。すでに一人前の十七歳の息子に対して、親が無意識のうちにしてしまったしぐさであろう。警護の者たちも、「あはれたかきもいやしきも、恩愛の道程かなしかりける事はなし」と泣いたという。平家物語は、軍事的、政治的に無能な男を恩愛の人として描き、享受者の同情を保証しようとする。院の側近、藤原成親もそうであった。中でも宗盛の愚かさと本能的な愛情の濃さとは、この場面や次男の副将との対面場面に見るように、表裏一体として造型されているというべきではないだろうか。鎌倉で頼朝に対面した際には卑屈な態度を取ったと見られ、再び京都へ護送される際にも、息子の方が「暑い時期だから斬った首が傷まないように京都近くまで生かしておくのだ」と推察しているのに、もしや助命されるのではと期待したりしている。武士として、一族の指揮者としては救われない愚かさであるが、それらの「立場」を切り捨てて、本能の露出した人間としてみればあまりに正直な、という見方にもなるかもしれない。

いよいよ処刑となっても宗盛は、「手をとりくんでも」息子と一緒に死にたいと泣く。そういう彼に向って聖が説くのは、先世の宿業と生者必衰しかない。こうなったのも先世の宿業と諦めよ、すべての者が死を免れないのだから、というのみであった。念仏を唱えつついよいよ、というとき、宗盛は息子のことを尋ねて斬られた。最期まで妄念は晴れなかったのである。遺骸を同じ穴に埋めたのは、「さしも罪ふかくはなれがたく」子を思い続けた宗盛を武士たちが憐れんだからであった。

重衡のような仏法を蹂躙し五逆罪を犯した者には、三人の女がそれぞれに異なる立場、異なる能力を以て彼を支え、供養をした。彼自身は仏法の逆即是順をよりどころに、かすかな救済の望みをつないで死を迎えている。維盛は、恩愛を一旦捨てることによって愛する者をも救いに来られる道を選べると信じて入水した。両者とも己れの罪をふまえて死に向って跳躍する、意志ある死であった。しかし宗盛の場合は、ついに死に対峙することなく、恩愛にまみれたまま落命した。現実の宗盛の器量がどうだったかはいま問題ではなく、悪行の清盛を継いで一族を率いたのがこのような指揮者だったからには、平家の滅亡は避けられなかった、と物語は言っているのである。

けれども享受者たる我々は、おびただしい滅亡、敗北と死とが語られている平家物語から、じっさいには悲しみや絶望以外のものをうけとる。それはなぜか、次に考えたい。

三　寄り添う者たち

平家物語を注意深く読んでいくと、敗れていく人間の傍には必ずと言っていいほど、寄り添う人間がいることに気づく。それは必ずしも身分が高くない、主人の栄華のおかげで時めいたとはいえない人物であって、それゆえ出来ることは限られている。大したことができるわけではないが、平氏でも源氏でも、敗れて死んでいく人間の傍には一人か二人、きっと彼の志を理解し、その想いを然るべき相手に届けてくれる者がいるのである。

重衡は生死を共にするはずのめのと子に裏切られたが、兼参の木工右馬允知時が内裏女房との間の使者をつとめ、臨終の手助けをしてくれた。維盛は滝口入道に引導を渡して貰い、めのと子の与三兵衛重景と石童丸が共に入水し、そして死ぬことを禁じられた舎人武里は、屋島にいる維盛の弟資盛へ遺言を届けに行く。宗盛の場合には、先述の牛飼い三郎丸がいる。主が権勢盛んだった時と同じように奉仕した牛飼いは、誰から強制されたわけでもなく、いわば自分の気が済むように、己れのアイデンティティを賭けて行動したのであった。頼政の許に駆けつける競、以仁王のために奮戦し、宗盛の前で啖呵を切る信連、俊寛をみとる有王……享受者の我々は彼らの行動にひそかに喝采し、彼らのおかげで痛憤を晴らすことができる。誰のためでもなく自分のために、敗者に奉仕し、敗者の遺恨を受け止めて精一杯の務めを果たし、時には命を賭けることもいとわない。

平家物語の鎮魂、というとき、このような彼らのはたらきが我々を救い、無念さや悲嘆から解放してくれることを忘れてはならないだろう。制度や国家の鎮魂はその時代限りのものだろうが、「侍ほんの者」(巻四「信連」)、「滝口の骨法」(同「競」)などの表現に見るように己れ自身の矜持に裏づけられた行動による鎮魂が、時代や階級、一族などの個別性を超えて、敗北の物語であるにも拘らず悲惨さに終始しない、平家物語独特の魅力を支えているのである。

重衡や維盛が示された、困難ではあるが各々の条件に応じて可能な仏教的救済、それに果敢に挑んで死んでいった男たちの姿は享受者を勇気づける。さらに彼らの傍らにあってそれぞれの存在を賭けて彼らを支え、また死後の供養をした者たちの挿話は、享受者の願望を代って実現してくれてもいる。平家物語が用意したのは、滅びし者への哀悼だけではなく、人間には何ができるか、という物語であった。そしてこれこそが、時代を超えた享受者たちに、自らの問題として受け入れられる鎮魂だったのだ、と言ってもいいであろう。

第三節　平清盛と都

一　平家物語の基本構想

1　歴史文学の成立

歴史とは既にあるものではなく、それを記述する、あるいは認識する者によって、つくられていくものである。したがって、歴史文学だからといって現実に起こった事件や事実をそっくり書き取れば、そのまま作品ができるというものではなく、言葉にしていくプロセス自体が創造であり、根本的なところはフィクションと変らないと言ってよい。

しかし、歴史上の事件の結果は決まっている。逆にいうと、その結果をどれだけ納得してもらうか、それが歴史文学の作者の腕ということになるわけである。平家物語は非常に叙情的で、死のさまざまな様子を描いているといわれてきたが、よく見ると、複雑な政治とか歴史上のいきさつを、最も効果的な場面を切り取ってきてドラマチックに構成しているのである。

平家物語が最初にできたときにどういう姿形をしていたかについて、昭和三十年代ぐらいまでは、簡単で記録的なものが原型で、それがだんだん膨らんできたと考えられていたが、最近では逆に、記録や資料のようなもの（中にはデマも含んだ）が束ねられていて、それからだんだん余計なものを切り捨てていって今のような形になった、という考え方が強く打ち出されるようになってきた。しかし、そもそも記録とか事実とかを束ねただけで平家物語が生まれたとはいえないと思う。原平家物語は、単に史料をアレンジしたというようなものではなく、極めて物語的な作品、清盛がどういう人物でどういう行動をとり、その結果どういう次第で平家が滅亡に追い込まれていったかをある仕掛けをもって描いたもので、起こった事件を逐次書いていったらひとりでに平家物語になったというような生まれ方はしていない、と私は考えている。

2 清盛の造型

では、平家物語の中で清盛はどういう造型を与えられているか。平家物語にはいろんなバージョン、つまり諸本があるが、諸本を通じて清盛のイメージは余り大きくぶれていない。簡単にいうと、気が短くて頑固で、非常に騒々しい激しい性格である。しかし、カッとなるのは自分の一族、一門のためであって、それを守るためには強引な行動もいとわない。諸本によって、ある部分が誇張されたり、上品さを欠いて描かれたり、ということはあるが、平家物語のどの諸本を見ても、だいたいそういったタイプの人間として造型されている。

悪いことをしたり横車を押したりするだけではなく、一方で、仏法を守護し、合理主義的な人であった、という面も記述される。清盛は単なる悪役ではなく、平家物語の中での役割分担に合せて造型されているのである。つまり、清盛が強引に悪行を押し通し積み重ねて、長男の重盛がいつも良識派としてそれにブレーキをかける。さらに平家物語の中では、重盛は父親の悪行をとめられなくなって、自分たち一族の末路を見たくないから早く死なせてほしいと熊野の神に願をかけ、それが聞き入れられて早死にする、というふうになっている（事実、重盛は長生きしておらず、四十代で亡くなっている）。

重盛が亡くなった後、清盛の行動は一方的になってしまい誰にもとめられない。その後、一族のリーダーとなった宗盛――これは実際には三男だが、次男が早死にしているので平家物語では次男として扱われている――が無能であったために平家は滅亡の坂を転げ落ちていく。こういう基本的構想のもとに、平家物語は作られている。清盛は、一族のために時には政治上のルールも無視してぐいぐいと引っ張っていくが、それに対する良識派の重盛の死、後を継いだ気が弱くて無能な宗盛という組み合せで平家滅亡が説明されているわけである。

しかし、実際の清盛はどうだったか。『十訓抄』（建長四年［一二五二］に成立）の中の「思慮を専《もは》らにすべき事」に清盛の逸話が載っており、それによると平家物語の清盛とは随分違うイメージが浮かび上がってくる。

清盛という人物は、部下の面子《めんつ》をつぶさない。叱るときにも、どんな下っ端の召使に対しても、人の面前で面子をつぶすような激しい叱り方は決してしなかった。逆に、部下の身内の者がいるときには、小さなことでもほめて引き立ててやる。それから、冬の寒い朝、下っ端の者が疲れて朝寝坊しているときにはそっと見逃してやった、というような逸話が『十訓抄』には伝えられている。確かに、がむしゃら一方では多くの人を率いていけるはずはなく、リーダーになる人物というのは、人を立てる才能がなければ務まらないだろうから、実際にそういう面があったものと思われる。

慈円の著『愚管抄』にも清盛について書かれたくだりがある。二条天皇と後白河法皇との仲があまりうまくいっていない、その間を清盛は「アナタコナタシテ」――あっちにもこっちにも気配りをして、うまく切り抜けて政治をやっていったという。清盛は決してがむしゃら一方でやっていたわけではない。平家物語の中ではある役割を振られて、それにふさわしい人物として描かれているのである。これが、どの平家物語にも共通している清盛像である。

3　清盛の役割

先に述べたように、歴史文学とはただ事実を書き取っていけばできるものではない。平家物語もまた自らのイメージに合せて事実をアレンジしている。

例えば有名な「殿下乗合」という嘉応二年（一一七〇）の事件がある。清盛の孫の資盛と摂政の行列とがぶつかってしまい、そのときの復讐を清盛がやったという話になっているが、『愚管抄』や『玉葉』などを見ると実は逆で、重盛という人は非常によくできた人物だったのだけれども、一生にたった一回、妙なことをした、それは、自分の息子の資盛に絡んだ事件で（清盛ではなく重盛が）摂政に対して復讐をした、という具合に記されている。『愚管抄』や『玉葉』がフィクションを仕立てる理由はないので、これは平家物語が清盛の役割と重盛の役割に当てはめて、事件の中での行動を入れかえたのだと考えられている。

つまり平家物語は、いろいろな複雑な事件とか政治上の駆引とかを一目見てわかるように、非常にすっきりした形にして人物の役割を振り当てている。また、政治上の状況の変化が最もよくあらわれるような局面を切り取ってドラマチックに仕立て、歴史の流れをわかりやすく構成している。それは成立過程のごく初期からのことだと思われる。平家物語が物語だと認知できるような形になったときにはすでに、フィクションを含んで成立していたであろう。

4　清盛の悪行

平家物語の構想では、清盛が悪行を強引に推し進めた結果平家が滅びていく、ということになっているが、では清盛の悪行はどういうものだと考えられているか、延慶本によって見てみよう。覚一本平家物語でもこの部分はほぼ同様になっている。

「帝王ヲ奉ニ押下《おしおろ》一シテ我孫ヲ位ニ即《つけ》奉リ、王子ヲ奉レ討チテ首《かうべ》ヲ斬《キ》リ、関白ヲ流シテ我《わが》聟ヲナシ奉リ、大臣、公卿、雲客、侍臣、北面ノ下臈ニ至《いたる》マデ、或ハ流シ、或ハ殺シ、悪行数《かず》ヲ尽シテ、所レ残ルハ只都遷計《ばかり》也。サレバ加様《かやう》ニ狂《くるふ》ニコソ」ト、サ、ヤキアヘリ。

嵯峨天王ノ御時、大同五年、都ヲ他所へ遷《うつ》サムトセサセ給シカドモ、大臣、公卿騒ギ背キ申サレシカバ、不レ被レ遷《うつされず》シテ止《やみ》ニキ。一天ノ君、万乗ノ主《あるじ》ダニモ移シ得給ハヌ都ヲ、入道凡人《ぼんにん》ノ身トシテ思《おもひ》企《くはたて》ラレケルコソ畏《おそ》ロシケレ。

（第二中―30「都遷事」）(1)

「『帝王ヲ押下《おしおろ》シ奉リテ我孫ヲ位ニ即《つけ》奉リ』」、まだ元気であった高倉天皇を譲位させて、幼児であった安徳天皇を即位させた。「王子ヲ討チ奉リテ首《かうべ》ヲ斬リ」、これは以仁王の変のことを指す。「関白ヲ流シテ我《わが》聟ヲナシ奉リ、大臣、公卿、雲客、侍臣、北面ノ下臈ニ至《いたる》マデ」、これはいわゆる治承三年（一一七九）のクーデターと、鹿ヶ谷事件後の処分のことと、両方をひっくるめて言っている。「或ハ流シ、或ハ殺シ、悪行数《かず》ヲ尽シテ、残ル所ハ只都遷計《ばかり》也。サレバ加様《かやう》ニ狂《くるふ》ニコソ』ト、サ、ヤキアヘリ」、以上は覚一本平家物語では巻五に当たる「都遷事《みやこうつりのこと》」から引用したものだが、実はこの後、もう一つ大きな悪行が行われる。それは奈良の東大寺を初めとする南都の寺々を焼き滅ぼし、僧侶を虐殺し、経典その他の宝物を焼き失ったことで、後にはこれが最大の悪行になって

1　延慶本本文の引用は汲古書院刊の影印により、私に濁符・「　」・振仮名・句読点を付した。『校訂延慶本平家物語』の方針による。第二中は巻四に当たる。

いくのだが、この段階では悪行数を尽くして残るところはただ都遷ばかりなり、と都遷が最大の悪行として挙げられている。

これは、長く続いてきた首都の京都からいきなり引っ越しを命ぜられてみんなが迷惑した、というだけでなく、そもそも都を定める権限というのは天皇にある。臣下にはできないことで、天皇にしか都は決められない。遷都をするということは天皇の権限を侵したことになるわけで、臣下の政治家としてあるまじきことだった。

先述の通り、さらにその上に清盛は仏法を滅ぼす。大仏を焼き滅ぼし、僧侶たちを虐殺する、という悪行が重なる。一方で、反平氏の動きというのは、平家物語で見る限り、四つの段階を踏んで描かれる。最初が鹿ヶ谷事件、次が以仁王の変、それから義仲の挙兵、そして頼朝の挙兵である。もちろん、義仲が天下を統一して頼朝が敗れるという話にはできないから、最後に頼朝が勝つが、平家物語は享受者がそれを十分納得できるように仕組んでいる。

平家物語の論理によれば、まずクーデターが成功するには絶対的に必要な二つの条件があって、一つは私心に基づいていない、動機が不純でないということである。もう一つは、リーダーの器、能力次第ということである。鹿ヶ谷事件というのは、後白河法皇の側近たちが分不相応の出世を望んで計画した、見るからにとてもクーデターには向かないような器の連中が集まってやった、という具合に描かれ、だから失敗する。しかし、それだけで全くゼロになってしまったかというとそうではない。例えば、俊寛は鬼界島へ流されてそこで亡くなるが、平家物語は「か様《やう》に人の思《おもひ》歎きのつもりぬる平家の末こそおそろしけれ」という。つまり、どっちがいいか悪いかはともかく、恨み、挫折が幾つも積み重なっていって、やがてそれらは平家に向けられていく、というのがまず第一段階なのだ。

次に以仁王の変、頼政が以仁王を担いで起こす内乱だが、宗盛がおごり高ぶって、頼政とその息子のプライドをさんざんに踏みにじる。享受者は、こんなにされては決起するしかない、というような気になって読んでいくことになる。しかし、よく考えてみると、これも一つの私心に違いない。自分たちの恨みから始まったクーデターで、しかも以仁王は才能はあるけれどもクーデターのリーダーには向いていない、ということが繰返し描かれる。あまりにも早い段階でもう敗北を予感しているとか、乗馬が下手であるとか、非常に教養があり文才に富んでいるけれども、とても武力革命には向かない人物であるということがさりげなく何度も描かれているのである。

こうして以仁王の変は失敗するわけだが、しかし、このときに以仁王が全国の源氏に向って決起せよと呼びかけた令旨が、やがて後々義仲や頼朝に大義名分を与えることになる。武士が軍隊を動かすときには、皇太子以上の命令がなければ国家への反逆者として扱われ、だれも味方をすることができなかった。一度朝敵というレッテルを貼られると全く味方が得られない。しかし義仲や頼朝の場合には、挫折した以仁王が出した令旨を、大義名分に振りかざしたのであった。以仁王は皇太子にはなっていないのだが、延慶本によれば皇太子であるという立場で令旨の文章を作っている[2]。これにより軍隊を動かす大義名分ができた。

では、義仲と頼朝とはどこが違うのか。平家物語は義仲がいかにリーダーとして無能であったかということを非常にコミカルに描く。しかし、義仲は乳母子たちと一緒に馬に乗って山野を走り回り、車座になって酒を飲み飯を食い、という型のリーダーとしては、非常に有能な人だったのではないかと思われる。にも拘らず平家物語は徹底して義仲が無能であるかのように描いて、前述の二つの条件の中の一つから外れるということを強調する。頼朝は平家物語によれば、以仁王の令旨だけでなくさらに福原院宣とよばれる後白河法皇の院宣を貰い、二重の大義名分をもって決起した。

2　延慶本平家物語　第二中―8「頼政入道宮ニ謀叛申勧事付令旨事」

そして聡明で有能であったと、描かれるのである。

頼朝も実は、自分の父の敵討ちという私心があって決起したのではないかといえそうだが、平家物語では一部の諸本を除いては、決してそうは描かない。あくまで頼朝は私心なく、しかも有能なリーダーであった、だから最後に成功する、と仕組まれていく。

つまり平家物語の中の清盛というのは、平家物語が必要としたイメージとしてつくられているわけで、事実に全く反してはいなかったかもしれないが、あくまで物語の上での人物なのである。先に述べたように、遷都は本来天皇しかできないことなので、それを強行したことも清盛皇胤説が生まれてくる原因になった[3]のかもしれない。

都は、単に政治の中心で便利なところというだけではなく、いろいろ象徴的な機能を持っていた。「月見」という有名な段では、福原へ遷《うつ》ってしまった後の荒れ果てていく京都、そこにわざわざ戻ってきて月見をする徳大寺実定の逸話を叙情的に情緒豊かに描いているが、これも平家の悪行をいうためであって、生まれた土地への愛着や、そこで育《はぐく》んできた人間関係を踏みにじってしまった。清盛の悪行はここにもある。

二　延慶本で読む「物怪之沙汰」

次に掲げるのは覚一本では、巻五の「物怪之沙汰」といわれている部分である。延慶本では、巻四の後半にあり、清盛が都を遷してしまった後、福原ではいろいろ怪しげなことが起こる。結局、福原には長くいられなくて京都へ戻るが、この辺から平家のやることにみるみるけちがついていく、というあたりになる。

この「物怪之沙汰」は近世の画家たちが非常に好んで描くところである。浮世絵とか、挿絵画家

3　清盛皇胤説が本当かどうかということは歴史学者の間でも意見が分れている。五味文彦は皇胤説を否定しているが、元木泰雄は少し信用しているらしい。赤松俊秀に詳しい考証がある。
五味文彦『平清盛』（吉川弘文館　平11）
元木泰雄『平清盛の闘い』（角川書店　平13）
安田元久『後白河法皇』（吉川弘文館　昭61）
赤松俊秀『平家物語の研究』（思文閣　昭55）
上横手雅敬『平家物語の虚構と真実』（講談社　昭48）

たちが何種類もの福原の化け物の絵を描いている。
　覚一本では、まず大頭が清盛をのぞく。次に、よく民話などで「天狗の木倒し」といわれる現象、山の中で大木が倒れる音がして天狗がわっと笑う声だけ聞える、行ってみると、そこに大木が倒れているという、それに似た化け物が出る。福原では何かにつけて木が倒れる音とか天狗の笑う声がするというのである。また庭じゅうにしゃれこうべが転がっていて、それが一つに集まって、目が千万もある十四〜十五丈の一つの大頭になる、このような話が三つ並んでいる。延慶本はよく似ているが、実は化け物が違うのである。

　抑《そもそも》入道殿、更闌《かうたけ》人定《しづまり》テ、月ノ光モ澄《すみ》ノボリ、名ヲ得タル夜半ノ事ナレバ、心ノ内モ潔ク、「彼《かの》漢高祖ノ三尺ノ剣、坐《ゐなが》ラ鎮二メ天下一ヲ、張良ガ一巻ノ書、立《たちどこ》ロニ登二ル師傅《しふ》一ニ事、我身ノ栄花ニ限リアラバマサラジ」ト覚テ、月ノ光クマナケレバ、終夜《よもすがらなが》詠メテ居給ヘルニ、坪ノ内ニ目一《ひとつ》付タル物ノ長《た》ケ一丈二尺バカリナルモノ現タリ。又傍《かたはら》ニ目鼻モ無キモノヽ、是《これ》ニ二尺バカリ増リタル物アリ。又目三《みつ》アルモノヽ、三尺計《ばかり》勝《まさ》リタルアリ。カヽル物共五六十人並ビ立テリ。入道是ヲ見給テ、「不思議ノ事哉。何物ナルラム」ト思ヒ給ヘドモ、少《すこし》モサハガヌ体《てい》ニテ、「己《おの》レ等ハ何《な》ニ物ゾ。アタゴ、平野ノ天狗メ等《ラ》ゴサンメレ。ナニト浄海ヲタブラカスゾ。罷退《まかりしりぞ》キ候ヘ」ト有ケレバ、彼《かの》物共、声〴〵ニ申ケルハ、「畏《おそろ》シ〳〵。一天ノ君、万乗ノ主ダニモハタラカシ給ハヌ都ヲ福原ヘ移《うつす》トテ、年来住《としごろすみ》ナレシ宿所ヲ皆被レ被《やぶられ》テ、朝夕歎キ悲ム事、劫《こふ》ヲ経《ふ》トモ不レ可レ忘。此《この》本意ナサノ恨ヲバ、争《いかで》カ見セザルベキ」トテ、東ヲ指《さし》テ飛行《とびゆき》ヌ。是《これ》ト申《まうす》ハ、今度福原下向事《げかうのこと》、一定《いちぢやう》タリシカバ、可レ然《しかるべき》御堂アマタ壊《こぼ》チ集メ、新都ヘ可キレ移《うつす》巧《たくみ》有ケレドモ、内裏御所ナドダニモ、ハカ〳〵シク造営無キ上ハ、皆江堀《えほり》ニ朽失《くちうせ》ヌ。依レ之《これによりたまた》適マ残ル堂塔モ四壁ハ皆コボタレヌ。荒神達ノ所行ニヤ、浅猿《あさまし》カリシ事共也。

（第二中―33「入道ニ頭共現ジテ見《みゆ》ル事」）

中世の天狗は慢心したものが天狗になり、政治を攪乱するというイメージが強い。「アタゴ、平野」というのは京都では天狗の名所である。「東ヲ指《さし》テ飛行《とびゆき》ヌ」というのは、福原から見て京都が東でもあるが、多分これは関東、東国、つまり頼朝のいる所であろう。「荒神達ノ所行ニヤ、浅猿《あさまし》カリシ事共也」の部分の荒神というのは、どうも仏教上の番神と民俗信仰とがごちゃまぜになったようなもので、竈神《かまどがみ》と混同されて、屋敷神――屋敷を守る神や、村の鎮守なんかも荒神というのらしい。延慶本には他にも「荒神」という言葉が出てくるが、ここでは、福原へ都を遷したためにたくさんの京都の由緒ある建物が壊された、それに憤懣やる方なくて出てきた化け物たちである。これがまず一回目の化け物で、次には、

入道、猶《なほ》月ヲ詠《なが》メテヲハスレバ、中門ノ居給ヘル上ニ、以外《もつてのほかにおほき》大ナル物ノ踊ル音シケリ。暫ク有テ坪内《つぼのうち》へ飛下《とびおり》タリ。見給ヘバ、只今切タル頭《かう》べノ血付《つき》タルガ、普通ノ頭べ十計《ばかり》合セタル程ナルガ、是《これ》ノミナラズ、曝《サ》レタル頭共アナタコナタヨリ集《あつまり》テ、四五十ガ程並ビ居タリ。面々ニ詈《ののし》リケルハ、「夫《それ》諸行無常ハ如来ノ金言ト云《いひ》ナガラ、六道四生ニ沈淪シテ、日夜朝暮ノ悪念ヲ起事《おこすこと》、併《しかしなが》ラアノ入道ガ故也。成親卿ガ備中ノ中山ノ苔ニ朽チ、俊寛ガ油黄ガ島ノ波ニ流《ながさ》レシ事、先業ノ所感トハ知《しり》ナガラ、心憂カリシ事共ナリ」ト面々ニ云ケレバ、生頭《ナマかう》べ申ケルハ、「夫《それ》ハサレドモ人ヲ恨ミ給《たまふ》ベキニ非ズ。少シ巧《たく》ミ給タル事共ノ有ケルゴサンメレ。行忠ハ朝敵ニモ非ズ、旧都ヲ執シテ新都へ遅ク下《くだり》タリト云《いふ》咎ニ依テ、当国深夜《フカヤ》ノ松西野ト云所へ

被二責下一《せめくだされ》、無レ故《ゆゑなく》頸ヲ被レ刎事《はねらるること》、哀レト思食《おぼしめ》サレズヤ。哀レ、ゲニイツマデアノ入道ヲウラメシト、草ノ陰ニテ見ンズラム」ト云ケレバ、入道ノロ〳〵シク、オドロ〳〵シク思《おもひ》ナガラ答ヘ給《たまひ》ケルハ、「汝等、官位ト云《いひ》、俸禄ト云《いひ》、随分入道ガ口入《こうじゅ》ニテ人トナリシ者共ニ非乎《あらずや》。無レ故君ヲ奉《たてまつり》レ勧メ、入道ガ一門ヲ失ハムトスル科《とが》、諸天善神之擁護ヲ背クニ非乎《あらずや》。自《みづから》科《とが》ヲ不レ顧ミ、入道ヲ浦見《うらみ》ン事、スベテ道理ニ非ズ。速《すみや》カニ罷出《まかりいで》ヨ」トテ、ハタト睨《ニラマ》ヘテヲハシケレバ、霜雪ナドノ様ニ消失《きえうせ》ニケリ。

「夫《それ》諸行無常ハ如来ノ金言ト云ナガラ」、金言とは仏の言葉。「諸行無常」という言葉は意外なことに覚一本では序文以外にはほとんど出てこない。せいぜい二個所ぐらいで、それも平家に関して露骨には出てこない。ほかの人の運命についてちょっと出てくるだけである。ところが、延慶本のような読み本系になると、そこらじゅうに「諸行無常」という言葉が出てくる。(4) これは文学としての性格の違いの一つだと思われる。

ここでいささか不思議なのは、このごろんと落ちてきた生首である。「行忠ハ朝敵ニモ非ズ」と「行忠」という人名が突然出てくるが、この行忠というのは史料を調べても出てこないのである。下級官人かなにかで、ぐずぐずしていたのをサボタージュと見られて処刑され、それを恨みに思って化けて出てきたと読めるが、この行忠は突然ここに出てきて前にも後にも全く何の説明もない。こういう記述を見ると一見、その当時の記録をどこからか切り取ってきたかのように見える。読み本系の特徴的な叙法である。さらにもう一シーン続く。

月モ西山ニチカヅキ、鳥モ東林に鳴《なき》ケレバ、入道中門ノ一間《ひとま》ナル所ヲ誘《こしら》ヘ給ヘル所ニ立入テ、

4　本書第二章第一節参照。

休ミ給ハムトシ給ヘバ、一間ニハゞカル程ノ首《かう》ベ、目六《むつ》有ケルガ、入道ヲ睨マヘテ居タリケリ。入道腹ヲ立《たて》、「何《いか》ニ己等ハ、一度ナラズ二度ナラズ浄海ヲバタメミルゾ。一度モ汝等ニハナブラルマジキ物ヲ」トテ、サゲ給ヘリケル太刀ヲ半《なか》ラ計《ばか》リヌキカケ給ヘバ、次第ニ消テ失《うせ》ニケリ。恐シカリシ事共也。

「何《いか》ニ己等ハ、一度ナラズ二度ナラズ浄海ヲバタメミルゾ」の「ためみる」というのは、力関係を試すような行動をいう。

このように、三つのシーンとも覚一本とは違っている。いわば清盛は目に見えない世界の怨霊をも怒鳴りつけて消すだけの力があったのに、最後に大仏を焼いたがために熱病で滅びていくことになる。この凄みが印象的であるが、続いて、

異国ニカヽル先蹤《せんしよう》アリ。秦始皇ノ御代ニ漢陽宮ヲ立テ、御宇卅九年、九月十三夜ノ月ノクマナカリケルニ、主上ヲ奉レ始《はじめたてまつり》テ、槐門、丞相、亜将、黄門ヨリ、宮中ノ月ヲ翫《もてあそびたまひ》給シニ、阿房殿ノ上ニ、ハゞカル程ノ大首《かう》ベノ、目ハ十六ゾ有ケル、官軍ヲ以テ射サセケレバ、南庭ニ下テ鳥ノ卵《かひ》ゴノ様ニテ消失《きえうせ》ヌ。是ハ燕丹、秦武陽、荊軻大臣等ノ頸ト云ヘリ。此後《このゝち》幾程無《なく》テ六十一日ト申《まうす》ニ、始皇失給《うせたまひ》ヌ。「此《この》例ヲ思《おもふ》ニハ、入道殿ノ運命、今幾程アラジ」トゾサヽヤキケル。

清盛の運命と秦の始皇帝の運命とを重ね合せるような記事である。しかし『史記』を調べると、秦の始皇帝に在位三十九年というのはない。三十八年で亡くなっている。(5) しかも亡くなる六十一日前が九月十三夜だったというのも嘘で、七月に亡くなっている。読み本系の平家物語は漢文をあち

5　延慶本自身、第六本（巻十二）―17「安徳天皇事」で、「秦始皇ハ（中略）天下ヲ持事三十八年」としている。

こちに引用したりして、もっともらしい知識をひけらかし、非常に教養のある人が書いたかのように見えるが、要するに「入道殿ノ運命、今幾程アラジ」ということが言いたかったので、つまり、平家物語は徹底してつくり話なのである。事実や史料に近いからもとの形に近いと思うと、まんまと罠にひっかかるといえよう。後に史料を調べ直して作り直すこともでき、源平盛衰記はそういう平家物語である。明らかに後から貴族の日記などを見て書き直している例が見出される。

三　延慶本の清盛像

1　臣下たる清盛

さきに平家物語のどの諸本をとっても、程度の差はあれ、基本的な清盛像の造型は変わらない、と述べたが、それは清盛に対する評価や物語内の因果との関わりも同一であるということではない。延慶本平家物語でみると、清盛は政治家としては終始否定され、平氏滅亡の原因を作ったとされている。仏法に関しては功罪両方がとりあげられており、しかし南都炎上の大罪はあがなうべくもなかったために「アツチ死」せざるを得ないのである。主要な箇所を読んでみよう。

「祇園精舎」の序は平曲の秘事として別置される以外はどの平家物語にもあり、殆ど異文がないのだが、ただ長門本・延慶本のみに見いだされる異文がある。

縦ヒ人事ハ詐《イツハル》ト云トモ、天道詐リガタキ者哉。王麗ナル猶如レ此《かくのごとし》、人臣位者、争カ慎マザルベキ。

(第一本―1「平家先祖之事」)

これは過去の反逆者の例を挙げて「遂ニ滅ニキ」とした後に置かれ、この後「間近ク」と清盛について述べてゆく箇所にある文で、長門本では「たとひ人事をいつはるといふとも、天道をばはかりがたき物をや。王麗かくのごとし、人臣の位にゐるものいかでかつゝしまざるべき」とあって、ほぼ同文である。「王麗」という語の用例が未だ見いだせないのであるが、対句から推測すると「人臣の位」と照応するらしい。すなわち延慶本・長門本は、序章からして、天の見るところ政治家に非道は許されるはずがないとし、さらに臣下のあるべき姿を要求するのである。軍記物語の中で君臣の道をつよく主張するのは『平治物語』と『太平記』であり、平家物語諸本も根底には理想の君臣関係を指向しているが(6)、一般論として君臣論を冒頭に掲げ、臣下たるべき清盛を裁く姿勢が明確に打ち出されるのは、延慶本の特徴である。すでに指摘したように(7)、延慶本は政治批判を好み、評論的言辞を述べたがる本であった。

巻十一（第六本）―15「壇浦合戦事 付平家滅事」では、二位の尼がいよいよ安徳天皇と共に入水しようとする際に、天照大神に対して「この幼帝には罪はない、罪は平氏一門の驕りにある」と祈っている。時子自身がこういう総括をするとは、覚一本には見られない造型である。しかもこの反省（安徳帝に罪はなく、平氏一門の悪業所感によるとの）は、のちに建礼門院徳子が後白河法皇の前で六道を語る折にも、同じように繰り返される。巻十一―17「安徳天皇事」では、この帝の受禅の日、即位の日、御禊の日に凶兆があり、在位の間天変地妖が続いたことを述べ、秦の始皇帝初め皇子ならぬ者が即位した異国の例を挙げて、次のように言う。

> 吾朝ニハ人臣ノ子トシテ位ニ践事未ダ無トゾ承ル。此ハ正キ御裳濯川ノ御流、カヽルベシヤトゾ人申ケル。

6　例えば巻三「法印問答」（延慶本では第二本―26「院ヨリ入道ノ許ヘ静憲法印被遣事」）では清盛が法皇を意識しつつ静憲法印に、また後白河法皇の使者静憲は清盛に、それぞれ君臣のあるべき姿を説く。

7　本書第二章第一節

安徳天皇は正しく皇統の生まれなのに、どうしてこんなことになったのか、といぶかっているのだが、源平盛衰記では、これも清盛初め平氏の悪行が招いた事態だと結論づける。延慶本は、こんな事態になるはずがないのに、と一旦言葉にした疑問に答えを出さないことによって、言外に安徳天皇の正統性のかげりをほのめかす。しかし延慶本は皇統を疑っているわけではなく、すべては清盛及び平氏一門、つまり臣下の悪行に滅亡と乱世の因があるという立場をとっている。すなわち、清盛はあくまで臣下としての慎みを守るべきであったのに、その埒を踏み越えた。安徳帝の強引な即位、遷都、治承のクーデターがそれに当たる。

延慶本は、中でも福原遷都が不当、不吉であることを巻四（第二中）—30「都遷事」で力を籠めて記述する。帝王遷都の先例記事が詳細なだけではない。遷都が平氏滅亡の要因であり、すでに滅亡の前兆が表われていたという。「是《これ》偏ニ平家ノ運尽ハテヽ、夷狄責上テ、平家都ニ跡ヲ不レ留メ、山野ニ可レ交ル瑞相ナリ。只今世ハ失《うせ》ナムズ」との世評、「盛《もり》ガ党平ノ京ヲ迷出ヌ氏絶《うぢたえ》ハツルコレハ初メカ」という落首、さらに安芸一宮の託宣、伊勢大神宮の神託、法勝寺の蓮花の奇瑞、と顕・冥双方の世界からのメッセージをたたみかけ、一門の末路まで指し示すのである。

2　おわりに

『増鏡』にとっての都は王城、つまり平安京の内裏に主上がいることが条件であり、正常な状態であるのに対し、『太平記』では帝の居所がすなわち皇居であり都でもあり得ると述べたことがある。[8] 覚一本初め平家物語は、「月見」の章段でも分るように、長い歴史があり貴族たちの故郷でもある平安京こそが都と考えているようだ。[9] それを清盛が臣下の身で福原などへ遷したことは、王権の侵犯であった。清盛が実は白河院の子だったという記事は延慶本にもあって、「誠ニ王胤ニテ

8　松尾葦江『軍記物語論究』（若草書房　平8）第一章第六節（一一一頁）

9　延慶本巻八—12「尾形三郎平家於九国中ヲ追出事」の中の、忠度の歌二首とも、「都」は平安京を指している。

オワシケレバニヤ、一天四海ヲ掌ノ中ニシテ、君ヲモ悩シ奉リ、臣ヲモ被レ誡《いましめられ》キ。始終コソナケレドモ、遷都マデモシ給ケルヤラム」と、遷都などを思い立つのは王胤だったからだろうかと推測している。しかし延慶本は、淡海公の例を引いた後、「実《まこと》ニ王胤ナラバ、淡海公ノ例に任テ、子孫相続テ繁昌スベシ。サルマジキ人ナレバコソ、運命モ不レ久、子孫モヲダシカラザルラメ。此事信用ニタラズ」と言う者もあった、と述べて王胤説を自ら否定してしまう。むしろ、王胤でもないのに、と清盛の行動の過分なることを証しすることになる。「物怪之沙汰」で清盛は秦の始皇帝になぞらえられたが、その始皇帝は、安徳天皇と対比して先皇の子ではないという引き合いに出され(10)、否定さるべき帝王の例を担う。強大ではあるが王胤ではなく、横暴な覇王である。

　延慶本では、清盛はその始皇帝のイメージを付与される。安徳天皇は藤氏の女でも王氏の女でもなく平氏の女から生まれた。そのような帝王が行きつく都は、「浪ノ下ニモ」ある都であった。延慶本の論理は、ここであやういバランスをとったのかもしれない。

10　延慶本第六本（巻十一）―17（二二五頁注5所引のすぐ前の箇所）。

第四節　人物造型から見る長門本平家物語

――混態本の文芸性をめぐって

一　はじめに

1　前提となる諸問題

長門本の成立年代は従来、確定していない。成立圏や管理者の問題も、部分的には論じられてきたが、全体像がとらえられるには至っていない。主に素材の面から、その個性が探求されることはあっても、「人物造型」というような文芸的手法を論じることが可能なだけの独自性を獲得しているかどうか、それ自体が問われたことはあまりなかった。それゆえ、ここで、長門本についてどのような前提でアプローチするのかを、最初に簡単に述べておく。

長門本は、延慶本の大半の部分と、相互に校訂が可能な程度に共通する兄弟関係であることがすでに認知されている。その上、源平盛衰記（以下、盛衰記と略す）のみと共通する記事や、一部、四部合戦状本（以下、四部本と略す）と共通する点があることも指摘されており[1]、私はかつて、零本である南都異本をも考慮して、次のような関係を想定した[2]。

1　山田孝雄『平家物語考』（国語調査委員会　明44）、渥美かをる『平家物語の基礎的研究』（三省堂　昭37）、高橋貞一『続平家物語諸本の研究』（思文閣　昭53）

2　松尾葦江『平家物語論究』（明治書院　昭60）二九〇頁

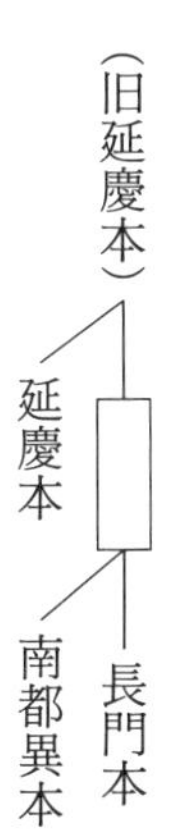

また、覚一本の影響を受け、もしくはその本文を参照したとする説も出されている。[3]私は十五世紀頃の笑話が紛れこんだ可能性を指摘したことがあるが、[4]島津忠夫氏は、長門本の成立を、南北朝後期か室町時代初期とされた。[5]つまり十四世紀末から十五世紀にかけてということになろうか。長門本の成立年代は、ここでは論じないが、島津氏が語彙と内容の面から、長門本にみられる室町的な要素に注目されたことを重視したい。氏は、長門本が『善光寺本地』をとりこんだとして、応安・応永以降、また謡曲「盛久」と同時代か、それ以後と成立時期を推定された。後者の「盛久」との関係については、伊藤正義氏は同根説話に拠ったとされて、長門本が謡曲に拠ったとは考えておられない。[6]「盛久」は、応永三十年（一四二三）の世阿弥自筆補訂本がある由で、作者元雅は永享四年（一四三二）、四十代で歿しているから、十五世紀初めには成立していたものであろう。両者の先後関係はいずれにせよ、長門本には十五世紀初頭頃の改編があったこと、あるいは成立をその頃に想定できる可能性を認めておくべきかもしれない。

島津氏はなお、連歌会の記事が見えること、義経記事に弁慶・忠信が強調されていること、幸若の口調やお伽草子・狂言の世界を連想させる表現、俗語など室町的表現が多く見出されることを指摘されている。はやく渥美かをる氏が「庶民を対象とする唱導用の物語」と、長門本の性格を定義されているが、[7]庶民的、通俗的、時代性からいえば室町文芸的、等々の印象は、長門本を通読すれば誰しもが受けるであろう。しかし、それらの印象を、成立年時や管理者に結びつけるに充分な程度に、作品の個性として抽出し具象化することは、大変難しい。島津氏の問題提起によって、長門

3　高橋貞一『平家物語長門本延慶本新考』（和泉書院　平5）、川鶴進一「長門本『平家物語』の本文形成―語り本記事挿入箇所の検討―」（『国文学研究』平8・10）、島津忠夫『平家物語試論』（汲古書院　平9）

4　松尾葦江『軍記物語論究』（若草書房　平8）四〇六頁

5　『平家物語試論』（前掲）二四二頁以下。

6　新潮日本古典集成『謡曲集　下』（昭63）各曲解題四九四頁

7　『平家物語の基礎的研究』（前掲）一五五頁

本の成立、延いては、読み本系本文の流動を、[8]従来よりも広い範囲を視野に入れて考究する道が開けた。

現存の長門本の伝本は、いずれも成立当初の原形をそのまま残したものではなく、すでに旧国宝本も転写本であり、[9]現存するどの伝本の書写も厳密な臨写、影写とは言い難い。本節では、引用は『長門本平家物語』（勉誠出版　平18）により、『岡山大学本平家物語　二十巻』（福武書店　昭52）を参照することにした。一部、記号や句読点を変え、濁点や振仮名を加えている。

2　特徴的な文芸的性格

人物造型を考える前に、長門本の文芸的性格と呼べるものの特徴を、おおよそ確認しておく。まず、読み本系諸本（本節では、特に断らぬ限り、延慶本・長門本・盛衰記及び南都異本を指す）に共通の性格として指摘できるのは、①詳述性、②記録性と説話性の両方の拡大、③スキャンダラスな、また超自然的な話題を回避しないこと、④中古の説話や漢籍の引用が多いこと、⑤源氏方、地方武士の人名が具体的に記載されること等である。

さらに、長門本の独自説話・記事としては、①鹿谷事件流人話群の中の、成親・成経系の記事、特に瀬戸内から九州へかけての説話や道行の増大、②北陸合戦の義仲関係記事の一部の増大、が顕著である[10]（延慶本とのみ共通するもの、盛衰記とのみ共通するものについては、ここでは副次的に扱う）。独自説話や合戦記述についてはすでに一部論じたことがあるので、[11]省略に従う。

そのほかに長門本の個性として注目される点は、第一に女性説話、殊に遊女にまつわる記事と、夫婦のなれそめ譚が増えていることである。前者としては、[12]ⓐ巻三「成親卿北方北山御坐事」中にある成親なじみの遊君の歌、ⓑ巻五「室泊遊君歌」、後者にはⓒ巻三「成親卿北方北山御坐事」中

8　前掲『軍記物語論究』四三五頁

9　前掲『平家物語論究』第三章第一節、本書第二章第四節

10　前掲『平家物語論究』第三章第二節

11　前掲『軍記物語論究』第四章第二節

12　このほか延慶本と共通する記事で、巻十二「兵庫島築始事」中の遊女への言及、巻三「加賀守師高被討事」中の「骨をばもろ高が思けるなるみの宿の遊君、手づからとり納けるぞ、むざんなる」の一文等がある。

の成親とその妻のなれそめ、ⓓ巻十四「佐渡左衛門尉重実事」中にある維盛と北の方のなれそめ、及びⓔ巻五「伯耆局事」が挙げられ、ⓕ清盛の娘たちの紹介（巻一「清盛息女事」）が芸能尽し、美人揃の形式に近く、詳しくなっていること（延慶本は簡略）や、ⓖ巻九「待宵侍従事」に小侍従の逸話が増えていることもあり、さらにⓗ巻十三「頼朝義仲中悪事」中、清水冠者が母や乳母に別れを告げる場面[13]もまた、母と子の情を描く点で女性記事の中に数えていいであろう。

但し、長門本には、盛次の隠れ場所を密告する愛人の記事の中に「女のうたてさは」という表現があり（巻二十「越中次郎兵衛盛次事」。延慶本[14]の第六末―29には「人ノ心ノウタテサハ、マ男ニャ移リケム」とある）、必ずしも女性賛美で貫かれているわけではない。むしろ、物語的志向、それも室町物語的な志向の一要素として、女性的な雰囲気が尊重されているのだと言った方が当たっていよう。

そのほかにも長門本には、伏見中将（巻二）とか、花秋大納言（巻三）、吉野尾少将（巻三）などという物語的な人名が独自記事の中に登場するし、四季尽しが何度も出てくること（巻六「有王俊寛問答事」、巻十六「経盛子息敦盛被討事」、巻二十「灌頂巻事」）や、天狗が度々言及されること（例えば巻十一「追討使門出事」）、言語遊戯を好むこと、推条・見相の記事が多いこと、笑話性が所々に見られること等々、室町文芸の嗜好に通底する傾向が認められる。

言語遊戯を好むことは、すでに西田直敏氏の指摘があるが、[15] 隠題や名を隠す歌（例えば巻八「源三位入道父子自害事」中の、省の辞世）が屡々引かれること、推条も、多く文字の解析や掛詞に依存していること（巻五「陰陽頭泰親占事」）等を例に挙げることができ、延慶本にも共通する記事だが、巻七「太政大臣師長趣配所給事」中の難字解読や巻十一「南都合戦同焼失事」中で法滅記の詞をめでたしと讃えるのも、これに類するであろう。前述の四季尽しも、同様の関心に基づくといえるかもしれない。これらも一種の娯楽性、啓蒙性であるという点で、結果的には室町文芸と嗜好を同じくす

13 延慶本はこの箇所「母ャ乳母ニイトマヲ乞テ」とあるのみである（第三末―7「兵衛佐与木曽不和ニ成事」。）また延慶本との共通記事では、巻十八「大臣殿父子関東下向事」中にある、義経が安徳帝の遺品を届け、徳子が嘆く記事も、母子の情を強調する。

14 延慶本では第一末―23「師高尾張国ニテ被誅事」に、「大方ハ女ト下臈トハサカ〳〵シキ様ナレドモ思慮ナキ者也」という表現がある。なお延慶本の引用は影印本により、私に加点した。

15 『平家物語の文体論的研究』（明治書院　昭53）

るものである。

二　長門本の清盛造型

1　清盛像の枠組

清盛像については、盛衰記の場合を以前に考察したことがあるが、(16)盛衰記は数多くの諸本に跨る内容を集大成した上で、一応、自らの文体で書き均らそうとした痕が見えるのに対して、長門本は一貫した著述活動を想定できるかどうか、疑問である。むしろ、長門本の巻十二(「太政入道死去事」)までを見ると、巻一には平氏栄花話群が清盛の異常な栄花を印象づけるように置かれているが、それ以降は、鹿谷事件話群、頼政挙兵話群、頼朝旗挙話群などの反平氏関係者の話群の中に、清盛が埋没してしまっている感すらある。

その中から清盛に関する長門本独自の記述を拾ってゆくと、清盛の栄花は「希代の貧者」(巻一「清盛行吒天清水寺詣事」)が奇跡や外法によって入手したものであり、清盛は何かにつけて、しかりののしり、いかる人物として描かれている。その短慮、独善性、ある種の無神経さも強調され、成り上がり者と認知されていたことも描き出される。

勿論、権勢ある者として望ましい対応をした場合もないわけではない。

〈例1〉巻四「康頼二首歌事」では、重盛が、康頼の流した卒塔婆が都に届き、世間の同情を呼んでいることを清盛に告げると、「入道は、をともし給はず」(延慶本はこの一文なし)、その場は一言も発しなかったという。その後に「いわんや大政入だう、木石にあらねば、いかでか、此歌を、あはれと思給はざるべき」とあるので、清盛が言葉に詰まったのは、康頼への同情と自分の立場との板ばさみになったからであることが分る。

16　前掲『平家物語論究』第二章第四節

〈例2〉また巻五「室泊遊君歌事」では、室泊の遊女の独詠を聞きつけて、「入道、ねざめし給ひて心すまれけるに、かく申《まうす》を聞給ひて、いとおもしろき事ニおぼしめして、いそぎせがいに立いで給ひて、これへ〳〵とめしあげて、越中次郎兵衛尉をめしよせて、此御前に、引出ものせよと仰られければ（下略）」という（延慶本この記事なし）。

しかし例1は、さすが暴君の清盛をも絶句させた、康頼の歌の力が主眼であるし、例2は、気まぐれな権力者の奢りとも受け取れる。さらに次のような例もある。

〈例3〉巻六「丹波少将康頼入道上洛事」では、帰洛した康頼・成経を清盛が呼び出す。成経の家族たちは、さては改めて死刑かと緊張するが、清盛は、教盛を慰めるためと称して両人を接待し、「入道、よき事がほに、いかに、此ほど栖れ候けん、いはうがしまの眺望はいかで、いかなる所にて候けんぞ」と問う。成経が配所の生活を「よにつらげに申されければ、入道、うちうなづきて、さては、興ある所にて候けり。さぞ御名残は、おしく思され候覧と、大にわらひて、内へいり給ぬ」という。これによって両人は、「今は別事《べちのこと》よもあらじ」と安心する（この記事、延慶本なし）のだが、清盛の無神経な尊大さが描かれていて、権勢者の好意というものの側面が、例2・例3共に浮びあがってくる。

〈例4〉例2に続いて、「西八条被立札事」「宋朝班花大臣事」という独自記事がある。清盛の西八条邸の前に、落書を記した札が立てられ、清盛を「その仁のために、くはぶんなり」と評する。怒った清盛は、「京中のすき人、文者」をごっそり拘引して、北野天神の御前で千三百三十六人に起請文を書かせたが、犯人は顕われなかった。「権威の程のゆかしさ」[17]に感嘆して結ぶが、清盛の成り上がり、世評の不同意、清盛の激怒と過剰反応、重盛の諫止、等々は、長門本平家物語に一貫する造型であろうし、強弱の程度はあっても、平家物語の基本的枠組でもあろう。長門本が清盛の

17 「ゆゝしき」とあるべきか。岡大本も同。

成り上がりを苦々しく描くことは、巻一の平氏栄花話群（「清盛行吒天清水寺詣事」「清盛捕化鳥并一族官位昇進事」「禿童附王莽事」等。かなりの部分は盛衰記と共通）からも窺われるが、長門本の独自部分としては、巻七「静憲法印為院宣使被向入道宿所事」で、清盛が静憲に対して法皇への不満を逐一挙げてゆく中で、次のように述べるくだりがある。

〈例5〉「つぎに、入道がかう位、がゐ(18)にまかするよし、いま更、院中の御さたとうけ給し事、代々、てうてきをうちたいらげて、君の御代になし奉るによて、しやうしんつかまつる条、まつたくじゆ(19)にあらずや(20)。てうてきをうちてちうしやうにあづかる事、古今れいなきにあらず。（下略）」

即ち、清盛は自らの昇進が分不相応であると院中で取沙汰されていることに不当だと反論して、内々法皇を恨み奉る理由の一つに挙げているのである。官位過分の批判は、彼自身のコンプレックスにさえなっているかのようである。

〈例6〉長門本の清盛に関する記述が、他本と最も大きく相違するのは、いわゆる教訓状、巻三「小松殿被諫父事」である。端的にいうと、長門本では重盛と清盛の父子対立が、両人の態度に公然化されており、その結果を見て周章狼敗する清盛が、戯画化されることになる。例えば、駆けつけた重盛に向って、清盛は次のように言う。「法皇を、是へむかへまいらせて、片辺《かたほとり》にをし籠《こめ》まいらせんと存ずるあいだ、此事、申合《まうしあはせ》奉らんとて待奉つるに、いかなるちゝ(21)にか候。大方は、浄海が思とおもふ事、御辺の御心に、一々に違候らん事こそ、遺恨におぼえ候へ」。また重盛は父に対し、声涙ともに下る説教（いわゆる「大教訓」）をしたあと、立ちざまに用意の武装をつけ(22)、侍どもに、「今日より後は、中違《なかたがひ》奉る。重盛を重もりとおもはん人どもは、よろうて小松へまいれ。是をもて、こゝろざしのありなしをば見むずるぞ」と宣言する。延慶本では、重盛は着座する際、「四方ヲ見マハシテ、イシゲニサウ御気色共カナトテベシ口セラレケリ」とあり、清盛は「内府ノ既ニ立給ケ

18　我意。
19　自由。
20　「や」衍か。あるいは、もと「非也」とあったか。岡大本も同。
21　遅々。
22　延慶本には武装する場面はないが、清盛邸へ駆けつける際に、「重代伝リタル唐皮ト云鎧、小烏ト云大刀、車ノ内ニ内々用意シテ持レタリ」とある（第一末―18「重盛父教訓之事」）。長門本では以下のようである。「がはとたち給つゝ、車のうちに、よういせられたりける、ものゝ具めしよせて、むらさきぢのよろひ直垂に、はじのにほひのよろひをきて、白星のかぶと、春近といふ雑色のくびにかけさせて、おとゝの右大将宗盛のくろくりげの馬に、黄ぶくりんの鞍をきて、とねりがひかへたるを、引かなぐりて乗給、馬をひかへて打立給」。

ルヲ見テ、シラケヌ体ニ、哀キ、タル殿ノ口カナ、ワ殿モ説法シ給フ、暫クオハセヨカシ、入道モ説法シテ聞セ申サム」と、互いに感情をぶつけ合う。覚一本では、優等生ふうの重盛は、長門本のようにすごんだりはしない。また覚一本・延慶本とも、重盛が兵を召集する口実は、「重盛別《べつし》テ天下ノ大事ヲ聞出シタル事アリ」というものであり、長門本のように、「今日より後は、中違奉る」と、清盛につくか自分につくかの選択を明確に問うものではなかった。覚一本は勿論、延慶本に比しても、父子の力の対決は明白であるといえよう。

ところが清盛は、侍たちがいなくなったのを知らされて、「さるにてもとて、走出て見給へば、実《げに》も、侍には、人壱人もなし。ここにやある、かしこにやあると、爰のかくれ、かしこのゐんどう、のぞきありき給けれども、人一人も見えざりけり。こはいかに、内府に中違ては、片時も、世にたちまひてあらん事は、かなふまじかりけるものをとてこそ、うそぶきて、よに心得ず、けふ覚《ざめ》げにて」という。そこへ忠度が来たのを渡りに舟とばかり、「自今以後は、内府のはからひ申さん事をば、一切背《そむ》くまじきぞ」と、全面降伏を申入れ、重盛と和解する。評言に、「入道殿是を聞て、はづかしきにつけても、よきにつけても、さしも邪見にましましけるが、すみぞめの袖をぞしぼられける。それにつけても、をくちなくぞ見《みえ》られける」と結んでいて、清盛はここではかたなしである。貞能、忠度のような一族郎等の中の年配者にたしなめられ、逆上した行動を重盛に阻止された上に、統帥権はもはや重盛にあることを否応なく認めざるを得なくなった。やや誇張ぎみではあるが、清盛の無力化がはかられたと言ってよい。

〈例7〉誇張によるデフォルメは、巻十二「小督局事」にも見られる。この章段中には、清盛が「しかりの給ふ」「大にはらをたてゝ」「きゝつけていかりをなし」「はらをたてて」等、激怒して行動に出る記述が多い(23)。殊に、小督復帰を聞きつけた清盛が、福原から駆けつけ、小督の亭に乱入して

23　延慶本にも同様に、「大ニ怒給テ」、「弥ヨ不レ安カラ思テ怒ヲナシテ」、「イトヾ怒給ケリ」とあるが、小督に対しては「自ラカミヲシ切テゾステ、ケル」とあるのみである。但し延慶本は、高倉帝が小督を熱愛して徳子を召さぬのに立腹して、「浄海ガ娘ナムドヲ加様ニスサメサセ給ベキ事ヤアル、メサズトモ只マヒラセヨトテ、押テハ進セナムドセラレケリ」とするあたり、また別の誇張を見出すことができる。覚一本には「怒る」に類する表現は、ここでは使われていない。

とった行動は、奇怪である。

「たけなるかみを、入道、手にからまきて、つぼのうちへひきいだして見られければ、誠にきみのおぼしめさるゝもことはりなり、天下第一の美人にてありけるものをとて、よになつかしげにおもはれたり。あまつさへ、みゝにさしよりて、入道にちかづきたまへ、いまのなんをたすけたてまつらんときこえければ、小河殿、（中略）いさゝかも、ゆるげなきよしにの給ければ、入道はらをたて、もとよりの意趣なりければ、（中略）かみを切、あまになし、みゝをきり、はなをそぎてをひはなつ。」

即ち、小督を一目見るや好色まる出しで、暴力を背景に口説き、拒絶されると、今度は極端な暴虐をふるうという、矮小化された造型になっている。清盛の好色は、延慶本第一本―7「義王義女之事」に、仏御前の舞を見る中に「入道イツシカツイタチテ未ダ舞モハテヌサキニ仏ガコシニ抱キ付テ帳台へ入レ給ケルコソケシカラネ」とあるが、覚一本にはこのような露骨な表現はない。髪を切り、耳を切り鼻を削ぐという仕打ちは、中世の処罰の方法にあったようだが、ここでは処刑というより、美女を異形にして愛の対象から追放してしまうのが目的であり、嗜虐性も帯びていて、誇張による創作であろう。

2　「物怪之沙汰」の異同

いわゆる物語的な場面は、諸本によって異同が激しく、創作性本文変化[24]が頻繁にあらわれるが、その中から巻九「待宵侍従事」の末尾にある、清盛が福原で怪異を見る記事をとりあげて、諸本の相違を見てみることにする。

24　犬井善寿『鎌倉本保元物語』（三弥井書店　昭49）解題。

〈例8〉「ある夜の夢に入道見給ひけるは、まだ早旦なる心地して、ゐんぎやうだうしてましく〱けるに、[A]されかうべ二いでゝ、東西よりねりあひ〱ぞしける。はじめは二ありけるが、のちには十、廿、五十、百、千、万、後にはいく千万といふかずをしらず、つぼにみち〱てぞ候ける。これらがあつまりゐて、上なるかうべは下になり、下なるかうべはうへに成、かしひしとぞくひあひける。さてその後しづまりて、此かうべどもが、おもてをならべて、入道をはたとにらまへてぞ候ける。此かうべどもは、おもてに且づゝぞ候ける。入道もまけじとこれらをにらみ給。たとへば人のめくらべをするやうに、たがいにまたたきもせず、はたとにらまへてぞ候ける。やゝあて、一同にこゑをあげて、どつとわらひて、霧霞雪霜などのごとく消うせて、のちには、跡かたちなくぞ成にけり。その後、入道、夢うちさめて、むなさはぎしてぞましく〱ける。又ある時、夢に見給ひけるは、[B]八間の所にはゞかる程のされかうべあて、是も目一ありけるが、又入道と目くらべし、是もにらみまけてうせにけり。かかる事どもを見給ひ、其後はつねに物ぐるはしき心ぞ出きける。」

　Aは、二個の髑髏から数が増え、互いに嚙み合った後、清盛と睨み合う話、Bは巨大な髑髏が清盛と睨み合う話で、どちらも目一つ、清盛に睨み負けて消える。延慶本は①荒神たちが清盛に恨みを言いに来る話、②大きな生首と四五十の髑髏とが、鹿谷事件と、新都到着の遅れにより頸を刎ねられた行忠の事件（大きな生首は行忠か）とについて恨むのを、清盛が一喝すると消える話、③六つ目の巨大な首が現われて睨みつけるので、清盛が太刀を抜きかけると消える、という三話を記す(25)（第二中―33「入道ニ頭共現ジテ見ル事」）。延慶本の妖怪たちの恨み言は極めて具体的で、対する清盛も、②③では自ら反論して追い払っている。これに対し覚一本（巻五「物怪之沙汰」）では、㋐巨大な顔が清盛の寝室を覗き、睨まれて消える（延慶本の②、長門本のBの簡略な形）、㋑天狗倒し、㋒庭中に髑髏が無数にころがり合い、巨大な一つの頭となって、千万の眼で清盛と睨み合って消える（長門本の

25　本書第三章第三節参照。

Aに似る)、㋓一の厩の馬の尾に一晩で鼠が巣を作って子を産む、という怪異が語られる。長門本・延慶本では巻十二「播磨福井庄司死去事」(第三本―13)の中、清盛死去の後に㋓及び④福原邸の五葉松が枯れたり、⑤禿童の中に天狗が交じって田楽を踊ったという怪異が記される。盛衰記は福原遷都の箇所には怪異記事がなく、巻二十六の清盛死去の後に㋓・㋒・④・⑤と㋑の混合した話、が並べられる。㋒としたのは、福原邸の朝、庭に無数の首がころがり合い、一つの大頸となり、四五十もある眼が「而モ逆ナルヲ以テ」、清盛と睨み合う話である。睨まれた大頸は小さくなり、また大きくなったりして消える。「推スルニ保元平治ノ逆乱ニ討レシ死霊ノ所為トゾ覚タル」という。

これらを比較対照してみると、まず延慶本①の「荒神達」は、いわゆる屋敷神と考えられ、素材や時代性の点で興味ある問題が秘められているが、「此本意ナサノ恨《ヲバ》争《カ》見セザルベキトテ、東《ヲ》指テ飛行ヌ」とあるのは、旧都へ帰ったのか、さらに東国へ馳せ参じたというのか、恐らく後者であろう。②の行忠処刑の話は全く唐突で、史料の上でも確認できず、延慶本や屋代本に屢々見られる、一種の独善的記述[26]である。鹿谷事件の死者の恨み、不当に処刑された遷都の犠牲者の恨みが日夜清盛に向けられるというのであるが、これら①②③に、清盛は一々声をかけ、反論して退ける。覚一本の場合、㋑はいわゆる天狗倒しとか天狗笑いとか呼ばれる山中に多い民間伝承をとり入れて、福原という土地にまつわる怪しさ、遷都の不当性を暗示しているが、盛衰記は㋑と⑤を融合して合理化しようとしたために、意味がぼやけてしまった。覚一本の清盛は、妖怪に向って声をかけることはなく、「ちッともさはがず、ちやうどにらまへてをはしければ」、「すこしもさはがず、はたとにらまへてしばらくたゝれたり。かの大がしらあまりにつよくにらまれたてまつり」と、睨む力、つまり清盛の威風におされて怪異が退いたと描かれている。

長門本のA・Bは、覚一本の㋒・㋐の系列に属する。目一つの髑髏Aと、千万の眼をもつ髑髏㋒、

26　本書第一章第二節参照。

無数の髑髏が「かしひしとぞ、くひあひける」(A)、「おびたゝしうがらめきあひければ」(ウ)という表現は、それぞれに恐ろしいが、長門本の清盛もまた、言葉を発せず、睨む力によって化物を撃退している。しかし、「その後、入道、夢うちさめて、むなさはぎしてぞまし〲ける」とか、「かゝる事どもを見給ひ、其後はつねに物ぐるはしき心ぞ出きける」とあるように、妖怪たちは結局、清盛にとり憑き、彼の精神を蝕んでいったと記されているのである。

長門本の清盛は、覚一本に比べれば没個性的に、異常な栄花を手に入れ、しかし無能で無節操な暴君として、滅びるべく造型されている。いわば、物語の中の役割性が強く押し出されており、平家を滅びに至らしめる必然性が強調された。これは多かれ少なかれ読み本系諸本のもつ指向であるが、いま部分的に見たように、延慶本の記事では、清盛が感情や行動を烈しくぶつける姿が描かれている。史実かどうかは別として、延慶本の清盛は、物語の中で動き回り、感情的言辞を吐き出し、それらが決して共感を誘うものではないにせよ――即ち、批判の対象となるべき姿ではあっても、あるいは、相互に矛盾する形象があったとしても、長門本の記述に比べれば、変化に富んでいる。裏返せば、長門本の造型は、いわゆる物語(室町時代物語、中世小説をも含む)の約束ごとの枠内に入って固定しつつあるものだと言えるかもしれない。

三　その他の人物造型

1　重衡の場合

平家物語における重衡の登場は、①主要な合戦の指揮者の一人として、及び②南都炎上の責任者、即ち仏敵としての捕虜生活(「南都炎上」・「一谷合戦」・「内裏女房」「八島院宣・請文」「戒文」「海道下」「千手前」・「重衡被斬」)に大きく概括できるが、長門本もまたその基本線に沿っている。[27] しかし、②に属

27 ①のほか、鹿谷謀議の行綱返忠の際、長門本・延慶本は、清盛が重衡を同伴して行綱に面会する。なお重衡の人名検索は、早川厚一氏試作の『長門本平家物語人名索引』(私家版)によった。

する記事を見てゆくと、覚一本などに比べて目につくのは、細部描写の詳しさである。それらの大部分は延慶本と共通しているので、読み本系の詳述性の一環ともいえようが、例えば次のようなものである。

〈例9〉「みのこくばかりに、下すだれかけたる女房車にて、庭のうちにやり入たり。ぶしども、さね平をはじめとして卅きばかりあり。九郎よしつねは、もくらん地のひたゝれに、したはら巻きて、つま戸よりおりむかひて、門させと下知せられぬ。中将は、手づからすだれを巻あげていられたり。九郎、袖かきあはせて、御うらなしまいらせよと、あな、おびたゝしのざう人哉と申て、中将をさきにたてゝぐし奉て入《いる》。」（巻十七「本三位中将関東下向事」）

〈例10〉「とかくいふほどに、夜もほの〴〵とあけける時、夏毛のむかばきに、二毛なるむまにのせまいらせて、しろぬのをよりてくらに引まはして、ほかより見えぬやうに、まへわにしめつけて、竹がさの、いとしなきをぞきせたりける。あゆずりのひたたれきたるおとこに、馬の口をとらせ、せんぢん卅きばかりうちて、次又三十騎ばかりうちたる中に、うちぐせられたりければ、よそにはなにとも見《みえ》わかず。」（同）

〈例11〉「板屋のうち、にしの座には小もんのたゝみ三畳敷て、東座にはむらさきべりのたゝみ五でうしきたり。中将、にしの座のたゝみに、ひんがしむきにゐらる。（中略）中将、是を聞れて、涙を袂にのごひて、めのふちすこしあかみての給ひけるは」（下略）（同）

例10は延慶本にほぼ同じ、例11もほぼ共通しているが、傍線部は長門本独自である。中略部分には、頼朝と対面した場の描写が、具体的かつ詳密である。例9は、義経と範頼との間に重衡の抑留をめぐって確執があったことを記す、長門本独自記事である。あたかも頼朝周辺の記録が基にあったかと推測したくなるような具体的記述であるが、長門本の重衡記事は、一方で、自ら物語の形象

をつき崩すかのような齟齬を抱えこんでいる。例えば、北方に別れを告げて刑場へ出発する場面、

〈例12〉「異朝のむかしをあんずるに、漢高祖のために、項羽をほろぼされし時、項羽、軍にまけて、いまはかぎりになりしかば、心ざしふかくおもひける虞氏がもとへ落逃きて、たがひにいまをかぎりの別をおしみ給しに、敵まぢかくせめかゝるよし聞えしかば、なく〳〵わかれ給ひつゝ、落行給けんも、これにはしかじとぞ見えし。されば、「燈暗数行虞氏涙、夜深四面楚歌声」といふ詩をさへ、おぼしあはせつゝ、ひつじのあゆみ、やうやくちかづきければ、新野池もうち過て、光明山の鳥居のまへにも着給ひぬ。こゝは治承四年五月に、高倉宮の、ながれ矢にあたりてうせさせ給し所にこそ、と見給ひけるにも、わが身のうへとおぼえて、あはれをもよほすたぐひなり。又六堂(28)もうちすぎ給へば、源三位入道の一門、おほく当家の敵となりて、命をうしなひし処と見られけるにも、むかしいま、うつりかはるも世のならひまで、おもひのこし給ふ事なし。さるにつけても、なみだばかりぞつきせざりける。」（巻十八「本三位中将日野御座事」）

死に向う重衡の心理を描くようだが、すでに千手前との一夜で朗詠した詩句を再び持ち出し、覚一本がもたせた象徴的な効果(29)を無視して、単なる（むしろ、唐突な）異朝の先例にしてしまっているし、以仁王の乱のことを想起しているのも、仏敵としての重荷よりも以仁王の乱の因果応報を印象づけることになり、これまでに積み上げてきた形象と支え合うものになっていない。さらに、梟首された後、春乗房上人が首を乞いうけて北方へ渡し、高野へ送ったと述べた後、「きたのかたの御心の中、をしはかられてあはれなり」、「彼春乗坊の上人と申は（中略）、慈悲のふかさもあはれなり」として同情を寄せておきながら、続けて、

〈例13〉「つら〳〵事の心をあんずるに、重衡卿、槐門玉楼の家に生《むまる》といへども、神明仏陀の加護もなく、冥顕につけては、こと〴〵く、仁義礼智信の法にそむき給けるかとぞおぼえける。」（巻十

28 「丈六堂」か。岡大本も同。

29 前掲『平家物語論究』二〇頁

九「本三位中将於南都被切事」）とあって、それまでの共感はあっけなく否定し去られてしまう。このような齟齬は、有名な千手前との一夜の場面にも見出される。

〈例14〉「中将、ちとさしうけらる。此女、給りて、むねもち、とりながして、らうどう四五人、たべとゞめつ。其後、此女、ことをひく。中将、びはをとりてばちをならさる。女、しばしは琴をつけけれども、しらべあはざりければ引とゞまりぬ。夜やうやくふけ行まゝに、しづかに物あはれなり。」（巻十七「本三位中将関東下向事」）

ここは覚一本[30]巻十「千手前」では、「其時坏をかたぶけらる。千手前給はッて狩野介にさす。宗茂がのむ時に、琴をぞひきすましたる」とあり、重衡が千手の対応に気持がほぐれ、二人の共演となって、クライマックスへ向う箇所である。覚一本では、享受者にとっては、狩野介宗茂が連れてきた郎等は殆ど意識されず、クライマックスでは宗茂も見えなくなって、あたかも重衡と千手前二人きりであるかのように構成されているが、長門本では、郎等たちも盃を受け、重衡の琵琶に千手が伴奏したが合わなくて途中で弾き止めたとして、高潮してゆく情感は、現実に引き戻され、中断される[31]。

〈例15〉「平家の殿ばらは、代々の歌人にておはし候。ちかごろ都に、花喩といふらく書の候しに、此中将は、いまだおさなくて、それには入候はず。あにの小松大臣をば、ぼたんの花ぞのゝ大臣と申て、さい国におはする内大臣を、ふかみ草の花にたとへ申候へしぞかし。」（同）

覚一本や延慶本では、この箇所、重衡自身を牡丹に喩えている[32]。南都異本は長門本に同じである。重衡はこの時二十七、八才。幼くて数に入らないというなら、二十年近く前を「ちかごろ」と言っていることになるし、深見草を牡丹の異名とするなら、重盛も宗盛も同じ花に喩えられたことになり、詳述したために齟齬を生じたものであろう。

30　引用は日本古典文学大系による。

31　延慶本は、この箇所、傍線部分はない。しかし、重衡の「燈暗シテハ」の朗詠の後に、「人々」（「鹿野介以下聞人」ともある）の感想がつけ加えられ、雪山の鳥や蜉蝣の比喩をひいて無常に言及する。このような延慶本の文体については、第二章第一節に述べた。

32　『平家花揃』も重衡を牡丹に喩える（前掲『平家物語論究』三五九頁）。

〈例16〉「あくれば四月一日、いつしか兵衛佐のかたよりとて、ながもちのふたに、三ちやうのあさぎのひたゝれに、すゞしのこうらのはかま、しろきかたびら、絵あふぎ、だんし一そく入て、ゆやに来し女童にいたゞかせて、千寿まいりて、三位中将殿に申《まうす》。中将、うち見給ひて、ともかくも物ものたまはず。千寿は、おもはずに思て、物もおほせられ候はずと申ければ、佐、うちわらひてぞおはしける。」（同）

この文章は、延慶本では重衡が伊豆から鎌倉へ移された記事（第五末—20「重衡卿鎌倉ニ移給事」）の中に出てくるが、例によって唐突な具体的記述ともいうべき独善性をそなえている。なぜ、千手は重衡の態度を意外に思ったのか、頼朝の笑いは何を意味するのか、これだけでは判らない。南都異本を見ると[33]、A四月一日の更衣のために頼朝が装束を贈り、重衡は屋島の一族のことを思って終日嘆き沈んだという。B帰ってきた千手に頼朝が重衡との情事の有無を問い、千手が断固否定する記事がこれに続く。長門本・延慶本・覚一本では、前引の例15の前にある「兵衛佐、うちわらひて、千寿に、中人をば、おもしろくしたるものかな」と言う部分bがBに当たる。南都異本のABは盛衰記に近く、全体としては長門本・延慶本よりも後出性を示す本文だと思われるが、例16は、南都異本のような本文を略述化したものではないか。覚一本のように、b頼朝が千手を重衡接待に派遣したことを上品な形でほのめかす本文と、盛衰記や南都異本のようにB重衡が千手・伊王と二人の女性を斥けたこと、それに対する頼朝の反応を記す本文との間に、ABを略述化した本文Cが存在し、長門本・延慶本はbCの両方を採りこんだと見られる。

以前に述べた通り[34]、読み本系の本文は、流動が激しく、互いに離合集散を繰り返し、今日喪われた本文は、現存している本文よりも多かったと思われる。長門本・延慶本もまた、先行本文からの略述と増補との、両様の改編をくぐってきたものと見るべきであろう。異種本文を寄せ合せる、混

33　南都異本は影印本（汲古書院　昭47）による。
34　前掲『軍記物語論究』第四章第三節

態現象も、現存本文から推定できる以上に屢々、繰返されてきたと考えなくてはならない。

2　書かれていない人々について

このほかにも、義仲や信連、成親・成経など、反平氏の人々をとりあげて考察する予定であったが、これまでに述べた傾向と重なる点が多いので、省略することにした。最後に触れておかねばならぬ問題が二つある。一つは、これまでの引例から推測される長門本の混態性についてであるが、この点は次項で述べる。もう一つは、長門本では、詳しく書かれていないこと自体が特徴的である、幾人かの人物――例えば祇王、文覚、重盛についてである。

祇王説話が長門本にはない。諸本を見渡せば、巻一にあるもの、巻五相当部分の福原遷都の後にあるもの（盛衰記巻十七）、抽書になっているもの（屋代本。四部本は、『平家族伝抄』『刀後聞』にあるが本文中にはない）、欠くもの（長門本・源平闘諍録[35]・覚一本第一類[36]）等があり、巻一にある本でも、百二十句本・葉子十行本・下村時房刊本のように「殿下乗合」の前にあるもの、覚一本第二類やその他の語り系諸本のように「二代后」の前にあるものとの二種に分れる。さらに「二代后」冒頭の、源平両氏の中で今は平家のみ繁昌しているとの文章が、「祇王」の冒頭、「吾身栄花」の後に来ている本もあり、すでに渥美かをる氏が指摘されたように[37]、後補の説話なのであろう。但し、意味づけは、清盛の悪行の例として一定しており、結果的に盛者必衰の例話の意味も持つ。問題は、女性説話を好む長門本が、なぜ本話を採り入れなかったかである。参照した先行本文や旧延慶本にはなく、延慶本が採りこんだのであろうか。屋代本や四部本のように、別紙に切り出していたのであれば、他にも欠けている記事が幾つか、なくてはなるまい。あるいは、長門本の好む女性説話の型からはやや外れるものだったからか。前記のような遊君の記事や夫妻のなれそめ譚、才女譚は、物語に華やか

35　但し、遷都に該当する記事は欠巻部分なので、盛衰記と同様の位置にあった可能性もある。

36　覚一本の伝本は大きく二つの類に分けられる（日本古典文学大系解説）。

37　『平家物語の基礎的研究』（前掲）一九〇頁

な彩りを点じることが目的だったのかもしれない。小督や小宰相の話は、本来、平家物語の中では恋模様以上の意味を有している[38]のだが、長門本はそのように理解してはいなかったのかもしれないのである。

　重盛死去の前後の説話、覚一本でいえば「医師問答」「無文」「燈爐之沙汰」「金渡」は、長門本にはすっぽり脱け落ちている。延慶本によれば、第二本―20「小松殿死給事」の後、21「小松殿熊野詣事」、22「小松殿熊野詣由来事」、23「小松殿大国ニテ善ヲ修シ給事」と並び、覚一本と対照すると、「燈爐之沙汰」を欠き、22は独自記事で、20は「医師問答」の末尾に当たり、21の中に「無文」が含まれ、23が「金渡」に該当する。長門本は恐らく延慶本のような配列になっていたものと思われ、旧国宝本巻六の最後が、20の結尾の一文、「前右大将方ザマノ者共ハ世ハ大将殿ニ伝リナムズトテ悦アヘル輩モアリ」の傍線部とおぼしき「前右大将の」で丁一杯となって終わっている。後出の伝本では、「前右大将の」を写さぬものも多い[39]が、旧国宝本、もしくはそれ以前の段階で物理的に欠落したものであろう。従って、旧延慶本及び長門本の原本の段階では、重盛説話群は存在したものと考える。「燈爐之沙汰」は盛衰記にはあるので、延慶本にはなくても、長門本原本にはあったかもしれない。つまり、重盛に関しては長門本が意図的に簡略化したものではないことになる。

　頼朝挙兵に絡む文覚の説話群は、巻九から十に跨り、覚一本とも延慶本とも配列が異なっている。巻十の冒頭は、延慶本第二末―5「文学伊豆国へ被配流事」の途中に当たる文章から始まっていて、『参考源平盛衰記』も「蓋脱漏矣」と注しているのであるが、巻六尾の場合と異なって、単なる脱落ではないようである。即ち、巻九末尾の文覚断食の記事は、巻十にも重複し、また巻十に「この文覚坊は、天ぐのほう、じやうじゆして、ほうしをば、おとこになし、おとこをば、法師になしけるとかや」として、次いで「天狗と申は」と、天狗について解説しているが、この解説部分は長門

38　前掲『平家物語論究』第一章第二節

39　本書第二章第四節参照。

本独自である。但し、延慶本の第二本―2「法皇御灌頂事」中に出ている天狗談義（『天狗物語』と同内容であることが指摘されている）[40]の一部を要約したような内容になっており、旧延慶本か、それ以降に延慶本が採り入れた素材を共有しているのかもしれない。つまり、文覚記事に関しては、巻九・十に亙って改編が行われ、その結果、略述や重複が入り交じって残ったものと思われる。

以上、祇王、重盛、文覚、それぞれの場合に、編纂改訂に伴って異なる事情が存在し、一貫した意図を以て整理を完了させたわけではないことになる。

40　潟岡孝昭「新資料「天狗物語」と「平家物語」との関係」（『大谷学報』昭34・11、昭35・3）

四　おわりに

1　混態本の〝文芸性〟

右に見てきたように、長門本は、一貫した意図による、一回の編集・著述作業の下に成立したわけではなく、略述、増補、位置の入れかえ、細部の書きかえ等々、恐らく数次に亙る多様な改編を経ており、その素材には、旧延慶本以外の平家物語本文をも含んでいたことは確実である。つまり長門本は、固定に向いつつはあるが流動過程にある、混態本だと言ってよいだろう。

本節では、なるべく長門本独自の部分を中心にして考察を進めてきた。しかし、ふと疑問に思うのは、例えば延慶本や盛衰記が伝存していなかったら、このような考察ははたして同じ結果にたどりつくか、ということである。裏返せば、現在、長門本のみに存すると思われる記事も、喪われた諸本に共通していた可能性は充分にある。混態本における文芸性、思想性の追究が、どこまで客観性を保証しうるものか、考えてみる必要があるだろう。

今は、上述のような留保をさし引いても、おおよそ長門本の個性とみなしてさしつかえないと思われる例を使用した所存である。本節でとりあげなかった部分にも大体は通底する傾向を、主に論述した。

混態本文を扱う際に必要な注意は、演繹的に、他の諸本に見られる要素をあてはめて検証し、結論を導き出すのではなく、（しごく当然のことだが）対象とする本文自体を読みぬいて、そこから感じられる個性、特色を具象化し、論述するのに有効な視点を探しあてることではないか。混態本のそれぞれに、有効な検証項目が異なるのだと思う。一律の指標で他本と比較することは、こじつけに陥る危険をはらんでいる。

2　長門本の文芸的造型

では、そのようにして見た長門本の文芸的造型の特色とは何か。一口で言うと、「物語になりたがっている」物語なのではないか。その「物語」の基準が、現代の我々から見れば、平安朝期の物語でなく、室町物語、中世小説のような、「物語らしく」あろうとする物語だったのではないかと思う。重盛も、義仲も、美男だったとされ、小督は高倉天皇に未練を残し、清盛に向っては貞女を主張する。恋愛模様、四季尽しや和歌による美的雰囲気など、あるべき「物語」世界を目ざして改訂が繰返されたのではないだろうか。素材の面からは、また別に管理者や思想の問題が照射されると思うが、敢えて長門本に文芸的造型を問うならば、以上のように考えてみたい。

第四章

軍記物語史の中で

戦争の物語

しかしこれもまた真実である――お話《ストーリー》は我々を救済することができるのだ。
T・オブライエン「死者の生命」(村上春樹訳)

✧ 1 ✧

いうまでもなく、軍記物語は戦争の文学である。従来の定義によれば、中世の軍記物語とは、合戦を記述して、時代の転換、もしくは個人(一族)の運命を描く文学、とされている。

しかし、すでに言われてきたように、覚一本平家物語は戦争の飢餓や血糊や泥濘を語らず、描かず、恐怖を感じさせない。但し、覚一本は決して戦争の残虐さや悲惨さを隠蔽しているわけではない。退避する船の舷にしがみつく兵士らが、味方に手を薙ぎ落され、海面を朱に染める場面もある(巻九「坂落」)。笹原や汀の波が鮮血で色が変わった、との表現もある(巻十一「内侍所都入」)。だが、それらはごく短い詞句で、伝統的な歌語を鏤めて示されるので、哀調を帯びた叙情の中に溶解し、事後の詠嘆的評論として専ら機能することになる。覚一本の場合、貴顕の前でも、群衆の前でも語り得る芸能、という制約も大きかったであろう。が、描写の写実性においてまさる読み本系本文(例えば延慶本の第六末―22「十郎蔵人行家被ㇾ搦事」には、生け捕られた行家が洗米を食そうとすると、額の疵から血がさっとこぼれかかるとか、鎌倉へ頸を届けるために脳を出して塩を詰めたというような記述がある）でも、この点に関しては戦場の描写に質的な相違が見られるわけではない。

『太平記』の場合は、例えば巻十八「金崎城落ツル事」など凄惨な記述はそこかしこにあるし、一つには漢語のもつイメージ喚起力にもよると思うが、戦況の変化やその要因が、印象ぶかく記されている。我々は、巻二十「義貞自害ノ事」を読みながら、「小雨マジリノ夕霧」の中に「深泥」の匂いや冷たさや、義貞とその兵たちの「犬死」の惨めさを感じるであろう。しかし、だからと言って、それらが戦場の体験者たる武士の眼で描かれたものということにはならない。大局的な評言を操る、物語の語り手の立場から構成されているというのが正しい。

いくさ語りと呼ばれる伝承とか、軍忠状・合戦注文のような文書類とか、戦場からもたらされた素材が軍記物語の形成に関わったことは、これまでも想定されてきた。文書となったものが参照され、まとまったいくさ語りとして伝承されていた話群も採りこまれていると推測される。(1) 多くの場合、それらは『徒然草』二二六段が、「武士の事、弓馬のわざは、生仏、東国の者にて、武士に問ひ聞きて書かせけり」と言う通り、制作者側が必要に応じて聞き取り、書き取りを行なって収集する過程を経て持ちこまれたのであろう。

かの『古事談』（巻四―22）が伝える、後藤内則明のいくさ語りは、「薄雪の降り侍りしに、いくさの男ども……」で中断された。(2) 以後、彼の語りは、微妙に変化しはしなかったであろうか。たとえば、この一句をていねいに、印象づけて語りはしなかったか。武士仲間で継承されるためだけの語りではなくなり、実戦を体験すべくもない、しかし想像力や洗練された美意識によって、より〝真実〟らしい合戦を追体験しようとする聴き手を満足させるような趣向が、忍びこんだかもしれない。そのように、文化圏や異なる動機や歳月を跨ぎ越えて、あるいはそれらが相互に作用を及ぼ

1　松尾葦江『軍記物語論究』（若草書房　平8）第二章第四節

2　久保田淳『日本人の美意識』（講談社　昭53）所収「中世日本人の美意識」（初出昭47・11）

し合って、素材そのものも変容を遂げ、さらに編集作業の過程を通じて、物語のトーンがきまってゆく。

✦ 2 ✦

素材や体験が、物語る意志によって生命を与えられ、もう一つの時間の流れを実現するとき、即ち物語世界が自立するとき、そこにはたらいた諸々の因子や動力を、我々は知りたい。単なる合戦記録や唱導台本ではない、戦争の物語を産み育てた環境を、年代と場とを想定して追究することが、いま求められている課題である。軍記物語は多くの場合、成立年代が未詳であるために、我々の研究はともすれば題材とする事件との間の時間的積層を無視したり、人的交流・文化的環境・作品の契機などの必要な諸条件を関連させずに部分的な要素を重視したりするきらいがあった。また他の文学現象から孤絶して、成立の特殊性を強調する傾向もあった。第一、従来の年代記的文学史には、永い間、広い範囲に亙って〝流動成長〟したという、このジャンルの活力を、目に見える形ではめこむことが難しい。軍記物語の特殊性を、他の文学の場合から隔絶させず、普遍性との往還によって明らかにしてゆくこと。戦後の研究が拠った、伝承や芸能や本文流動に関するロマンに区切りをつけて、ふみ出すべき時機が到来している。

✦ 3 ✦

太平洋戦争から六十有余年、ヴェトナム戦争から三十数年の歳月が流れた。日本人にとって、ヴェトナム戦争はいわば対米敗戦のネガフィルムのような役割を果たし、多少なりとも戦争の記憶を長持ちさせたのではないかと思うことがあるが、それにしても、戦後に生まれた世代の子供たちが成人し、もはや三世代目に入りつつある。最近、明らかに戦時中や復員の体験がプロットに設定されている昭和文学の作中人物の造型に、全く戦争の影を見ようとしない（そういう設定が、他の挿話ほどにも目に入らない）学生レポートに出会って憮然とすることが少なくない。戦場や戦闘を描く作品の中だけで、戦争は意味をもつものではないだろう。戦争が人々に突きつけたもの、戦後、人々が遁れようもなく抱えこんだもの、それは、必ずしも戦場で自らの死や殺人に直面した体験に限らない。あの狂気の時代を耐えぬく、または戦争直後の価値観の崩落をくぐり抜けるというような経験をも含めて、人々に苛酷な選択と忍従を強いた、情況そのものだ。人間に何ができるか、人はぎりぎりのときに、人に対して何がしてやれるか、何を守れるか。罪の赦しはあるのか。——思えば、これらの問いは、中世の軍記物語のテーマでもあった。戦争の物語とは、戦場のみならず、戦士の物語に限られない。だからこそ、語り継ぐことはたくさんあった。語って、確かめねばならぬこと、取り戻さねばならぬもの、が山ほどあったのだ。

軍記物語は、物語る意志がひろく存在し、それをつつみこんで育てようとする共感の中に生まれる。そのとき誕生するのは、死者を悼み、記憶するだけでなく、生者をもとり返し、かわらぬ迅さで流れてゆく歴史の中に、再び戻してやる物語だったのである。

第一節　流布本『保元物語』の世界

一　はじめに

1　本節の目的

ここで論じる『保元物語』は、広義の流布本系統[1]、永積安明氏の分類[2]によれば第九類、即ち古活字本、整版本、及びその系列の写本の一群であり、形態的には冒頭に「夫易《それ》曰」で始まる政道論の序を有する点で特徴的な諸本群である。伝本については、古活字本第一種と、大東急記念文庫蔵本・東京国立博物館蔵本・蓬左文庫蔵本の三本で構成される写本グループとが相補う関係にあって、この系統の本文の古態により近いとされている[3]。それゆえ、本節では、慶長頃の古活字本第一種を翻刻した日本古典文学大系『保元物語　平治物語』付録を底本とする[4]。

昭和期前半頃から、金刀比羅本が代表的本文とされることが多くなるまでは、『保元物語』は流布本によって読まれてきた。金刀比羅本の本文は、『保元物語』の諸本展開の上ではやや突出した異本と言ってもよいものである。流布本は、現存諸本中では古態本と認定される一類本（半井本・文保本）系統の本文を大半承け継いで、最終的な調整を加えられた、本文流動の落ちつき先であっ

1　狭義には、整版本をいう。
2　日本古典文学大系『保元物語　平治物語』解説。のちに『中世文学の成立』（岩波書店　昭38）所収。
3　原水民樹「『保元物語』流布本の古態を求めて」（『徳島大学総合科学部言語文化研究』平7・2）
4　半井本は新日本古典文学大系、金刀比羅本は日本古典文学大系による。

た。

以下、流布本によって『保元物語』を読む。最も共通本文の多い半井本を参照して、流布本の独自性を照らし出したり、金刀比羅本との共通部分によって先行本文の継承の問題を考えたりすることはあるが、それらの作業を通して、「保元物語」とは何か、その本文流動の終息はどのようなものだったかを知ることが目的である。本文の古態性や文芸的達成度に関して序列をつけることを目的とはしない。

2　流布本の成立時期

いま、「本文流動の終息」と言ったが、流布本の成立年代については、上限は呈示されているが下限は判然としていない。釜田喜三郎氏が①「流布本保元物語の成立」（『語文』昭27・11）、②「更に流布本保元平治物語の成立に就いて補説す」（『神戸商船大学紀要』昭28・3）で提案し、高橋貞一氏が「壒嚢抄と流布本保元平治物語の成立」（『国語国文』昭28・6）で補強された、『壒嚢抄』の成立した文安二年（一四四五）以後、という年代を上限とするのが通説である。釜田氏は論文①で、流布本の『保元物語』と『平治物語』は同一作者の手に成る一対の作品ではないことを述べ、流布本『保元物語』に関して、源平盛衰記、『神皇正統記』、平家物語、『太平記』から影響を受けた、もしくは直接引用したと思われる語句を指摘して、『神皇正統記』成立の興国四年（一三四三）、『太平記』成立の建徳二年（一三七一）以降の成立であるとされた。そして②で、『太平記』に拠ったと思われた箇所の中に、『壒嚢抄』が『太平記』から引き、『保元物語』流布本は『壒嚢抄』から引いたと見るべきもの（巻下「新院讃州に御遷幸の事幷びに重仁親王の御事」「無塩君の事」『壒嚢抄』巻六―5）があり、それ以外にも『壒嚢抄』から書承によって採ったと思われる箇所（巻下「新院讃州に御遷幸の事幷びに重仁親王の御事」『壒嚢抄』巻二—5、同「左府御最後付けたり大相国御歎きの事」『壒嚢抄』巻三—50）があることを指摘して、少なくとも『壒嚢抄』成立の文安二年（一四四五）以降のこととされた。高橋貞一氏は②に賛意を表明し、さらに二例（巻下「新院讃州に御遷幸の事幷びに重仁親王の御事」『壒嚢抄』巻四—4、巻中「為義最後の事」『壒嚢抄』巻一—7）を追加して補強された。その上、『壒嚢抄』の流布を『塵添壒嚢抄』以後とすれば、と断わった上で、天文元年（一五三二）以後の成立とされたのであるが、この点は絶対とはいえない。文安二年の頃は、平家物語の場合でいえば、八坂系諸本が、先行本文の取捨選択を繰り返し、芸能との交流を経ながら改変を重ねていた時期であった。平家物語の構想の枠組を大きく変えることはせずに、一部の詞章の入れかえや、短い語句の書きかえによって、それぞれに主張を打ち出しつつあった、異本作成の活気に溢れた時期ということができよう。しかし、後述するように、この上限説も再検討の余地を残す。

では、下限は現時点ではどこに定められるか。確実な伝本の存在によるとすれば、古活字本第一種が慶長中の刊行、それに近い写本である東急本・蓬左本も慶長頃の写ということだから、慶長年間ということになる。成立はそこまで下らずとも、流布には、近世がもうそこまで来ている時期を考慮に入れておくべきかもしれない。近世初期の板行によって、中世的な本文流動に終止符を打ち、一方で近世の武家社会の関心に対応するという、時代的使命を果たした本であったということである。[3]

3　原水民樹「『保元物語』流布本の古態を求めて」（『徳島大学総合科学部言語文化研究』平7・2）

二　流布本にみる為朝像

1　戦場の為朝

流布本の文体は、全体として見れば刈りこみ、要約して行く傾向にある。その結果、記述は集中化し、簡潔で淡々とした明晰さを獲得したかのように見える。合戦の記述においては、主人公に当たる人物が、明らかに為朝に絞られた。巻中「白河殿へ義朝夜討ちに寄せらるる事」「白河殿攻め落とす事」の実戦記事は、次のようなブロックによって構成されている。

親久の斥候・為朝除目を拒絶
両軍対峙・頼賢為朝先陣争い　頼賢の攻撃に義朝激怒
伊藤武者景綱の名乗・伊藤六射殺　伊藤五の言に清盛ら怯える・重盛発奮
山田小三郎討死
鎌田の挑戦・義朝の下知・義朝為朝対決
＊斎藤別当実盛以下奮戦
為朝の挑戦
大庭兄弟の活躍
＊豊島四郎ら奮戦、実盛の功名
金子十郎、高間兄弟を討つ
＊仙波七郎・山口六郎ら奮戦
△平野平太ら射殺

△根井大野太らの奮戦により為朝勢被害
＊兵庫頭頼政の勢攻め入る、為義の勢
義朝の献策により放火

この内、最後の〈義朝の献策・放火〉は、局面を変え、実質的に合戦を終わらせる記事なので除くとすれば、主なブロックは全て、挑戦に応じる為朝、及び為朝への対応にふり回される義朝・清盛勢を描く記事であり、そのすきまを埋めるかのように、＊や△を付した人名中心の短い記事が置かれている（△印の記事も為朝が主体）。これに比べて半井本は、それぞれのブロックが詳しく、挿話的に一々完結しているために、必ずしも為朝が主人公として一貫しているようには見えない。それでもよく見れば、烏滸話的な笑話も、為朝の強大さ、恐怖をかきたてる超人ぶりに結びついているのだが、すでに永積安明氏が指摘しているように[5]、個々の説話の面白さが半井本の魅力を支えている。一方、金刀比羅本は、意図的に為朝を主人公として構成したようである。それぞれの挿話に、直接話法による人物の発言が中心を占め、為朝を恐れる武士たちのさまざまな対応や、為朝自身の高らかな言葉がいきいきと描かれる。

5　前掲『中世文学の成立』六八頁

八郎返々見て、我が弓勢のほどぞ愛しける。（日本古典文学大系金刀比羅本一一五頁）

などという一文も、為朝の豪放闊達さを明るく描き出しているし、為朝は弓矢による二度の対決のほかに、義朝を、太刀を抜いて追いかけてもいる（流布本の為朝は、専ら射撃によって活躍する）。山田小三郎討死の挿話を例にとって、三本の相違を見てみよう。

半井本では、「今モ昔モ余リニ剛ナル者ハ、帰テ鳴呼ガマシクゾ有ケル」で始まり、「武者ノ余ニ心ノ甲ナルハ、シレタリトハ是等哉申べキ」と結ばれる挿話（金刀比羅本では、「余に武者の剛なるも、還而おこにぞ覚ける」との後の評のみがある）である。為朝の矢を受けてみせようと大言壮語して誰にも相手にされず、ただ一人の下人に向って、後の証人に立て、もはやひっこみはつかぬと言うが、下人もまた「長刀ヲ打振、八郎殿ノ下部ノ中へ走入ケル。其後ハ、又モ不レ見」（金刀比羅本は「奴は又主にもをとらぬしれものにて」と評す）。山田小三郎伊行は、為朝に向って名乗りを挙げ、一の矢で為朝の甲冑を射るのであるが、半井本では為朝は、義朝との対決の時と同様に乳母子の須藤家季に相談しながら射返すという行動をとる。半井本は伊行の経歴や独言も書きこみ、伊行をこの場の主役として語り進めるが、金刀比羅本では伊行と為朝の詞戦が詳しくなり、両者の啖呵の小気味よさが楽しめる。流布本の場合には、伊行に対する作者の評言はなく、

「おこの高名はせぬにはしかず。無益なり」と同僚ども制すれ共、本よりいひつる詞をかへさぬ男にて（三六二頁下、三六三頁上）

とあるだけである。下人は、

つとはしりより、主を肩に引懸て、御方の陣へぞ帰りける。（三六三頁下）

と、戦闘はせず、伊行と為朝との詞戦もない。為朝が猪武者の伊行の行動を冷静に読んで、二の矢を番える所を射落したこと、その射撃が、

鞍の前輪より、鎧の前後の草摺を尻輪懸て、矢先三寸余ぞ射通したる　（三六三頁上）

ほどの、超人的なものであったことを記すという、要点二つに整理されている。半井本ではここで為朝がこの日初めて全身を顕わし、直垂・冑・甲・太刀・矢・弓・馬・鞍の合戦装束が詳しく描かれるが、流布本ではすでに「新院御所各門々固めの事付けたり軍評定の事」で装束描写があり、この箇所では前に出なかった馬と鞍の描写だけに止めている。しかし金刀比羅本の章段末にもある、

寄手の兵是を見て、弥《いよいよ》、此門へむかふ者こそなかりけれ。　（三六三頁下）

の一文はつけ加えられている。もともと、伊行は清盛が退くのを憤慨して駈け出でたのであるが、彼の死後、鞍に残った矢を見て、義朝は鎌田正清に挑戦を命じ、事態は進行する。そこにこの一文があることによって、合戦全体の状況が示されることになった。流布本は記事を集約したおかげで、為朝が一貫して主導権を握って合戦を展開させる叙述形式を、より明瞭にすることができたのである。

なお＊や△を付した人名中心の記事でも、流布本は半井本・金刀比羅本よりさらに簡約化しているにも拘らず、斎藤別当実盛の名を二箇所に出し、平家物語の世界との連続を思わせる。同様に巻上「将軍塚鳴動并びに彗星出づる事」で、半井本にはなかった「光頼卿」の名が、人々の不安を宥める人物に与えられたのは、『平治物語』での彼の活躍と関係があるかもしれない。

ところで、半井本では巻上「新院御所各門々固メノ事付軍評定ノ事」の為朝登場の場面と、巻中「白河殿攻メ落ス事」とで、為朝使用の矢について詳しく描写する。(6) その描写は極めて野性的で、

6　金刀比羅本は前者のみ。

実際、物理的にそのような矢が使用可能なのかどうかはともかくも、野生児的超人為朝の雰囲気を髣髴とさせる役割を果たす。流布本は右の二箇所の描写を併せて、左の二箇所に整理して記す。

三年竹の節近なるを少《すこし》をしみがきて、山鳥の尾をもッて作《はい》だるに、七寸五分の円根の、箆中過て、箆代のあるを打くはせ、しばしたもッて兵《ひやう》ど射る。（三六二頁上）

目九つさしたる鏑の、目柱にはかどをたて、風かへしあつくくらせて、金巻《やじりまき》に朱さしたるが、普通の蟇目ほどなるに、手前六寸しのぎをたてゝ、前一寸には、峯にも刃をぞ付たりける。鏑より上、十五束有けるを取ッてつがひ、ぐつさと引て放されたれば（三六五頁下）

征矢と鏑矢とに分けて記しているので重複はなく、しかも野性味と同時に誇張を帯びた程度の現実性は失わない。(7) むしろ具体的な記述があることによって、リアリティをもたらしているといえよう。武器や装束の描写のみにとどまらず、半井本の人物たちが、自分の言いたいことを言い、恐怖や見栄や保身や矜持の赴くままにのびのびと行動し、物語世界の中を駆けめぐっているかのような感じを与えることによってリアリティを創出しているとするならば、流布本では、いかにもあるべき姿で、ありそうな行動をとることによってリアリティを保持しているのだ。

為朝もまた、流布本では、鎮西における悪行にも拘らず、朝家の守りたる武士の良識を弁えた言動を見せている。鎮西から上洛する際には、

国人共も上洛すべきよし申けれ共、「大勢にて罷上らん事、上聞穏便ならず。」とて、かたのご

7 『吾妻鏡』建久二年（一一九一）八月一日条、大庭景能の回顧談によれば、為朝の武器は馬上で扱うには「弓箭寸法、過二于其涯分一歟」と見られたようである。実際に常人の弓矢よりも大きくて、ごつい作りだったのかもしれない。

とくに付《つき》したがふ兵ばかりめしぐしけり。（巻上「新院御所各門々固めの事付けたり軍評定の事」三五六頁下。半井本ナシ。金刀比羅本は「身の咎をちんじ申さむ為に参候。大勢引ぐしては（中略）讒言をかうむりて詮なし」とする）

と「上聞」を憚っている。夜討の献策に際しても、

「行幸他所へならば、御ゆるされを蒙ッて、御供の者、少々射ふする程ならば、定而《さだめて》駕輿丁も御輿をすてて迯去候はんずらん。其時、為朝参向ひ、行幸を此御所へなし奉り、君を御位につけまいらせん事、掌を返すがごとくに候べし。」（三五七頁上）

と、半井本の「行幸他所へ成給ベシ。其時、鳳輦ノ御輿ニ、為朝矢ヲ進セバ」に比べて、「御ゆるされを蒙て」があるだけ、温順《おとな》しい（金刀比羅本は「是為朝がはなつ矢にて候まじ。天照太神・正八幡宮のはなたせ給ふ御矢也」と合理化する）。献策を退けられて席を立つ時の呟きにも、

「和漢の先蹤、朝庭の礼節には似もにぬ事なれば、合戦の道をば、武士にこそまかせらるべきに、道にもあらぬ御はからひ、いかゞあらむ。」（三五七頁下）

の言があって、後に信西が義朝に言う、

「いはんや武芸の道にをひてをや。一向汝がはからひたるべし。」（三五九頁上）

に呼応し、評論的になっている（果たして為朝の言にふさわしいか否かは別であるが）。

義朝との詞戦の際にも、流布本（金刀比羅本も）は、宣旨対院宣を持ち出す。半井本と比較して掲げる。

「サテハ義朝ニハ、遙ノ弟ゴサンナレ。何ニ、敵対シ、兄ニ向テ弓引者ハ、冥加ノ無ゾ。落ヨ。扶ケン」ト申ケレバ、為朝、カラ〳〵ト笑テ申ケルハ、「ヤ、殿、下野殿、兄ニ向テ弓引物ノ冥加ノ無ランニハ、父ニ向テ矢ヲ放ツ者ハ何ニ」トゾ申タル。（半井本五七、五八頁）

「さてははるかの弟ごさんなれ。汝、兄に向ッて弓ひかん事冥加なきにあらずや。且は宣旨の御使なり。礼儀を存ぜば、弓をふせて降参仕れ。」とぞ申されける。為朝又、「兄に向ッて弓をひかんが冥加なきとは理り也。正しく院宣を蒙ッたる父に向ッて弓引給ふはいかに。」と申されければ（流布本三六四頁下）

そして、為朝が義朝を射るのを断念する理由には、(8) 半井本は為朝が、父と兄の密約を疑い、その上父からうとまれ続けてきた我身を省みたためとするのに対し、流布本は第一の理由だけとする（金刀比羅本は「軍も未《いまだ》をはらざるに、大将軍を只一矢に射おとさむこと、無下に情なかるべし」と「又敵も敵にこそよれ。我身はいや〳〵の弟也」との理由も加え、計三点を挙げる）。

要するに、流布本の為朝は、少なくとも都においては、半井本に比して温順しく、良識ある、体制内に収まり得る武士に変貌している。勿論、いずれが事実に近いかを論じてみても始まらない。流布本が都における武闘場面の主人公とした武士が、バーバリアンではなくなっていることが重要

8　松尾葦江『軍記物語論究』（若草書房　平8）五六―五七頁

なのだ。その傾向は、巻末の後日譚でも、やや無理をしつつも貫かれている。

2 後日譚の為朝

金刀比羅本は保元の乱を、崇徳院の国争いの物語として構成するために、為朝後日譚を切り捨てた。野生児為朝を主役に据えた諸本が、彼の死を見届けるべく、伊豆大島配流後の後日譚を語ること自体は、当然といえば当然かもしれない。[9]ただ、その内容が、それ以前の保元の乱の歴史語りとは雰囲気を著しく異にし、「御曹司島渡」にも似て、伝奇小説的であるのが違和感を与える。恐らくは、鎮西での濫行、都での超人的活躍に、何らかの伝承と想像を加えて創出された話群なのであろう。保元の乱における思慮ぶかい英雄像に似つかわしくない暴虐ぶりは、素材となった伝承の圧力もあったかもしれないが、暴力による支配は必ず滅ぶ、「天道のゆるしをかうぶらず」「王法のせめをまぬかれず。かるがゆへにかばねを外土のちりにさらし、みな名を後代のあざけりに残す」（巻上「序」、三四五頁上）ことを明示する。

流布本には為朝の鬼が島渡りが永万元年（一一六五）三月、追討が嘉応二年（一一七〇）四月下旬と年代が記されているが、これらは半井本には見出せず、史料の上でも確認できない。永万元年は二条院の亡くなる年、嘉応二年はいわゆる殿下乗合事件の起こる年である。次第に平家の専制が目につき出す頃、為朝は後白河院の院宣により追討される。為朝も「いま都よりの大将ならば、ゆがみ平氏などこそ下るらめ」（三九八頁下）と意識しており、時代は平氏全盛期へと向うところで保元の乱の後始末が終わる、という構想と思われる。[10]遠流になって命ばかりはながらえた為朝が、結局平穏には生き延びず、保元の乱の勝者後白河院の院宣によって追討されて初めて、王権の支配は完成し、秩序は回復したのである。[11]為朝後日譚は、王威に従うつわものの物語、という軍記物語の基

9　麻原美子「保元物語試論―為朝造型の論理をめぐって―」（『軍記と語り物』7 昭48・4）

10　為朝の首を取るのは、長刀を持つ加藤次景高（半井本・流布本とも）である。延慶本平家物語で義朝の子頼朝の挙兵の真先に手柄を立てた人物であった。そこまでふみこんで構想の上で読んでよいかどうかは、分らない。

11　前掲『軍記物語論究』六六頁

本型にとって必要な結末であった。金刀比羅本が、崇徳院の鎮魂によって閉幕するのは、歴史語りのもう一つ別の段階というべきだろう。

半井本の為朝は、「敵ハ雲霞ノ勢也。我ハ身一也。縦《たとひ》爰射破タリ共、日本国寄懸バ、戦ヒツカレテ後、云甲斐ナキ島ノ奴原ニ打臥ラレテハ口惜カリナン」（一四一頁）と観念して、自害する。そして半井本は、「昔ノ頼光」「近来ノ八幡太郎」ら源氏の武将は、「朝ノ御守ト成リ奉ル」にも拘らず、為朝の行状は、「是コソ日本ノ不思議也シ事共」の一つだった(12)とつけ加えて全巻を閉じる。これに対し、流布本（保元物語）の為朝は、「勅命をそむきてつゐには何の詮かあらん」（三九八頁上）と観念して、懺悔、念仏申して自害する。そして、「勅勘の身なれば、つゐに本意をとげず、卅三にして自害して、名を一天にひろめけり」（三九九頁下）と評される。巻末は、

いにしへよりいまにいたるまで、此為朝ほどの血気の勇者なしとぞ諸人申ける。（三九九頁下）

の一文で閉じられるが、「血気の勇者」は、必ずしも讃辞ではない(13)。徳義に基づかない、一時の勇を血気の勇という。流布本の為朝は、武芸も勇猛心も前代未聞でありながら、「下として礼に背」（巻上「序」）き、挫折した勇者なのだ。半井本は率直に為朝の規格を外れた言動に目を瞠《みは》っている(14)のに対し、流布本は、王威に直面すれば畏れ入りはするが、鎮西や離島の辺域においては意のままに振舞うという、二面的な為朝像を造型せざるを得なかった。半井本は「不思儀の事」と投げ出しているが、流布本世界の秩序では、王威は重んじられなければならない。これを為朝の理想化と言っては当たらないだろう。むしろ常軌内化、と言うべきか。凶賊になりはてず(15)、作品世界の中にとどまるために、最小限度、守られなければならないルール。流布本の為朝はそのルールの中で暴れ

12　池田敬子「『保元物語』諸本の意図―末尾三章段私考―」（『城南国文』4　昭59・3）がこの点を論じる。

13　『太平記』巻二九「師直以下被誅事付仁義血気勇者事」は、「血気の勇者」と「仁義の勇者」を区別して論じている。

14　善悪を超えた巨人、の評語は「心も詞も及ばれね」と評された清盛よりむしろ、為朝にふさわしいのかもしれない。

15　為朝像をもう少し敷衍してみるに、「幼少より不敵にして、兄にも所ををかず、傍若無人なりしかば、身にそへて都にをきなばあしかりなんとて、父不孝して、十三のとしより鎮西の方へ追下すに」（三五六頁上）とはいうものの、半井本・金刀比羅本には、「為義法師、日来思ケルハ、男子ヲ六十六人マウケテ、六十六ケ国ニ一人ヅヽ置バヤ」（半井本一〇三頁）とあることからみれば、鎮西での為朝の行動は、手段は

ている。(16)

三　流布本独自記事をめぐって

1　文書類の引用

流布本にあって、半井本・金刀比羅本に欠ける記事の主なものは次の通りである。(17)

①序　三四五頁上
②阿闍梨勝尊所持の頼長書状　三五二頁上
③剣「鵜丸」由来・鎧「膝丸」由来　三五四頁
④新院と帝往復書簡　三五四―五頁
⑤久寿元年為朝追討宣旨　三五六頁下
⑥頼長と信西の亀卜易卜論争　三七三頁下
⑦多田蔵人頼憲追捕　三七九頁下
⑧死罪論・忠孝論　三八〇頁
⑨保元合戦評　三八九―九〇頁
⑩無塩君の事　三九〇―九一頁
⑪八月三日太政官符　三九二頁
⑫近衛院崩御　三四六頁上
⑬師長の琵琶伝授　三九三頁上
⑭治承の崇徳院追号　三九五頁下

このほか、金刀比羅本と共通で半井本にはない記事で、主なものは次の通りである。

ともかく、ある程度、一族の期待を担っていたであろう。地元の豪族の聟となり、周辺の豪族を討ち従えて行くやり方は、それまでの武士たちの地方における勢力伸長の方法だった。それに対し、兄の義朝は、都で、朝廷の御守りとなることによって一族の繁栄を実現する重責を担っていたのである（『愚管抄』に見え、半井本・金刀比羅本にも描かれる、宣旨を蒙った際の喜悦の姿を見よ）。彼は宮廷支配の下に地歩を得ることに必死だった。平清盛と鎬を削り、遂に平治の乱では判断を誤って敗亡する。一昔前ならば為朝は将門、義朝は八幡太郎義家のような生涯を送ったかもしれない。しかし、時代は移りつつあった。武士が中央政治社会の中に、己れと己れの一族の位置を獲得する過程での浮沈が繰り返される。為朝はその時間差の中に燃えて輝いたヒーローだった。

16　このような為朝の造型

これらの中で、②④⑤⑪は漢文体による文書であり、①⑥⑧⑨⑩は政治・道徳評論とその例証に引かれた説話である。文書の掲載と、政治・道徳に関する評論は、流布本を著しく特徴づけている。まず前者からとりあげる。(18)

②は、『兵範記』の保元元年（一一五六）七月八日条に、

今日蔵人左衛門尉俊成并義朝随兵等、押二入東三条一検知没官了。東蔵町同前即仰二預義朝一了。其間、平等院供僧勝尊修二秘法一在二彼殿中中門南廊一、直搦召、被三尋二問子細一、於二本尊并文書等一者、皆悉被レ召了。是依二左府命一日来居住云々。

とある。その際没収された文書に当たろうが、内容は現存史料によっては確認できない。④も⑪も、史料には見出し得ない（⑪の場合、『兵範記』八月三日条に「謀叛輩被レ行二流罪一」とあるから、この日付で官符は出されていたであろう。但し、範長の配流先は『兵範記』と半井本では安房国になっており、『尊卑分脈』が流布本と同じく安芸国とする）。これらは、流布本が他本の用いなかった史料を入手して増補したのか、それとも異本作者の創作と見るべきかは不明である。『参考保元物語』によれば、②は岡崎本、杉原本にあり、④は杉原本にのみ、⑪は岡崎本にのみあるという。この両本は（岡崎本は現存せず）(19)、流布本系統本文を改訂した本なので、この問題に関して特に手がかりは得られない。

⑤については、すでに『参考保元物語』が注記している通り、『百錬抄』と『台記』によって、為義解官が久寿元年（一一五四）で、宣旨は翌年四月になって下されたことが知られる。

去じ久寿元年十一月廿六日、徳大寺中納言公能卿を上卿として、外記に仰て宣旨を下さる。

は、本文改編作業の結果として出来したものである。流布本が新しく設計したわけではないことは、戦場脱出から為義合流までが書かれていない点や、敬語の不統一からも見てとれる。

17　前掲『中世文学の成立』五九―六一頁

18　流布本が掲載する漢文体の文書は、①④⑤⑪のほかに、師長から忠実宛の書簡（三九一―二頁）があり、これは半井本・金刀比羅本にもある。

19　原水民樹「岡崎本『保元物語』考」『軍記物語の生成と表現』（和泉書院平7・3）

源為朝久住二宰府一、忽二緒朝憲一、咸背二綸言一、梟悪頻聞、狼藉尤甚。早可レ令レ禁二進其身一。依二宣旨一執達如レ件云々。

然れ共、為朝猶参洛せざりければ、同二年四月三日、父為義を解官せられて、前検非違使になされにけり。（流布本三五六頁）

今日、右衛門尉為義五位解官。依二其子為朝、鎮西濫行事一也。（『台記』久寿元年十一月二十六日条）

四月三日。源為朝居二豊後国一騒二擾宰府一。威二脅管内一。仍可レ禁二遏与力輩一之由。賜二宣旨於大宰府一。（『百錬抄』久寿二年）

『保元物語』は恐らくこれらの史料によって、しかも事件の順序を入れかえて、為朝が、父の解官の報に驚いてちょうど上洛していたとしたのである。宣旨の文言を何によったのか、或いはこれも創作なのか不明だが、日付の符合からして、何らかの史料を見ていると思われる。

⑥の中にも、頼長の「みづから御日記にあそばしたる言ば」として、漢文日記の一節らしきものが引かれるが、これは次節で触れる。

流布本『保元物語』が文書類を載せるのは、歴史文学としての事実性の保証を求めたためと思われる。恐らく何らかの史料を参照したであろう。そして⑤から判るように、その際、史料のまま採り入れたのでなく、物語の文脈に合せて手を加えたようである。

なお、⑦の多田蔵人頼憲家追捕記事については、現存史料で確認することができないが、その末尾にある一文、

今日十九日、源平七十余人、首をきられけるこそあさましけれ。（三七九頁下）

について見ると、日付と人数は史実通りでない。半井本はこの辺、本文に錯誤があるらしく、[20]

廿五日、源平ヲ始テ、十七人ガ首ヲハネラル。(九七頁)

十七日、源氏平氏棟トノ者、十三人ガ首ヲ切ル。明ル十八日ニ事ノ由申。(一〇五頁)

と重複して記される。史料では『百錬抄』が七月二十九日条に「源為義已下被レ行二斬罪一」とし、『兵範記』が二十八日に忠貞[21](平忠正改名)以下五名、三十日に家弘以下七名と為義以下六名を斬罪に処したことを記す。十六日に為義が義朝の許に出頭しているので、十七日から十九日とすれば、極めて速かに処刑が行われたことになる。七十余人という数字はその多さを強調するものか。意図的か、それとも本文継承の上での誤伝なのかは分らないが、史実からの多少の距離が、流布本は勿論、すでに半井本にもあることを注意したい。

これらの文書類の挿入は、流布本が自らを史書として権威づけようとした作業の一環であろう。⑤⑪は、何らかの史料を参照したと思われるが、必ずしも保元の乱当時の原態を保持しているということではあるまい。むしろ、作者の観念の中にある、あるべき史書の姿に近づけるために行われた改訂増補と見るべきである。

20　新日本古典文学大系九八頁脚注30。

21　流布本は「忠員」と誤る。どこかの段階で誤写か誤刻したのであろう。

2　亀卜易卜論について

さて、流布本『保元物語』に顕著な、政治・道徳評論の内、①の序以外は⑥⑧⑨⑩とも、成立の上限を定める根拠となった、『壒嚢抄』との共通記事である。その中の⑥は、『台記』久安元年(一一四五）六月七日条と関連し、『続古事談』巻二所収の説話、『塵嚢抄』三―50に引かれた説話及び流布本『保元物語』が共通する。引用が長くなるが、比較検討してみたい。

[B]此左府未《いまだ》弱冠の御時、仙洞にて通憲入道と御物語の次《ついで》に、入道、摂家の御身は、朝家の鏡にておはしませば、御学文有べき由すゝめ申けり。よって信西を師として読書ありて、蛍雪の功をぞはげまし給ける。[C]其後、左府御病気のよし聞えしかば、入道とぶらひのために、宇治殿へぞ参たりける。[1]聊《いささか》ここち宜くおはしませしかば、ふしながら文談し給けるに、亀の卜と易の卜との浅深を論じ給けり。左府亀の卜深しと宣へば、通憲は易の卜ふかしと申す。[2]よって御問答事ひろく成てやゝ久し。互におほくの文をひき、あまたの文をひらき給及べり。入道つゐに負奉て、「今は御才学すでに朝にあまらせおはします。此上は御学文あるべからず。若《もし》猶せさせ給はゞ、定て御身の祟と成べし。」と申て出にけり。御心にも此事いみじうと思食けるにや、みづから御日記にあそばしたる言ばに云く、「[D]先年於レ院可二学文一由誂事、予廿歳也。今病席論、廿四歳也。中僅四年中、才智既蒙二彼許可一。都四年学文間、書巻毎レ開、彼諾[3]無二忘事一。今拭二感涙一記二此事一。」と侍り。[E]誠に信西の申されける詞は、掌をさすがごとし。才におごる御心ましませばこそ、御兄法性寺殿を、「詩歌は楽の中の翫、能書は賢才のこのむ所にあらず。」などとて、直下とおぼしめされけめ。弟子を見る事師にしかずといふ事、まことにあきらけし。是御学文をとめ申にあらじ。才智におごり給所をぞいましめまいらせけん。先御心誠信有て、うるはしき御心ばせの上の御学文こそ然るべけれ。（中略）[F][G]かやうの先言を思ふに、俊才におはしましゝかども、其心根にたがふ所のあればこそ、祖神の冥慮にも違て、身をほろぼし給ひけめ。（三七三―四頁）。

これとほぼ同じ説話が『続古事談』(22)巻二臣節の中にあるが、Bより前に、信西が、「敦頼ハユ、シキハカセカナ。物ヲ問ヘバ不レ知〳〵ト云」と、よく知らぬ事を知らぬと言うのは学問を極めた人間にとって恥ではないと人に語る部分（A）がある。『続古事談』はこの前に、師頼中納言にまつわる「晴ニテ人ニ物ヲ問ハ不レ苦事ニテアルナリ」という説話が置かれており、一連のテーマによる配列であろう。『壒嚢抄』は巻三―50、大嘗会の悠紀方主基方を説明する箇所に、卜について「此卜ヲ亀ノ卜ト云也。非二易卜一就レ之」と説き、C・Dを載せている。しかし、Cの部分が「通憲法師入道ノ後。三四箇年ヲ経テ」とあり、『続古事談』では「其後出家シテ両三年ヲヘテ後ニ」となっている。E以下はなく、「一言諫詞ヲカクバカリ思食ケン。難レ有事ニ非哉」と結んでいるが、『続古事談』にはない。そして傍線部1は、『壒嚢抄』は「御心地不レ快ケレハ」、『続古事談』は「御病ヲモカラネハ」とあり、傍線部2は『続古事談』では「其論事ノ外ニシアガリテ、文ヲ取出。本文ヲヒクニヲヨビニケリ。良久ク論ジカタマリテ後」と小異があるのに対し、『壒嚢抄』はほぼ同文である。傍線部3は『壒嚢抄』「一諾」、『続古事談』「一説」となっている。傍線部2からすると、『壒嚢抄』の方が『保元物語』に近く、『続古事談』はその説話配列の一貫性からみて、両書に先立つものである。B・Cは、『参考保元物語』が指摘している通り、『台記』の久安元年（一一四五）六月七日条と関連する。(23)但し、Cの部分、『台記』では信西が「先レ卜」、頼長が「先レ筮」として争っているのに対し、『続古事談』は信西が「周易フカシ」と言い、頼長が「亀ノウラフカシ」と論じている。周易が筮に当たり、亀卜が卜に当たるとすれば、逆の立場になる。また、Dは現存『台記』にはなく、「余不レ対、心為レ栄」(24)とあるだけである。『続古事談』の創作にかかること、池上洵一氏の考察がある。『参考保元物語』も当時頼長は二十六歳であったから、「所レ載蓋

22 本文は『続古事談注解』神戸説話研究会編（和泉書院 平6）による。
23 『台記』久安元年（天養二年）六月「七日辛己、先日命二通憲入道一云、筮二吾疾一、対云、疇昔有二夢告一、其後盟不レ成レ卦、令二他人成レ卦、可二復推一者、今日命二僧正一也、令レ成レ卦、無レ懼、令三通憲復二推同心一也、但可レ経二旬日一、両人皆云、午子日可二平復一、卜与レ筮何前何後、与二通憲入道一相論通憲云、先レ卜、余云、先筮乍レ臥二病席一有二此論一、余以二礼記正義第五一示二通憲一、対云、如二此文一者先レ筮、但可レ先レ卜之由、見二左伝杜預注意一、余又左伝本経第五正義第十示二通憲一云、杜注不レ言二卜筮前後一、如二正義一者、正法可レ先レ筮之由、所見也、通憲対云、小僧之誤也、罪不レ知レ所レ謝、又曰、閣下才不レ耻二千古一、訪二于漢朝一、又少二比類一、既超二我朝中古先達一、其才過二于我国一、深所二危懼一

謬」と断定している。

『保元物語』のEの部分には、調婆達多や隋の煬帝が例に挙げられ、孔子の言や『史記』殷本紀を引いて、学問才智は修身のためのものでなければならぬと説く。半井本で読むと、才能もあり、「御心ムキハ極メテ正」しかった頼長がなぜ滅びたのか、説明がやや不足の感があり、

> 氏長者ニ至ナガラ、神事仏事疎ニシテ、聖意ニ叶ハザレバ、我伴ハザル由、大明神御託宣有ケルトゾ承ル。（半井本八六頁）

との評と、父忠実の繰り言「何事モ前業ノ果ス所也」で納得するしかないが、流布本は徳に拠らない学才は身を滅ぼし、国を滅ぼすと論じて、結末をつけたわけである。

3　意匠としての評論

⑧についてみる。流布本は前述の⑦のあとに、半井本では「為義最後の事」よりも前、「忠正・家弘等誅せらるる事」の冒頭にあった、中院雅定以下の公卿が死刑に反対したにも拘らず、信西が押し切ったという記事を移し、それに続けて、死刑の実行を、あさまし、うたてしと評して、

> 中にも義朝に父をきらせられし事、前代未聞の儀にあらずや。且は朝家の御あやまり、且は其身の不覚也。（三八〇頁上）

に続けて忠孝論を述べ、義朝批判の言、

也、自レ今後、莫レ学ニ経典一矣、余不レ対、心為レ栄。」（増補史料大成）

24　前掲『続古事談注解』二三七頁以下。また「説話の生成―信西・頼長説話の場合―」（『言語生活』昭61・8）

まことに義にそむける故にや、無双の大忠なりしかども、ことなる勧賞もなく、結句いく程なくして、身をほろぼしけるこそあさましけれ。（三八〇頁下）

で結ぶ。この忠孝論の中心部分は『壒嚢抄』一―7の前半と一致し、『臣軌』・『論語』・『孝経』・『後漢書』・『孟子』などを引いている。但し、「不孝の大逆、不義の至極也」と「舜はいかがし給ふべき。孝行無双なるをもッて天下をたもてり。政道正直なるを舜の徳といふ。然るに正しく大犯をいたせる者を、父とて助けば」の傍線部分は『壒嚢抄』にはない。『保元物語』は「且は朝家の御あやまり」と言いつつも、義朝個人に批判を集中させ、義に背いた故に平治の乱で滅んだとする。⑨⑩は一連で、鳥羽院と美福門院への批判を展開し、以て保元の乱を乱世の始めと評する。ここも主要な部分は『壒嚢抄』と共通しているが、順序が複雑に入れ替えられているので、図示してみる。

『保元物語』（典拠）	『壒嚢抄』
1院政批判	1（二―5）
2乱の因は不義の受禅	×
3帝王論（『白虎通』）	×
4帝王論（『金光明経』・『正法念経』）	2（四―4）
5私に序列を乱すは国の乱	×
6嫡庶の別の要（『貞観政要』・『左伝』）	6（六―5）
7艶女哲婦を否定（『詩経』）	×

8后の理想（『周礼』・『詩経』） ④（六―5）
9無塩君の事[25]（『列女伝』） ⑤（六―5）
10周幽王滅亡（『史記』） ⑦（六―5）
11禍乱は婦人が因（『詩経』） ③（六―5）
12牝鶏朝する時（『史記』） ⑧（六―5）
13鳥羽院・美福門院の誤にて洛中の兵乱の始 ×

『壒嚢抄』の欄の×は該当部分の無いことを示し、番号は配列順を示して、内容は殆ど同文である。六―5には帝王が婦人の言を用いたために大事となった故事を集め、またその反例に無塩君の説話を載せており、『太平記』[26]から要約したかと思われる、

後醍醐院モ准后ノ内奏ヨリ、国乱レテ、天下ヲ失ヒ御座ストゾ、昨日決断所ニテ、得理セシ者、今日准后ノ内奏ニ依テ、敵方ニ付ラレ、朝ニ裁許ヲ蒙ル所、暮《ゆふ》ベニ棄置セラレケルト申メリ。

（古典全集二一四―五頁）

の一文がある。釜田喜三郎氏は、『壒嚢抄』が『保元物語』から引用したのなら、この一文は鳥羽院批判であるべきだとされ、『壒嚢抄』から『保元物語』へと引用関係を推定された[27]。しかし、『壒嚢抄』が、『保元物語』よりも自らの時代に近い『太平記』を中国故事の中に本朝の例としてさしかえたと考えることも不可能ではない。『壒嚢抄』六―5との共通部分だけで見れば、『保元物語』は5、7と、9の中の醜女の描写が増えており、『壒嚢抄』は⑦の幽王説話の結末が増えている。『壒嚢抄』の編纂は、一見雑然としているが、よく見ると、中国故事説話一話ごとの間に③や⑥や

25 日本古典文学全集『壒嚢抄』では「無監君」となっている。

26 『太平記』巻一「立后事付三位殿御局事」

27 前掲論文の②。

8の箴言をはさんでつなぐ形をとっている。『保元物語』が国政の乱れは后宮が原因であるとの論点を繰り返して、ややくどくなっている分、『壒嚢抄』の本文を切り継ぎ、入れ替えて作った編集の結果だと見ておく。

①の序は「夫《それ》易にいはく」で始まっているが、『易経』上経・賁・彖伝による。(28) 説くところは政道理に適い、君臣合体するを理想とし、私心によって王位官職を争っても、古今、成功例はない、ということである。従来、『太平記』の序章との類同性が指摘されているが、徳治主義、君臣の礼を重んじる点は共通であり、中国思想を引きながら歴史上の事件を論評しようとする態度は同様であるが、『保元物語』の序には鑑戒思想は謳われておらず、保元の乱という一事件への論評である。「政道、理にあたる時は、風雨、時にしたがッて」「君臣合躰するときは、四海太平にして」の言は、すぐ後に続く鳥羽帝紀（半井本・金刀比羅本等では、ここが序に当たる）の中の、「御在位十六ケ年が間、海内静にして天下おだやか也。寒暑も節をあやまたず、民屋もまことにゆたか也」に呼応するわけだが、前述のように、巻下の保元合戦評では、「此兵乱のみなもとも、只故院、后の御すゝめによッて、不義の御受禅共ありし故也」（三八九頁下）と評し、長々と后宮禍根説を論じるのとは矛盾している。即ち、流布本が持ちこんだ評論は、物語の内部構造と噛み合っていない。歴史は評論さるべきものという意匠に則って、説話や箴言が持ちこまれ、著述されてはいるが、序の思想は全巻を統括する論理というほどのものではない。平和希求、私欲の否定、そして皇統安泰という、極めて常識的、体制的な立場を保っている。

四　まとめ

古態本とされる一類本が、事実そのままを書いているか否かは問わないとしても、(29) 流布本は一類

28 「観乎天文以察時変、観乎人文以化成天下」（『周易』上経・賁）。『易経』には、ほかにも次のような字句がある。「日月得レ天而能久照、四時変化而能久成、聖人久ニ於其道一而天下化成」（下・経・恒）。「仰以観ニ於天文一、俯以察ニ於地理一、是故知ニ幽明之故一」（繫辞上伝）。
　従来の注釈書はこの序を切り捨てている。内藤耻叟・平井頼吉『参訂保元物語注釈』（青山堂書房　明33）、御橋悳言『保元物語注解』（続群書類従完成会　昭55）

29 前掲『軍記物語論究』五三頁

本本文の意外性や野性味に富む部分を刈り揃え、常識の規矩から外れるところを切り詰めて、ほんとらしくした。要所に文書を配し、評論を加えたのも、史書らしい史書に仕上げる作業だったのであろう。半井本が個別的で不揃いな記述を以て臨場感を醸成しているとすれば、類型的で、均一な記述が続くことが流布本の信用であった。

例えば合戦装束の描写は、流布本では几帳面に、直垂（狩衣）・鎧・冑・矢・弓・馬・鞍と、要人の登場に際して行われる。[30] 半井本ではあったりなかったり、不揃いである。

しかし、このような流布本の個性は、歴史文学として当然のことながら保元の乱の〝実態〟から拘束を受け、先行本文からの拘束を受けて形成されたものであり、物語の枠組を大きく変えることはできず、評論性も表層的なものに留まっている。規範として意識されたのは、『太平記』と同様に儒教思想、中国の史書であったと思われるが、それらに見るような激烈、残忍、虚無的な表現はない。忠孝論・学問論や婦人禍根説など、常識的な教訓書程度の所説というべきか。金刀比羅本に比べれば抒情的、王朝的な表現も抑制されているが、唯一、巻下「義朝幼少の弟悉く失はるる事」においては、乳母たちの悲歎と殉死が、半井本・金刀比羅本よりも強調して描かれている。幼児の哀れさや少年乙若のけなげさは言うまでもないが、殊に幼主の傅育に自らを賭けてきた男たちの絶望が、切々と語られるのである。

『壒嚢抄』との引用関係によって通説化している成立の上限は、検討の余地が全くないわけではない。しかし、おおよそ、『太平記』以後の文芸的傾向を反映していることは確かである。前掲の③、剣や鎧の由来を語る説話も、平家物語諸本でいえば、長門本や源平盛衰記に見られる嗜好であった。

古態本的な本文を基調としている点、中国的な説話や修辞を好む点、流布本『保元物語』は源平

30 『太平記』と違って、武具の寸法は為朝のもの以外は余り記されない。色彩の記述が中心である。

盛衰記と共通する面を持っている。しかし、彼のような厚化粧を施すことなく、一定の節度を保ち、むしろ年月に洗い晒されたかのような相貌を見せる本文として落ちついた。制度内で、家族の一員として生きてゆく武士たちの教養に講読するには、格好の教材となり得たのかもしれない。

第二節　女性像を通して見る軍記物語

一　はじめに

軍記物語を「男の文学」「もののふの文学」と考えている向きがあるとすれば、平家物語に関しては当たっていない。平家物語には少なからぬ女たちが、さまざまな立場でさまざまに、その生き方をつらぬいているのである。もし「男の」文学という冠辞を付したければ、『保元物語』がそれに近いかもしれない。(1) 女性説話は僅かに「為義ノ北ノ方身ヲ投ゲ給フ事」(2)（下巻）だけである。美福門院はある意味では保元の乱のキーパーソンでもあったが、『保元物語』では具体的な言動は殆ど記されない。しかし、為義の北方がこの物語をみごとに双肩に担っていることは後に述べる。

『平治物語』では常葉のほかにも、頼朝の命を助けた池殿や、短い記述ではあるが鎌田正清の妻など印象の強い女性は一人ではない。妻や母としての立場でも、異なった造型が描き分けられている。かりに並べてみれば、軍記物語中の女性像の多様さは、『保元物語』――『平治物語』――平家物語――『太平記』と、平家物語をピークとして推移していると言うことができる。即ち『保元物語』の女性説話は一話のみであり、『平治物語』では質・量ともに増える。平家物語では数から

1　笑話が多いこと、戦場での男同士のやりとりに仲間意識が感じられること、人物が互いに上下関係を口にすることなど。
2　『保元物語』の本文は半井本（新日本古典文学大系）による。

も、女性の立場の種類からも、女性説話が豊富になる。しかし『太平記』では、女性を個々の立場でとらえるのではなく、物語内で固定化した役割を与え、人物造型はステロタイプ化してしまう。儒教的な倫理観を体現する（肯定的、否定的画面とも）存在にすぎなくなっているのである[3]。

なお読み本系平家物語（延慶本も含めて）は、右の図式では平家物語と『太平記』の中間に位置している。この点、古態本といわれる延慶本が、源平盛衰記などと共に、文芸的性格の上では『太平記』に近づいているのを、現在の諸本研究ではどう説明するかが問われねばなるまい。

さらに古態ということでいえば、渥美かをる[4]氏以来、女性説話は平家物語の「成長」につれて増補されたもの、従って女性的な要素は後次的性格に属するとされてきたが、延慶本はいわゆる女性説話を覚一本などよりも多く保有している。祇王、小宰相など、諸本間で出入りのある記事をすべて有し、そのほかに説話としても、記録的記事としても[5]、女性に関する記述を決して減じてはいない。この点も、現在の古態論の上から説明が試みられるべきであろう。

二　半井本『保元物語』の場合

保元の乱の真相については、近年歴史学の方面からの著述[6]が相次ぎ、『保元物語』の作者の拠るスタンスも照らし出されてきた。以前にも述べた[7]ことだが、歴史的事件に関してはおおよそ当代の共通認識というものがあり、軍記物語はそれらに則って、ストーリーを組み立てる場合が多いようだ。むろん、後代の私たちの認識が当の軍記物語によって形成されていて、軍記物語を基準に事件を再構成してしまうことも多いに違いないが、軍記物語が歴史文学として支持を受け、永く生き残ることができるのは、基本的には当時の共通認識に沿っていたからだと思う。その上で虚実とり交ぜて見せかけの事実らしさ、真相への近接度をいかに演出していけるかが、歴史文学の作者の手腕

3　近世の女訓書と軍記物語の関係については榊原千鶴『平家物語 創造と享受』（三弥井書店　平10）参照。

4　『平家物語の基礎的研究』（三省堂　昭37）

5　延慶本の巻一第6章をはじめ、五―3、七―2、八―8、一―32、一―33、六―31など。

6　元木泰雄『藤原忠実』（吉川弘文館　平12）、『保元・平治の乱を読みなおす』（NHK出版　平16）、河内祥輔『保元の乱・平治の乱』（吉川弘文館　平14）、下向井龍彦『武士の成長と院政』（講談社　平13）

7　松尾葦江『軍記物語論究』第一章第三節（若草書房　平8、初出昭63・3）五三頁

だったのである。

保元の乱は、皇室、藤原摂関家、源氏の三層の階級に亙る骨肉の争いになった。しかし武家の源氏の場合、保元の乱には心ならずもまきこまれたという趣きがつよい。もしも当初に懸念されたように、清盛が重仁親王側、つまり崇徳院側に馳せ参じていたならば源平の合戦になったかもしれないのだが、そうはならなかった。武力を必要とする崇徳院から召請された源為義は極力出頭を避けようとする。遂に断わり切れず八郎為朝を推薦したと物語は語るが、その時為義が何を予測し、何を期待したのかは説明されていない。為朝の超人的な剛勇ぶりは、『保元物語』の魅力の核心的部分を占めるが、物語の誇張及至創作に大半を負うていると推断される。

伊藤六ガ鎧ノ胸板ヲ通ル矢、続イタル伊藤五ガ射向ノ袖ニゾウラカイタル。

（巻中「白河殿へ義朝夜討チニ寄セラルル事」）

例えばこのような表現は、何気なく読みすごすと一本の矢で二人を傷つけた、くらいにやすやすと見えてしまうが、鎧の胸板と人間の胴体とを矢羽までもすっぽり通り抜けてなお飛翔力を失わず、後続の伊藤五の射向の袖に突き立った、というのであるから、物理的におよそあり得ないことを語っているのである。[8] 為朝の弓矢が通常とは異なる材料や寸法で作られていることを語る記述も、彼のワイルドなエネルギーを表現したもので、まるごと事実ではないだろう。[9]『保元物語』はそのように読むべき作品として成立している。為朝の活躍を柱に合戦場面を構成し、排除されて行く敗者の側にダイナミックな不条理（能力ある者が勝つとは限らない。全責任を負わざるを得ないのに権限は与えられていない）を確立することができたとき、『保元物語』が可能になったのだ。長大な為朝後日譚が

8　『太平記』の例については『軍記物語論究』第一章第七節（一二五頁以下）参照。

9　全く無根ではないことは、『吾妻鏡』建久二年八月一日条に見るように、彼の大弓について批判的に鎌倉武士の間で語り伝えられたことで分る。

半井本の末尾にあり、流布本がそれを承け継いでいるのも、為朝が死なない限りは保元の乱は終わらない、という構想によるのであろう。都の合戦場面で為朝の射撃が誇張され、あり得ないことが尤もらしく書かれているように、彼の雄飛と征服を幻視的空間の中で語れば為朝後日譚となる。

為義一族の末路が各々記し留められているのは、義朝が孤立してゆき、やがて平治の乱が勃発する前提となるからであるが、たとえまきぞえであっても己れの行動に全存在を賭けざるを得ない武士というもののあり方が、これらの記事から浮び上がる。それは結果的に、歴史の中で運命に翻弄される人間が、しかしなお、何ができるかを語ることになった。死刑に至ったここまでの道は引返せない。だが、死を前にした、人間の尊厳とは何か。生き残る者、下位の者がせめても示すことのできる敬意は何か――主人為義を騙したまま斬ろうとする（それも一種の思いやりではあったが）鎌田をたしなめた波多野次郎義通の言には、凛として主二代に道を外させまいとする使命感がある。それらに支えられて、いよいよ処刑の座に坐った為義の言は、始めは愚痴であるが、最後は「我子ノ手ニ懸テ、相伝ノヲノレラニ被レ切《きらるる》事コソウレシケレ」となってゆくのであった（下巻「為義最後ノ事」）。

成人した五人の弟に続いて、義朝は当腹の七歳から十三歳までの四人の弟を切らせることになる（下巻「義朝ノ幼少ノ弟悉ク失ハルル事」）。この場面では年令ごとに少年たちの言動が描き分けられており、諸本によってさらにその描き分けに考慮が払われているが、十三歳の乙若はいわば長兄の役を果たす。この幼い息子たちの処刑の場では、けなげな乙若の言動と、後を追って自害する乳父たちのそれが読者の感動を呼ぶところであり、義朝の今後、源氏の運命を予言してもいる。乙若は、幼い弟たちに現在の状況を的確に認識させ、死の準備をさせた後、死首の始末の指示や垂髪が刀の勢いを削ぐのを防ぐための結髪の指示をしたり、母に渡す遺髪の用意をしたりなど、具体的で行き届いた言動を見せ、他の場面と比べて格段に詳しい叙述となっている。乳父の内記平太の言は、「誰カハ……（推量の助動詞）」の形の短句を畳みかけて、彼の悲歎と、悲歎が決意に至る過程とを漸層的に表現している。これらの叙述の臨場感が実写に由来すると考えるのは当たっていないと思う。子役の魅力は、未だ幼い者が思いがけず（あるいはやむを得ず）大人っぽい言動を見せ、しかしやはり幼いゆえにちぐはぐさが露呈する時に最大に発揮されるもので、この場面での描写はまさしくその壺にはまっている。

乙若が母に渡す遺髪を調える時に言う科白の一部は、その母、為義北方が子供たちの死を知らせた時にも繰り返される。なぜ一人でも二人でも参詣に連れて出なかったかという後悔である。乙若は母の悲歎をすでに察することができたのであった。強調しておきたいのは、『保元物語』の中で、為義北方入水記事は女性説話として独立して挿入されているわけではなく、為義・為義の成人した息子たち・当腹の幼少の息子たちの処刑記事に一連のものだということである。義朝が勅定のままに（平清盛の罠にはまって）父を処刑し、弟たちを処刑して孤立してゆく、まさに本筋にある記事なのだ。半井本は、「保元ノ乱ニコソ、（中略）思ニ身ヲ投ル女性モアレ、是コソ日本ノ不思議也シ事共ナリ」と言って全篇を締めくくる。為義北方の自殺は、義朝の父処刑、後白河天皇の崇徳院配流等々と並ぶ、前代未聞の事件だったのである。

またこの章段の緊張感は、北方の悲歎の記述の激しさだけにあるのではないことにも注意したい。彼女の口説の悲痛さはもちろんだが、伴の者たちの説得（生き残る者たちの立場からすれば精一杯の説得であるが、北方の耳には殆ど入らない）の妥当性、「御伴ノ男モ女モ川ノハタニ并《ならび》居テ、垣ヲ成シタル様ニ落シ入ジト禦《ふせ》キケレバ」という真剣さによって、彼らを欺いて川に走り入る北方の行動がやむにやまれぬものであったことが印象づけられるのである。そしてもう一人、この世に引き止められなかった女性がいた。「乳母子ノ女房、衣ノ袖ニ取付テ、暫シ引《ひか》ヘ放サザリケルガ、取付テコソ入ニケル。（中略）両人ハ懐《いだ》キ相《あひ》タリ」、始めは主を引き止めようと袖をつかんだが、北方に引きずられて、そして止められないのなら自分も共に死のうと思ったのであろう、しっかりと抱き合ったまま、乳母子も水中へ沈んだのであった。

平家物語の言をかりれば、「かやうに人の思ひ歎きのつもりぬる」（巻三「僧都死去」）義朝の将来が順調なはずがない。『保元物語』唯一の女性説話は単なる哀話、敗戦の一挿話ではなく、生きながら天狗の姿となって死んだ崇徳院、嫡子を殺して自害した為朝らの死と同様に、物語に不可欠の記事だったのである。それは、為義北方の自殺が事実だったか否かとは、また別のことである。(10)

この北方は、『吾妻鏡』建久元（一一九〇）年十月二十九日の記事により、実在する女性で、青墓長者大炊の姉、七歳児の乳父内記平太とも連枝であったことが分る。為義には複数の妻がおり、物語中では四十六人の子があると述懐している（下巻「為義最後ノ事」）が、この女性が最後の伴侶だったことになる。妹大炊と、為義を切らせた義朝との間には一女があったという（『平治物語』）が、金刀比羅本では頼朝が逮捕された時に周囲の説得にも拘らず、十一歳で入水している（下巻「夜叉御前の事」）。入水する女性の説話が一種の定型であったことが窺える。

10　半井本によれば、この時、為朝の現地妻は次男と末娘とを隠して逃亡した。よそ者の夫に逆らって在地の母は、子供を守り生き延びたのである。

三　覚一本平家物語の場合

従来（恐らく中世以来、と考えてもいいと思うが）、平家物語の代表本文とされてきた一方系、就中覚一本平家物語では、女性説話はどのような役割を担っているか。先に結論を言ってしまえば、覚一本にあっては、女性説話もまた、平家物語の他の人物たちの記事と同じテーマをもち、それらが相互に支え合って物語の論理を組み立てていると私は考えている。覚一本の女性たちは、受身でもなければ男たちの足手まといとして描かれているわけでもない。

苛酷な情況の中で、無常迅速の時間の流れに立ち止まることをゆるされない人間たちは、自らの決断を迫られ、身をひき剝がすようにして行動を選ばねばならない。[11]それは女も男も同様である。戦って死んで行くことと、後に残され、「戦後」を生きねばならぬことと、どちらもがたやすくはない。男たちがそれぞれの戦い方、別れの告げ方、死に方をして去ったように、女たちもまた、出家する者、遺児を抱えて生きる者、自死を選ぶ者、後日に他の男に嫁して第二の人生を生きた者……さまざまに描き分けられている。

覚一本に登場する女性たちを、その立場によって分類すると次のようになろうか。

1　后　――例：（二代后）多子、建礼門院徳子

2　北方――例：重衡妻、成親妻、維盛妻

　＊維盛妻は母としても描かれる

　＊母に近い立場に乳母がある――例：副将乳母、成経乳母

3　恋人――例：横笛、小督、小侍従

　＊恋人・愛人であるが、身分は白拍子・遊女・便女である者も多い――例：千手、静、巴、祇王と仏

一般的に、平家物語の中の女性の役割と考えられているのは、愛する男（夫・恋人・子・養い子）と引き裂かれ、その死後に出家して、男の鎮魂・供養に生涯を捧げる、というものではないだろうか。[12]彼女たちの余生を賭けての供養によって、非業の死を遂げた者たちが成仏する。近代の我々の感覚になじみやすい形に言い直せば、寿命の尽きる前に打ち切られた者たちの人生の残り時間が、生き残った女性たちに抱きとめられ、彼女たちの時間が熟して行くのと共に熟し、やがて彼女が死

11　松尾葦江『平家物語論究』（明治書院　昭60）第一章第二節

12　実際、男たちは女にこうしてくれと頼んだ（『建礼門院右京大夫集』216・217詞書）。

ぬ時、死者は今度こそ、満期となった死を死に直すのだ。

例えば重衡の場合。覚一本には、巻十「内裏女房」、「千手前」、そして「海道下」の中の侍従との和歌贈答と、重衡をめぐる三つの女性説話があり、巻十一「重衡被斬」には北方との別れの場面がある。重衡には、内裏女房・千手前・北方、三人もの女性が出家して生涯を捧げたことになっている。彼にはなぜ、こんなに女性説話が多いのか。(13)

重衡は南都炎上の実行責任者として、仏敵の烙印を捺された。それゆえ、三人もの女性の献身が必要なほど、重衡の罪は重大、深刻であった、というとらえ方は、平家物語全体の構想に各説話が奉仕しているとの視点からは正しい。同時に、ここには社会的立場も重衡との関係も異なる四人の女性たちが描き分けられていることにも注意したい。

侍従は兄宗盛の恋人であるから重衡のために出家はしないが、彼の境遇の変化を確認すると共に慰藉する存在でもある。内裏女房は、宮廷社会における、愛人。ひたすら男の身の上を心配し、逢瀬が叶えば「手に手をとりくみ、かほにかほをおしあてて」泣き合うのみという存在だ。千手前は、ひとの状況や心理を読み、僅かな時間で許される限りの、そして相手が望む最上のもてなしができる、それに必要な技能(平家物語では専ら音曲)を持つ、職業婦人。そして北方は、妻でなければできない役割を担う。遺品と遺言(後の世への誓い)を受け取り、死装束を調え、遺体の処理をし、墓を立てることである。

出家した三人の女性たちは、それぞれの個性というよりは、別様の社会的立場と、男性との関係を背負った、三種のキャラクターとして描き分けられた。一方、彼女たちと共に過ごす重衡の時間は、刻々と死に近づいて行っている。男の側の情況の変化——彼がこの人生に諦めをつけ、死を覚悟し、いよいよその瞬間に直面するまでの、それぞれの段階に相応しい女性が配置されているので

13　本書第三章第二節参照。

ある。自らの責任を背負って、一歩一歩、死（それは生涯の清算でもあり、即堕地獄であるかもしれないのだ）に向う人間の歩む過程が、法然上人や頼朝との対面に併せて、彼女たちとの関係を通して具象化される。

単に供養する者の数が多いというだけならば、例えば最期をみとった木工右馬允知時が出家して後世を弔うという話であってもいいわけである。重衡が艶福家であったという話とすれば、事実の如何[14]よりも、すでに何がしかの物語化を経たとみられる『平家公達草紙』[15]と比べることによって、平家物語の意図はさらに鮮明になる。『公達草紙』には前斎院（式子内親王）の御所で、中将の君[16]、中納言の君という二人の恋人が、重衡が都落に際して別れを告げに来た時、対照的な態度を取ったことが語られている。中将の君は、（欠文部分があるが）ただ泣き伏すばかりであったが、文治三（一一八七）年六月、重衡が斬られて後出家した。中納言の君は、重衡の鎧姿をただ一目見ただけで、席を外した。随分冷淡な態度のように思われたが、重衡が寿永三（一一八四）年二月、一谷で生虜となって連行された頃から行方不明となり、河内国で尼として一生を終えたという。両人とも出家して重衡の供養をしたことに変りはないが、想いの深さというものは、外見からだけでは判断できないことが、行動の相違として描かれている。同じく恋人でありながら、異なる対応を示した女たち――重衡を愛して彼のために人生を捧げたという逸話としてなら、こういう語り方もあったわけである。しかし、平家物語は、明らかに、女性たちにそれぞれの役割を振りあてている。

平家物語の世界では、人間には各々の立場に応じた志があり、男も女も、それに殉じて行動しようとして、状況との間の緊張関係を戦うのである[17]。女性たちは、決して物語の彩りではない。我々は、女性説話に男性のそれと同じく、物語の主張を読むべきである。

14　事実、『建礼門右京大夫集』194～197、212～213の詞書からみても、重衡はあかるく開放的で、女性にもてるタイプだったようだ。
15　岩波文庫『建礼門右京大夫集』（昭53）付載。
16　彼女は清経に一度は愛され、捨てられたと『右京大夫集』74詞書にある。
17　前掲『平家物語論究』第一章第二節

四　異本平家物語に見る女性観

しかし、右に述べたような女性像は、覚一本が最も集中的に造型したものである。読み本系や八坂系の異本には、やや別の視線を感じることがある。

覚一本では哀艶、優美な説話として知られる「祇王」を、近時古態本として注目されている延慶本（巻一―7「義王義女之事」）で見ると、清盛が仏御前に心変りする場面は次のようである。[18]

入道イツシカツイタチテ、未ダ舞モハテヌサキニ、仏ガコシニ抱キ付《つき》テ、帳台へ入レ給ケルコソケシカラネ。サテ申ケルハ、「イカニヤ加様《かやう》ニヲハシマスゾ。（中略）能ニ付テノ仰《おほせ》ハ、イカニモ背クベカラズ。ナメテナラヌ御事ハ、ユメ〳〵思食《おぼしめし》留リ給ヘ」トゾ申ケル。

覚一本[19]では「仏御前は（中略）心もをよばずまひすましたりければ、入道相国まひにめで給ひて、仏に心をうつされけり」とあるだけであるが、[20]延慶本は清盛の非道さをリアルに描くと同時に、女性を対男性の、ある一面に固定してとらえている印象を受ける。建礼門院の六道語りにおいても、延慶本は畜生道を次のように語る（巻十二―25「法皇小原へ御幸成ル事」）。古来、あるまじき肉体関係を結んだ貴女の例が列挙された後、「天竺晨旦我朝、高《たかき》モ賤《いやしき》モ、女ノ有様程心憂《うき》事候ワズ。」として、愛欲は身を滅ぼすものと説き、

都ヲ出テ後ハ、イツトナク宗盛、知盛、一船ヲ棲《すみか》トシテ、日重《ひをかさね》月ヲ送シカバ、人ノ口ノサガナサハ、何トヤラン聞《きき》ニクキ名ヲ立《たち》シカバ、畜生道ヲモ経ル様《やう》ニ侍リキ。

18　延慶本の本文は『校訂延慶本平家物語』（汲古書院）により、未刊の部分は同書の校訂方針に準じて影印から翻字した。

19　日本古典文学大系（岩波書店　昭34）による。

20　尤も、仏御前の「こはされればなに事さぶらふぞや。」という台詞が、ただならぬ感じを与える。享受者はそれで全てを察すべきなのかもしれない。

何と、兄の宗盛・知盛と近親相姦の噂を立てられたというのである。

覚一本で優艶哀切の説話として有名な小宰相について、延慶本では、小宰相が嫡妻ではないことにこだわっている。北方でもなく、恋人に止まるのでもなく、通盛亡き今はもはや身の置き所がない。進退谷《きわ》まって、絶望の果てに身を投げることになる。延慶本の小宰相身投の記事は、そここに美女や春の朧月夜に関する美辞麗句が鏤められるが、それらも含めて、女性に投げかけられる視線が固定化しつつあるという感を抱く。儒教思想、仏教思想から見た女性像だというだけではない。やや強く言えば、男の対象物としての女、という方向に向っての固定化である。

八坂系の諸本は大まかに言えば、語り本系の本文に、読み本系諸本や他の文学作品を抄略してとりこみ、小規模な読み本系[21]、とでも言うべき風貌を示す。近世以来、八坂本の代表とされて来た二類本の巻九「木曾之最期」の中、巴の最後の活躍の場面に、次のような一文がある。[22]

こゝに武蔵国の住人に恩田の八郎為重とてをよそ三十人が力持たる大力の剛のものあり。かれが郎等に向て、「まことや木曾殿の御内には、巴とて女武者のあんなるぞ、たとひ心こそたけくとも、おもふに女なれば何ほどの事かあるべき、おなじうはくんで生捕にせんとおもふなり」。

即ち、八坂系本文は、恩田が女相手ならたやすく功を挙げられるだろうと巴を狙って、却って返り討ちに遭ったと記す。

異本平家物語の中には、覚一本とは異質の女性観がひそめられている、と言えるのではないか。

21 渥美かをる『平家物語の基礎的研究』(三省堂 昭37)

22 内閣文庫蔵秘閣粘葉本の本文を翻刻、加点した。

異本の本文形成は、必ずしも全体が一貫した方針で行われるとは限らず、部分的な改変や切継の積み重ねで、結果的に新しい傾向を示すことになる場合が多いように思われる。従ってあらゆる箇所の女性記事に同じ傾向が見出せるとは限らないが、相対的に、覚一本の女性たちのけなげさ、自立性に対して、読み本系や八坂系の諸本の女性観には、何かしら違和感を覚えるものがある。

五　平家物語の小宰相

覚一本平家物語の巻九尾、一谷の敗戦の後に「小宰相身投」の記事がある[23]。

すでに指摘されている通り、この女性は実在の人物で、入水も事実であるが[24]、記事全体は先行文学等を参考にしながら創出されたと思われる[25]。物語は、通盛にはそれまで子がなく、小宰相と共に死ぬ胎内の子が初めてであったかのように語るが、『尊卑分脈』には通衡という子（母不明）が記され、『吾妻鏡』文治元（一一八五）年十二月十七日条には逮捕された子がいる（通衡とは別人）ことも記されている。出陣の前夜に小宰相が初めて妊娠を打ち明け、第一子だと喜んだ通盛が帰らぬ人となる、というのは物語の虚構なのである。しかし出陣を控えた夫婦の会話、それを想い起こす小宰相の後悔、などは現代の読者にふと錯覚を起こさせそうなほどリアルである。夫が「明日は死ぬような気がする」と言ったとき、「後の世にも必ず」と契るべきだった、と彼女は後悔するが、それは事態がすべて判ってからの後悔であって、相手が死の予感を口にした時に「そうですか、それなら……」とは、かけがえのない間柄だからこそ言えないものである。処刑の前夜ならともかく、戦死の予感を肯定したならばどうなるだろうか。戦友と違って妻は、通常「一所で死ぬ」ことはない。「死なないで下さい」とか「貴方が死ぬはずはありません」と言う代りに、自分の妊娠を打ち明けたということではないか。「日ごろはかくしていはざりしかども、心づようおもはれじとて」打ち

23　覚一本の中でも後出とされる西教寺本・龍門文庫本にしかなく、高野本では朱で「以他本書入」と章段の初めに注記する。覚一本に本来あった記事か否かは、やや不安定である。

24　『建礼門院右京大夫集』や『尊卑分脈』に記事がある。

25　後藤丹治「平家物語の諸問題」『中世文学研究と資料』（至文堂　昭33・12）

明けた、という彼女の述懐が、夫の不安をただ聞き逃したのではないことを示している。その時は、夫の不安を逸らす最も有効な言葉として妊娠を口にしたはずだ。もしもそれを両人の間の溝と言うなら、死に行く者と生き残る者との間には、後から気がつけばすでに超え難い距離が横たわっている、ということだろう。二月十四日の夜、小宰相は乳母に入水の決意を打ち明ける。理を尽し情に訴える乳母の説得（ここでも現世に引き止めようとする力が、小宰相の決意をより強く印象づける役割を果たす）(26)に、一旦は諦めたふりをするが、やがて独り月下の舷に立つ。この月下の場面の美しさ、空と海とに抱かれる小宰相の姿の印象深さは、小林秀雄(27)が賞賛して有名になった。覚一本平家物語の自然描写が、人間の心情と結びつき、彼らのおかれている情況を描くためのものであることは、別に述べた(28)。通盛の死から入水まで七日間あったと平家物語が語るのは、信じたくない、人の死を受容するまでに最小限必要な日数であると共に、月下である必要があったからでもあろう。彼女は投身直前に、「いづちを西とはしらねども」「なむ西方極楽世界教主、弥陀如来、本願あやまたず浄土へみちびき給ひつゝ、あかで別《わかれ》しいもせのなからへ、必《かならず》ひとつはちすにむかへたまへ」と祈って入水している。物語の説得力の前に、我々はつい現代人の心理で解釈しがちであるが、この部分の持つ意味の重さを見誤ってはならない。中世人たちは、小宰相が無謀な賭けをしたとは考えなかったはずである。弥陀の本願を信じて入水した時、彼女は「などのちの世とちぎらざりけん」という後悔を自らとり返したのだった。

しかし語り本系でなく読み本系では、この説話は、やや様相が異なる。延慶本（九―30「通盛北方ニ合初ル事　付同北方ノ身投給事」）で見てみよう。語り本系では入水記事の後に置かれているなれそめ説話が、読み本系では前に置かれ、小宰相の紹介から始まる。冒頭は次の通りである。

26 前掲『平家物語論究』（明治書院　昭60、初出昭53・11）第一章第二節
27 「平家物語」『無常といふ事』（創元社　昭21）
28 前掲『平家物語論究』三九頁以下及び本書第一章第三節。

越前三位通盛ノ北方ハ、屋島ノ大臣殿ノ御娘也。御年十二ニゾ成給ケル。八条女院養進《やしなひまゐらせ》テ、通盛聟ニ取セ給タリケレドモ、未ダ少《をさな》クオワシケレバ、近付給《ちかづきたまふ》事モナカリケリ。

頭刑部卿憲方ノ御娘、上西門院ノ御所ニ小宰相殿ノ局トテオワシケリ。（下略）

この後なれそめ説話があって、通盛討死の報の前に漢の慎夫人の故事が述べられる。「妾ハ君ト床《ゆか》ヲ一ニスル事ナシ」という話である。「越前三位此事ヲ思知給タルニヤ、小宰相殿ハ妾ニテオワシケレバ、一《ひとつ》舟ニハ住給ワズ、別ノ御舟ニヲキ奉テ、時々通《かよひ》給テ、三年ガ間、波ノ上ニ浮ビ給ケルコソ哀ナレ」という文章がそれに続く。

しかし『尊卑分脈』には宗盛の女子は記されておらず、平家物語諸本でもここ以外にその存在には言及されていない(29)。延慶本では出陣前夜の通盛の心配の中心は、我が亡き後の彼女の再婚のことであり、小宰相は乳母子に向って、心ならず再婚したら亡き通盛の手前「ハヅカシ」と言っている。入水後にも通盛が宗盛の聟であるために人目を憚って軍船に彼女を乗せ、時々逢っていたとの説明がある。そうだとすれば、渥美かをる氏が指摘された(30)ように、小宰相の立場は極めて不安定なもので、屋島で一人、通盛の子を生み育てるのも、脱出して京都へ帰ることも困難だったであろう。覚一本が巻九の結尾に置く、教盛が通盛・業盛を失い、通盛の形見たるべき小宰相さえも失って「いとゞ心ぼそうぞなられける」という文章を、延慶本は持っていない。読み本系平家物語の女性説話が語り本系とは変質していることは明らかである。

六　『太平記』の女性像

『太平記』になると、女性は①政治を乱す存在　②運命に翻弄される存在　③烈女・孝女の三種

29　宗盛の養子宗親には妹（建礼門院六条）がいたが、宗親の実家源有仁の一族と考えられている。

30　前掲『平家物語の基礎的研究』三四三頁

類に分類されるようになる。①は、男を誘惑したり、陰謀の手先であったり、政治に口を出たりしする女たちで、「牝鶏晨《あした》スルハ家ノ尽ル相ナリ」（巻十二「驪妃事」）と明記される。②は、例えば横恋慕される女、悲運の女（陰謀に利用される女も含まれる）、男に征服される女、等々の女たちで、彼女たち自身の意志や主体的行動は殆ど描かれない。『太平記』でプラス評価を与えられるのは③のタイプ、殊に武士の母の理想像といったものである。すでに覚一本平家物語とは異質の世界が、そこには展開している。(31)

こうして見ると、前述の異本平家物語は、『太平記』の女性観に通じるものを持っていることが判る。異本がとりこんだものは、必ずしも平家物語全体には共有されなかった。むしろ、共有されない要素をとりこむことによって、異本は自らを個別化し、覚一本的なものから独立しようとしつつあったのかもしれない。

七　おわりに

権力の近くに生きねばならなかった弱者は「歴史に翻弄」されがちである。しかし――難民のキャンプに生まれても、億万長者の令嬢に生まれても、一人一人の人生はその人のものである。境涯は、誰にでもある。軍記物語に登場する女性たちが、ままならぬ人生を強いられ、男たちに置き去りにされて悲しい生涯を終えたかのような期待読みは、もうやめたい。難民キャンプに生まれても大志はあり、億万長者に生まれたが故の制約もあるだろう。誰でもが己れの境涯を引き受けて生きてゆくのだ。建礼門院徳子もまた、彼女に許される限りの選択を日々繰り返し、自らの境涯を精一杯に生きた。その結果、物語の中では女人には不可能とされた往生を果たし、物語に救済の暗示をもたらすという役割を担いおおせている。人間は皆、無際限の自由や可能性を与えられているわけ

31　『太平記』の女性像については、神田龍身「記号としての王朝女―陰画としての『太平記』論」（『国文学』平10・4）が論じている。

ではない、男も女も。平家物語には次のような文章がある。

あはれ、高《たかき》もいやしきも、女の身ばかり心うかりける物はなし。（巻三「僧都死去」）

あはれ、弓矢とる身ほど口惜かりけるものはなし。（巻九「敦盛最期」）

前者は俊寛の娘の言、女でなければ自分自身で父の許へ訪ねて行けるのに、との歎きである。後者は熊谷直実の述懐、武士は職業であると同時に自らのアイデンティティでもあり、それを捨てるには出家しか道はなかった。これがそれぞれの背負う境涯である。女性だけが特別なのではない。誰しもが、生まれついた条件の中で自らの行動を選び、日々積み重ね、それが歴史となり、やがて軍記物語のテーマとなるのであった。

第三節　真名本『曾我物語』の世界

一　はじめに

　真名本『曾我物語』については、すでにさまざまな角度からの研究が進められている。真名本が古態本と評価されてきたこと、『神道集』や四部合戦状本平家物語（以下、四部本と称す）と密接な関係を有すると見られること、頼朝を流人時代からクローズアップし、曾我兄弟の運命を決定する人物という位置づけのみならず、頼朝自身の辛苦・報復のストーリーをも抱えこんでいること、複数の種類の唱導との関係が推測されていること、関東という地域性等々は、改めて言うまでもあるまい。それらを一々解説することはしない。ただ一読者として、この読みにくい〝真名本〟を通読したとき、また軍記物語の諸本展開を研究してきた者の眼で見たとき、些か気になる点について、とりあげてみたい。

1　仇討成功の物語

『曾我物語』は仇討の物語だと言われてきた。多くの涙が流され、十七年間暗い情念として思い詰められた父の仇討が、みごと果たされる、と。それで充分であろうか。『曾我物語』（以下、特に断らない限り、真名本『曾我物語』のことを指す）は「仇討が成功する」物語だと言っただけで正確だろうか。一読後、印象に残るのは、兄弟が絶えず仇討の意志を確認し、励まし、自分たちの生涯を、父の仇討という囲いの中に追いこんでいく、いわば必死のツッパリである。それが孤児の宿命だったのだろうか。人生の目的、選択はほかにはなかったのであろうか。

彼らに復讐を指示したのは、五歳と三歳の兄弟を膝に抱え、夫の遺骸を前にして、母が半狂乱で語った、次のような言である。(1)

「己等《おのれら》諦《アキラカ》ニ聴ケ、腹ノ内ナル子ダニモ母ノ云《いふ》事ヲ聞悟リテ、親ノ敵ヲバ討《うつ》ゾヨ。（中略）是《これ》ヲバ吉々《よくよく》己等聞キ持《たも》ツベシ。己等が父ヲバ宮藤一郎助経が討タンナルゾ。未ダ弐拾ニ成ラザラム其前ニ、助経ガ首ヲ取テ我ニ見セヨ。(2)」（巻二）

弟の方はその場で母の言を理解できてはいなかったし、彼女自身はやがて再婚し、現実に適応してゆく。しかし、この言は兄弟を呪縛し、もはや彼女によってもその呪縛を解くことができない。仇討のための仇討。自らの子供を持たなかった兄弟には、所領を奪い返すといった代償は意味がないせいか、執心そのものを目的とするかのような生涯をつき進む。さまざまに同情をそそる仕掛けが用意されているが、現代の読者は、ふと、彼らにはほかの道はなかったのか(3)、と暗然として我に返る。養父の曾我太郎助信の、

「幼少竹馬ノ時ヨリ身ニ副テ見成長《そだて》タリシカバ、実ノ子共ニモ劣ズコソ思シニ、知行ノ処モ広

1　言中の中略部分には、中国の故事が引かれており、勿論、彼女の言葉の実録ではない。

2　以下、本文の引用は『真名本曾我物語』（平凡社東洋文庫　昭63）を参考に、『妙本寺本曾我物語』（角川書店　昭44）を書き下す。

3　早く親を失って他家の養子として育つ例は、武家には少なくない。

ラネバ、当時ハ分ケテ取スル事モナシ。第一ニハ当君ノ御勘当深キ人々ノ末ナレバ、世ニ在リ顔ナラム事モ憚有レバ、空《むなし》ク月日ヲ送ル事ノ悲《か》ナシサヨ」（巻十）

との言葉が、彼らの怨執の淵源の説明となる。「世になし」者として生きねばならぬことへの絶望が憤怒となり、孤立無援[4]の計画は、絶えずお互いを励まし束縛し合う結果になったのであろう。ここで右の助信の言中の波線部に注意したい。兄弟が「世になし」者の生活を送らざるを得なかったのは、父河津祐通を殺され、孤児となったからだけではなく、祖父祐親が流人時代の頼朝に対してとった行動のせいでもあるのだ。物語はそのことを明記している。また、そもそも祐通が祐経に暗殺されたのも、祐親の卑劣な領地乗っ取りが原因であった。物語はその経緯をも詳述している。兄弟の仇討の正当性を浮き彫りにしようとするならば、つまり『曾我物語』が曾我兄弟の仇討成功の物語に徹するのであれば、異なる枠組で時間を切り取り、事件を再構成することもできたはずである。

4　この孤独が兄弟の主観的なものであることは、すでに論じられている（森山重雄「在地者の贖罪―『曾我物語』の意味するもの―」『思想の科学』昭38・8）。

2　源頼朝の物語

『曾我物語』は源頼朝の物語でもあった。真名本の巻二から四にかけて（即ち、がんぜない曾我兄弟が物ごころのつくまでの四年間）は、頼朝の伊豆流離説話及び鎌倉幕府成立の記事で占められている。

曾我兄弟自身は、祐経を討つまでは、頼朝を自分たちの敵として狙う意識を明確にしてはいない。祖父の過去の行為の責任をとらされているという自覚もない。頼朝の物語が詳述されることによって透けて見えてくるのは、同じような境遇を経ながら対照的な結果に至る、頼朝と曾我兄弟、北条氏と伊東氏の明暗である。

父の仇を討つということでいえば、頼朝の平氏追討も兄弟の祐経暗殺も同じ正義である。しかし頼朝は天下を手中に収め、兄弟は秩序攪乱者、体制違反者として処刑される。すでに述べたことがある(5)が、平家物語が描く打倒平氏運動は、私心に基づくものは挫折し、大義名分を二重に揃えることのできた頼朝が成功するのは必然だったという論理（読み本系諸本では、関東武士たちに担がれ、勧められて起つ、という頼朝像がさらに強調されている）で構成されている。『曾我物語』の場合、対伊東氏については頼朝は恩愛から自由ではないのだが、それらを超える大義を獲得し、武家社会の頂点に立つことができた。その結果、伊東祐親の誤算――不明さが、兄弟と同様孤児として育ち、彼らの境遇も多少は理解できたはずの頼朝を、敵に回すことになってしまったのである。伊東・北条の娘と頼朝との関係を説く説話は、蘇民将来型の伝統的話型に則っていることがすでに指摘されているが、(6)史実かどうかはともかく、北条氏に支えられた頼朝が勝者となり、先見の明がなく惻隠の情も持たなかった伊東氏の一族が、その孫の代に滅びることはやむを得ないと読者を納得させる役割を果たす。

3　女たちの物語

一方、『曾我物語』は女たちの物語でもあった。この物語の基には遊行巫女の語りがあり、物語成立後は瞽女の語りでもあったと推測されている。(7)女たちの喜怒哀楽を濃く映し出す傾向があることは肯かれよう。母の心配、気苦労、悲嘆、十郎とその恋人虎との別れ、虎とは敵味方だった武士の妻たちとの交流等々、女性の側から共感の持てる形で供養や鎮魂の経路が描かれる。『曾我物語』の享受者には、武士の縁故者に限らず、戦死者の親族に限らず、身内を死なせた女性たちが少なからずいたのではないだろうか。自分たちにできないことを果たした女たちが、この物語の中には、

5　本章第一章第三節

6　福田晃「頼朝伊豆流離説話の生成―平家物語・曾我物語より―」（『国語と国文学』昭41・6『軍記物語と民間伝承』〔岩崎美術社　昭47〕収録）

7　七十一番職人歌合「女盲」や謡曲「望月」による。

いる――就中、かの有名な終幕、

或ル晩傾《クレツカタ》ニ御堂ノ大門ニ立出テ、昔ノ事共ヲ思ヒ連《つづ》ケテ涙ヲ流ス折節シ、庭ノ桜ノ本ト立チ斜《ナノメ》ニ小枝ガ下《サガリ》タルヲ、十郎ガ体《すがた》ト見成《みなし》テ、走リ寄《より》、取付カムト欲《スレ》ドモ、只 徒《いたづら》ノ木ノ枝ナレバ、低《ウツブ》様《さま》ニ倒《たふれ》ニケリ。其時ヨリ病《やま》ヒ付《つき》テ、少病少悩ニシテ、生年六十四歳ト申《まうす》ニ大往生ヲゾ遂《とげ》ニケル。（巻十）

という死に方は、華の面影の優美さのみならず、「少病少悩」という、女性にとって最も望ましい、理想の最期を具現している。(8)

二　遮蔽された物語

軍記物語の冒頭部には、歴史文学としての自らの姿勢がそれぞれにうち出されている。『曾我物語』の場合は、日本国の始源から説き起こし、平氏の系譜、源氏の系譜（惟喬・惟仁親王位争い説話及び惟喬親王小野隠栖説話を抱えこんで長大化している）、頼朝の天下平定を語り、その頼朝の陣中で親の仇を討った曾我兄弟の話へ、と移る。日本国の始源を、「夫《それ》日域秋津嶋ト申スハ……」と語り始める一文は、『神道集』からの引用らしいが、続く地神五代以下は今のところ出典は見つかっていない。尤もらしい年数が列挙されて、大がかりなすべり出しであるが、神武天皇以来、「代々ノ帝ノ御代ノ後、国土ヲ治メタマフニ二《ふたつ》ノ道有リ、即《すなはち》文武二道是ナリ。」と武士の効用を述べる意図を持つ。その後には『平治物語』や平家物語や『義経記』の序章を集成したような文辞が続く。このような世界の始源から説き起こす序章を見て思い出されるのは、慈光寺本『承久記』(9)の序章である。

8　民俗的に、桜が死者の魂と関係があることは言われているが、ここでは問わない。

9　本文は新日本古典文学大系（岩波書店　平4）による。

娑婆世界ニ衆生利益ノ為ニトテ、仏ハ世ニ出給フ事、総ジテ申サバ、無始無終ニシテ、不レ可レ有二際限一。（中略）我朝日域ニモ、天神七代、地神五代ゾ御座《おはし》マス。（中略）人王ノ始ヲバ、神武天皇トゾ申ケル。葺不合尊ノ四郎ノ王子ニテゾマシマシケル。其《それ》ヨリシテ去《さん》ヌル承久三年マデハ、八十五代ノ御門《みかど》ト承ル。其間ニ国王兵乱、今度マデ具《つぶさに》シテ、已《すで》ニ十二ケ度ニ成《なる》。（巻上）

中略部分にはやはり尤もらしい数字を鏤めた、仏の世の歴史と神代史が入っていて、国王の兵乱の例を数える時間の起点となるのであるが、仏の世の歴史は、日本でなく宇宙の始源から語り始めたというだけで、その後の作品世界には関与して行かない。むしろこの作品の時代や、享受の場の事情なのかもしれない。一方、『曾我物語』の冒頭は、頼朝が日本に平和と秩序を確立したと言っているのであって、仏の世の時間や神々の悠久の系譜によって権力を相対化するような言説は述べていない。武家の歴史を日本国の歴史に位置づけ、その頂点に立つ頼朝の世、それがこの物語の前提だった。

だが、前述のように、曾我兄弟を正当化して仇討への同情に集中させる構想も不可能ではなかったはずなのに、この物語は「曾我の」物語からふみ出すものを持っている。それはどこか凶々しさを感じさせ、暗鬱な救いのなさを我々に被せてくる。序章が大がかりであるのも、それを助長するように思われる。

中世の軍記物語を定義する際には

① 合戦の記述がある

② その合戦が時代の転換を促したという意識、即ち歴史的視野の中で戦闘をとらえている

という二つの条件が要求される(10)。条件②が不十分であるとして『曾我物語』は準軍記物語と呼ばれたりもするのだが、じつは『曾我物語』は一つの社会の時代的転換を、曾我兄弟の私闘という形に封じこめてしまったのではなかったか。頼朝体制の確立、それは武士社会の質的な変革だった。物語の中にも、そのことは母や異父兄京の小次郎の、兄弟への忠告(巻五)として言明されている。畠山重忠、和田義盛らの述懐(巻六)にも、体制内で思うような行動のとれない口惜しさがにじみ出ている。頼朝支配が秩序と平和の代りに武士社会に抑圧をもたらし、何かを窒息させつつある時代的変化を、敗れた者の側から描いた、という点では『曾我物語』もまた、中世の軍記物語の条件に叶っているといえよう。しかし、この物語が孤児の苦労悲哀、その仇討に題材を限定したとき、つまり頼朝支配に抵抗し、その周辺に渦巻く複数の葛藤を封じこめてしまったとき、歴史文学としてのダイナミズムは失われた。それら諸勢力の葛藤があったことは、物語の視野の中に入ってはいたのかもしれない。それが、前述の「曾我の」物語からふみ出すもの、暗鬱な、不吉な予感を与えるものの正体なのではないか。曾我兄弟の仇討が史実上、何かを隠蔽した形で伝えられてきたことはさまざまに推測されている(11)。

日本国の始源から大がかりに語り起こすこと、兄弟が絶えず仇討を目的とする人生にツッパリ続け、励まし合うことは、あるいはその隠蔽したものの大きさと見合っているのではないだろうか。

三　表現上の特色について

準軍記物語と呼ばれる『曾我物語』や『義経記』を、正統的な軍記物語から分け隔てている要因の一つは、中世小説(室町時代物語)的な表現方法ではないかと思う。この点は真名本であっても同様である。これらの表現のいくつかは、異本平家物語——いわゆる一方系語り本ではない(読み本

10　冨倉徳次郎『日本戦記文学』(弘文堂書房　昭16)は、①戦を中心とした歴史上の事実を素材とする　②一族または一団体の興亡を扱う　③理想的なるものを持つ　の三点を挙げている。

11　坂井孝一『曾我物語の史実と虚構』(吉川弘文館　平12)

系や八坂系諸本）平家物語にも見出される。二、三の項目を拾ってみよう。

長大な説話、殊に中国説話及び本地物・縁起譚が多いことは真名本の特徴であり、それらの多くは訓読本の段階で削られる。しかもそれらの説話の多くは、漢籍から直接引用したというよりは、いわゆる注釈文芸的な内容のものや、類書に見出せるようなものが多い(12)。中国説話が多いことは、平家物語の延慶本・源平盛衰記に共通するが、例証、人物伝、由緒の説明といった構想上の機能は『曾我物語』ではあまり明確ではない。むしろ本筋から一旦飛躍して、説話そのものを楽しむといった風が見られる。エンタテインメントといっては言い過ぎかもしれないが、変化に富んだ話題をあれこれ提供しつつ、『太平記』のような教訓や例証にひき戻す評言も付さずに、本筋に帰って進んで行く(14)。殊に、巻七で兄弟が箱根路を経由して富士野の狩場へ向う部分は、あたかも説話による道行文とでもいった趣がある。

事項を列挙し、あるいは番号を付して羅列して行く方法は、揃《そろえ》尽《づくし》と呼ばれて中世文芸が好む方法である(15)。最も圧巻なのは、巻八の大名たちの二十番揃と、狩庭の屋形揃であろう。前者は「一番ニハ……二番ニハ……」という具合に二人一対の大名たちの名を挙げ、その日の狩装束を詳細に、且つ華麗に描く。現代の読者にとってはやや退屈だが、それでもその壮観さには圧倒されよう。ほかにも一番、二番と箇条書きのように武士の名を挙げてその活躍ぶりを描くところがあり、長門本平家物語の北国合戦の一場面が思い合せられる(16)。

修辞の上では、唱導の一節をそのまま嵌めこんだかのような文体があちこちにあり(17)、殊に夫婦、親子の愛情を讃美する表白の如き美文は、延慶本平家物語も愛用していた。語句単位で対照すれば、共有されているものもあるかもしれない。

それはどちらかといえば漢文体的であるが、真名本『曾我物語』はまた和歌をも多く載せている

12　村上美登志『中世文学の諸相とその時代』（和泉書院　平8）
13　松尾葦江『平家物語論究』（明治書院　昭60）第一章第六節
14　『曾我物語』の傍流説話に意味を読みとって行く試みは、未だ十分に行われていない。水原一「惟喬・惟仁位争い説話について」（『中世古文学像の探求』新典社　平7。論文初出昭49・3）は、巻一の惟喬親王小野隠栖説話を、「兄弟争いのしめくくりをこの宗教的浄化に委ねている」と読んでいる。だとすれば、巻六の初めにある、敵の首を目撃しても虚しい、と兄弟に自らの体験を語る尼の話も、重要である。ひたすら仇討に向けて生き急ぐ兄弟を、別の眼で見つめる語り手がいることになる。しかし、そのまなざしが物語全体を包容しているか否かは疑問とせざるを得ない。
15　福田晃「真名本曾我物語の語り物的性格―巻八

のである。二首一対、人物が唱和する形が多い。どうやら『曾我物語』は登場人物の要所要所での心情吐露を、和歌によって形をつけ、歌物語的にオチを作っているのらしい。こういう手法は中世小説によく見られ、また長門本平家物語などとも共通するものである。

これらの表現上の特色が総合して、真名表記であるにも拘らず、『曾我物語』に中世小説（室町時代物語）的性格を感じさせる要素となっているのではないかと思われる。(18)

四　なぜ真名書きなのか

軍記物語の諸本を、表記と文体とを関連づけて分類すると、①真名本　②漢字片仮名交じり　③漢字平仮名交じり　の三系列に分けられる。①には『陸奥話記』のような正統的な漢文体のものと、変体漢文のものとがあり、『曾我物語』は後者に属し、四部本や源平闘諍録もこれに類する。②③はそれぞれ漢字と仮名の比率はいろいろで、殆ど平仮名書きに近いものから、漢文訓読調を濃く残すものまで幅がある。殊に②の中、宣命書きに似た漢文訓読的な表記によるもの、例えば延慶本や屋代本平家物語は、表記・文体・文芸的性格にある程度関連性を認めることができる。この問題については稿を改めねばならないが、『曾我物語』のような変体漢文を選んでいる作品すべてに共通する文芸的性格を探ろうとするのは、容易ではない。　a『将門記』　b四部本　c『神道集』　d源平闘諍録、そしてe『曾我物語』、と並べた場合、bceと、a（aは時代も異なるが）、dは必ずしも異体字や語法などは同一ではない。和歌の表記や好んで使うオノマトペの表記の不自由さにも拘らず、eはなぜ敢えて真名表記なのか。前述の宣命書きに似た②の場合は、スペース（紙幅）の節約と共に読む（意味を把握する）スピードの速さが効率的だったと思われるが、変体漢文の場合は、読む、書くことの効率性は、それに慣れている人々の間でのみ言えることだろう。注釈文芸の

「祐経を射んとせし事」を中心に―」（『論究日本文学』昭61・5）

16　松尾葦江『軍記物語論究』（若草書房　平8）第四章第二節

17　これも訓読本では削られたり抄略される場合が多い。注（15）の論文参照。

18　『曾我物語』が基本的に、本地物の構造に則っていることは、村上學『曾我物語の基礎的研究』（風間書房　昭59）や塩谷智賀「真字本『曾我物語』の構成と表現―その非年代記性と本地物的時間構造を中心に―」（『軍記と語り物』平8・3）によって論じられており、中世小説的性格というより、本地物の視点で考察を進めるべきかもしれない。

中にも同様の表記・文体を持つものは多い。とすれば、これらに共通する、関東という地域性、(時代の異るaは別としても)何らかの文化共有集団——ある種の唱導の場などにその胚胎の環境は求められるのであろう。

最後に、四部本と共通する各巻頭の「幷序」という形式、北条政子が唐土へ「平家ニ曾我ヲ副ヘテ」送ったという記事[19]は興味を惹く。前者については、各巻頭、一字下げて、年代記を含む数行のパラグラフを置く(平家物語諸本では、必ずしも巻頭に年記があるとは限らない)という形式が何に拠ったものか(各巻の内容の把握には確かに便利である)。後者については、真名書きと唐土崇拝とが関係があるのかどうか。なぜ真名書きにしたのかという疑問には、これらの点が関わってくるかもしれない。

19 渡辺達郎「四部合戦状本『平家物語』の成立と真名本『曾我物語』」(『国語国文』平11・9)は、四部本をこの渡唐本を装って創作されたものとする。

第四節 『平治物語』から『義経記』まで

はじめに

軍記物語の作品の大半は、成立年代や作者が確定できないが、それでもかつてはその文芸的性格の推移を文学史の上に位置づける試みが行われていた。近時はそのような論を殆ど見ない。作品自体の成立が確定できないのみならず、それぞれの諸本の成立にも年代の幅があるとすると極めて茫漠たる作業になるが、いま義経記事を例にとって、軍記物語の視点の変遷を辿ってみることにする。ここで考察するのは、直接的な引用関係ではなく、それぞれの作品が何を伝えようとし、それがどう受け継がれたか（または受け継がれなかったか）という問題である。

軍記物語にあらわれる義経記事の中でも、①雌伏時代の動静、②堀川夜討、③逃避行などを主としてとりあげる。

一　雌伏時代の動静記事

1　『平治物語』の巻立や巻末記事

『平治物語』の巻立や巻末記事は、諸本によって相違している。古態本とされる九条家本[1]（学習院本）は、義朝暗殺・常葉の逃避行までを中巻で語り、下巻には頼朝・常葉とその子供たち・悪源太義平らのいわゆる源家後日譚が詰まっている。悪源太義平の怨霊が雷となって清盛を襲うが失敗する記事、常葉の子供たちのそれぞれの末路も語られ、牛若と頼朝のその後、即ち平氏打倒と恩讐応報記事とがあって、巻末は次のように結ばれる。

九郎判官は二歳のとし、母のふところにいだかれてありしをば、太政入道、わが子孫をほろぼさるべしとは思はでこそ、たすけをかるらん。今は、かれが為に、累代の家をうしなひぬ。趙の孤児は、袴の中にかくれ泣かず。秦のいそんは、壷の中に養れて人となる。末絶まじきは、かくのごとくの事をや。（九条家本[2]『平治物語』下）

この箇所の解釈についてはすでに述べたことがある[3]が、源家の二子の強運を述べ、運命の変転を慨嘆していると見るべきだろう。現存の九条家本『平治物語』は治承寿永の乱後の源氏の復讐を視野に収めて構成されており、その下巻は平治の乱から治承寿永の乱に続く道を見はるかしていると言わざるを得ない[4]。義経の雌伏時代の記事はこの話群の中にある。古態本に共通する点の多い流布本では、下巻は金王丸が常葉の許へ義朝暗殺の報をもたらすところから始まるが、舞台を京都に据えて構成しているゆえに巻立が相違しているだけで、平治の乱終結の地点から治承寿永の乱を望見し

1　『平治物語』の古態は上巻は陽明文庫本、中・下巻は九条家本（学習院本）に見られるとされ、この三巻を取り合せて論じられることが多い。

2　引用本文は新日本古典文学大系『保元物語　平治物語　承久記』による。

3　松尾葦江『軍記物語論究』（若草書房　平8）第一章第三節、六二頁

4　現存九条家本以前に、さらに原平治物語を想定する説もあるが、問題の解決に役立たないと思うので、ここではそのような方法をとらない。

ていることは同様である。流布本は九条家本の如き本文を刈り込み、かつ武士の倫理を強調する教訓的な評言を付け加える傾向があるのだが、巻末は前引の「趙の孤児は」云々の後を、「人の子孫の絶まじきには、かかる不思議も有ける也」と結び、さらに義朝・頼朝・義経が卯年生まれであり、中でも頼朝について柳営の職は卯年にゆかりあるものだとして終わる。一種の祝言であり、あるいは古活字本の刊行された年と関係があるかもしれない。

従来、『平治物語』の原型は源家後日譚がなく、頼朝伊豆配流で終わっていたとする説が強かった。[5]本節で述べるのは原態の問題ではないが、構想論の上からも従来の諸説には未だ検討の余地が残されている。現存の九条家本の巻末形態が増補されたもので、原態ではないとすれば、九条家本は相対的な古態性を示すに留まる。それはあり得よう。しかし頼朝配流記事で終わるのが本来的な「平治物語」の構想であるかどうかについては、十分論じ尽くされたであろうか。作品名に「平治」の号をもつから、というだけでは平家物語の存在に引きずられて、その前奏作品と見ているとになろう。ちなみに原態本の成立順序からいえば、『保元物語』『平治物語』平家物語の先後は不明である。ほぼ同時期に形成されたのではないかと考えられ、『保元物語』と『平治物語』の時間的内容が重ならないように、『平治物語』と平家物語も当初から時間的に重複しないように按分されていたかどうかは分らない。むしろ、平家物語の発達、流布につれてその内容を譲ったと考えることもできるだろう。

勿論、逆に武家の存在感が強まってから、源家への関心、ことに頼朝への関心が高まって増補されたと考えることも可能である。流布本の性格をみるとそう仮定したくなる点も少なくない。しかし、頼朝伊豆配流で終わる金刀比羅本でさえ、平治の乱を治承寿永の乱に至る過程として見る目を有しているのは、「守康夢合せ」記事が巻末直前にあることで明瞭である。『平治物語』のテーマが

5　日下力『平治物語の成立と展開』（汲古書院　平9）、犬井善寿「『平治物語』の成立・人と時と場―頼朝の挙兵と全国平定の記事の検討から―」（『平治物語の成立』汲古書院　平10）

平治の乱に限定されていくのは物語の成立当初からではなかったのではないか。現存古態本に増補を想定して原態を論じるならば、初期の構想を示さなければならないが、『保元物語』『平治物語』平家物語の三作品が形成時から整合的に併存したのではなく、相互に影響を受けるうちに重複を避けつつ、自己のテーマを確立して行ったと考えてみてもいいと思う。

2　平家物語諸本の義経伝

『義経記』にはすでに大いなる平家物語の存在があった。それゆえ、得意時代の義経のことは、わずか数行に要約してしまう。平家物語の場合、語り本系が自己のテーマの純粋性、集中性にこだわったのに対し、読み本系は他の作品との重複や模倣を恐れず、貪欲に己れの世界を膨らませた。義経雌伏時代の記事は、平家物語諸本では源平盛衰記に見える。しかし、語り本系平家物語にも義経伝がないのではない。「腰越」（覚一本巻十一）には彼の生い立ちが、屋島の詞戦（同）には腹心の部下伊勢三郎義盛の素性が短く要約された形で表現されている。恐らく平家滅亡に集中する語り本系にとって、義経の過去はこれで充分と考えられたのであろう。語り本系でも城方本（八坂本）は、『義経記』と大略共通する「吉野軍《いくさ》」を巻十二に持ち、奥州落までの情報をひととおり縮約して収める。小規模な読み本系と言われるゆえんである。(6) 一方、すべてを総合的、全般的に叙述したがる読み本系の源平盛衰記は、義経の小伝を巻四十六に置き、その生い立ちから最期までを記す。同じく読み本系の延慶本は、源平盛衰記とは異なり、義経の伝記は持たず、「腰越」も持っていないのに、吉野山中での静との別離記事を取り入れようとしたらしく、しかし不自然なかたちで中断している（巻十二―12）。恋愛譚を好む延慶本の指向は、頼朝の天下制覇による終結部へ向っていく巻十二の構成原理と衝突し、義経哀話の組み込みに挫折したものと思われる。軍記物語は、単に素材の

6　渥美かをる『平家物語の基礎的研究』（三省堂　昭37）

供給源としてのみならず、相互に意図と方法を意識しつつ、試行を重ねて自らを再構成し、特化して行った(7)のである。

3 『平治物語』から平家物語へ、そして『義経記』へ

さて『平治物語』下巻と源平盛衰記巻四十六の義経雌伏時代記事は、鞍馬を出奔した義経が自ら元服し、諸国を放浪した後陸奥の秀衡を頼り、やがて頼朝の傘下に入って活躍する、というふうに要約すれば共通した内容といえるが、『平治物語』には陵助重頼という人物や信夫の佐藤兄弟とその母が庇護者として登場するのに対し、源平盛衰記にはない。後に腹心の部下となる伊勢三郎との出会いの経緯や地名にも相違がある。すでに指摘されて来たように、『平治物語』のこれらの記事には相互に矛盾があって、異なる素材を併せて編集したものと見られ、そのような豊富な素材が次第に統一され、失われていくのが平家物語への道だったかもしれない。平家物語の義経像は、強烈な自恃、超人的な武略、そして部下や捕虜、女性に対する思いやり(時には「文の沙汰」のように、敵に利用されもする)が強調される傾向にあるが、源平盛衰記では、頼朝の憎悪の対象となっていく義経が造型されている。小伝があるからといって義経を称揚する意図ではなく、頼朝記事の一環なのである。義朝の子供たちの中で義経は目に見える形象として描かれ、見えない頼朝を暗示する役割をも果たしている。

『平治物語』と源平盛衰記との記事に共通して鮮明なのは、義経が孤児であること、自らの意志で行動することであるが、殊に『平治物語』と、原初にはそれを受け継いだと思しい『義経記』では、義経はやがてゲリラ戦のリーダーとなっていく運命にふさわしく、広い地域に出没する敏捷性が印象的である。その一方、『義経記』には稚児の両性性が全体に色濃く表われているが、これは

7 長門本が「腰越」を有するのは、語り本系本文との混態のゆえだろうか。大島本が「腰越」と吉野入り記事とを有するのは、成立期など別途の問題があろう。

室町期のひとつの嗜好というべきであろうか。

二　土佐房の堀川夜討

1　平家物語諸本の堀川夜討

『吾妻鏡』と『百錬抄』によれば、文治元（一一八五）年十月十七日、六条堀川の義経の宿所に頼朝の刺客土佐房が夜討ちをかけ、撃退された。この事件の記述は、平家物語諸本間では異同が少なくない。例えば、覚一本・城方本・延慶本・長門本とも土佐房召喚に赴くのが武蔵坊弁慶となっている（源平盛衰記には召喚の過程の記事はない）が、殊に延慶本・長門本では弁慶の行動が劇的に描かれ、しかも兄弟本とされる両本の間でも相違がある。延慶本では二度目の使者に弁慶が選ばれるが、長門本では義経の召喚に土佐房が口答えして応じないので、義経が「にくいやつがこと葉かな。かいがいしからぬ身こそやすからね。かの法師ほどのやつが、めしにまいらぬ」とこぼすのを聞いて弁慶自身が召喚に行こうと申し出る。弁慶のいでたちも、延慶本では「褐《かち》衣ノ直垂ニ黒糸威ノ大腹巻ニ、スチヤウ頭巾シテ、一尺三寸ノ大刀指《さし》ホコラカシテ三尺計《ばかり》ナル大長刀モタセテ」というのであるが、長門本では「萌黄いとおどしの腹まきに三尺五寸の大太刀はき、一尺三寸うちかたなをぬきまうけて」となっている(8)。両本ともに力を入れてこしらえ上げた(9)場面であることが予想されよう。語り本系に比して両本は弁慶の手荒な召喚ぶりをそれぞれに強調して描く。延慶本では酒宴の最中に乗り込み、「郎党共ノ座ニハヰルベカラズ」「昌俊ハ鎌倉殿ノ侍也、我ハ判官殿ノ侍也」と思案した結果、「昌俊ガ上《かみ》ニ居カカリテ」(10)「ニラミツメテ」談判する。土佐房昌俊は弁慶のようなふてがったい(11)と無益の争いをするよりは義経にまみえようと考え、同行するのである。しかし長門本は、弁慶は馬で乗りつけ、寝ている昌俊に「むんずとのりかかり、ぬきまうけたる打がたなをのどにさし

8　引用は延慶本は『校訂延慶本平家物語』、長門本は『岡山大学本平家物語二十巻』による。

9　弁慶の装束は、『義経記』には「出仕直垂の上に、黒革威の鎧五枚兜を猪頸に着なし、四尺四寸の太刀佩いて、矢をばわざと負はざりけり」とある。黒装束は軍記物語では一貫して豪傑タイプの表象であるが、太刀の大きさは時代が降るにつれ誇張される。

10　上座に着いて相手をまず牽制する話は、『平治物語』上巻の光頼卿参内の場面を連想させよう。

光頼卿、「こはふしぎの事かな」と見給て、右大弁宰相顕時、末座宰相にて着座ありけるに、笏とりなをし気色して、「御座敷こそ世にしどけなく候へ」とて、しづ〱とあよみよりて、信頼卿の着たる座上にむずと居かゝり給へば（下略。九条家本・上「光頼卿参内の事」金刀比羅本もほ

あてて」詰問する。土佐房昌俊が「同《おなじく》しにぬとも判官にあひてこそしなめと思ひて」降参すると、「弁慶なを刀をさしあてながら、ひたたれきてむまにのせて、わが身はしりむまにのりて、すこしもはたらかば、しやくびかかむと、かたなをうちあててぞまいりたる」。道々、昌俊は義経に面会したらとっくもうと考えていたのだが、「判官さきにこころえて」、「備前みの金《こがねづくり》作の大刀をぬきまうけて、袖にてしとしとのごいてまち給ふ」ので果たせない。長門本の「物語」指向の一面が窺える好例である。平家物語でも源平盛衰記や語り本系は、この部分をあっさり済ませて、後の義経と昌俊の対決場面に重きを置いている。

2 『義経記』巻四「土佐房義経の討手に上る事」

『義経記』(13)では、江田源三がまず土佐房一行を発見、第一の召喚の使者を命ぜられるが言いくるめられ、義経の怒りを買う。第二の使者を弁慶が命ぜられ、前掲の延慶本平家物語のように「多くの兵共の中を、色代に及ばず、踏み越えて、正尊が居たる横座にむずと居、鎧の草摺を居かけて、座敷の体を見廻し、その後土佐房をはたと睨み」としながらも、連行する場面は長門本平家物語をさらに劇的にしたような表現になっている。

弁慶土佐房を掻き抱き、鞍壷にがばと投げ乗せ、我が身も馬の尻にむずと乗り、手綱を土佐に取らせて叶はじと思ひ、後ろより取り、鞭に鐙を合はせて、六条堀川に馳せ着き、この由申したりければ(下略)。

(巻四「土佐房義経の討手に上る事」)

動的でリズム感のあるこれらの表現は、幸若「堀川夜討」にもさらに緊迫感を増して受け継がれて

ぼ同)

11 「ふてかったい」とも。不敵な無法者を罵っていう。

12 本書第三章第四節

13 引用本文は新編日本古典文学全集『義経記』(梶原正昭校注　小学館　平12)による。

いる。(14)『義経記』は、言いくるめられて義経の勘当を受けた江田源三が、人少なな堀川邸で奮戦し、ついに義経の膝の上で死す、「その中にも軍《いくさ》の哀れなりし事は、江田源三に止《とど》めたり」というクライマックスを作る。敗れていく義経の周辺には常に、機利あらず、しかし一身を捧げて義経に奉仕する者がおり、義経はそれに対して最大限の情で応えるという悲劇的な場面が繰り返されていくのである（幸若「堀川夜討」はこの人物を義経の腹心としてよく知られた伊勢三郎に替えてしまったために、ここで討死させることはできなかった）。『義経記』は高館炎上のカタストロフィに向けて、主従の信頼と交情が危機にさらされつつも互いにたしかめられ、さらにつよく結び合わされていく物語を綴る。

3　幸若「堀川夜討」と八坂系平家物語

幸若「堀川夜討」には、静が酔って寝ていた義経を揺り起こし、武装させる場面に「弓手の籠手を差し給へば、馬手を静が参らする。馬手の脛当し給へば、弓手を静が参らせけり。（下略）」といった、たたみかけるような反復表現がある。城方本平家物語はあたかもこれを簡略にしたような「判官さてはとておき給ふまに鎧とつて奉る。上帯しめ給ふまに太刀とつて奉る。帯給ふまに甲《かぶと》とつて奉る。緒しめ給ふまに弓とつて奉る。はり給ふまに矢とつて奉る。」という本文を持っており、単なる偶然の一致ではあるまい。幸若「堀川夜討」は土佐房の前身を義朝の童の金王丸とする（他書には見えず）が、城方本(15)では土佐房の処刑場面になって突然、義経の言に「故左馬の頭《かみ》殿の御時、金王丸とてさしも不便《ふびん》にせさせ給ひたりしかば」と出てくる。(16)両者は何らかの関係があるものと推測される。しかし城方本は幸若の内容を縮約してとりこんだだけではない。土佐房はいよいよ斬られる際、自分が神とも仏とも頼むのは頼朝一人だと主張し、東方に向って「南無鎌倉の源二位殿」と三唱して処刑される。

14　「土佐が弱腰むずと抱き、鞍壺にとうど置き、我が身もやがて飛び掛り、後馬にうち乗り、弓手にて正尊が袴の着際むずと取り、馬手に刀を抜きすかし」（「堀川夜討」新日本古典文学大系『舞の本』による）

15　城方本平家物語の引用は、国民文庫による。

16　八坂系四類本にもこの表現を持つものがある。なお土佐房の出自は、平家物語諸本では長門本が清水寺の僧で後に興福寺僧、延慶本は興福寺の僧で大和国の出身、源平盛衰記・四部合戦状本とも大和国の住人（源平盛衰記は奈良法師とする）としている。四部合戦状本や『玉葉』から臆測すれば児玉党と関係があり、『吾妻鏡』によれば下野国の住人かということになる。平家物語諸本でも土佐房の前身を語る記事には文脈上の問題が多く、後の編集の可能性を暗示する。城方本は土佐房が上洛目的を七大寺参詣と称したとして平家八坂系二類本の成立時期は不明だが、十五世紀後半以降かと思われ、読み本系平家物語の流動期と、八坂系平家物語及び幸若舞曲の詞章の形成期とは、重なっていた期間があるとみるべきであろう。

三　義経の物語

1　逃避行

『義経記』という作品の過半は義経主従の逃避行であるという印象がつよい。量的に多いだけでなく、『義経記』の本領がここにあると思えるからである。平家物語諸本でも前述のように吉野入りや奥州藤原氏滅亡の記事を持つものもあるが、それらが物語の構想の上では挿話にとどまるのに対し、やや比喩的にいえば、『義経記』の後半部は義経の最期に至る長大な道行だと言ってもいいかもしれない。(17)前半部の雌伏時代は、頼朝に合流し、平家打倒の志を実現するまでの道程であったが、後半部の逃避行は、奥州にたどり着くのが目的であっても、やがてその先には滅亡が待っていることを、我々は知りつつ読む。しかし、度々言われてきたように、『義経記』の逃避行は読者にとってあかるく楽しい。弁慶を始めとする一行の知恵策略、窮すれば通ずといったおもむきの、さまざまな切り抜け方が、あたかも彼らにとって困難は切り抜け、乗り越えるためにふりかかるかのような会心の読後感を与える。(18)主の義経はこの窮地にも並々ならぬはやわざ、落ち着きぶりを見せるが、弁慶はさらにそれを上回る行動をとる（巻五「吉野法師判官を追ひかけ奉る事」）。序に述べられた「目のあたりに芸を世にほどこし、万人の目をおどろかし給ひし」例が、今度は主従の団結によって展開される。正統的な「道行」は、主人公にとって喪われてゆく時間と空間を、通過する地名によって表現するが、ここでは危機を乗り越え続ける知恵と献身の物語のおかげで来たるべき悲劇がすでに補償され、孤絶感が回避されているのである。

物語諸本に一致するが、幸若や『義経記』は熊野参詣としていて、異なる系統の伝承が合流したことを窺わせるのである。

17　読み本系平家物語諸本の中には、義経全盛期の進軍記事を道行として構成するものもあるが、それらは和歌的な修辞の世界を合戦記事のまえに置き、旅程の長さや季節を示す機能を果たしている。本来の「道行」では、概ね行く手には死が設定され、通過して行く地名の列挙によって、残された時間と末期の目に映るこの世界へのいとおしみが表現されている（松尾葦江『平家物語論究』第二章第二節一三四頁）。

18　平家物語諸本でも読み本系三本（延慶本・長門本・盛衰記）には屋島合戦の前に「金仙寺観音講」という記事があり、弁慶の活躍や笑話性など、『義経記』に共通する特色を示す。

2　女性記事

平家物語では、女には男とは異なる役目、戦場では死なない生き方があり、彼女たちは、それぞれにその生と死を選んで成し遂げた。しかし『太平記』では儒教倫理的な立場から女性像が固定化されていく。[19]『義経記』では、当然ながら女性たち（鬼一法眼の娘、白拍子の静、北方の久我姫君）は義経との関係を軸として描かれ、義経を慕い、彼に自らを捧げる存在としてのみある。平家物語諸本の中、延慶本は前述の如く吉野山中での静との別れの場面をとりあげようとして挫折した。城方本平家物語は『義経記』が詳しく語る佐藤忠信の吉野軍《いくさ》と、彼の京における最期の記事を有する点で、室町的な時代性を感じさせるが、静の後日譚は採用していない。[20]蓄積された義経の物語の中でも、平家物語諸本によって選び取られたものは異なる。一方、源平盛衰記の義経は都落に際して平時忠の娘と名残を惜しみ、吉野山で白拍子二人と数日遊び戯れた後彼女たちを都へ帰し、妻である河越太郎の娘を連れて奥州へ向う。河越太郎は誅せられた。義経に対する語り手の目の冷ややかさが感じられよう。『義経記』が悲運の義経を取り巻く人間関係によって物語を支え、進行させているのに対して源平盛衰記は、義経を滅びるさだめにある人物とみなしているのである。一方系語り本諸本が大物浦を船出した時点で義経記事を打ち切ったのは、単に不要だったというよりむしろ、源氏将軍の物語になることを拒否し、頼朝を露出させることを避けようとした、一つの選択だったのかもしれない。

19　本書第四章第二節

20　忠信や義経の動静についても、地名や日付などに相違がある点、雌伏時代の記事と同様である。

3　軍記物語史に向けて

義経の物語は平家物語諸本において、表現も記事内容もさまざまな選択を経て採り込まれたが、全体の構想からみれば平家滅亡の直接の動力であり、その後の頼朝の影の部分を照らし出すものであった。『平治物語』や『義経記』は、正反両様の意味で平家物語と関係しつつも自らの構想を生み出すにいたる。その過程には幸若や謡曲も関わってきたであろう。軍記物語史の展開は、素材の共有及び影響関係の面からだけでなく、それらの作品が、どのようにみずからの文芸的独自性を獲得してきたかを論述できなくてはなるまい。時代性、先行文学の重圧、それらに拘束されたり離れたりしながら、それぞれのモチーフを実現し得たのは何によってであったか、をである。

資料翻刻と解説

國學院大学蔵『木曾物語』絵巻

國學院大学図書館所蔵『木曾物語』上・下（貴－3853・3854）絵巻　二軸

木曾物語　上		（貴－3853）			
軸丈	34.5				
巻紐	95.0				
表紙	33.0×26.8				
料紙	（32.9×1155.6）				
縦	32.9				
幅		8	49.3	16	49.3
第1紙	48.5	9	49.6	17	23.8
2	48.8	第10紙	49.5	絵Ⅴ	93.0
3	24.7	11	24.7	18	49.1
絵Ⅰ	49.6	絵Ⅲ	48.7	第19紙	29.7
4	49.1	12	49.3	絵Ⅵ	48.2
5	48.8	13	49.3	20	48.9
6	49.8	14	23.8	21	26.5
7	24.5	絵Ⅳ	48.9		
絵Ⅱ	50.2	15	49.3		

木曾物語　下		（貴－3854）			
軸丈	34.9				
巻紐	93.0				
表紙	33.0×26.9				
料紙	（32.9×1271.5）				
縦	32.9				
幅		8	49.3	16	49.5
第1紙	48.9	9	49.0	17	23.3
2	22.6	第10紙	49.0	絵Ⅴ	49.4
絵Ⅰ	49.6	11	21.6	18	48.4
3	48.8	絵Ⅲ	48.8	第19紙	25.6
4	48.9	12	48.8	絵Ⅵ	48.1
5	48.7	13	48.8	20	48.8
6	49.0	絵Ⅳ	49.4	21	28.5
7	21.9	14	49.2	絵Ⅶ	48.7
絵Ⅱ	48.6	15	49.4	22	2.7

（単位＝センチ）

箱　縦＝38.8　横＝18.5　高さ＝10.8

凡例

一　國學院大学図書館蔵『木曾物語』の絵を写真で掲げ、絵詞を翻刻し、校訂本文と源平盛衰記本文とを併載した。

二　中央に絵詞本文を、行替えを改めずに翻字した。絵の前で、いわゆる散らし書きになっている部分は、行末を揃えた。

三　下段には、濁点、句読点、「　」を加え、仮名遣を訂し、漢字を当てて読みやすくした本文を掲出した。原文に脱落や誤写があると思われる箇所は、（　）内に誤脱部分や注記を示して正しい形が分るようにした。

四　上段には、慶長古活字版源平盛衰記から、本文に該当する箇所を抜き出し、濁点、句読点、「　」などを加えて掲げた。

五　「木曾」などに用いられる「曾」の字は、常用漢字「曽」で統一した。

六　採寸は、故磯貝幸彦氏（前國學院大学図書館職員）による。

七　翻刻と掲載をお許し頂いた國學院大学図書館に、御礼を申し上げる。

解説

國學院大学蔵『木曾物語』絵巻

――『平家物語』の享受と再生――

平成十七年の古典籍入札会に出品された『木曾物語』絵巻二軸は、國學院大学図書館の所蔵するところとなった。源平盛衰記をもとに、義仲の一代記を絵巻にしたものである。外題内題とも「木曾物語」。上巻は殆ど盛衰記の巻二十六～三十の逐語的引用で構成されているが、下巻は巻三十一～三十五を適宜要約して構成する。絵は計十三面、いわゆる奈良絵本で、おおよそ元禄初期くらいの制作か(1)と推定される。本文は平仮名の多い連綿体であるが、脱字、誤写などが二十箇所以上見出される。転写本なのか、絵詞を書く際の校正が不十分であった故かは不明だが、恐らくは後者であろう。保存は大変よいが、成立に関する手がかりは今のところない。

上巻は、源平盛衰記巻二十六、「木曾謀反」「兼遠起請」「尾張目代早馬」から引くが、それ以降「平家東国発向」、また巻二十八、二十九、三十からは適宜要約しており、地名、人名、数詞、日付など具体的な要点を記そうとする。巻三十一「平家都落」は要約、末尾に詠嘆文をつけ加えている。義仲の生い立ち、北国合戦など都入りまでが上巻の内容である。下巻は源平盛衰記巻三十一、三十二、三十四、三十五からの要約(時折一～二文を引用)で構成されており、法住寺合戦、義仲最期などが主な記事である。但し、盛衰記と一致しない点が一つある。巴を「生年二十七歳」としているが、盛衰記では二十八歳となっていて(管見では盛衰記の伝本間で異同はない)、一致しない。わざわざ変改する理由も今のところ見あたらない。もしこの点が絵巻と一致している盛衰記の伝本が見つかれば、底本が決定できる事になるが、現在は未審である。

ところで出光美術館に、土佐内記筆の『木曾物語』絵巻三軸が所蔵されている(2)。内題は「木曾物語」。精密でワイドな絵を計二十二面有し、本文は流布本近似の平家物語をほぼ逐条的に抄出して構成したと推定され、誤写もあるが丁寧な写しである。巻末に「土佐内記筆」とあり、住吉広通（如慶。寛文十［一六七〇］年没）の筆と知れる。

内容は冒頭に頼朝の征夷将軍院宣（流布本平家物語巻八）を記し、これに対し義仲は……というかたちで、「猫間」を述べる。即ちすでに都入りした義仲の言動から始まっていて、國學院本の上巻とは全く重ならない。水嶋・室山の合戦場面を絵として重く扱っている。中巻では法住寺合戦、宇治川先陣が述べられる。なお季節は十一月のはずだが、絵には桜や白梅らしき花木が描きこまれている(3)。下巻は義経都入り、河原合戦、義仲最期が記され、今井四郎の死で締めくくられる。

画風の異なる二つの「木曾物語絵巻」であるが、それぞれ源平盛衰記と流布本系平家物語（精確に見れば流布本直前の本文か）とを典拠にしたとおぼしく、しかも前者が都入り以前の義仲伝を詳しく書き、後者はよく知られている記事を主につないでいることは興味ふかい。両絵巻に影響関係があったか否かは不明だが、義仲の末路を除いて、内容はあまり重ならない。共通する場面の絵はわずか三面（法住寺合戦、越後中太の切腹、義仲最期）のみである。両本とも頼朝を賛美する姿勢を示し、殊に國學院本は源氏の天下一統を寿ぎ、義仲の物語でありながら絵・本文共に頼朝の八幡参詣を褒め称えて終わっており、八幡の加護による平和を礼賛するのである。巻頭、出光本は頼朝の将軍宣下から義仲の愚行へ移る部分を起点に語り起こし、國學院本は平家物語の序を模した義仲批判を述べる。両者とも頼朝を始祖とする武家社会の産物であり、『武家繁昌』絵巻などとも共通する文化の中で成立したと思われる。二種の「木曾物語絵巻」は語り本と読み本の平家物語それぞれを、近世初期に出版・流布した本文を基にして絵画化したもので、いわば近世における「二つの平家物語」の再生、ということができよう。

注

1 柳沢昌紀氏や徳田和夫氏によれば、寛文延宝ころまで上るかもしれないとのことである。

2 松尾知子「木曾義仲合戦図屏風をめぐって」『採蓮』2（千葉市美術館紀要）平10・3

3 橋村愛子氏の御教示によれば、絵巻には四季を描いておくという約束事があるとのことで、本文との齟齬は問題にならなかったのかもしれない。

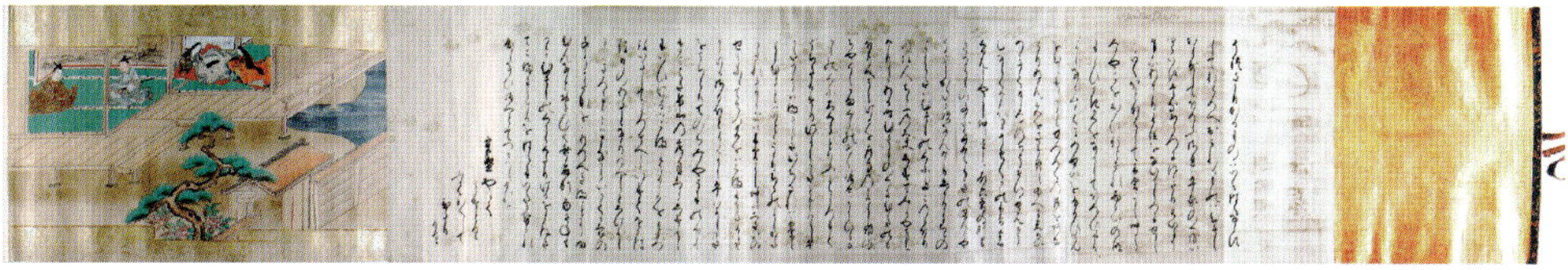
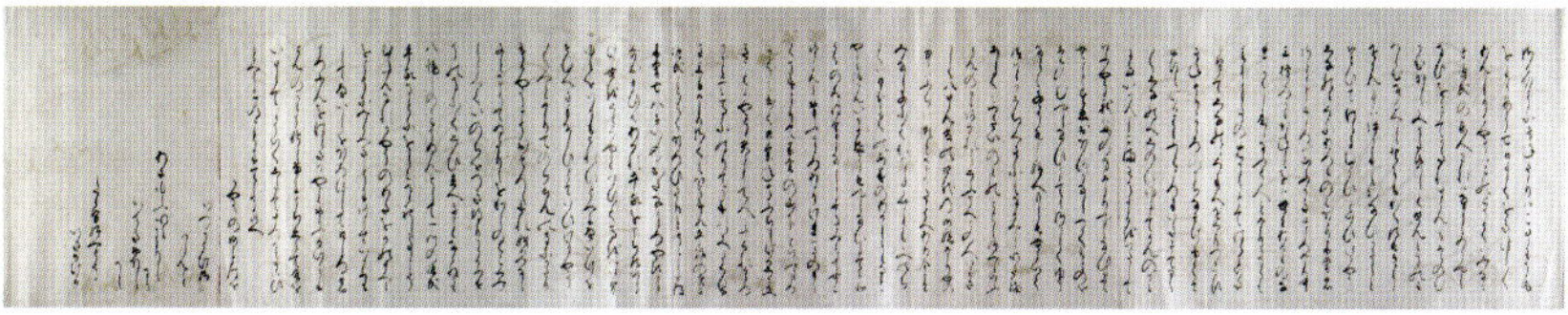
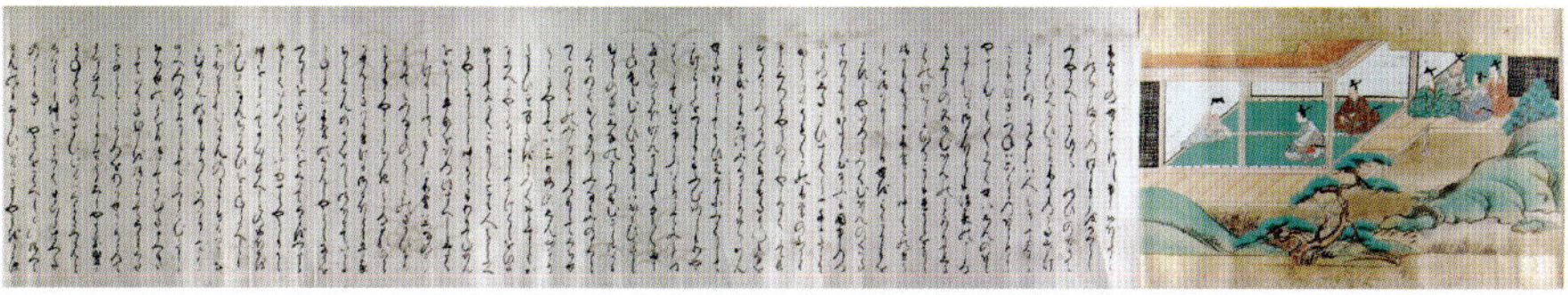

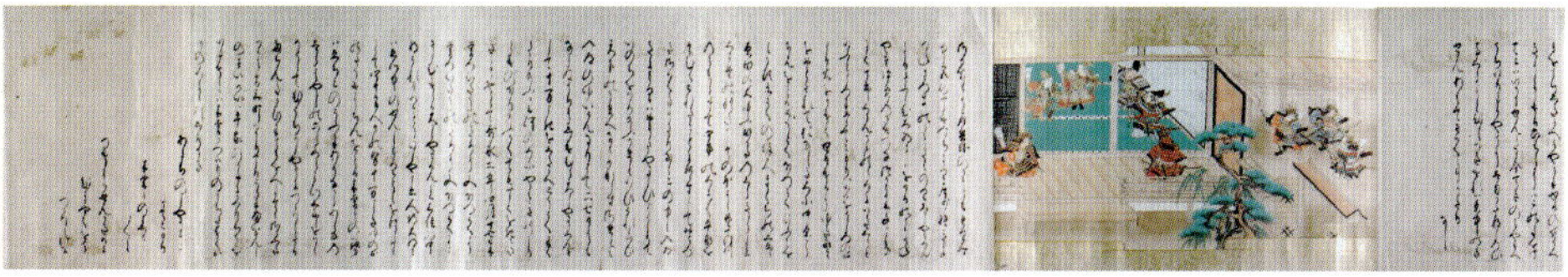

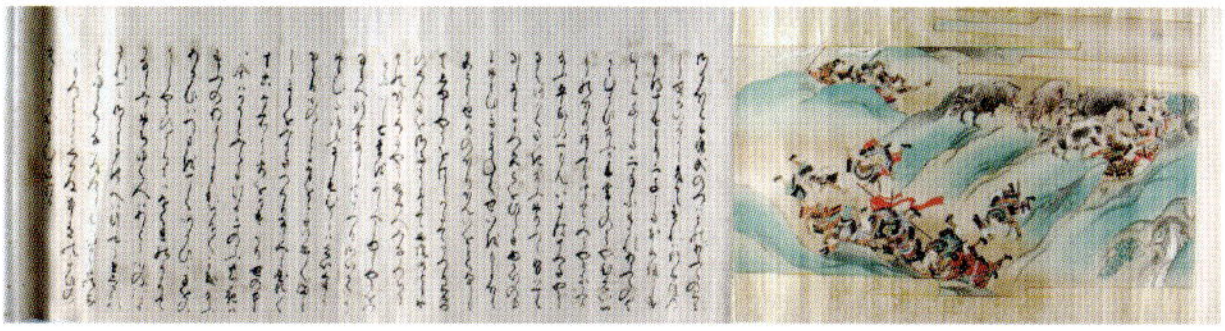

図1

父義賢が甥の悪源太義平に討たれた時、源義仲は未だ2歳、駒王丸といった。捜索と処刑を命じられた畠山重能は不憫に思い、この子と母を斉藤別当実盛に渡す。図1は、実盛が信濃の中三権の頭兼遠に母子を預けるところ。母の膝の上にいるのが駒王丸。

図 2
　木曽で成長した義仲は武術、乗馬にすぐれ、勇敢で大胆な男となった。兼遠に源氏の鬱憤を晴らし平氏を滅ぼしたいと打ち明ける。兼遠は喜び、義仲を励ます。図 2 では義仲が決意を表明し、兼遠初め一族の武士たちが嬉しそうに聞いている。

図3

治承4年、以仁王の令旨を承けて義仲が挙兵の支度をしていることが平家に知れた。平宗盛は兼遠を召喚して、義仲を捕えて差し出す旨の起請文を書けと迫る。兼遠は不当な要求は神に誓っても無効だと腹を決め、書く。図3は起請文を書く兼遠、中央に見守る宗盛。

図 4

兼遠は義仲を根の井行親に預け、行親は近国の兵を集める。全国で反平氏の火の手が挙がる中、十郎蔵人行家が尾張の源氏を集めて挙兵、知盛・通盛・忠度らの平氏軍に美濃国で攻め落とされた。図 4 は屋内、縁先、庭上に鎧武者が集まる。

図５

寿永２年４月、火打が城の攻防戦。図５は湖を隔てて源平の陣が相対する、ワイドな画面である。火打が城は山に囲まれ、南北に流れる日野川の合流点を見下ろす。この川をせき止めたため湖のようになり、落しにくい城であったが平氏軍への寝返りのため陥落。

図６
　越中国般若野の合戦に敗れて平氏軍は退き、義仲と倶利伽羅峠で相対した。義仲は、牛の角に松明をともして平氏の陣へ追い込み、平氏軍は大敗。火牛の計が成功し、平氏軍は７万余騎を失う。図６には月が出ており、絵巻の詞章でなく源平盛衰記の本文に一致する。

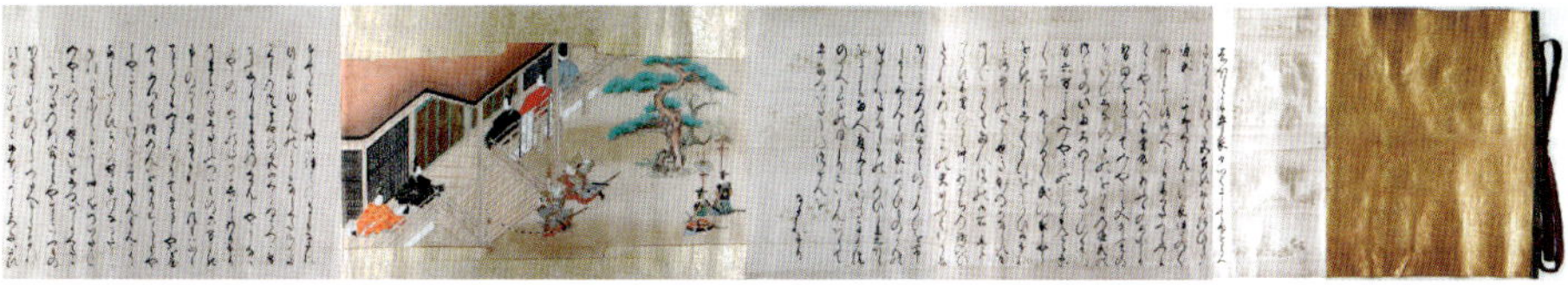
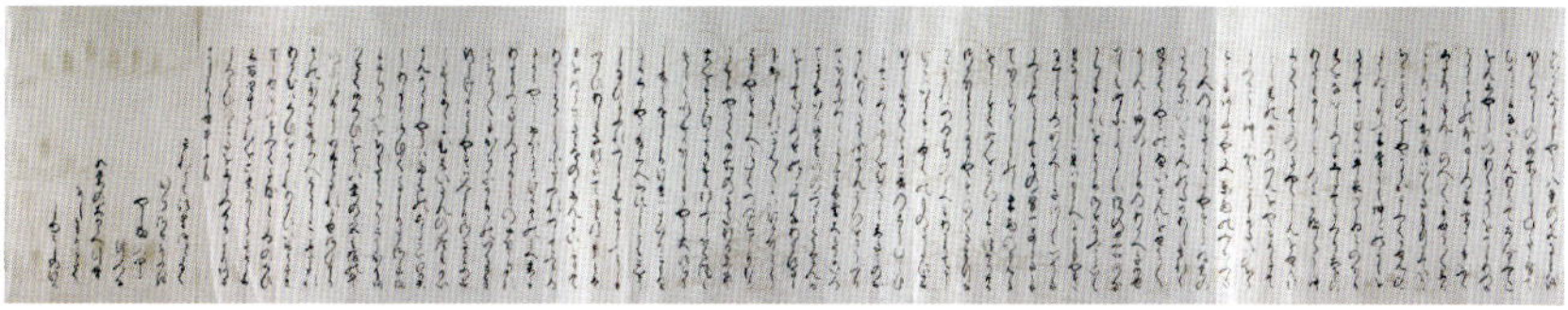
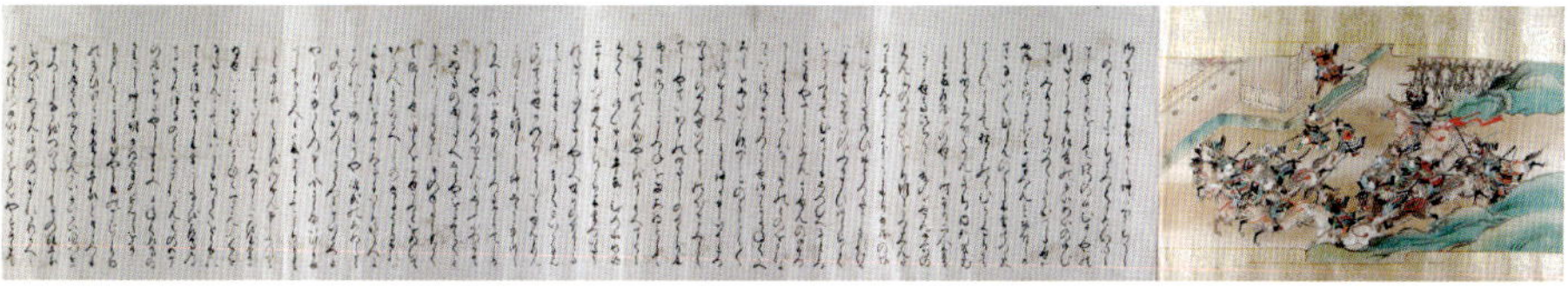
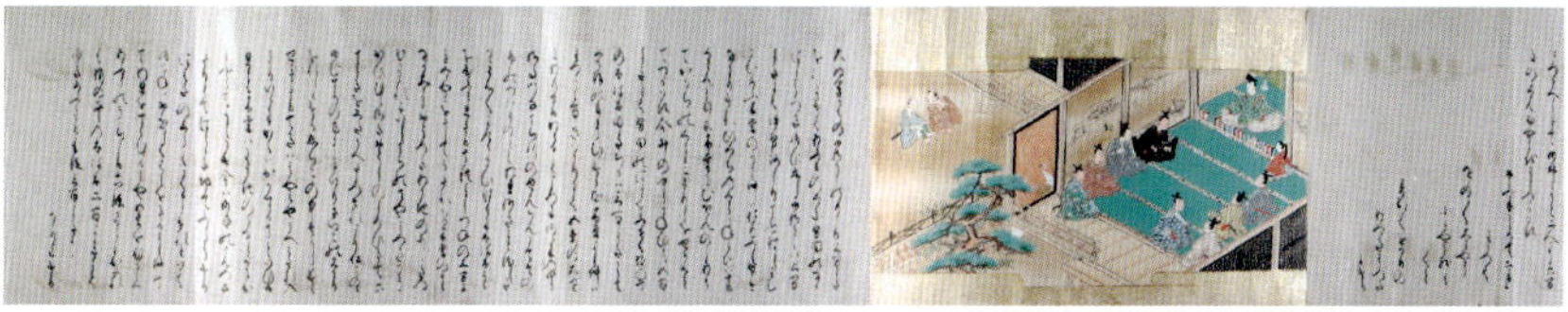
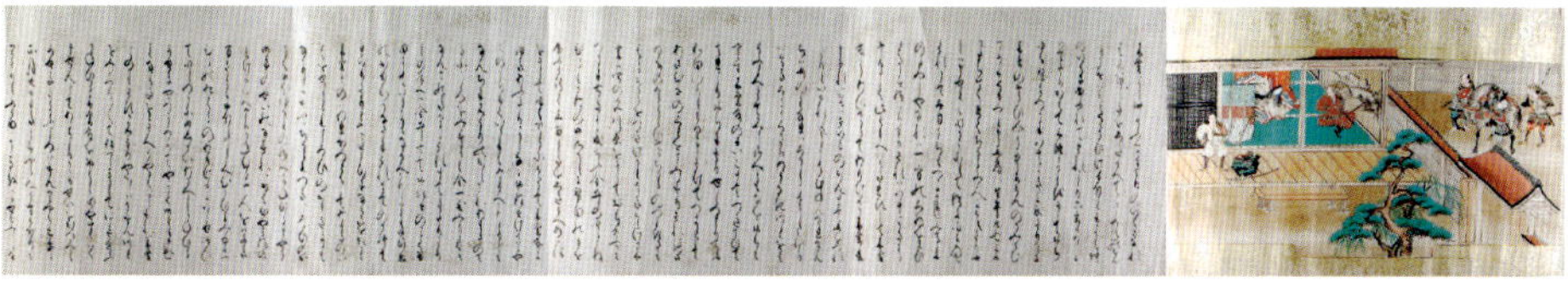
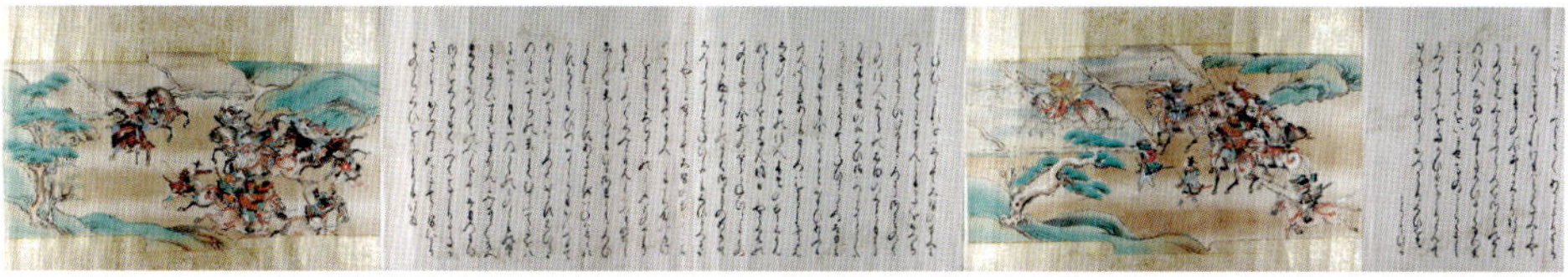
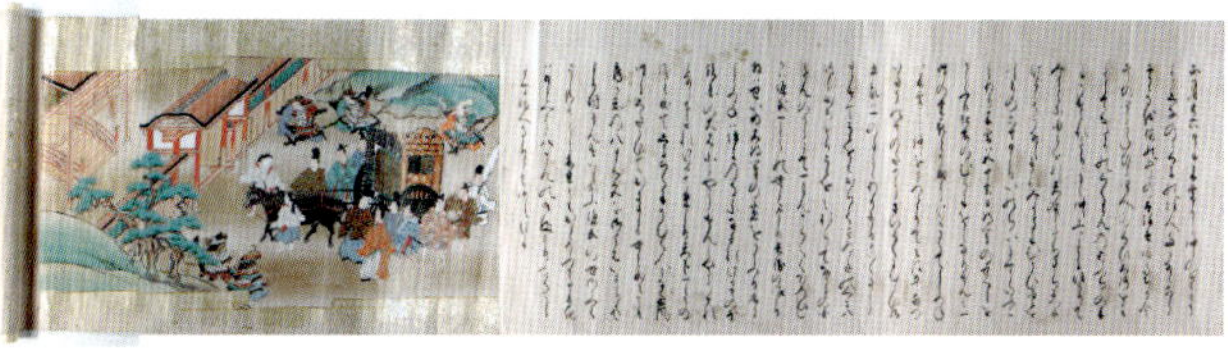

図７

　義仲・行家両人は院参、それぞれ伊予守、備前守になされた。図７は後白河法皇の御前に跪いて院宣を受ける２人。しかし都とその周辺には強盗が出没し、治安は悪化する。

図 8
　法住寺合戦の場面である。義仲は後白河法皇が洛中での略奪を禁じたことに腹を立て、法皇に向って合戦を仕掛け、勝つ。図の奥には逆茂木が描かれ、前面には鎧武者たちが馬に乗って走り回っている。

図９
　頼朝は義仲の暴挙を聞き、範頼・義経に大軍を与えて義仲追討に派遣する。図９の中央、畳の上に頼朝が座っている。その前で評定が行われ、庭上には郎党２人がいる。

図10

あいにく義仲の周辺は手薄だった。頼朝の派遣した軍勢が迫る中、義仲は松殿の娘の許でぐずぐずしているので、越後中太能景・津幡三郎の2人が切腹し、やっと義仲は出発。詞章では2人が切腹するが、図ではまず1人だけ切腹しようとしている。

図11

　義仲は都を出て、ついにめのと子今井四郎兼平と２人きりになり、追手と戦う。元暦元年正月20日、馬ごと深田に落ち、石田三郎為久の放った矢に内甲を射られることになる。

図12

兼平は義仲に自害の時間を与えようとひとり奮戦していたが、義仲の首を取ったという名乗りを聞いて、「日本一の剛の者が主のお供をして死ぬぞ、見習え」と叫んで、太刀を口にくわえ、馬から飛び降りて死んだ。図には、思わずひるむ郎党も描かれている。

図13
　かくて義仲は滅びた。平家も壇ノ浦で滅び、頼朝は征夷大将軍となった。天下一統の世となり、治安は安定した。頼朝は鶴が岡八幡宮を造営、源氏の栄華は八幡のお守りによるという。図13は源頼朝の乗っているらしい牛車が八幡宮へ参詣する場面で、全巻の末尾。

巻二六「木曽謀反」「兼遠起請」「尾張目代早馬」
信濃国安曇郡ニ木曽ト云山里アリ。彼所ノ住人ニ木曽冠者義仲ト云ハ、故六条判官為義ガ孫、帯刀先生義賢ニハ二男也。義仲爰ニ居住シケル事ハ、父義賢ハ、武蔵国多胡郡

それさかりなるものハいくはくならすしておとろへおこれるものハひさしからすしてほろふされハ平家の一るい四かいをたなこゝろにきりえいよう身にあまり王位をないかしろにせしかハいくほとなくして木曽よし仲にみやこをおひおとされ西かいの波によひうき名をなかしてほろひにけりよしなかすてにゐせいをふるひうんをひらけしかともせつろくの臣をあなとりゐん宮をさミせしゆへに天めいつきて日ころのちうせつせんこうむなしくなれりそも〳〵かの木曽のくハんしやよし仲と申ハ故六条の判官ためよしの子にたてわきのせんしやうよしかたか次なんなりしかるにちゝのよしかたハむさしのくにたこのこほりの住人ちゝふの大夫しけすみかやうしなりしかある時むさしのくにひきのこ

それ盛りなる者はいくばくならずして衰へ、おごれる者は久しからずして滅ぶ。されば平家の一類、四海をたなごころに握り、栄耀身に余り、王位をないがしろにせしかば、幾程なくして木曽義仲に都を追ひ落とされ、西海の波に(漂)よひ浮き名を流して滅びにけり。義仲、すでに威勢をふるひ、運を開けしかども、摂籙の臣を侮り、院宮を褊せし故に天命尽きて、日ごろの忠節戦功むなしくなれり。

そも〳〵かの木曽の冠者義仲と申すは、故六条の判官為義の子に帯刀の先生義賢が次男なり。しかるに父の義賢は武蔵の国多胡の郡の住人秩父の大夫重澄が養子なりしが、ある時武蔵の国比企の郡へ越しけるを、

ノ住人秩父二郎大夫重澄ガ養子也。義賢武蔵国比企郡ヘ通リケルヲ、去久寿二年二月ニ左馬頭義朝ガ嫡男悪源太義平、相模国大倉ノ口ニテ討テケリ。義賢ハ義平ニハ叔父ナレバ、木曽ト悪源太トハ従父兄弟也。父ガ討レケル時ハ木曽ハ二歳、名ヲバ駒王丸ト云。悪源太ハ義賢ヲ討テ京上シケルガ、畠山庄司重能ニ云置ケルハ、「駒王ヲモ尋出シテ必害スベシ。生残リテハ後悪ルベシ」ト。重能「憖ニ承ヌ」トハ云タリケレ共、イカヾ二歳ノ子ニ刀ヲバ振ベキ、不便也ト思テ、折節斉藤別当真盛ガ武蔵ヘ下タリケルヲ悦テ、駒王丸ヲ母ニイダカセテ、「是養給ヘ」ト云ヤリタリケレバ、真盛請取テ七箇日ヲキテ案ジケルハ、東国ト云ハ皆源氏ノ家人也、慭ニ養置テ討レタラン

ほりへこしけるを左馬のかミよし朝のちやくしかまくらのあく源太よしひらさかミのくに大くらといふところにてうちたりけり此よしかたと申ハよし平かためにハまさしきおちなれハ木曽とよしひらとハいとこなりちゝのよしかたうたれたるときハ木曽よし仲ハ二さいのせうにゝてその名をハこまわうまるとそ申けるさるほとによし平ハよしかたをうちとりてのちみやこにのほりけるかはたけ山の庄司二郎しけよしにいひけるハこまわうまるをもたつねいたしてころすへしいけてをかは後日のあたとなりぬへしとしけよしかしこまつたりとハ申なからいかてか二才の子にかたなをハあつへきまことにふひんなとおもひて斎藤別當さねもりかむさしのくにゝくたりけるをまねきてこまわうまるをはゝにいたかせこれやしなひ給へとてつかハしけれハ実盛やかてうけとり

左馬頭義朝の嫡子鎌倉の悪源太義平、相模の国大倉といふ所にて討ちたりけり。此義賢と申すは、義平がためにはまさしき叔父なれば、木曽と義平とは従兄弟なり。父の義賢討たれたる時は、木曽義仲は二歳の小児にてその名をば駒王丸とぞ申しける。さるほどに義平は、義賢を討ち取りてのち都に上りけるが、畠山の庄司二郎重能に言ひけるは、「駒王丸をも尋ね出して殺すべし。生けて置かば後日のあたとなりぬべし」と。重能、「畏ったり」とは申しながら、いかでか二才の子に刀をば当つべき、まことに不憫、など思ひて斎藤別当実盛が武蔵の国に下りけるを招きて、駒王丸を母に抱かせ、「これ養ひ給へ」とてつかはしければ、実盛やがて受け取り、深く隠して置きたりけり。

モ無ニ憑甲斐一、討セジトセンモ身ノ煩タルベシ、トモカウモ難レ叶ト思テ、木曽ハ山深キ所也、中三権頭ハ世ニアル者也、隠シ養テ人ト成タラバ、主トモ憑メカシトテ、母ニ懐カセテ信濃国へ送遣ス。斉藤別当情アリ。

ふかくかくして
置たり
けり

絵［第一図］

さるほとにさねもりハこまわう丸をわか家に七日までをきつら〱あんしけるやうハこのとうこくハみなこれ源氏の家人なれハなましゐにやしなひをきてうたれたらんもたのむかひなし又うたせしとせんも身のわつらひなるへしとにもかくにもこゝにをかん事ハいかにもかなひかたしとおもひてはゝにむかひといひけるやうハしなのゝくにあつミのこほり木曽のさとゝ申ところハ山ふかきところなり中三権のかミかねとをハ世にあるものなれハかくしやしなふて人となりたらは主にもたのめかしとてはゝにいたかせてしなのゝくにへをくりつかハすさねもりかこゝろのうちなさけふかくそおほえけるはゝふところにいたきてなく

絵［第一図］兼遠、駒王丸を預かる

さるほどに実盛は駒王丸を我が家に七日まで置き、つら〱案じけるやうは、「この東国はみなこれ源氏の家人なれば、なまじひに養ひ置きて討たれたらんも頼む甲斐なし。又討たせじとせんも身のわづらひなるべし。とにもかくにもここに置かん事はいかにもかなひ難し」と思ひて、母に向ひと(てヵ)言ひけるやうは、「信濃の国安曇の郡木曽の里と申す所は、山深き所なり。中三権の頭兼遠は世にある者なれば、隠し養うて人となりたらば主にも頼めかし」とて母に抱かせて信濃の国へ送り遣はす。実盛が心のうち、情深くぞ覚えける。

母、懐ニ抱ヘテ泣々信濃ヘ逃越テ、木曽中三権頭ニ見参シテ、懐出シテ云様ハ、「我、女ノ身也、甲斐〳〵敷養立トモ覚ズ。深ク和殿ヲ憑也。養立テ神アラバ、子ニモシ、百ニ一モ世ニアル事モアラバ、カコチグサニモシ候ヘ。悪ハ従者ニモ仕ヒ候ヘ」ト云。

兼遠、哀ト思ケル上、此人ハ正ク八幡殿ニハ四代ノ御孫也、世中ハ淵ハ瀬トナル喩アリ、今コソ孤子ニテ御座トモ不レ知世ノ末ニハ日本国ノ武家ノ主トモ成ヤシ給ハン、イカ様ニモ養立テ北陸道ノ大将軍ニナシ奉テ世ニアラント思フ心有ケレバ、憑シク請取テ木曽ノ山下ト云所ニ隠シ置テ、二十余年ガ間育ミ養ケリ。然ベキ事ニヤ弓矢ヲ取テ人ニ勝レ、心甲ニ、馬ニ乗テ能。保元平治ニ源氏悉ク亡ヌト聞エ

〳〵しなのへしのひゆきてこんのかミにたいめんしこまわうまるをいたしていふやう我ハ女の身なりやしなひたてむことするゑおほつかなしふかくわとのをたのむやしなひたてゝさかしくゆうならは子にもし給へもしも世にいて給ハヽかこちくさにもなるへし心さまあしくハふたいのものともし給へといふこんのかミあハれに思ふうへこの人ハまさしく八まん殿の四代の御孫なり世の中ハふちハ瀬となるたとへあり今こそみなし子にておハしますとも又のち〳〵ハ日本こくのふけのあるしともなりやし給ハんいかさまにもやしなひたてゝ北こくの大将軍になしたてまつりて世にあらんとおもふこゝろありけれハたのもしくうけとりて木曽の山下といふところにかくし置て廿余年そふちしけるしかるへきことにや弓矢とりて人にすくれこゝろかうにて馬にのりてかけ引又たくひなき上手なりさてもほうけん平治のゑに源氏こと〳〵くほろひたりと聞えしかは

母ふところに抱きて泣く〳〵信濃へ忍び行きて権の頭に対面し、駒王丸を出だして言ふやう、「我は女の身なり。養ひ立てむこと末おぼつかなし。深く和殿を頼む。養ひ立てて賢しく優ならば子にもし給へ、もしも世に出で給はばかこち草にもなるべし。心ざま悪しくは譜代の者ともし給へ」と言ふ。権の頭哀れに思ふ上、この人はまさしく八幡殿の四代の御孫なり、世の中は淵は瀬となるたとへあり、今こそみなし子にておはしますとも又のち〳〵は日本国の武家のあるじともなりやし給はん、いかさまにも養ひ立てて北国の大将軍になし奉りて世にあらんと思ふ心ありければ、頼もしく受け取りて、木曽の山下といふ所に隠し置きて二十余年ぞ扶持しける。しかるべきことにや、弓矢取りて人にすぐれ、心剛にて馬に乗りて駆け引き、又類な

シカバ、木曽、七八歳ノヲサナ心ニ不レ安思テ、哀、平家ヲ討失テ、世ヲ取バヤト思フ心アリ。馬ヲ馳弓ヲ射モ、是ハ平家ヲ責べキ手習トゾアテガヒケル。

　長大ノ後、兼遠ニ云ケルハ、「我ハ孤也ケルヲ、和殿ノ育ニ依テ成人セリ。懸ルタヨリナキ身ニ思立べキ事ナラネ共、八幡殿ノ後胤トシテ一門ノ宿敵ヲ徐ニ見ルべキニ非ズ。平家ヲ誅シテ世ニ立バヤト存ズ。イカヾ有べキ」ト問。兼遠ホクソ咲テ、「殿ヲ今マデ奉レ育本意、偏ニ其事ニアリ。憚候事ナカレ」ト云ケレバ、其後ハ、木曽、種々ノ謀ヲ思廻シテ、京都ヘモ度々忍上テ伺ケリ。

木曽七八さいのおさなこゝろやすからすおもひてあハれ平家をうちたいらけ世をとらハやといひて馬をはせゆミをいるもこれひとへにへいけをせむへき手ならひとそいひけるやう〳〵人となりてのちこんの守にかたりけるやうこそおそろしけれ我ハみなし子となりてゐたりしを和とのはこくみによつていのちをつき侍るかゝるふせうの身にて思ひ立へきことならねとも八幡との〻こうゐんとして一門の源氏平家なとにをしこめられし事こそむねんなれかやうのあたをめのまへにをよそにみるへきことにあらすいかにもしてへいしをほろほして日ころのうつふんをはらさハやとおもふはいかにこんのかミうれしけにうちゑミて殿をいまゝてよういくしたてまつる事ハひとへにこのことにてこそ候へ
かやうの御ことはを
いつかうけ給
ハらんと

き上手なり。さても保元平治のゑ（軍ヵ）に源氏悉く滅びたりと聞えしかば、木曽七、八歳のおさな心安からず思ひて「あはれ、平家を討ちたいらげ世をとらばや」と言ひて、馬を馳せ弓を射るもこれひとへに平家を攻むべき手ならひとぞ言ひける。

　やう〳〵人となりて後、権の頭に語りけるやうこそおそろしけれ。「我はみなし子となりてゐたりしを、和殿（の）はごくみによつて命を継ぎ侍る。かかる不肖の身にて思ひ立つべきことならねども、八幡殿の後胤として、一門の源氏、平家などに押しこめられし事こそ無念なれ。かやうのあたを目の前におよそに見るべきことにあらず。いかにもして平氏を滅ぼして、日ごろの鬱憤を晴らさばやと思ふはいかに」。権の頭嬉しげにうち笑みて、「殿を今まで養育し奉る事は、ひとへにこの事にて片山影ニ隠レ居テ、人ニモハカ〴〵シク不㆓見知㆒ケレバ、常ハ六波羅辺ニタヽズミ伺ケレ共、平家ノ運不㆑尽ケル程ハ本意ヲ不㆑遂ケルニ、高倉宮ノ令旨ヲ給リケルヨリ、今ハ憚ルニ及バズ。色ニ顕テ、謀反ヲ発シ、国中ノ兵ヲ駈従ヘテ、既千余騎ニ及ベリト聞ユ。

あさゆふ心に
かゝりし
なり
いそきおほし
めし
たゝせ給へとそ
いさめける

絵［第二図］

木曽との世にうれしけにおほしめし其のちさま〳〵のはかりことをめくらしみやこへもたひ〳〵しのひのほりてうかゝひ見給ひけり木そのかた山かけにかくれゐし身なれハ人もさして見しらさりけれハつねハ六はらのほとりにやすらひよく〳〵見てせいしんのほとまたれけるさるほとに治承のころ高くらの宮御むほんのことありてしよこくのけんしにひそかにれうしを下し給ハりけるに木曽よし仲もこのれうしを給ハりしより世をはゝかるにをよハすはやいろたつてむほんのくハた

こそ候へ。かやうの御言葉をいつかうけ給はらんと朝夕心にかかりしなり。急ぎ思し召し立たせ給へ」とぞいさめ（みヵ）ける。

絵［第二図］義仲、兼遠に決意表明

木曽殿世に嬉しげに思し召し、其後さま〴〵のはかりことをめぐらし、都へもたび〳〵忍び上りて窺ひ見給ひけり。木曽の片山かげに隠れゐし身なれば、人もさして見知らざりければ、常は六波羅のほとりにやすらひ、よく〳〵見てせいしん（成人ヵ）のほど待たれける。

さるほどに治承の頃、高倉の宮御謀反のことありて、諸国の源氏にひそかに令旨を下し給はりけるに、木曽義仲もこの令旨を給はりしより、世を憚るに及ばず、はや色立つて、木曽ト云所ハ、究竟ノ城郭也、長山遙ニ連テ、禽獣猶希ニ、大河漲下テ人跡又幽也。谷深ク梯危クシテハ足ヲ峙テ歩ミ、峰高ク巖稠シテハ眼ヲ載テ行ク。尾ヲ越エ尾ニ向テ心ヲ摧、谷ヲ出テ谷ニ入テ思ヲ費。東ハ信濃、上野、武蔵、相模ニ通テ奥広ク、南ハ美濃国ニ境、道一ニシテ口狭シ。行程三日ノ深山也。タトヒ数千万騎ヲ以テモ責落スベキ様ナシ。況礒梯引落シテ楯籠ラバ、馬モ人モカヨフベキ所ニ非ズ。義仲爰ニ居住シテ、謀反ヲ起シ、責上テ平家ヲ亡スベシト聞エケレバ、木曽ハ信濃ニトリテモ南ノ端、都モ無下ニ近ケレバ、コハイカヾセ

てありけりかたらひ給ふに國中のつハものしたかひすてに一千よきにそ成にけるそも〳〵かの木曽の山かと申ハくつきやうのしやうくわくにて長山はるかにつらなつて鳥けたものもなをまれ成けり大河みなきりおちかんせきかゝとしてそひえたにふかくしてかけはしをわたるにふむあしもあやうくしてひさふるふハかりにて又ミねたかくいはほけんそにして中〳〵たにミね尾にむかひ馬なとハおよひかたしひかしの方ハしなのかうつけむさしさかミにつゝゐておくひろしみなミみのゝくにゝつゝゐてそのみちひとつにしてくちせはしきやうてい三日路のしん山なりたとひす万きをもつておとすともかなふへきやうなしましてかけはしをひきおとしてたてこもらは馬も人もかよふへきやうなしよし仲こゝにありてむほんをおこし平家をほろほすへしとしたくしけるよし聞えけれハ木曽ハしなのにとりてもみなミのはしミのさかひなり

謀反の企てありけり。語らひ給ふに国中の兵従ひ、すでに一千余騎にぞ成りにける。そも〳〵かの木曽の山か（下ヵ）と申すは、究竟の城郭にて長山遙かに連なつて鳥獣もなを稀なりけり。大河漲り落ち、岩石峨々として聳え、谷深くして梯を渡るに踏む足も危うくして膝震ふばかりにて、又峰高く巖険阻にしてなか〳〵谷、峰、尾に向ひ馬などは及び難し。東の方は信濃、上野、武蔵、相模に続いて奥広し。南、美濃の国に続いてその道一つにして口狭し。行程《ぎやうてい》三日路の深山なり。たとひ数万騎を以て落すともかなふべきやうなし。まして梯を引き落して立て籠らば、馬も人も通ふべきやうなし。義仲ここにありて謀反を起こし、平家を滅ぼすべしと支度しける由聞えければ、木曽は信濃にとりても南の端、美濃境なり、殊に都に近き所なればいか

ント上下騒ケリ。

平家大ニ驚キ、中三権頭ヲ召上テ「イカニ兼遠ハ、木曽冠者義仲ヲ扶持シ置、謀反ヲ起シ朝家ヲ乱ラントハ企ツナルゾ。速ニ義仲ヲ搦進スベシ。命ヲ背カバ汝ガ首ヲ刎ラルベシ」ト被二下知一ケレバ、兼遠陳申テ云、

「(中略) 謀反ノ事ユメ〳〵虚事也。人ノ讒言ナドニ候カ。但御定ノ上ハ身ノ暇ヲ給テ国ニ下、子息共ニ心ヲ入テ可二搦進一」ト申。右大将家重テ仰ニハ、「身ノ暇ヲ給ハント思ハゞ、義仲ヲ可二搦進一之由起請文ヲ書進ベシ。不レ然者子息家人等ニ仰テ義仲ヲ搦進セン時、本国ニ可二返下一也」ト有ケレバ、兼遠思ケルハ、起請ヲカヽデハ難レ遁、書テハ年来ノ本意空カルベシ、

ことにミやこにちかきところなれハいかゝハせんとさハかれけるさるほとに平家ちう三こんの守をめしのほせていかにかねとをハ木曽のくハんしやよしなかをふちしをきむほんをくハてくにをみたらむとくハたつるよし聞ゆすミやかによし仲をからめてまいらすへしこのおほせをそむかハなんちかくひをはねらるへしと下知せられけるこんのかミ申けるハよしなかむほんの事ゆめ〳〵いつハりにてこそ候へ人の申なしにてさふらハむたゝしおほせのとをりいかてそむき申へきとていそきひまを給ハりてくにゝくたり子ともにこゝろをあハせからめとつてまいらすへしと申すう大しやう宗盛かさねてのたまひけるハくにゝかへらんと思ハゝよし仲をからめてまいらすへきのよしきしやうをかくへしとの給へはこんのかミおもひけるハきしやうをかゝすしてハこのたひのいのちのかれかたしかくならはとしころのほんいむなしかるへしいかゝすへきと思ひけるかたとひ

がはせんと騒がれける。

さるほどに平家、中三権の頭を召し上せて、「いかに兼遠は、木曽の冠者義仲を扶持し置き謀反をくは(た)て、国を乱らむと企つる由聞ゆ。速やかに義仲を搦めて参らすべし。この仰せを背かば、汝が首を刎ねらるべし」と下知せられける。権の頭申けるは、「義仲謀反の事ゆめ〳〵偽りにてこそ候へ。人の申しなしにて候はむ。但し仰せの通りいかで背き申すべき」とて、「急ぎ暇を給はりて国に下り、子共に心を合はせ搦めとつて参らすべし」と申す。右大将宗盛重ねて宣ひけるは、「国に帰らんと思はば、義仲を搦めて参らすべきの由起請を書くべし」と宣へば、権の頭思ひけるは、起請を書かずしては此度の命逃れ難し、書くならば年来の本意空しかるべし、いかがすべきと思ひけるが、たとひ命

イカヾスベキト案ジケルガ、縦命ハ亡トモ、義仲ガ世ヲ知ンコソ大切ナレ、其上心ヨリ起テ書起請ナラズ、神明ヨモ悪トオボシメサジ、加様ノ事ヲコソ乞索圧状トテ、神モ仏モ免シ候ナレト思成テ、熊野ノ牛王ノ裏ニ起請文ヲ書進ス。

（中略）

依レ之平家憑シク思ハレケレバ、中三権頭ヲ被二返下一。兼遠国ニ下テ思ケルハ、起請文ハ書ツ、冥ノ照覧恐アリ、又起請ニ恐レバ日比ノ本意無代ナルベシ、イカヾセント案ジケルガ、責モ義仲ヲ世ニ立ント思フ心ノ深カリケレバ、本望ヲモ遂、起請ニモ背カヌ様ニ、当国ノ住人ニ根井滋野

いのちハほろふともよし仲の世にいて給ハん事こそ大せつなれそのうへこゝろおこりてかくきしやうならすきつそあふしやうハ神もほとけも
ゆるし給へと思ひくまのゝ
こわうのうらにき
しやうをかき
てそ
のかれける

絵［第三図］

平家これをまことゝ心えてくにゝかへしけるこそおそろしけれこんのかミハわにのくちをのかれくにゝかへり思ひけるハきしやうハかくさりなから神明のおそれありしかれとも主のよし仲をも世にたて又ハきしやうのおもてをもそむかぬやうあんしすましてたうこくの住人根の井しけ野のゆきちかといふものをまねきよせ此木曽殿をハようせうのときよりかしつきはこくみ世にたてんことをのミふかくそんし侍るすて

は滅ぶとも義仲の世に出で給はん事こそ大切なれ、その上心起こりて書く起請ならず、乞索《きつそ》圧状《あふじやう》は神も仏も許し給へと思ひ、熊野の牛王の裏に起請を書きてぞ逃れける。

絵［第三図］宗盛の前で起請を書く
兼遠

平家これをまことと心得て、国に帰しけるこそおそろしけれ。権の頭は鰐の口を逃れ国に帰り、思ひけるは、起請は書く、さりながら神明のおそれあり、しかれども主の義仲をも世に立て、又は起請のおもてをも背かぬやう、案じすまして、当国の住人根の井滋野の行親といふ者を招き寄せ、「此木曽殿をば幼少の時よりかしづきはごくみ、世に立てんことをのみ深く存じ侍る。すでに今、

行親ト云者ヲ招寄テ云ケルハ、「此木曽殿ヲバ幼少二歳ノ時ヨリ懐育ミ奉テ世ニ立候ハン事ヲノミ深ク存侍キ。成人ノ今ニ高倉宮ノ令旨ヲ給テ平家ヲ亡サントスル処ニ、兼遠ヲ召上テ、乞索圧状ノ起請文ヲ被レ召畢ヌ。此事黙止セン条、本意ニ非ズ。サレバ木曽殿ヲ和殿ニ奉ラン。子息共ハ定テ参侍ベシ。心ヲ一ニシテ平家ヲ討亡テ世ニオハセヨ」トテ、トラセケル志コソ恐シケレ。行親、木曽ヲ請取テ、異計ヲ当国隣国ニ回シ、軍兵ヲ木曽ノ山下ニ集ケリ。懸ケレバ故帯刀先生義賢ノ好ニテ、上野国ノ勇士、足利ノ一族已下、皆木曽ニ相従、平家ヲ亡サントヒシメキケリ。平家此事ヲ聞テ沙汰有ケルハ、「越後国住人城太郎資永ハ、当家大恩ノ身トシテ多勢ノ者也。縦木

に今高倉の宮のれうしをたまハりて平家をほろほせのこといまかねとをにきしやうをかゝしむこのことゝまるへきにあらすされハ木曽殿をハわとの原にたてまつらん子ともハさためて参るへし心をひとつにしてへいけをうちほろほし世におハせよとてとらせたりゆきちかハ木曽とのをうけとりハかりことをめくらし當こくりんこくのつハものを木曽の山かにあつめけれハこたてわきせんしやうよしかたのよしみ

かうつけのくにあしかゝの一そく以下我も〳〵と木曽とのにあひしたかひ平家をほろほすへしとひしめいたりしかりとハ申せとも平家これをきくといへともゑちこのくにの住人しやうの太郎すけなかハ當家ちうおんの身なりしかも多勢のもの也たとひ木曽しなのにてむほんすともすけ長いかてきくのかすへきたゝ今うつとりまいらせんさしてうとろくへからすといひけれともさかミのくにハ伊つのくにハよりともむほん

高倉の宮の令旨を給はりて、平家を滅ぼせ（と）のこと、今兼遠に起請を書かしむ。このことゝどまるべきにあらず。されば木曽殿をば和殿原に奉らん。子どもは定めて参るべし。心を一つにして平家を討ち滅ぼし、世におはせよ」とてとらせたり。行親は木曽殿を受け取り、はかりことをめぐらし、当国隣国の兵を木曽の山か（下ヵ）に集めければ、故帯刀先生義賢のよしみ、上野の国足利の一族以下、我も〳〵と木曽殿に相従ひ、平家を滅ぼすべしとひしめいたり。しかりとは申せども、平家これを聞くといへども、「越後の国の住人城の太郎資長は、当家重恩の身なり。しかも多勢の者也。たとひ木曽、信濃にて謀反すとも資長いかできく（ゝヵ）逃すべき。ただ今討つ取り参らせん。さして驚くべからず」と言ひけれども、相模の国、伊豆の国

曽信濃国ノ兵ヲ相語ト云共、資永ガ勢ニ並ベンニ十分之一ニ及ベカラズ。只今討テ進ラセナン。アナガチニ驚騒ベカラズ」トハ云ケレ共、東国ノ背ダニモ浅増キニ、北国サヘ懸ケレバ、直事ニ非ズト申アヘリ。

　二十四日亥刻ニ、尾張国目代、早馬ヲ立タリトテ六波羅ヒシメク。平家ノ一門馳集テ是ヲ聞ニ、「熊野ノ新宮ノ十郎蔵人行家、東国ノ源氏等ヲ催テ数千騎ノ軍兵ヲ引卒シテ、既当国ニ打入間、国中ノ土民不㆓安堵㆒。是ヨリ美濃近江ヲ相従テ、都へ責上ベキ由披露アリ。急ギ討手ヲ被㆑下ベシ。又御用心アルベシ」トゾ申タル。六波羅ニハ此事聞テ、「コハイカヾセン」ト只今敵ノ都へ打入タル様ニ、資財雑物東西ニ運隠シ、鎧、腹巻、

のよし東こくほつこくかゝるみたれの世となることかたこゝろにそかゝりけるこゝにをハりのくにのもく代はや馬をたてて申けるハくま野のしん宮の十郎くらむと行家當こくのけんしらをもよほしてす千きのつハものをもつてミのあふミをうちしたかへミやこにせめのほるへきよし申けり六はらにハこの事を聞てこハいかにせんたゝ今てきのミやこへうちいりたるやうに太刀かたなよろひ馬くらよとひしめきけれハ京中のきせんあはてさハく事かきりなし

絵［第四図］

さるほとに左兵衛のかミとももり卿中宮のすけみちもり左少将きよつねさつまのかミたゝのり大しやうくんたりさふらひ大将にハをはりのかミさねやす伊勢のかけつなつかう三千よきにて十郎くらんかミのゝくにいたくらといふところにたてこもりけるをうしろの山

は頼朝謀反の由、東国北国かかる乱れの世となること、かた心にぞかかりける。

　ここに尾張の国の目代、早馬を立てて申しけるは、「熊野の新宮の十郎蔵人行家、当国の源氏らを催して数千騎の兵を以て美濃近江を討ち従へ、都に攻め上るべき」由、申しけり。六波羅にはこの事を聞きて、「こはいかにせん」、ただ今敵の都へ討ち入りたるやうに、「太刀、刀、鎧、馬、鞍よ」とひしめきければ、京中の貴賤慌て騒ぐ事限りなし。

絵［第四図］屋内・縁側・庭先に鎧武者

太刀、刀、馬ヨ鞍ヨトヒシメキケレバ京中ノ貴賤途ヲ失テ為方ナシ。
「平家東国発向」
二月一日、征東大将軍左兵衛督知盛卿、中宮亮通盛朝臣、左少将清経、薩摩守忠度、侍ニハ尾張守実康、伊勢守景綱、以上三千余騎ニテ東国へ発向ス。(中略)
十郎蔵人行家ハ、美濃国板倉ト云所ニ楯籠タリケルヲ、平家推寄テ後ノ山ヨリ火ヲ懸テ責ケレバ、行家爰ヲ被レ落テ、同国中原ト云所ニ陣ヲ取。

より火をかけてせめけるにゆき家こゝをおとされておなしきくに中原にちんをとるとうこくほつこくハいふにをよハす九こくの住人きくちの二郎原田の大ゆふおかたの三郎きしうにハくま野の別たうその外よし野十津川のともからまて四方のくに〳〵平家をそむくこれたゝことにあらすとておとろきさハく事かきりなしこの中に入道きよもりハおもきやまひによりていのちをハり給ふかれといひこれといひ天下のうれへなゝめならすされとも入道のゆいこんなりとて二七日にもならぬうちにしけひら大しやうくんとして十万よきをしたかへとうこくにくたり給ふか三河のくにやはき川よりにけのほり給ふかくてもすてをきかたき事也とて寿永二年四月十七日木曽ついたうのために又ほつこくにさしむけらる大しやうくんにハ三位の中将これもりとういしやう六人侍大将にハゑつ中のせんしもりとしをはしめと

さるほどに左兵衛の督知盛卿、中宮の亮通盛、左少将清経、薩摩の守忠度、大将軍たり。侍大将には尾張の守実康、伊勢の景綱、都合三千余騎にて、十郎くらん(ど)が美濃の国板倉といふ所に立て籠りけるを、うしろの山より火をかけて攻めけるに、行家ここを落されて、同じき国中原に陣を取る。
東国北国は言ふに及ばず、九国の住人菊地の二郎、原田の大夫、緒方の三郎、紀州には熊野の別当、その外吉野、十津川のともがらまで四方の国々平家を背く、これただごとにあらずとて、驚き騒ぐ事限りなし。この中に入道清盛は重き病によりて命終り給ふ。彼と言ひこれと言ひ、天下の憂へななめならず。されども入道の遺言なりとて、二七日にもならぬ中に、重衡大将軍として十万余騎を従へ、東国に下り給ふが、三河巻二十八「燧城源平取陣」

　寿永二年四月十七日、木曽追討ノ為ニ官兵北国ニ発向、

(中略)

　木曽、我身ハ越後国府ニ在ナガラ、信濃国住人ニ仁科太郎守弘、加賀国住人林六郎光明、倉光三郎成澄、

(中略)

　陣ヲバ柚尾ノ峠ニトリ、城ヲバ燧ニ構タリ。平泉寺ノ長吏斉明ハ、

(中略)

　両陣海ヲ阻テ支タリ。相去コト三町ニハ過ザリケレ共、

(中略)


「北国所々合戦」

　木曽早馬ニ驚テ、今井四郎

して四十余人その勢十万よきゆのおのたうけにちんをとる木曽とのハ我身ハゑちこのこふにありなからにしなの太郎はやしの六郎くらミつ三郎をハしめとしてひうちかしやうにつかハしたり両ちんたかひにうミをへたてゝさゝへたり其間三町ハかりなりこゝにへいせんしのさいめいハ平家のかたにかへりちうをいたせしかハ木曽かつハものうちまけてかかのくにゝ引しりそき
あらちのしやうに
たてこもり
木曽とのにしか
〳〵と
つけしらせんかために
ひきやくをそ
つかハしける

絵［第五図］

木曽とのハはや馬におとろき今井

の国矢作川より逃げ上り給ふ。かくても捨て置き難き事也とて、寿永二年四月十七日、木曽追討のために又北国に差し向けらる。大将軍には三位の中将維盛等以上六人、侍大将には越中の前司盛俊を始めとして四十余人、その勢十万余騎、柚尾の峠に陣を取る。

　木曽殿は我身は越後の国府にありながら、仁科の太郎、林の六郎、倉光三郎を始めとして火打が城に遣はしたり。両陣互ひに海を隔てて支へたり。其間三町ばかりなり。ここに平泉寺の斉明は、平家の方に返り忠を致せしかば、木曽が兵うち負けて加賀の国に引き退き、荒乳の城に立て籠り、木曽殿にしか〴〵と告げ知らせんがために飛脚をぞ遣はしける。

絵［第五図］海を隔てた源平の陣

木曽殿は早馬に驚き、今井の四郎

ニ仰テ、六千余騎ヲ相具シテ越中国へ指遣ス。兼平ハ鬼臥、寒原打過テ、四十八箇瀬ヲ渡シテ、越中国婦負郡御服山ニ陣ヲトル也。

巻二十九「砺波山合戦」

両陣相隔事五六段ニハ不レ過。

（中略）

五月十一日ノ夜半ニモ成ニケリ。五月ノ空ノ癖ナレバ、朧ニ照ス月影、夏山ノ木下暗キ細道ニ源平互ニ見ヘ分ズ。

（中略）樋口次郎兼光ハ搦手ニ廻タリケルガ、三千余騎、其中ニ太鼓、法螺貝千バカリコソ籠タリケレ。木曽ハ追手

の四郎かねひらに六千よきをさしそへゑつ中のくにこふく山にちんとらしゑつ中のせんしもりとしハ平家のおほせにまかせて五千よきにてゑつ中のくにはんにや野にこそむかひけれこゝにていくさはしまりてさん〳〵にたゝかひしか平家うちまけてかゝのくにへそ引しりそくへいけの十万よきさらはほつこくにをし下るへしとてかゝのくにをうつたちゑつ中のくりからかたうけにつく木曽殿ハ五万よき引具しこのよしをきゝ給ひゑちこのこふをうつたちこれもくりから山のふもとにちんをとる源平の両ちんハその間五六たんハかりなり夜にいりてのち五月のあつきころなるに雨すこしつゝふりたりけるにけんしのちんにハ太こほらのかひ二千はかりようゐしうし五百ひき両のつのにたいまつともしつけ太こをうちとよめきたつてかのうしを平家のちんにおひいれたりへいけこれにおとろきわれさきにといくさをハ

兼平に六千余騎をさし添へ越中の国御服山に陣取らし（せヵ）、越中の前司盛俊は平家の仰せに任せて五千余騎にて越中の国般若野にこそ向ひけれ。ここにていくさ始まりて、さん〳〵に戦ひしが、平家うち負けて加賀の国へぞ引き退く。

　平家の十万余騎、さらば北国に押し下るべしとて、加賀の国をうつたち、越中の倶利伽羅が峠に着く。木曽殿は五万余騎引き具し、この由を聞き給ひ、越後の国府をうつたち、これも倶利伽羅山の麓に陣を取る。源平の両陣はその間五六段ばかりなり。夜に入りて後、五月の暑き頃なるに雨少しづつ降りたりけるに源氏の陣には太鼓、法螺の貝二千ばかり用意し、牛五百匹、両の角に松明ともしつけ、太鼓を打ち、どよめきたつてかの牛を平家の陣に追ひ入れたり。平家これに驚き、我先にといく

ニ寄ケルガ、（中略）
　四五百頭ノ牛ノ角ニ続松ヲトボシテ平家ノ陣ヘ追入ツヽ、
（中略）
巻三十「平氏侍共亡」
　去四月下向ニハ平家十万余騎ナリシニ、
（中略）今六月ノ上洛ニハ三万余騎ニハ過ザリケリ。

「平家自宇治勢多下」
　七月十二日ニハ、源氏近江国ニ責入テ人ヲモ通サズト聞エケレバ、同廿一日、新三位中将資盛、大将軍トシテ肥後守貞能ヲ相具シテ二千余騎、宇治路ヨリ田原路ヲ廻テ近江国ヘ指下サル。今日ハ宇治ニ留ル。同廿二日ニ新中納言知盛、本三位中将重衡、大将軍トシテ三千余騎、勢多ヨリ近江国ヘ発向ス。

さしをきて一あしもおちのひんとするほとにくらさハくらしあんないハしらすくりからかたにゝおちかさなりやう〳〵残るつハものも宮こをさしてのほるほとに源氏つゝいておつかくる平家くたり給ふ時ハ十万よき聞えしか今の都のほりは三万きにハ過さりける

絵［第六図］

さるほとに源氏のつハものあふミのくににせめいるよしきこえけれハ新三位の中将すけもり二千よき本三位しけひら三千よき二手にわかれあふミのくにゝむかひ給ふか木曽とのはやひえい山にのほり給ふと聞て又ミやこにかへり給ふ平家の一もんいまはすへきやうなくあハてさハき給ふおりふし勢ハすくなしひとまつ宮こをひらき西かいの方におもむきかさねてせいをもよほし宮こにせめのほりほんいをとくへしと

さをばさし置きて、一足も落ち延びんとするほどに、暗さは暗し、案内は知らず、倶利伽羅が谷に落ち重なり、やう〳〵残る兵も都をさして上るほどに、源氏続いて追つかくる。平家、下り給ふ時は十万余騎（と）聞えしが、今の都上りは三万騎には過ぎざりける。

絵［第六図］倶利伽羅火牛の計

　さるほどに源氏の兵近江の国に攻め入る由聞えければ、新三位の中将資盛二千余騎、本三位重衡三千余騎、二手に分かれ、近江の国に向ひ給ふが、木曽殿はや比叡山に登り給ふと聞きて、又都に帰り給ふ。平家の一門、今はすべきやうなく、慌て騒ぎ給ふ。折節勢は少なし、ひとまづ都を開き、西海の方に赴き、重ねて勢を催し、都に攻め上り、本意を遂ぐべしとて、主上を始め奉り、三種のてしゆしやうをはしめたてまつり三しゆのしんきをさきにたて女院御ともやそのほかくきやう殿上人みなかつちうをたいし七条をにしへしゆしやかをみなミへ行幸なしたてまつりさいこくにおもむき給ふさしもむかしハえいくわにほこり心のまゝに身をゝきいゑ〳〵まことにきらをみかきつくりならへし屋形〳〵十六ケ所に火をかけたり世の中ハ今ハかうとみえにけるきのふの花ハけふのあらしにミなちり〳〵に成給ふあるひハつまをすてあるひハ子をのこしミやこのうちにハをくれのこりてかなしみおちゆく人ハあとに心の引かされてさらにさきへハ行やられしかれともゆかてかなハぬ道しはのなミたの露ともろともに思ハぬ中有のたひの空にそおもむきける

神器を先に立て、女院御供やその外公卿殿上人、みな甲冑を帯し、七条を西へ朱雀を南へ行幸なし奉り、西国に赴き給ふ。さしも昔は栄華に誇り、心のままに身を置き、家々まことに綺羅を磨き、作り並べし屋形〳〵十六ヶ所に火をかけたり。世の中は今はかうと見えにける。昨日の花は今日の嵐にみな散り〴〵に成り給ふ。あるいは妻を捨て、あるいは子を残し、都の内には遅れ残りて悲しみ、落ち行く人は後に心の引かされて、さらに先へは行きやられ(ず)。しかれども行かでかなはぬ道芝の涙の露ともろともに、思はぬ中有の旅の空にぞ赴きける。

源平盛衰記

巻三十二「義仲行家京入」

「法皇自天台山還御」

木曽物語　下

去ほとに平家はいくさしてふせくへきちからもなく宮こをおち給ひしかハ源氏にハ十郎くらんと行家伊かのくにより宇治路へまハり木ハたふしみよりミやこへ入木曽殿ハあふミのくにより勢田をわたしてみやこに入給ふその ほかかひしなのミのをハりの源氏のつハもの此両大将にしたかひてその勢六万よきみやこのうちに入こミさい〳〵所々にをしいり〳〵民の衣しやうをはきとりしよくもつをうハひ取けれは洛中のらうせきなのめならすそ聞えけるかくて両人院の御所にしこういたす木曽のよし仲ハあかちの錦のひたゝれにぬりこめの矢おふておりゐほしにくろ皮おとしのよろひを帯しけりくらんと行家ハぬひものゝこんのひたゝれにおなしけのよろひに立ゑほしをきたり両人庭上にかしこまる院のうへミすの内よりえいらんありて平家ついたうの院せんを

木曽物語　下〈校訂本文〉

去るほどに平家は、いくさして防くべき力もなく都を落ち給ひしかば、源氏には十郎蔵人行家、伊賀の国より宇治路へ回り、木幡、伏見より都へ入る。木曽殿は近江の国より勢田を渡して都に入り給ふ。その外、甲斐、信濃、美濃、尾張の源氏の兵、此両大将に従ひて、その勢六万余騎、都の内に入りこみ、在々所々に押し入り〳〵民の衣装をはぎ取り、食物を奪ひ取りければ、洛中の狼藉なのめならずぞ聞えける。かくて両人、院の御所に伺候致す。木曽の義仲は、赤地の錦の直垂に塗籠の矢負うて折烏帽子に黒皮おどしの鎧を帯しけり。蔵人行家は、縫ひものの紺の直垂に同じ毛の鎧に立烏帽子を着たり。両人庭上にかしこまる。院の上、御簾の内より叡覧ありて、平家追討の院宣をなされけり。

「義仲行家受領」

巻三十三「木曽洛中狼藉」

巻三十四「木曽可追討由」

なされけり

絵［第七図］

すてによし仲ハ伊よの守になされ
行家ハひせんのかミになしくたさるた
かくらの院第四の宮御くらゐにつかせ
給ふしかるに木曽のくハんしやよしなか
ミやこのしゆこのためにしハしありけり
それにつきしたかふつハもの六万よき
方々のらうせきなゝめならす後にハ山々
てら〳〵にみたれいりてたうしやをや
ふりふつ具経ろんをとりちらしミや
しやたうにもはゝからすけんもんかう
家ともいはすらうせきはなハたし
けれハとにかくによし仲をついたうし
みやこのらうせきをしつめらるへきよ
しをいきの判官ともやすといふもの
ほうわうにこのよしうつたへ申たりけれハ
法皇けにもとおほしめし天たいさす
めいうんそうしやう八条の宮なとを
ほうちうしの御所にまねきよせて
ひそかにないたんありてえんりやくし

絵［第七図］義仲・行家院参

すでに義仲は伊予の守になされ、行家は備前の守になし下さる。高倉の院第四の宮、御位につかせ給ふ。しかるに木曽の冠者義仲、都の守護のためにしばしありけり。それにつき従ふ兵六万余騎、方々の狼藉なのめならず。後には山々寺々に乱れ入りて堂舎を破り、仏具、経論を取り散らし、宮社たう（堂カ）にも憚らず、権門高家ともいはず、狼藉甚しければ、とにかくに義仲を追討し都の狼藉を鎮めらるべき由を、壱岐の判官知康といふ者、法皇にこの由訴へ申したりければ、法皇げにもと思し召し、天台座主明雲僧正、八条の宮などを法住寺の御所に招き寄せて、ひそかに内談ありて延暦寺、園城寺の悪僧を召し集めらるる（ママ）。その外日ごろ木曽に契約したりし源氏

「法住寺城郭合戦」

をんしやうしのあくそうをめしあつめらるゝその外日ころ木曽にけいやくしたりしけんしの人〳〵もせう〳〵参りこもりたり知康ハいくさ奉行にてほうちうとのをしやうにかまへてかせんのようゐし給ふ木曽よし仲このよしをきゝて申けるハ平家かうゐにのほり君をないかしろにしたてまつり天下のあたとなりしところにたま〳〵よし仲上らくしてかのきやくしんをせめおとし君の御うつふんをやすめたてまつるよし仲かほうこうきたいのちうこうにあらすや又東西のみちふさかり人のゆきゝもたやすからね君のためくにのため人のためあしけれはせめてミやこのへいせんをせう〳〵とらんに何のとかめのあるへき御せいしも時にこそよれ院の御所あなかちにこれをとかめさせ給ふことといはれなしたゝしこれハひとへにともやすかなすところなるへしさあらはいそきうつたてよとてその勢一千よきに

の人々も少々参り籠りたり。知康はいくさ奉行にて、ほうぢう（じ）殿を城《じやう》に構へて合戦の用意し給ふ。

木曽義仲この由を聞きて申しけるは、「平家高位に昇り、君をないがしろにし奉り、天下のあたとなりしところに、たま〳〵義仲上洛してかの逆臣を攻め落し、君の御鬱憤を休め奉る。義仲が奉公、希代の忠功にあらずや。又、東西の道ふさがり、人の行き来もたやすからね（ば）、君のため国のため人のため悪しければ、せめて都の米銭を少々取らんに何の咎めのあるべき。御制止も時にこそよれ、院の御所あながちにこれを咎めさせ給ふことといはれなし。但しこれはひとへに知康がなすところなるべし。さあらば急ぎうつたてよ」とて、その勢一千余騎にて法住寺殿の東西の門に押し寄せて時をどつとぞ作りける。さるほどに知康は

てほうちうしとの〻東西のもんに
をしよせて時をとつとそつくりける
さるほとにともやすハいくさ奉行な
りけれハつゐちのうへにあかりて申
けるハいかによせてのものたしかにきけ
かたしけなくも十善の君にむかひ
たてまつりゆミをひくこと天たうのお
それありた〻今てんはつをかうふり
てほろふへしと申す木曽大きにいかつ
てさないハせそあのつ〻ミはうくわんめ
をうていころせのかすなあますなと
下知しけれハさん〳〵にいけるほとに
ともやすこらへかねてつゐちよりおり
にけりやかて御所のきたなる在家に
火をそかけたりける折ふしほく風は
けしく吹けるほとにミやう火法ちう
し殿にをしか〻りけれハまいりこもり
たるくきやう殿上人山法しともとをう
しなひたふれふしにけまとふに手
ふるひあしわなきてゆミ引事も太
刀をぬかすた〻をのかしんたいにもて
あましこ〻かしこにたふれふしてふミころ

いくさ奉行なりければ、築地の上に
上がりて申しけるは、「いかに寄せ
手の者、たしかに聞け。かたじけな
くも十善の君に向ひ奉り弓を引くこ
と、天道のおそれあり。ただ今天罰
をかうぶりて滅ぶべし」と申す。木
曽大きに怒って、「さな言はせそ。
あの鼓判官めをうて、射殺せ、逃す
な、余すな」と下知しければ、さん
ぐ〵に射けるほどに知康こらへかね
て築地より降りにけり。やがて御所
の北なる在家に火をぞかけたりける。
折節北風激しく吹きけるほどに、猛《みやう》
火《か》法住寺殿に押しかかりければ、参
り籠りたる公卿殿上人、山法師ども、
度を失ひ倒れ伏し、逃げまどふに手
震ひ足わななきて、弓引く事も、太
刀を抜かず、ただ己が進退に持て余
し、ここかしこに倒れ伏して踏み殺
さるるやから多かりける。その上、
矢に当たり、突き殺さるる者多かり

「明雲八条宮人々被討」

さるゝやからおほかりけるそのうへ矢にあたりつきころさるゝものおほかりけれはちり〳〵におちにけりかのいくさ奉行しけるともやすハ人よりさきににけにけりこゝにひえいさんの座主めいうんそうしやうハたての六郎かいける矢にあたり給ひて馬よりまさかさまにおち給ふをちかたゝからうとうおりあハせて御くひをる八条の宮も根の井の小弥太にいおとされさせ給ひけりその外くけ殿上人こゝかしこにてうたれあるひハくひをとられあるひいおとされてうせ給ふすへてきるところのくひ三百四十これを六条かハらにきりかけよろこひのときを三とつくりたりあさましかりし世中なり

されとも法皇つゝかなくおちさせ給ふをやしまの四郎行つな五条の大りへ行啓なし奉りかたく

ければ、散り〴〵に落ちにけり。かのいくさ奉行しける知康は、人より先に逃げにけり。ここに比叡山の座主明雲僧正は楯の六郎が射ける矢に当たり給ひて、馬よりまさかさまに落ち給ふを親忠が郎等おり（ちヵ）合はせて、御首を（と）る。八条の宮も根の井の小弥太に射落されさせ給ひけり。その外公卿殿上人ここかしこにて討たれ、あるい（は）射落されて失せ給ふ。すべて斬る所の首三百四十、これを六条河原に斬りかけ、喜びの時を三度作りたり。あさましかりし世の中なり。

されども法皇つつがなく落ちさせ給ふを、屋島の四郎行綱、五条の内裏へ行啓なし奉り、堅く守護し侍りける。

しゆこし侍ける

「信西相明雲言」

「公朝時成関東下向」

絵［第八図］

さるほとに木曽よし仲ハほうちうしとのゝいくさにうちかつてよろつ心にまかせたりをして院の御むまやの別たうになる松殿のさいあいの御むすめハみめかたちいつくしうおハしませハ女御きさきにもそなへんとおほしめすかない〱ひしんのよし木曽聞つたへうはひとりて松とのゝむこになりたりこゝにほく上ほくめんきち内判官きんとも藤左衛門のせう時なり二人木曽からうせき法ちうし殿のかせん御所のえん上のしたいをより朝にうつたへんためにくわんとうに下かうしけり兵衛の佐このよしきゝ給ひおとろき申されけるハ木そきくわいのふるまひあらハちよくをかうふりてひそかにしつむへきところにともやすか申ふんにかせんの御けつかうまことにいハれなしそのものをこれよりいこ院にめしつかハせ給ハヽかさねて又

絵［第八図］法住寺合戦

さるほどに木曽義仲は、法住寺殿のいくさにうち勝ってよろづ心に任せたり。押して院の御厩の別当になる。松殿の最愛の御娘は、みめかたちいつくしうおはしませば女御きさきにもそなへんと思し召すが、内々美人の由木曽聞き伝へ、奪ひ取りて松殿の婿になりたり。

ここにほく（二字衍ヵ）上北面橘内判官公朝、藤左衛門の尉時成二人、木曽が狼藉、法住寺殿の合戦、御所の炎上の次第を頼朝に訴へんために関東に下向しけり。兵衛の佐この由聞き給ひ、驚き申されけるは、「木曽奇怪の振舞あらば、勅をかうぶりてひそかに鎮むべきところに、知康が申分に合戦の御結構、まことにいはれなし。その者を、これより以後

「頼朝遣山門牒状」

大しをしたいたすへしこのよしよく〳〵申あけらるへしよし仲か事いそきついたうのくんせいをさしのほせ申へしとてしやていかはの御さうしのりより九郎御さうしよしつねを両大将としてす万きのくんひやうをさしそへすてに上らくし給ひけり平家ハむろ山水嶋二ケ度のかせんにうちかち木曽ついたうのためにいそきミやこへせめのほるときこえたり木曽よし仲ハ東こくさいこくせんこのてきせめのほるよしいかゝせんとあんしけるかより朝とよし仲しゝう中あしかるへし今ハ平家とひとつになりてよりともをせめほろほさんと思ふ心つきてさぬきの屋しまへししやをたてかくと申つかハしたりけれハその返事に君かくてましませハゆミをふせかふとをぬひてかう人にまいるへしとの返事なりけれハ木曽これを聞て大きにいかりかう人にまいれとハ何ことそや源氏の大将たるものか手をおろしかう人にまいるへきやうある中〳〵の事今さらへいけにた

院に召し使はせ給はば、重ねて又大事をした（た衍ヵ）出すべし。この由よく〳〵申し上げらるべし。義仲が事、急ぎ追討の軍勢をさし上せ申すべし」とて、舎弟蒲の御曹子範頼、九郎御曹子義経を両大将として、数万騎の軍兵をさし添へ、すでに上洛し給ひけり。

　平家は室山、水嶋、二ヶ度の合戦にうち勝ち、木曽追討のために急ぎ都へ攻め上ると聞えたり。木曽義仲は、東国西国前後の敵攻め上る由、いかがせんと案じけるが、頼朝と義仲、始終仲悪しかるべし、今は平家と一つになりて頼朝を攻め滅ぼさんと思ふ心付きて、讃岐の八島へ使者を立て、かくと申し遣はしたりければ、その返事に、「君かくてましませば、弓を伏せ、兜を脱いで降人に参るべし」との返事なりければ、木曽これを聞きて大きに怒り、「降人

「木曽内裏守護」

「東国兵馬汰」

巻三十五「義経範頼京入」

いしてかう人とハ成ましとてよりとも
にも平家にも手をさけん事思ひも
よらすとそいかりける大りにハなを木曽か
ゐせいにおそれ給ひて一たんの心を
なためんとてにハかにちもくをこなハれ
て官位をなし木曽よしなかを左馬の
守けん伊与のかミなされたんはの五ケ
の庄をちきやうしけり又かさねて左馬の
かミよし仲に朝日将軍のせんしをなし
下されけりこゝにひやうゑのすけより朝
の給ひけるハ木曽と平家とひとつに
なり九こく四こくなんかいさいかい同心せハ
まつよしなかをついたうしてその後平家
をついはつせんに何のおそれかあるへし
まつ院の御いきとをりをやすめたて
まつるへしとて御おとうと二人に六万
きのくんひやうをさしつかハす
おふ手からめて二手に
わかつて
をの〳〵大ミやう
小ミやう我も
〳〵と

に参れとは何事ぞや。源氏の大将たる者が手をおろし、降人に参るべきやう（や）ある。中々の事、今さら平家に対して降人とは成るまじ」とて、頼朝にも平家にも手をさげん事、思ひも寄らずとぞ怒りける。

内裏にはなほ木曽が威勢におそれ給ひて、一旦の心をなだめんとて俄かに除目行はれて官位をなし、木曽義仲を左馬の頭兼伊予の守（に）なされ、丹波の五箇の庄を知行しけり。又重ねて左馬の頭義仲に朝日将軍の宣旨をなし下されけり。

ここに兵衛の佐頼朝宣けるは、「木曽と平家と一つになり、九国四国、南海西海、同心せば、まづ義仲を追討して、その後平家を追伐せんに、何のおそれかあるべし。まづ院の御憤りを休め奉るべし」とて、御弟二人に六万騎の軍兵をさし遣はす。御大手搦手二手に分かつて各々、大名

立出てをハりの
あつたにつき
にけり

絵［第九図］

大将軍かはの御さうしのりより三万よきを引わけてあふミのくに勢田のなかはしにつき給ひ九郎御さうしハ三万よきにて伊勢路よりうちはしにむかひ給ふ木曽のよし仲ハおりふし勢こそなかりけれひくちの二郎かねミつハ十郎くらんと行家木曽にむほんのことありてかハちのくにゝこもりしをせめんとてつかハす今井の四郎かねひらハ五百よきにて勢田のはしをふせく根の井の*太弥太ゆきちかハ三百よきにて宇治の手にむけらる木曽よし仲ハわつかに百きハかりにて五条の大りにありけりかゝるところに佐々木の四郎さたつなうち川のせんちんにてその外のつハものともわれさきにと渡したりさん〳〵にたゝかひけるに太弥太こゝ

＊盛衰記「大弥太」

「高綱渡宇治河」

小名我も〳〵と立ち出でて、尾張の熱田に着きにけり。

絵［第九図］頼朝軍評定

大将軍蒲の御曹子範頼、三万余騎を引き分けて、近江の国勢田の長橋に着き給ひ、九郎御曹子は三万余騎にて伊勢路より宇治橋に向ひ給ふ。

木曽の義仲は、折節勢こそなかりけれ。樋口の二郎兼光は、十郎蔵人行家、木曽に謀反の事ありて、河内の国に籠りしを攻めんとて遣はす。今井の四郎兼平は五百余騎にて勢田の橋を防く。根の井の太（小ヵ）弥太行親は三百余騎にて宇治の手に向けらる。木曽義仲は、僅かに百騎ばかりにて五条の内裏にありけり。かゝる所に佐々木の四郎定綱、宇治川の先陣にて、その外の兵ども我先にと渡したり。さん〴〵に戦ひけるに

「木曽惜貴女遺」

をやふられたりそれよしつねの三万よ
きみやこをさしてミたれいる木曽のよし
なか大におとろきあか地のにしきの
ひたゝれにいしうちのそやはつたかに
おひむらさきおとしのよろひきて六
十よきをしたかへまつそれより松とのゝ
御むすめの方にまいりさいこの名こり
をおしミけりゑちこの中太よしかけは
せきたりてきハはやミやこへミたれ入
たりいかにかくハおハするそといひけ
れとも木曽ハわかれのかなしさに出
もやらすよしかけ今ハ御方のうんつき
たりとてはらかき切てふしにけり
つはたの三郎もかく申けれといて
給ハねハおなしくはらをきるよし仲聞
てわれをすゝむるにや五条をひかしへ
あふらのこうちより六條かハらに出たれ
は根の井の太弥太二百よきにて
ゆきあふたり主従三百よきに
なりにけり

太（小カ）弥太ここを破られたり。それ（より）義経の三万余騎、都をさして乱れ入る。木曽の義仲大に驚き、赤地の錦の直垂に石打の征矢筈高に負ひ、紫おどしの鎧着て、六十余騎を従へ、まづそれより松殿の御娘の方に参り、最後の名残りを惜しみけり。越後の中太能景《よしかげ》馳せ来たりて、「敵は早や都へ乱れ入りたり。いかにかくはおはするぞ」と言ひけれども、木曽は別れの悲しさに出もやらず。能景、今は御方の運尽きたりとて、腹かき切て伏しにけり。津幡の三郎もかく申しけれど出で給はねば、同じく腹を切る。義仲聞きて、「我を進むるにや」（と）、五条を東へ、油の小路より六条河原に出でたれば、根の井の太（小カ）弥太、二百余騎にて行き遭ふたり。主従三百余騎になりにけり。

「東使戦木曽」
「巴関東下向」
＊盛衰記「生年二十八」

絵［第十図］

木曽よし仲けふハかきりのいくさなれ
は三百よきをしたかへてよしつねのちん
にかけいりたゝかひけるほとによし仲
のいくさやふれてそれより六条かハらに
いてたりかくて三條かハらをさしておち
ゆく勢わつかに八十よきに成たりこゝに
木曽のおもひ人に中三こんのかみかむ
すめにともへと申女房ハ生年廿七＊ミめ
かたちすくれてちから又人にこえたり女
とハ申せとも心かうにしてつよゆミので
たれにて太刀うちもつよかりし又馬上
のたつしやなれハ一方の大将をたひ
〳〵うけ給ハりけりされハ八十よきに
なるまて此ともへハうたれすして木曽
殿にあひ具してありけるか木曽殿
申されけるハさいこのちんまて女をつれ
たりといハれん事こそむねんなれなん
ちハ女のことなれハくるしかるましこれより
いそきくにゝくたりわかなきあとをも
とふらへとてかへし給へともなをおちも

絵［第十図］義仲、女と別れを惜しむ

木曽義仲、今日は限りのいくさなれば、三百余騎を従へて、義経の陣に駆け入り戦ひけるほどに、義仲のいくさ敗れて、それより六条河原に出でたり。かくて三条河原をさして落ち行く勢、僅かに八十余騎に成りたり。

ここに木曽の思ひ人に、中三権の頭が娘に巴と申す女房は、生年二十七、みめかたちすぐれて、力又人に越えたり。女とは申せども、心剛にして強弓の手だれにて、太刀打ちも強かりし。又馬上の達者なれば一方の大将を度々うけ給はりけり。されば八十余騎になるまで此巴は討たれずして、木曽殿に相具してありけるが、木曽殿申されけるは、「最後の陣まで女を連れたりと言はれん事こそ無念なれ。汝は女の事なれば苦し

「粟津合戦」

やらす木曽殿のさいこまてつきそひてそれよりおちにけり世しつまりて後和田のよしもり申うけてつまとしてあさひなの三郎をうみけりされハあさゐなの三郎よしひてかちからのつよき事もはゝかちからをつきけるとそきこえける木曽ハ四の宮川原をさしておち給ふかわつかに七きに成給ふ今井の四郎かねひらもかはの御さうしに勢田の手をやふられて三百よきをしたかへあハ津をさしてゆくほとにこゝにて木曽殿にゆきあふたりよしなかおほせけるハミやこのうちにていかにもなるへかりしかともなんちに名こりのおしまれあまたのてきにうしろをみせしも今一度みもし見えなんそのためにこれまてきたりたりとの給へハ今井聞ておほせのことく勢田にていかにもなるへかりしかとも御行ゑのおほつかなさにこれまてのかれてまいりたりとてたかひになミたをなかし木曽とのハわれほつこくにてあまたのいくをせしかともよろひのおもき事は

かるまじ。これより急ぎ国に下り、我が亡きあとをも弔へ」と帰し給へども、なほ落ちもやらず。木曽殿の最期まで付き添ひてそれより落ちにけり。世しづまりて後、和田の義盛申し受けて妻として、朝比奈の三郎を産みけり。されば朝比奈の三郎義秀が力の強き事も、母が力を継ぎけるとぞ聞えける。

　木曽は四の宮川原をさして落ち給ふが、僅かに七騎に成り給ふ。今井の四郎兼平も蒲の御曹子に勢田の手を破られて、三百余騎を従へ、粟津をさして行く程に、ここにて木曽殿に行き遭ふたり。義仲仰せけるは、「都のうちにていかにもなるべかりしかども、汝に名残りの惜しまれ、あまたの敵に後ろを見せしも、今一度見もし見えなん、そのためにこれまで来たりたり」と宣へば、今井聞きて、「仰せの如く勢田にていかになかりしかけふハちからもつきよろひのおもくおほゆるとの給へハかねひら申やう御方のせいのなけれハおくひやう風の立けるゆへなりかねひら一人をハ千き万きともおほしめし候へむかひにみゆる一むらの松はらのありけるにいらせ給ひて心しつかに御しかいあるへしかねひらふせきやつかまつりてやかて御とも申へしとなミたをゝさへはやく申けれハ木曽とのもさすか名こりやおしかりけんあとをみかへり〳〵て松ハらさしてゆき給ふかねひら木曽殿をおとし心やすくいくさせんとてあとよりかゝるせいをおつかへしふせきたゝかふころハけんりやく元年正月廿日またとけやらぬうすこほりはりたりしふか田に馬をはせこみしをこハいにとうてとも〳〵あからさりけりぬしも馬もつかれけれハとかくすへきやうもなし木曽との今井か名こりおしミてうしろを見かへり給ふところをさかミのくにの住人石田の三郎ためひさかはなつ矢にうちかふとをいさせ馬のかしらにさし

もなるべかりしかども、御行方のおぼつかなさに、これまで逃れて参りたり」とて、互ひに涙を流し、木曽殿は、「我北国にてあまたのいく(さ)をせしかども、鎧の重き事はなかりしが、今日は力も尽き、鎧の重く覚ゆる」と宣へば、兼平申すやう、「御方の勢のなければ、臆病風の立ちける故なり。兼平一人をば千騎万騎とも思し召し候へ。向ひに見ゆる一むらの松原のありけるに入らせ給ひて、心静かに御自害あるべし。兼平防き矢仕りて、やがて御供申すべし」と涙を押へはやく申ければ、木曽殿もさすが名残りや惜しかりけん、あとを見返り〳〵て松原さして行き給ふ。

　兼平、木曽殿を落し心やすくいくさせんとてあとよりかかる勢を追つかへし、防き戦ふ。頃は元暦元年正月二十日、まだ解けやらぬ薄氷張り

うつふし給ふをためひさ馬よりとんており木曽とのにおつかゝりくひをそ
とりにける

絵［第十一図］

かねひらこれをハしらて大勢の中へわつてたてよこ十もんしにかたをおつちらしたゝかひけるところにさかミのくにの住人三うらの石田の三郎か手にかけ木曽殿の御くひ給ハつたるそとよはハりしこゑをきゝてかねひらかうつ太刀もよハりにけり今ハかうよとおもひあふミふんはり立あかり日ころハをとにも聞らんしなのゝくにの住人木その中三こんのかミかねとをか四なん朝日しやうくんの

たりし深田に馬を馳せ込みしを、こはい（か）にと打てども〳〵上がらざりけり。主も馬も疲れければ、とかくすべきやうもなし。木曽殿、今井が名残り惜しみて後ろを見返り給ふところを、相模の国の住人石田の三郎為久が放つ矢に内甲を射させ、馬の頭にさしうつぶし給ふを、為久、馬より跳んで降り、木曽殿に追つかかり、首をぞ取りにける。

絵［第十一図］義仲、深田に落ち、矢を射かけらる

兼平、これをば知らで大勢の中へ割つて縦横十文字にかた（き）を追つちらし、戦ひけるところに、「相模の国の住人三浦の石田の三郎が手にかけ、木曽殿の御首給はつたるぞ」と呼ばはりし声を聞きて、兼平が打つ太刀も弱りにけり。今はかうよと思ひ、鐙ふんばり立ち上がり、「日ごろは音にも聞くらん、信濃の

めのと子に今井の四郎かねひらと申もの
なりかまくらとのまてさるものありと
しろしめしたるかねひらなりくひとつてか
うミやうにせよとて大勢の中にかけ
いりてくもて十もんしにうちやふりかけ
とをるもと大ちからのかうのものなり
けれハよつてくみとめんといふものなし
只とを矢にいたりけるされともよろひ
よけれハうらかゝすあきまをいねハ手もお
ハすこゝにおひつめかしこにおつつめて
あまたのてきをきつておとすえひらに
のこる八すちの矢にてむかふてきを八
きいおとし日本一のかうのものゝ主の御と
もにしかいするを手ほんにみならひ給へ
東こくほつこくの人〳〵とて太刀のきつ
さきをくちにくハへて馬よりまさか
さまにおちつらぬきてうせにけり
そのゝちくひをそとりにける

「木曽頸被渡」

国の住人、木曽の中三権の頭兼遠が四男、朝日将軍のめのと子に今井の四郎兼平と申す者なり。鎌倉殿までさる者ありと知ろし召したる兼平なり。首取つて高名にせよ」とて大勢の中に駆け入りて蜘蛛手、十文字にうち破り、駆け通る。もと大力の剛の者なりければ、寄つて組み止めんといふ者なし。只遠矢に射たりける。されども鎧よければ裏かかず、あきまを射ねば手も負はず。ここに追ひつめかしこに追つつめて、あまたの敵を斬つて落す。箙に残る八筋の矢にて向ふ敵を八騎射落し、「日本一の剛の者の、主の御供に自害するを、手本に見習ひ給へ、東国北国の人々」とて、太刀の切先を口にくはへて馬よりまさかさまに落ち、貫きて失せにけり。その後首をぞ取りにける。

「沛公入咸陽宮」

絵［第十二図］

正月廿六日に木曽よし仲のらうとうにしなのゝくにの住人たかなし六郎たゝなを根の井の太弥太ゆきちか今井の四郎かねひら四人のくひ大路をわたしてひたりのこくもんのあふちの木にかけられたりよし仲ふようにほこりてみかとにゆミヲ引天命たちまちにつきけるこそかなしけれみかとにむかひゆミを引もの六十日よりいのちいきすといふことあり木曽ハ五十余日将軍のせんしをかうふり松殿のむこにをしなりけんも一時の栄花とそ成にけるかくてよしつねハ木曽よし仲をうつとりて其は平家ついたうのそのためにさいこくにむかひ給平家ハ一のたにゝありけるかいくさにまけてこゝをもおちてさぬきのくに八嶋におちけりこゝをもおちてなかとの国たんのうらにて一もんこと〳〵くほろひしかハ源氏一とうの世となり兵衛の佐より朝ハせいゐ大将軍の宣をかうふり九郎

絵［第十二図］今井の自害

正月二十六日に木曽義仲の郎等に信濃の国の住人高梨六郎忠直、根の井の太（小ヵ）弥太行親、今井の四郎兼平、四人の首大路を渡して左の獄門の楝の木に懸けられたり。義仲武勇《ぶよう》に誇りて帝に弓を引き、天命たちまちに尽きけるこそ悲しけれ。帝に向ひ弓を引く者六十日より命生きずといふ事あり。木曽は五十余日、将軍の宣旨をかうぶり、松殿の婿に押しなりけんも、一時の栄花とぞ成りにける。

　かくて義経は木曽義仲をうつとりて其（後）は平家追討のそのために西国に向ひ給ふ。平家は一の谷にありけるが、いくさに負けてここをも落ちて、讃岐の国八嶋に落ちけり。ここをも落ちて長門の国壇浦にて一門悉く滅びしかば、源氏一統の世と

よしつねハ伊よの守になされけるその外
諸国の大名小ミやうけんしやうハそれ
になし下されけるそれより天下一とうの
代と成てしよこくにそむく人もなく雨風
時にしたかひておさまる世と成にけり
鶴か岡の八まん宮をさうえいましくて
より朝さんけいし給ふ源氏の世さかへて
としさりとし来れともおとろふる事もなき
ハひとへに八まんの御まもりふかくまし
ますゆへなりとそ聞えける

絵［第十三図］

なり、兵衛の佐頼朝は征夷大将軍の宣をかうぶり、九郎義経は伊予の守になされける。その外諸国の大名小名、勧賞はそれ（ぐ）になし下されける。

それより天下一統の代と成りて諸国に背く人もなく、雨風時に従ひて、治まる世と成りにけり。鶴が岡の八幡宮を造営ましくて頼朝参詣し給ふ。源氏の世栄えて、年去り年来たれども衰ふる事もなきは、ひとへに八幡の御守り深くましますゆ故なりとぞ聞えける。

絵［第十三図］頼朝八幡参詣

初出一覧

第一章　平家物語の成立

序……「『平家物語』の無名性と実名性をめぐって」『日本文学論究』63　平16／3
第一節……「平家物語の成立―物語以前、もしくは物語以後―」『國語と國文学』75・9　平10／9
第二節……「平家物語の論―その特殊性と普遍性をめぐって―」『國文』91　平11／8
第三節……「風景、情景、情況―平家物語の〈叙景〉の成立―」『國語と國文学』79・12　平14／12
第四節　平家物語の成立と展開を論ずるために……平19／10書き下ろし
第五節　原平家物語を想う……平19／12書き下ろし

第二章　平家物語の流動

序……「汎諸本論の彼方へ」（『国文学解釈と教材の研究』47・12　平14／10）の前半部を書き直した。
第一節……「二つの「平家物語」から―作品形成の思想的基盤を考えるために―」『平家物語　主題・構想・表現』汲古書院　平10／10
第二節……「屋代本平家物語における今日的課題」『汎諸本論構築のための基礎的研究』科研報告書　平19／3
第三節……「平家物語の本文流動―八坂系のいわゆる「混合本」をめぐって―」『平家物語八坂系諸本の研究』

三弥井書店　平9／10

第四節……「長門本現象をどうとらえるか」國學院雑誌107・2　平18／2

第三章　平家物語を読む

序……「汎諸本論の彼方へ」（『国文学解釈と教材の研究』47・12　平14／10）の後半部を書き直した。

第一節……「説得の文学『平家物語』―ことばの力・その（一）―」『椙山女学園大学研究論集』28　平9／3

第二節……「寿永三年の重衡と維盛」（『赤間神宮叢書17』平18／3）による書き下ろし

第三節……「『平家物語』の平清盛」（『見果てぬ夢―平安京を生きた巨人たち』ウェッジ出版　平17／10）による書き下ろし

第四節……「人物造型から見る長門本平家物語―混態本の文芸性をめぐって―」『長門本平家物語の総合研究　第3巻　論究篇』勉誠出版　平12／2

第四章　軍記物語史の中で

序……「戦争の物語」（『国文学解釈と教材の研究』45・7　平12／6）を書き直した。

第一節……「流布本保元物語の世界」『保元物語の形成』汲古書院　平9／7

第二節……「あはれ、高きもいやしきも」（『国文学解釈と鑑賞』平18／12）、「女性説話による平家物語の考察」（『湘南文学』16　平15／1）を併せまとめた。

第三節……「真名本曽我物語の世界―真名本とは何かを考える前に―」『曽我物語の作品宇宙』至文堂　平15

／1

第四節……『平治物語』から『義経記』まで……平20／1書き下ろし

資料翻刻と解説

國學院大学蔵『木曽物語』絵巻……平成18年度科研費研究報告による書き下ろし

あとがき

本書は『平家物語論究』、『軍記物語論究』に次ぐ松尾葦江の第三論集である。書名は笠間書院の橋本さんがつけて下さった。最初、私は『続 軍記物語論究』とするつもりだった。平成八年に若草書房から出した『軍記物語論究』は、著者としては愛着も自信もある一冊だったが、いささか理不尽な目に遭った。あの本に対する想いもこめて同じ名にこだわるつもりだったが、論集出版の相談を持ちかけたとき、内容を聞いた橋本さんは、言下に「それは『軍記物語原論』だ」と言い、私はふっと納得してしまった。もちろん、あまりに大きな題なのでひるむ気持ちがなかったとは言えないが、いま大きな題を選ばなかったらいつ選ぶのだ、という気もした。

この四月で六十五歳になった。働き始めたころ、一般的な定年は五十五歳だったから、世に出る年齢が遅い職業であることを考えても、そろそろ「あすなろう」は許されない時期に来ている。一方で、大事な方々との別れも続いた。三十代で親友を立て続けに二人失ったあと、亡母の五十回忌を済ませ、その後、可愛がって下さった先輩を、父を、恩師をお見送りした。鎮魂とは何か、見送った一時代を記憶し、継承する方法とは何か、を考える機会が多くなった。いわば自分の人生に折り合いをつける時期にさしかかったのであろう。仏教でいう順現業とはこのことか、と思われる見聞も多くなった。そのような時期に、苦しかった前半生を振り返って、つくづく思うのは、文学に救われ、育てられたという実感である。

本書に収めた論考はそれぞれに愛着があるが、第三章にはまだ満足していない。不出来だというのではなく、今後、私が書き続けていきたいのは、「文学としての」軍記物語を考察し、第三者に説き明かす文章だという気がしているからである。あるいは、読者と共に文学を新しく発見する旅に踏み出したいのだ、と言ってもいいかもしれない。「文学」などという特権化されたものはない、というような声が聞えてきそうだが、現に幼少の私を人間らしさを失わずに成長させてくれたのは、人間の矜恃や苦悩と葛藤する物語があり、韻律と品位のある文章で構成された「文学」であったことはまぎれもない。最近の文学研究や作品論には、たのしみや喜びが語られていない、と思う。他人が書いてくれるのを待ってはいられないとすれば、自分が書くしかないだろう。「あすなろう」は許されないというのは、そういう意味である。

現実には、小うるさい諸本論や書誌解題や本文校訂の仕事も当分やり続けねばならない（実際、未解決の問題は山積している）が、この一年間、本書を編成し世に出すための作業をしたことは、改めて自分の支点を確認する機会になった。ここから再び歩き出したことを、恩師や先輩や、文学好きだった父母に報告したいと思う。

最後になったが、これまでさまざまに支え、助けて下さった多くの方々、貴重な蔵書の翻刻・掲載をお許し頂いた國學院大学図書館初め各文庫や所蔵者の方々に御礼を申し上げる。

風と月との訪れる窓辺にて

平成二十年五月

松　尾　葦　江

索　　引
語彙／人名／書名

【あ】

『壒嚢抄』　257, 273, 275, 276
赤間神宮　163
赤松俊秀　60, 221
悪行　218, 221
麻原美子　31, 32, 94, 136, 164, 166, 168, 266
浅見和彦　18
『吾妻鏡』　77, 84, 129, 206, 263, 282, 285, 291, 311
渥美かをる　34, 118, 139, 231, 246, 281, 290, 293, 309
阿弥陀寺　163
有王　44

【い】

いくさ語り　253
池上洵一　273
池田敬子　159, 200, 267
石川透　75
石田拓也　165
石童丸　212
伊豆流離説話　85
一方系語り本　84
一方検校衆　69
一谷合戦　48
一谷合戦記事　86
厳島断簡　20, 71, 77, 139, 140
伊藤正義　231
犬井善寿　165, 238, 308
今成元昭　134

【う】

生形貴重　93
内堀聖子　167
上横手雅敬　221

【え】

『易経』　277
延慶本　50, 66, 77, 80, 85, 99, 103, 108, 110, 113, 130, 146, 163, 239, 281, 289, 292, 309, 311
延慶本古態説　21, 60, 61, 62, 67, 92
延慶本平家物語　20, 92, 93

【お】

大隅和雄　97
大高洋司　167
小川栄一　92
尾崎勇　14
落合博志　21, 23, 77
小野本　144, 146, 149, 154
恩愛　211
穏健化　37
穏便化　22

【か】

『歌苑連署事書』　22, 77
覚一　30, 69, 72, 78, 136
覚一（本）系周辺本文　34, 74, 137, 140, 159
覚一本　22, 34, 36, 37, 68, 74, 76, 77, 91, 99, 101, 102, 108, 111, 112, 114, 118, 129, 133, 139, 140, 155, 159, 239, 252, 289
覚一本平家物語　21, 184, 285
学習院本（九条家本）『平治物語』　9
春日井京子　15, 20
潟岡孝昭　248
片仮名百二十句本　124
語り　34, 72, 78, 92, 114, 129
語り本系　4, 30, 70, 71, 77
語り本（略本）系　19
語り本系平家物語　199
加藤家本　144, 146, 149, 152, 154, 156, 157
歌徳説話　197
過渡本　139
釜田喜三郎　252, 276
鴨長明　11
川瀬本　156
河内祥輔　281
川鶴進一　231
鑑戒主義　110
灌頂巻　36, 49, 140
神田龍身　294

【き】

記　135
祇王　185, 195, 289
祇王説話　246
祇園精舎　172
『義経記』　309, 310, 311, 312, 314, 315, 316
北原保雄　92
記と物語　70
逆即是順　212
旧延慶本　247
旧国宝本　164, 171, 176
教訓性　114
京極為兼　22

兄弟関係　163, 230
『玉葉』　11, 42, 129, 217
『玉葉和歌集』　22
清盛　188, 194, 215, 234, 241
清盛皇胤説　221
記録性　35

【く】

『愚管抄』　9, 10, 11, 13, 207, 216, 217
日下力　308
九条家本　307, 308
具体性　35
久保田淳　8, 10, 23, 253
熊谷直実　295
軍記物語史　316
『群書一覧』　170
君臣の道　227

【け】

啓蒙的　78
原延慶本　36
衒学的　78
源家後日譚　307
原態　62, 67, 80
原態本三巻説　80
原態論　94
原平家二元説　135
原平家物語　68, 73, 76, 81, 87
源平　109
源平盛衰記　11, 18, 74, 85, 93, 130, 146, 163, 180, 207, 281, 309, 310, 315
源平闘諍録　77, 85, 93
建礼門院　16
建礼門院右京大夫　17
『建礼門院右京大夫集』　149, 201, 286, 288, 291

【こ】

小秋元段　75, 92
後期軍記　71
攻撃性　114
公的写本　167
広本系（源平系）の発生　20
幸若「堀川夜討」　313
五逆罪　212
『国史館日録』　163, 170
国書刊行会本　165
「腰越」　309
『古今著聞集』　11
小宰相　43, 187, 291
小宰相身投　291
『古事談』　253
瞽女　299
古態　281
古態本　32, 62, 73, 117, 296
古態論　94
小番達　93
後藤丹治　6, 107, 291
小林智昭　189
小林秀雄　40, 102, 292
小林守　23
小林美和　107
個別化　114, 294
個別性　2, 28
小松茂美　77
小峯和明　115
五味文彦　221
維盛　47, 119, 124, 191, 200, 209
混合　91
混合本　137, 141, 144, 149, 150, 152, 159, 160
混態　91, 149, 160
混態本　64, 74, 135, 141, 248

【さ】

西行　8, 10, 11
細部描写　242
佐伯真一　85, 93
坂井孝一　302
榊原千鶴　93, 281
相模本　144, 147
作品形成　115
櫻井陽子　49, 62, 87, 91, 92, 93, 143, 150
佐々木三郎守綱　125
佐々木孝浩　69
三郎丸　203, 212
『山槐記』　10, 11, 13, 42, 43
『参考源平盛衰記』　247
『参考保元物語』　269, 273
三条西家本　151

【し】

塩谷智賀　304
『史記』　225
重衡　51, 191, 200, 204, 208, 287
重盛　187, 190
慈光寺本『承久記』　300
始皇帝　225, 227
事実性　2, 5
侍従　201
治承寿永の内乱　16
治承物語　17, 76, 83
自然描写　44, 46
信太周　70
志立正知　113, 118, 133, 180
七十一番職人歌合　299
『十訓抄』　18, 216
実名性　2, 5
実録性　2, 4, 5
実録的　78
私的写本　167
四部合戦状本　85, 92, 93, 130
四部合戦状本平家物語　296
島津忠夫　21, 142, 231
島津久基　180
清水眞澄　17, 160
下向井龍彦　281
祝言性　37
従属説話　46
十二巻本　67
儒教的政治批判　99
城一本　141
松雲本　75, 144, 147
城方本（八坂本）　141, 309
城方本平家物語　313, 315
承久の乱　16, 74
静憲法印　194
詳述性　35
唱導　114, 296
唱導資料　108
唱導性　63
笑話性　314

諸行無常　4, 99, 100, 182
叙景　59
叙事詩　78
叙事的　135
書写活動　163
書写性本文変化　165
抒情的　135
女性説話　201, 232, 280, 285, 288, 293
諸本群　66
諸本系統論　94
諸本研究　64, 90
深賢　18, 67, 76
『神皇正統記』　257
真実性　2, 5
『塵添壒囊抄』　258
『神道集』　296, 300

【す】

須賀可奈子　169
資経作者説　6
資盛　217
鈴木孝庸　92
崇徳院　266

【せ】

政治批判　70
政治評論　78
盛者必衰　99, 100, 103
生者必衰　211
生者必滅　103, 107
世人の評　113
説教　191
説得　184, 187
説話集　38, 79
『善光寺本地』　231
千手前　201, 205, 244
先世の宿業　211
戦争の文学　252
戦争の物語　255
前平家　17, 76, 83, 135
前平家物語　67

【そ】

創作性本文変化　238
総集性　35
増補本　70
『曾我物語』　296, 302
『続古事談』　11, 273
揃　303
『尊卑分脈』　269, 291, 293

【た】

『台記』　269, 273
『醍醐雑抄』　6
太山寺本　152, 154, 157
大納言佐　201, 206
大仏炎上　200
『太平記』　71, 77, 110, 228, 253, 257, 272, 281, 294
平宗親　17
平頼盛　17
内裏女房　201
高倉寺本　144, 147, 149, 154, 157
高野辰之　117
高橋貞一　118, 137, 144, 231, 257
高橋伸幸　166
高山利弘　92, 93
滝口入道　212
武久堅　67, 107
館山漸之進　160
谷口耕一　93
為朝　260, 282
為朝後日譚　266, 282
為義　283
為義北方　284
断絶平家　36, 140

【ち】

千明守　117, 135
中世小説　302, 304
中立化　22, 37, 101
中立性　4, 5, 113
『澄憲作文集』　104
鎮魂　2, 200, 213, 286, 299

【つ】

作り物語　50, 57
『徒然草』　6, 21, 23, 30

【て】

『天狗物語』　248
天理21本　144
天理イ21本　152, 157

【と】

東寺執行本　151, 159
時枝誠記　119
時忠　190
栃木孝惟　79, 93, 191
舎人武里　212
冨倉徳次郎　60, 82, 99, 135, 301
巴　290
知時　202
取り合せ本　141
都立本　150

【な】

内在律　37, 78
中島正国　169, 170
永積安明　118, 256
長門切　77
長門本　74, 85, 130, 227, 230, 249, 311
長門本現象　164
長門本伝本　176
長門本の伝本研究　171
長門本平家物語　93, 163
中院本　69, 92, 141, 144, 151
中院通勝　69
中村祐子　164, 166, 169
中山行隆　6
半井本　260, 267, 278, 283
半井本『保元物語』　9
名波弘彰　93
成経　49
南都異本　163, 230, 245
南都本　159

【に】

西田直敏　233

【ね】

年頭記事　81

【の】

野中哲照　15
信連　42

【は】

『梅園日記』　116
稗史　78
八帖本　18, 30
服部幸造　93
『花園院宸記』　77
早川厚一　93
林羅山　170
原田敦史　135
原水民樹　258, 269
春田宣　117
汎諸本論　95

【ひ】

非一方系　159
批評的　78
百二十句本　156
『百錬抄』　11, 12, 269, 271, 311
兵藤裕己　36, 91, 160
『兵範記』　269, 271
『兵範記』紙背文書　17, 67, 80, 82
評論的　114
琵琶法師　160

【ふ】

風景　182
副将　130, 133
福田晃　299, 303
福田秀一　30, 160
福田豊彦　93
藤戸　125
藤原定家　17
『普通唱導集』　20
仏教性　63
仏教的世界観　99
普遍化　114
普遍性　2, 5
文覚　247
文禄本　151, 159

【へ】

平曲　160
『平家勘文録』　81
『平家公達草紙』　15, 201, 288
平家吟譜　92
平家三部説　80
平家物語　14, 15, 16, 26, 180, 280, 288, 308, 309, 314, 316
平家物語諸本　98
平家物語の成立　17, 19, 34, 59, 62, 74
平家物語の本文異同　134
平家物語の本文流動　159
平氏栄花話群　236
『平治物語』　14, 71, 262, 280, 307, 308, 310, 311, 316
変体漢文　304

【ほ】

『保元物語』　14, 71, 256, 280, 284, 308
『方丈記』　12
法然上人　208
北国合戦　86
『発心集』　12
『本朝通鑑』　163
本文流動　162

【ま】

牧野淳司　63
巻六と巻七の区切り　147
『増鏡』　17, 228
真名表記　304
真名本　296
真野須美子　140

【み】

水原一　60, 62, 83, 94, 303
道真　205
通盛　291, 293
道行　314
美濃部重克　66, 93

【む】

無常　100, 103
宗盛　192, 210
無名性　2, 5
村上學　91, 157, 160, 304
村上光徳　92, 163, 166
村上美登志　303
室町文芸　233
室町物語　249

【め】

目崎徳衛　8
めでたし　112

【も】

望月　299
以仁王　42
以仁王の変　42, 220
木工馬允知時　212
元木泰雄　221, 281
元雅　231
物語　78, 135
物語性　2, 5
盛久　231
森山重雄　298
『師守記』　30, 77

【や】

八坂系　290
八坂系語り本　84
八坂系諸本　33, 34, 68, 91, 137, 159, 160, 258
「八坂系」諸本　140
八坂流　141, 160
八坂流諸本　139
屋代本　21, 32, 34, 129, 133, 139, 155
屋代本平家物語　116
安田章生　8
安田元久　221
柳田国男　79
山木幸一　10
山下宏明　136, 137, 144

山田孝雄　34, 60, 76, 80, 116, 139

【ゆ】

有阿　72
行長作者説　6
弓削繁　143, 144, 156

【よ】

横井清　18, 76
横田河原合戦　83
横笛　46
与三兵衛重景　212
吉田大納言経房　6
吉田永弘　116
義経　309, 310
義経記事　306
読み本系　4, 30, 35, 37, 54, 70, 71, 77, 84
読み本（広本）系　19
読み本系三本　163
読み本系諸本　78, 86, 159, 232
読み本系平家物語　21, 199, 281, 293
頼朝　54, 55, 298, 301, 310, 315
頼朝挙兵記事　31, 84

【り】

『流鶯舎雑書』　160
流動成長　254
両足院本　148

【る】

流布本　69, 74, 267
流布本『保元物語』　257, 278

【れ】

歴史語り　3, 17, 35, 70, 266
歴史批判　110, 111
歴史文学　281, 300

【ろ】

『六代勝事記』　106, 109

【わ】

『和漢朗詠集』　205
渡辺達郎　305

覚一本引用本文章段名　索引

巻一「祇王」 111, 185, 195
巻一「内裏炎上」 185

巻二「小教訓」 185
巻二「教訓状」 185
巻二「大納言死去」 45
巻二「卒都婆流」 196
巻二「蘇武」 46, 196

巻三「赦文」 198
巻三「少将都帰」 49, 196
巻三「有王」 45
巻三「僧都死去」 58, 111, 197, 285, 295
巻三「行隆之沙汰」 6, 29

巻四「還御」 112
巻四「信連」 41, 42, 213
巻四「競」 213
巻四「宮御最期」 58

巻五「都遷」 111
巻五「物怪之沙汰」 239
巻五「勧進帳」 100
巻五「文覚被流」 112
巻五「福原院宣」 193
巻五「富士川」 112

巻六「新院崩御」 101
第六「小督」 111
巻六「入道死去」 48, 101

巻七「実盛」 196
巻七「維盛都落」 192
巻七「聖主臨幸」 102
巻七「福原落」 102

巻八「征夷将軍院宣」 55, 111
巻八「猫間」 111

巻九「三草勢揃」 120, 210
巻九「坂落」 252
巻九「敦盛最期」 295
巻九「落足」 48, 102
巻九「小宰相身投」 42, 44, 185

巻十「首渡」 119, 210
巻十「戒文」 191
巻十「海道下」 53
巻十「千手前」 53
巻十「横笛」 46, 192, 210
巻十「維盛入水」 47, 118, 191
巻十「藤戸」 125

巻十一「嗣信最後」 193
巻十一「志度合戦」 193
巻十一「先帝身投」 48, 101
巻十一「内侍所都入」 252
巻十一「一門大路渡」 113, 203
巻十一「副将被斬」 130
巻十一「腰越」 309
巻十一「大臣殿の被斬」 191, 192
巻十一「重衡被斬」 191, 196, 207

灌頂巻「大原入」 101

延慶本引用本文章段名　索引

一・1「平家先祖之事」 103, 109
一・33「建春門院崩御之事」 103

二・7「多田蔵人行綱仲言ノ事」 54
二・27「成親卿出家事」 51

三・6「山門ノ学生ト堂衆ト合戦事」 104
三・14「宗盛大納言ト大将トヲ被辞事」 107
三・27「入道卿相雲客四十余人解官事」 104
三・29「左少弁行隆事」 104
三・32「内裏ヨリ鳥羽殿へ御書有事」 104

四・30「都遷事」 218
四・33「入道ニ頭共現ジテ見ル事」 223

六・3「新院崩御事」 104
六・5「小督局内裏へ被召事」 107
六・13「大政入道他界事」 105

七・24「平家都落ル事」 105

八・25「木曾法住寺殿へ押寄事」 104
八・33「兵衛佐山門へ牒状遣ス事」 104

九・2「平家八嶋ニテ年ヲ経ル事」 104
九・4「義仲可為征夷将軍宣下事」 105
九・5「樋口次郎河内国ニテ行家ト合戦事」 105
九・6「梶原与佐々木馬所望事」 105
九・25「敦盛被討給事」 105

十・8「重衡卿関東へ下給事」 52
十・19「惟盛身投給事」 107
十・27「惟盛ノ北方歎給事」 105

十一・15「壇浦合戦事」 105
十一・21「平氏生虜共入洛事」 106
十一・39「経正ノ北方出家事」 106

十二・24「建礼門院之事」 106
十二・25「法皇小原へ御幸成ル事」 106, 107
十二・39「右大将頼朝果報目出事」 109

●著者紹介
松尾葦江（まつお　あしえ）

昭和18年（1943）神奈川県に生まれる。
東京大学大学院人文科学研究科博士課程修了、博士（文学）。現職は國學院大学教授・放送大学客員教授。専攻は中世軍記物語を中心とする日本文学。
主要著書
『平家物語研究』（明治書院）昭60
『軍記物語論究』（若草書房）平8
『源平盛衰記（二）』、『源平盛衰記（五）』（三弥井書店）平5、19
『校訂延慶本平家物語（五）』、『校訂延慶本平家物語（十）』、『校訂延慶本平家物語（十二）』（共著）（汲古書院）平16、17、20
『海王宮―壇之浦と平家物語』（三弥井書店・編著）平17
『日本の古典―散文編』（放送大学教育振興会・共著）平18

軍記物語原論

平成20（2008）年8月22日　初版第1刷発行

著者　松尾葦江

発行者　池田つや子

発行所　有限会社　笠間書院
〒101-0064　東京都千代田区猿楽町 2-2-3
☎03-3295-1331㈹　FAX03-3294-0996
NDC 分類：913.43　振替00110-1-56002

ISBN978-4-305-70384-2 印刷／製本：シナノ印刷
落丁・乱丁本はお取りかえいたします。　（本文用紙・中性紙使用）
出版目録は http://www.kasamashoin.co.jp/まで。